Das Buch

Job weg, Freund weg, Wohnung weg. Jo Müller bleibt nichts anderes übrig, als mit Ende dreißig noch einmal zu ihren Eltern zu ziehen. Ein Garten-Praktikum in den schottischen Highlands kommt da gerade recht. Doch statt grüner Idylle findet sie dort vor allem harte Arbeit und einen hitzigen, wenn auch ziemlich gut aussehenden, Chefgärtner namens Duncan vor. Und der treibt sie mit seinen Ansprüchen zur Weißglut. Jo versucht mit allen Mitteln, zu verheimlichen, dass sie eigentlich vom Gärtnern keine Ahnung hat – was natürlich im Chaos endet. Zum Glück ist Duncans kleiner Sohn Nick deutlich verständnisvoller als sein Vater, der erst nach und nach merkt, dass Jo auch in seinem Herzen einiges durcheinandergebracht hat ...

Die Autorin

Alexandra Zöbeli lebt gemeinsam mit ihrem Mann im Zürcher Oberland in der Schweiz. Sie bekennt sich selbst als Britoholikerin – verrückt nach allem, was von der Insel kommt. Für Alex gibt es kaum etwas Schöneres, als die verschiedenen Ecken Großbritanniens zu entdecken und sich dabei vorzustellen, welche Geschichte sich an Ort und Stelle gerade abspielen könnte. Seit sie das Schreiben für sich entdeckt hat, leidet zwar der Haushalt, aber zumindest hat ihr Kopfkino endlich ein Ventil erhalten. Unter der Aufsicht ihres Katers Noah, der mit Vorliebe neben Alex' Laptop schläft, sind bisher fünf Romane entstanden.

Alexandra Zöbeli

Ein Ticket nach Schottland

Roman

Ullstein

Besuchen Sie uns im Internet:
www.ullstein-buchverlage.de

Neuausgabe im Ullstein Taschenbuch
1. Auflage Juli 2018
2. Auflage 2018
© Ullstein Buchverlage GmbH, Berlin 2015 / Forever
Umschlaggestaltung: zero-medie.net, München
Titelabbildung: © FinePic, München
Innengestaltung: deblik Berlin
Gesetzt aus der Quadraat Pro powered by pepyrus.com
Druck und Bindearbeiten: CPI books GmbH, Leck
ISBN 978-3-548-29117-8

1. Kapitel

Der Personalbeauftragte des Altenheims schaute Jo mit aufgesetzter mitleidiger Miene an. Dann wanderte sein Blick wieder zurück auf den Briefumschlag, der vor ihm auf dem Pult lag.

»Es tut uns sehr, sehr leid, Frau Müller. Aber Sie wissen ja, wie das ist, die Wirtschaftslage ist bescheiden, und die Direktion hat uns beauftragt, Einsparungen vorzunehmen. Da Sie die Letzte waren, die neu ins Team gekommen ist, ist es auch nur fair, wenn die Wahl auf Sie fällt.«

Wahl? Was für eine Wahl, wunderte sich Jo. Doch der Personalbeauftragte fuhr bereits fort: »Natürlich halten wir die Kündigungsfrist von drei Monaten ein.«

Nun war auch bei ihr der Groschen gefallen. Es ging hier nicht um die Wahl der Mitarbeiterin des Jahres, sondern um ihre Entlassung.

»Sie werfen mich raus?«, fragte sie völlig entgeistert. Verwirrt blickte sie zu ihrem Vorgesetzten, der ebenfalls in dem kleinen Personalbüro saß. Sie hatte sich mit ihm nicht immer gut verstanden, da er andere Ansichten von gutem Essen für ältere Menschen hatte als sie. Trotzdem erwartete sie, dass er für sie Partei ergriff und sich einsetzte, immerhin war er ihr Chef. Doch er blieb so stumm wie der Fisch, den sie vor wenigen Minuten noch angebraten hatte.

Der Personalbeauftragte hielt ihr das Kuvert entgegen.

»Wir sehen leider keine andere Möglichkeit. Die Wirtschaftslage ... und beim Essen für die Bewohner können wir ja nicht sparen, nicht wahr?«

Jo blieb schier die Luft weg. Sie würde arbeitslos werden. Und das gerade jetzt, wo auch Markus bereits seit längerer Zeit erfolglos auf Jobsuche war.

»Aber es gäbe doch bestimmt noch Möglichkeiten ...«, begann sie, doch ihr direkter Vorgesetzter fiel ihr gleich ins Wort.

»Frau Müller, nun reden wir doch das Ganze nicht schön! Wie Sie mit den Lebensmitteln und unserem Budget umgegangen sind, das können wir uns hier einfach nicht mehr leisten. Meine Anweisungen haben Sie größtenteils ignoriert. Das Einzige, was Sie eingehalten haben, war der Dienstplan.«

Der Personalbeauftragte stöhnte und fuhr sich mit der Hand durch das geleckte Haar. Bisher war alles so gut gelaufen, und nun ging wegen diesem selbstgefälligen Küchenchef alles den Bach hinunter. Jos Gesicht verfärbte sich dunkelrot. Langsam erhob sie sich von ihrem Stuhl und griff nach dem Umschlag, den der Personalbeauftragte ihr entgegenhielt. Vor den Augen der beiden Wichtigtuer zerriss sie ihn in zwei Hälften. »Na gut! Wenn Sie das so sehen, meine Herren, dann denke ich, werden Sie mich auch während der drei erwähnten Monate nicht benötigen. Nicht wahr?«

»Frau Müller, ich muss Sie daran erinnern, dass Sie einen Arbeitsvertrag unterzeichnet haben. Auch Sie haben die Kündigungsfrist einzuhalten!«

»Dann verklagen Sie mich doch!«, antwortete Jo schnippisch und fuchtelte mit ihrem Zeigefinger vor dem Gesicht des Personalbeauftragten herum. »Aber machen Sie sich dann auf etwas gefasst!«, drohte sie, und ihre grünen Augen funkelten dabei vor Wut. »Ich werde kein Blatt vor den Mund nehmen und jedem, der es wissen will, erzählen, wie hier mit den Bewohnern umgegangen wird. Wie hier eine Zwei-Klassen-Betreuung betrieben wird. Wie hier den reichen Bewohnern das zarte Fleisch aufgetischt wird, während alle anderen auf einem zähen Stück Leder herumkauen können, das sie beim besten Willen nicht die Kehle runterbringen. Auch würde es die Leute bestimmt interessieren, wie das Heim mit abgelaufenen Lebensmitteln Geld spart. Glauben Sie mir, ich hätte einiges zu erzählen.«

»Man wird Ihnen kein Wort glauben«, zischte der Chefkoch.

»Wollen Sie es darauf ankommen lassen?«

»Es bringt doch nichts, wenn wir uns jetzt gegenseitig hochschaukeln. Atmen wir doch alle einmal tief durch und werden vernünftig. Frau Müller, wenn Sie es nicht mehr mit Ihrem Gewissen vereinbaren können, hier die nächsten drei Monate zu arbeiten, wird Sie Herr Huber nun zu Ihrem Spind begleiten, wo Sie Ihre Sachen holen können. Und dann bitte ich Sie, dieses Haus für immer und ohne Aufstand zu verlassen.«

Der Chefkoch schnaubte empört und warf die Hände in die Luft. »Und wer steht heute am Serviceband?«

»Das, meine Herren, hätten Sie sich früher überlegen müssen.« Jo drehte sich um und verließ das Büro. Huber eilte ihr aufgebracht hinterher. Auf dem Weg zur Garderobe begegneten sie Heidi, die sie entgeistert ansah.

»Was ist denn hier los?«

Doch Jo schüttelte nur den Kopf und machte ihr ein Zeichen, dass sie sie später anrufen werde. Sie hatte Heidi hier bei der Arbeit kennengelernt. Heidi war zehn Jahre jünger als die in diesem Jahr neununddreißig gewordene Jo. Trotz des Altersunterschieds hatten sich die beiden rasch angefreundet. Heidi würde wohl aus Sicht eines Mannes als Knaller beschrieben, denn sie entsprach dem gängigen Schönheitsbild mit ihren langen blonden Haaren, den blauen Augen und einer Figur, von der Jo nur träumen konnte. Wie machte Heidi das bloß? Naschen war eine der Schwächen ihrer Freundin, und trotzdem hatte sie eine Figur wie ein Topmodel. Jo hingegen musste eine Schokoladenmousse nur ansehen, und schon landete sie bei ihr auf der Hüfte. Nicht, dass sie dick wäre, nein, aber sie musste stets darauf achten, nicht aus dem Leim zu gehen, und verkniff sich daher den einen oder anderen Leckerbissen, was als Köchin nicht gerade einfach war. Aber nun war sie ja den Job los und hätte somit ein Kalorienproblem weniger, dachte sie lakonisch.

Doch eine tolle Figur war nicht alles, rief sich Jo in Erinnerung, denn auch Heidi hatte ihre Sorgen. Immer wieder geriet sie an die falschen Kerle, die sie anscheinend wie die Fliegen anzog. Heidi war einfach viel zu vertrauensselig, fand Jo. Sie hingegen lebte mit Markus bereits seit zehn Jahren in einer festen Beziehung. Von Heirat war bisher nie die Rede gewesen, aber das hatte ja auch noch Zeit.

Schweigend ging sie dicht gefolgt von Huber in die Garderobe.

»Wollen Sie mir etwa beim Umziehen zusehen?«, fauchte sie ihn an.

»Ich will nur sichergehen, dass Sie nichts mitgehen lassen«, rechtfertigte sich Huber.

»Sie können nachher gerne meine Taschen durchsehen, wenn es Sie beruhigt.« Mühsam beherrscht verließ Huber den Raum, und Jo wechselte aus der Küchenuniform in ihre Straßenkleidung. Schnell packte sie danach ihre Sachen aus dem Spind zusammen.

Als sie die Garderobe verließ, hielt sie Huber die geöffnete Tasche unter die Nase, um ihm den Inhalt zu zeigen, dann stapfte sie grimmig Richtung Ausgang. Vor der Schiebetür drehte sie sich noch mal zu ihm um: »Wissen Sie, Herr Huber, ich wünsche Ihnen wirklich nichts Schlechtes im Leben, aber ich hoffe, dass, wenn Sie mal so alt sind wie die Bewohner hier, Ihnen ebenfalls jemand Essen vorsetzt, das Sie mit Ihren übrig gebliebenen Zähnen nicht mehr beißen können und das bleischwer in Ihrem Magen liegt.« Damit drehte sie sich um und verließ das Gebäude.

»Blöde Kuh!«, brüllte Huber ihr noch hinterher, aber das kümmerte Jo wenig. Sie ging zu ihrem Fahrrad und hob die Tasche mit ihren Sachen auf den Gepäckträger. Leider war diese dann doch zu groß und unförmig, um sie richtig festschnallen zu können, und so musste sie das Rad durch die ganze Stadt nach Hause schieben. Da es erst Mitte März war, lag auf dem Gehweg noch Schneematsch, und sie kam nur mühsam voran. Unterwegs hielt sie bei einem Kiosk an, um sich eine Zeitung mit Stellenanzeigen zu besorgen. Daheim angekommen, stellte sie das Rad in den Keller und fuhr mit dem Lift in die vierte Etage des Hochhauses, in dem ihre Dreieinhalb-Zimmer-Wohnung lag, die sie sich mit Markus teilte. Bestimmt war er zu Hause und würde sie tröstend in die Arme nehmen. Sie kramte den Schlüssel aus den Untiefen ihrer Handtasche hervor und betrat die Wohnung.

»Markus? Bist du da?« Sie stellte die Tasche mit ihrer Arbeitskleidung auf den Küchentisch und ging dann weiter ins Wohnzimmer. Da drangen plötzlich seltsame Geräusche an ihr Ohr. Sie folgte den Geräuschen Richtung Schlafzimmer und ahnte bereits, was sie zu sehen bekäme, noch bevor sie die Tür erreicht hatte. Doch was sich dann tatsächlich vor ihren Augen abspielte, übertraf ihre kühnsten Vorstellungen. Auf dem Bett lag Markus nackt auf dem Bauch und mit dem Kopf nach unten ins Kissen gedrückt. Auf ihm saß eine etwas zu mollig geratene Domina mit einer Reitgerte, die sie ihm immer wieder auf den blanken Hintern knallen ließ, während er lustvoll stöhnte. Wäre es nicht so tragisch gewesen, hätte Jo lachen müssen, aber es war ihr Freund und ... war das nicht ...?

»Susi?!«, fragte sie ungläubig. Die maskierte Domina zuckte erschrocken zusammen. Mit einem Sprung ließ sie von ihrem vermeintlichen Opfer ab und verschwand im Bad. Markus hatte sich zu Jo umgedreht und schaute sie ebenfalls leicht verdattert an.

»Es ist nicht so, wie es aussieht!«, meinte er kleinlaut und wusste im gleichen Moment, dass das wohl die falschen Worte gewesen waren.

Jo lachte gereizt auf. »An Dreistigkeit mangelt es dir wirklich nicht!«

»Was machst du überhaupt schon hier?«

Jo ging zum Schrank und stellte sich auf die Zehenspitzen, um den Koffer erreichen zu können, der darauf lag. Eine große Staubwolke nebelte sie ein, als sie ihn nach unten beförderte. Sie öffnete den Kleiderschrank und warf ihre Sachen hastig in den Koffer hinein.

»Was wird das jetzt?«, fragte Markus. »Du wirst doch jetzt nicht hysterisch werden und überreagieren? Wir hatten nur etwas Spaß, Susi und ich.«

Vor Zorn bebend drehte sich Jo zu Markus um: »Den darfst du auch gerne weiterhin haben, aber ohne mich! Geht das schon lange so mit euch beiden?«

Markus schaute sie leicht schuldbewusst an.

»Nein, antworte besser nicht! Vermutlich will ich es gar nicht wissen. Aber warum Susi? Musste es gerade unsere Nachbarin sein? Du hättest doch irgendeine Hure anrufen können, wenn du es so dringend nötig hast!«

»Und mir dann noch eine Krankheit einfangen? Du hättest dich schön bedankt.«

Jo' warf weiter ihre Sachen in den Koffer hinein, der sich schnell füllte. »Was bin ich doch für eine dämliche Kuh! Ich dachte immer, du wärst auf Jobsuche, aber stattdessen vögelst du hier rum und lässt dich von mir aushalten!«

»Das stimmt doch so nicht!«, verteidigte sich Markus. »Ich kann nicht acht Stunden am Tag nach einem Job suchen. Gönn mir doch auch ein kleines bisschen Spaß … falls du dich überhaupt daran erinnern kannst, was das ist.«

»Mir mit einer Reitgerte den Hintern versohlen zu lassen, soll Spaß sein? Danke, aber darauf kann ich gerne verzichten!«

»Eben! Siehste, da musste ich ja praktisch nach jemand anderem suchen, der auf meine Wünsche und Bedürfnisse eingeht.«

»Und betrügst mich und den Ehemann von Susi dabei?! Ich kann euch beide echt nicht verstehen!«

Susi kam wie aufs Stichwort völlig angezogen aus dem Bad heraus. »Es tut mir so leid, Jo. Du wirst doch Hans nichts sagen, oder?«

Jo sah Susi voller Abscheu an. Noch vor einer Woche hatten sie einen gemütlichen Raclette-Abend zu viert verbracht. Ihr wurde übel bei dem Gedanken, dass die beiden es bestimmt auch an diesem Nachmittag zusammen getrieben hatten.

»Ihr beide seid einfach nur widerlich!« Sie schloss den Koffer und schleppte ihn zur Tür.

»Lass uns doch erst mal reden«, rief Markus, der mittlerweile aus dem Bett aufgestanden war und ihr nun nackig hinterhereilte.

»Reden?!« Wütend drehte sie sich zu ihrem künftigen Ex-

Freund um. »Jetzt willst du reden?! Ich denke, das hätten wir früher tun sollen. Von mir aus kannst du dir von Susi diese Reitgerte in den Hintern stecken lassen, bis sie oben wieder rauskommt! Mit euch beiden bin ich ein für alle Mal fertig.«

»Wo willst du denn überhaupt hin?«

»Das geht dich zwar nichts an, aber ich bin erst mal bei meinen Eltern.«

»Ah ja, zurück ins warme Nest. Bist ja erst neununddreißig Jährchen jung, da kann man gut wieder zurück zu Mami und Papi.«

Jos Augen sprühten Funken, als sie ihren Koffer noch mal hinstellte. »Wage es nicht, mich als Versagerin hinzustellen. Im Gegensatz zu dir habe ich wenigstens Eltern, denen ich wichtig bin. In unserer Familie kümmert man sich noch umeinander.«

»So kann man es auch nennen, wenn man noch am Rockzipfel hängt«, höhnte Markus. »Weißt du, eigentlich bin ich froh, dass du abhaust. Du bist so bieder und langweilig!«

Susi schlüpfte zwischen den beiden hindurch und machte sich aus dem Staub.

»Ach ja, aber du bist Spannung pur oder wie?«

»Ich wage wenigstens mal was. Aber du, du tust immer schön das, was man von dir erwartet. Gehst pünktlich zur Arbeit, putzt die Wohnung sauber, kochst, und zur Krönung der Woche darf ich dich dann am Sonntagmorgen in Missionarsstellung vögeln. Du hängst mir echt zum Hals raus.«

Jo kämpfte trotzig gegen die aufsteigenden Tränen an. »Du bist das Widerwärtigste, was mir je untergekommen ist, Markus. Und ich weiß nicht, was ich jemals in dir gesehen habe.«

Dann drehte sie sich um und verließ ihr altes Zuhause endgültig.

Draußen auf dem Gehweg rief sie sich ein Taxi, denn mit dem Koffer mochte sie sich nicht noch einmal durch die halbe Stadt kämpfen. Sie war stolz auf sich, vor Markus nicht zusammengebrochen zu sein, und auch jetzt im Taxi heulte sie nicht. Doch als ihre Mutter sie dann mit ausgebreiteten Armen auffing, brach sie schließlich in Tränen aus.

»Dieser Mistkerl!«, brummelte ihr Vater hinter den beiden. »Am liebsten würde ich vorbeigehen und ihm die Zähne einschlagen.« Ihr Vater war mittlerweile siebzig Jahre jung, aber sie hätte es ihm durchaus zugetraut Markus eine reinzuhauen.

»Der Idiot bin wohl eher ich. Wie konnte ich nur so blind sein?«, schniefte sie.

Tröstend legte Maria ihrer Tochter den Arm um die Schultern und führte sie in die Küche. »Ich mache uns jetzt einen Tee, und du erzählst mir genau, was passiert ist. Danach sehen wir weiter. Du weißt, bei uns ist immer ein Zimmer für dich frei.«

»Danke!«, schniefte Jo.

Nachdem sie ihren Eltern von ihrem bescheidenen Tag erzählt hatte, stützte sie ihre Arme auf der Tischplatte auf und hielt ihren Kopf, der sich tonnenschwer anfühlte. »Vielleicht bin ich ja wirklich so eine Langweilerin? In meinem Alter rennt man doch nicht mehr heulend nach Hause, Markus hat schon recht.«

»Wohin hättest du denn sonst gehen sollen? Für so was sind doch Familien da. Wir halten zusammen, egal, was kommt oder passiert.« Ihre Mutter tätschelte ihre Hand. »Bis du einen neuen Job und eine neue Wohnung gefunden hast, bleibst du hier bei uns.«

»Hast du noch Sachen bei Markus in der Wohnung, die du haben möchtest? Ich könnte die mit meinen Kumpels abholen.« Am Gesichtsausdruck ihres Vaters war deutlich abzulesen, dass er bei der Gelegenheit ihrem Ex gleich noch eine Ansage machen würde, die sich gewaschen hatte.

Doch Jo schüttelte nur den Kopf. »Ich will nichts, was mich an diesen Mistkerl erinnert. Was ich vorerst brauche, habe ich in den Koffer gepackt.« Widerwillig musste sie doch etwas schmunzeln. »Irgendwie war es ja schon zum Lachen, das Bild, das die beiden abgegeben haben.« Jo schüttelte nach wie vor ungläubig den Kopf. »Mir tut nur Susis Mann leid.«

»Wirst du ihm etwas sagen?«, erkundigte sich ihre Mutter.

Jo nahm einen Schluck des Tees, den ihre Mutter in einer Tasse vor sie hingestellt hatte. »Nein, das müssen die beiden schon selbst untereinander ausmachen.«

In den darauffolgenden Tagen wurde sie von ihren Eltern so richtig verwöhnt. An einem Abend hatte sie sich auch mit Heidi in einer Bar verabredet. Heidi hatte ihr berichtet, wie Huber das Team nur knapp darüber informiert hatte, dass Jo aufgrund von Einsparungen gekündigt worden wäre.

»Weißt du, ohne dich macht es da einfach keinen Spaß mehr. Ich denke, ich werde auch bald meine Kündigung einreichen. Ich möchte aber zuvor eine andere Stelle haben, da ich meine Miete ja irgendwie bezahlen muss.«

»Ja, das wäre mir auch lieber gewesen. Aber nachdem ich die Kündigung erhalten habe, hätte ich es unter Hubers selbstgefälligem Blick nicht mehr ausgehalten.«

»Und, hast du schon was Neues gefunden?«

Jo schüttelte den Kopf. »Ich habe zwar ein paar Bewerbungen abgeschickt, aber noch nichts gehört. Ich möchte auch keinen Job, wo ich bis spät in die Nacht arbeiten muss, was in unserer Branche ja üblich ist. Schließlich werde ich auch nicht jünger.«

»Ach, komm schon, Jo, mach dich nicht älter, als du bist.«

»Weißt du, Markus hatte irgendwie schon recht. Ich bin langweilig geworden.«

Heidi sah sie entgeistert an. »Spinnst du jetzt?! Du bist überhaupt nicht langweilig!«

»Doch, irgendwie schon. Wann habe ich das letzte Mal irgendwas Außergewöhnliches getan? Mal etwas gewagt? Ich gehe morgens um halb sieben aus dem Haus und komme am Abend gegen halb sieben wieder zurück. Am Wochenende wird eingekauft und die Wohnung auf Hochglanz gebracht ...«

Heidi hob die Hand. »Stopp, meine Liebe! Nur weil du das normale Leben einer berufstätigen Frau führst, heißt das noch lange nicht, dass du langweilig bist. Irgendwer muss schließlich die Kohle nach Hause bringen. Lebensmittel fallen bekanntlich nicht einfach so vom Himmel, und die Vermieter sind in der Regel auch keine uneigennützigen Wohltäter. Da hat dir Markus einen ganz schönen Floh ins Ohr gesetzt. Dieser Mistkerl!«

2. Kapitel

Am nächsten Morgen war Jo allein zu Hause. Sie hatte sich eine Tasse Kaffee gemacht und blätterte lustlos in einem Gartenmagazin ihrer Mutter. Erst ein Artikel über Schottlands Gärten erweckte ihre Aufmerksamkeit. Die Gärten waren wirklich eine einzige Pracht, und nach dem langen dunklen Winter war dieses blühende Feuerwerk eine richtiggehende Wohltat. Der Bericht war witzig und schwärmerisch geschrieben. Man konnte aus jedem Wort lesen, dass der Schreiber oder die Schreiberin hin und weg war von dem Land. Jo war zwar schon öfter in England gewesen und sprach fließend Englisch, aber nach Schottland war sie bisher noch nie gereist. Auf einem Bild sah sie einen traumhaft schönen Garten, und im Hintergrund leuchtete das Meer dunkelblau. Sie seufzte wehmütig. Es war schon ewig her, seit sie zuletzt Meeresluft geschnuppert hatte. Das Surren ihres Handys unterbrach ihre schwärmerischen Gedanken. Sie wollte danach greifen, als sie aus Versehen den Henkel ihrer Tasse streifte. Die Tasse kippte augenblicklich um, und der Kaffee schwappte über den Tisch.

»Mist!« Sie griff mit der einen Hand nach dem Gartenmagazin, das ebenfalls etwas von der dunklen Brühe abbekommen hatte, und mit der anderen noch mal nach ihrem Handy.

»Müller«, meldete sie sich gereizt und ging zur Spüle hinüber, um mit dem Abwaschlappen den Kaffee von dem Artikel zu wischen.

»Ich bin's, Markus. Leg bitte nicht gleich wieder auf! Es geht um die Wohnung.«

Er hatte Glück, sie wollte wirklich gleich das Gespräch wegdrücken, aber da es um die Wohnung ging, überlegte sie es sich anders. »Was ist damit?«

»Es geht um die Miete, bis ich was Neues gefunden habe.«

Über so viel Unverfrorenheit blieb ihr einfach die Luft weg.

»Du hast den Mietvertrag mit unterschrieben«, fügte Markus an.

»Markus, du bist das Hinterletzte!« Damit drückte sie ihn weg. Anschließend rief sie die Hausverwaltung an und erklärte dem Sachbearbeiter ihre Situation. Sie würde die Kündigung der Wohnung noch heute abschicken und bis zum Ende des Mietverhältnisses pünktlich die Hälfte des Mietbetrages überweisen, aber der Rest wäre Sache des Zweitmieters. Der Mann erklärte ihr zwar freundlich, aber dennoch bestimmt, dass sie, da sie den Mietvertrag mit unterzeichnet hätte, solidarisch für den ganzen Betrag hafte. Wenn Markus die andere Hälfte also nicht pünktlich bezahlte, würde man auf sie zurückgreifen. Super!

Nach dem deprimierenden Gespräch mit der Hausverwaltung fiel ihr Blick wieder auf die Zeitschrift und den Artikel. Ein kleiner Absatz weckte da ihre Neugier: »*... Zwischenjahr einlegen? Wir nehmen Sie gerne für ein Praktikum bei uns auf. Sie lernen, wie man eine professionelle Gartenanlage pflegt, und helfen bei den täglichen Arbeiten mit. Bei Interesse melden Sie sich bei Lochcarron Garden Estate.*« Der Absatz endete mit einer E-Mail-Adresse und einer Telefonnummer. Unglücklicherweise konnte sie den Anfang des Textes nicht mehr lesen, da der Kaffee seine Spuren darauf hinterlassen und sie mit dem Abwaschlappen die Sache nur noch verschlimmert hatte. Jo blickte nachdenklich zum Fenster hinaus. Das wäre schon was: für eine Weile mal an der frischen Luft zu arbeiten, das Meer zu riechen und endlich mal aus der Küche herauszukommen. Gärtnern würde ihr bestimmt Spaß machen, auch wenn sie noch keine Erfahrungen damit hatte. Früher hatte sie im kleinen Garten ihrer Eltern geholfen, aber seit sie ausgezogen war, hatte sie nie selbst einen Garten besessen. Aber im Artikel stand ja, man würde in dem Zwischenjahr ausgebildet werden. Dass man Erfahrung mitbringen musste, davon war nicht die Rede. Und wie schwer konnte ein bisschen Gärtnern schon sein? Sollte sie wirklich so einen Schritt wagen? Schottland lag nicht gerade nebenan, und ob sie den als schwierig geltenden Dialekt verstehen würde? Andererseits, wann würde sich in ihrem Leben je wieder so eine Gelegenheit für eine Auszeit bieten? Sie hatte keine Verpflichtungen mehr, keine eigene Wohnung und keinen Job. Markus kam ihr wieder in den Sinn, wie er mit höhnisch grinsendem Gesicht gespottet hatte, dass sie nie etwas wage und eine Langweilerin sei. Noch bevor sie ihr Mut wieder verlassen konnte, ging sie zum Computer ihrer Eltern und schaute sich dieses Lochcarron Garden Estate genauer an. Es war eine große Gartenanlage mit einem piekfeinen Fünfsternehotel. Die Fotos aus dem Garten zeigten Teppiche von blauen Frühlingsblumen, Rosen und anderen Pflanzen, die sie nicht kannte, die aber wunderhübsch aussahen. Dazu gehörte auch ein Gemüse- und Kräutergarten. Im Waldgarten führte ein hölzerner Steg zum Meer hinunter. Das ganze Anwesen war ein Traum. Das Hotel besaß nur fünfzehn Gästezimmer, führte aber ein Gourmet-Restaurant und einen hübschen Tearoom, in dem man den Nachmittagstee genießen konnte. Auch Pflanzen und kleine Geschenke wurden vertrieben. Jo sah sich bereits im Garten werkeln und am Abend am Meer sitzen. Sie öffnete das Mail-Programm und schrieb an die Verwalterin, dass sie sehr interessiert wäre, für ein Zwischenjahr bei ihnen im Garten zu arbeiten, und praktisch sofort anreisen könnte.

Als ihre Eltern vom Einkaufen nach Hause kamen, entschuldigte sie sich zuerst bei ihrer Mutter, die Zeitschrift ruiniert zu haben, und erzählte dann, dass sie sich auf die Anzeige unter dem Artikel gemeldet habe.

»Aber Liebes, ist das nicht ein bisschen weit weg?«, meinte ihre Mutter besorgt.

»Und du weißt schon, dass die Schotten mit so einem lustigen Akzent sprechen, den man kaum versteht?«, grinste ihr Vater.

Die ohnehin schon leicht angespannte Jo hatte sich in der letzten Stunde genau dieselben Gedanken gemacht. »Na ja, sollte es nicht gehen, kann ich ja wieder heimfliegen. Die Welt ist nicht mehr ganz so groß wie früher.« Ihr Lächeln wirkte etwas zaghaft. »Und noch habe ich ja keinen Bescheid von dem Hotel erhalten. Vielleicht haben sie ja gar keine Praktikumsstelle mehr frei, vielleicht ist das Team schon komplett.«

Doch schon am Abend, als sie ihre E-Mails abrief, sah sie das Antwortschreiben. Sofern sie eine abgeschlossene Berufsausbildung hätte, würde man sie gerne aufnehmen. Es stehe sogar im Moment noch ein Zimmer in der Personalunterkunft für sie bereit. Jo atmete tief ein und aus. Sollte sie es wagen? Sie hörte in ihrem Hinterkopf wieder Markus' hämische Aussage, wie langweilig sie doch sei.

»Du kannst mich mal!«, zischte sie und schrieb der Verwalterin, dass sie gerne das Angebot annähme und einen der nächsten Flüge nach Glasgow buchen würde.

Und so kam es, dass Jo eine Woche, nachdem sie mit der Verwalterin Mailkontakt hatte, mit einem nervösen Gefühl im Magen im Flugzeug saß. Nach der Landung ging sie mit ihren beiden Koffern zur Bahnstation und kaufte sich ein Ticket nach Oban. Von dort ging es weiter mit dem Überlandbus. Die Bushaltestelle war glücklicherweise in der Nähe des Hotelgeländes. Die großen eisernen Tore waren weit geöffnet, und so marschierte sie, ziemlich beeindruckt von der herrschaftlichen Aufmachung des Hoteleingangs, mit ihren schweren Koffern weiter. Doch wenn sie glaubte, das Hotel wäre gleich um die Ecke, so hatte sie sich getäuscht. Sie musste mit ihrem Gepäck weitere fünfzehn Minuten gehen, bis sie das Haupthaus erreichte. Trotz der kühlen Märzluft kam sie ziemlich ins Schwitzen. Erschöpft, aber froh, endlich angekommen zu sein, meldete Jo sich am Hotelempfang.

»Sie müssen Josephine Müller sein.« Eine junge, sehr gepflegt aussehende Frau kam mit ausgestreckter Hand auf sie zu. »Oh, haben Sie etwa den ganzen Weg mit Ihren schweren Koffern zu Fuß zurückgelegt? Wir hätten Sie doch abholen können.«

Jo lächelte. »Es ging schon. So habe ich bereits einen Teil des Gartens gesehen. Es ist hier ganz zauberhaft.«

»Danke. Ich bin Miss Douglas. Kommen Sie, ich zeige Ihnen Ihre Unterkunft, dann können Sie sich etwas frisch machen. Heute Abend gibt es für Sie ein kleines Willkommensdinner, bei dem Sie die anderen Praktikanten, Gärtner und Gärtnerinnen kennenlernen können. Der Chefgärtner konnte es leider nicht einrichten, auch dabei zu sein, aber ihn werden Sie dann morgen treffen.«

Miss Douglas führte sie aus dem Hauptgebäude heraus und steuerte auf einen kleinen Golfwagen zu. »Stellen Sie bitte Ihr Gepäck da hinten drauf.«

Jo tat wie ihr geheißen und setzte sich danach neben die Verwalterin. »Leben Sie schon lange hier?«, erkundigte sie sich.

»Praktisch mein ganzes Leben. Das Hotel gehört meinen Eltern und wird später an mich übergehen.«

»Oh.« Mehr fiel ihr dazu nicht ein. Die Fahrt dauerte nur wenige Minuten und führte sie durch eine ganz traumhafte Anlage. Schließlich hielt Miss Douglas vor einem größeren Gebäude den Golfwagen an.

»Da sind wir. Hier haben wir die Unterkünfte für unsere Angestellten.«

Jo stieg aus dem Gefährt aus und griff nach ihren Koffern. Miss Douglas machte keine Anstalten, ihr zu helfen. Ohne anzuklopfen, öffnete sie die Tür und wies Jo an, ihr zu folgen. Im Erdgeschoss gab es eine große Gemeinschaftsküche und ein gemütliches Wohnzimmer mit Fernseher und Kamin. Jeder hätte hier sein eigenes Zimmer, erklärte ihr Miss Douglas. »Und Ihres, meine Liebe, ist das da hinten, gleich neben der Küche.«

Sie öffnete die Tür des erwähnten Zimmers und ließ sie in einen zwar schlichten, aber doch großzügigen Raum eintreten. Es gab ein Bett, einen Tisch, einen Stuhl und einen kleinen Nachttisch, auf dem eine altmodische Tiffanylampe stand. Das Badezimmer wiederum musste sie sich auf dieser Etage mit drei weiteren Leuten teilen.

»Ich lasse Sie jetzt erst mal in Ruhe, damit Sie sich einrichten können. Bringen Sie mir bitte im Verlauf des morgigen Tages Ihre Personalien ins Büro, damit ich noch den Papierkram erledigen kann. Die Arbeit beginnt morgens um neun Uhr, die anderen Praktikanten werden Ihnen später zeigen, wo Sie sich einzufinden haben. Wenn Sie Fragen haben, wenden Sie sich an den Chefgärtner, den Sie morgen ja kennenlernen werden. Das Abendessen wird heute ausnahmsweise vom Hotel hierhergeliefert, da, wie ich ja bereits erwähnt hatte, Sie heute alle gemeinsam essen werden, um Sie im Team willkommen zu heißen. Ich wünsche Ihnen einen spannenden und lehrreichen Aufenthalt hier.«

»Vielen Dank.«

Nachdem Miss Douglas sie allein im Zimmer zurückgelassen hatte, begann Jo, ihre Kleider auszupacken, doch schon bald drangen Geräusche in ihr Zimmer, die wohl die Rückkehr der anderen andeuteten. Mutig öffnete sie die Tür und trat dem Trupp gegenüber.

»Oh, hallo!« Eine junge Frau mit knallroten Haaren hatte sie als Erste entdeckt. »Sie müssen die Neue sein.«

Jo lächelte etwas verlegen und streckte ihr die Hand entgegen. »Scheint so. Ich bin Jo. Und ähm, ich entschuldige mich gleich mal vorweg: Mein Englisch ist etwas eingerostet.«

»Ach, du brauchst dich doch deswegen nicht zu entschuldigen. Auch wenn ich schon eine Weile hier bin, hört man mir die Ausländerin noch von Weitem an. Ich bin Marie aus Holland.« Dann zeigte sie nacheinander auf die anderen und stellte sie als Agnes, Giovanni und Olav vor. Die meisten von ihnen waren schon ein paar Monate hier.

»Liz und Greg sind noch draußen, die wirst du später kennenlernen.«

»Wohnen denn alle Angestellten des Hotels hier auf dem Grundstück?«, erkundigte sich Jo.

»Nein, nein. Die meisten wohnen im Dorf. Audrey ist auch nur während der Woche hier. Sie hat gerade erst ihre Ausbildung begonnen und wohnt ansonsten noch bei ihren Eltern. Wo kommst du her, Jo?«

»Aus der Schweiz.«

»Und du willst hier wirklich ein Praktikumsjahr einlegen?«, wunderte sich Agnes. »Bist du dazu nicht schon ein wenig zu alt?«

Jo hätte über diese Frage verletzt sein können, doch sie musste nur laut lachen. »Ja, da hast du vermutlich recht, aber etwas dazulernen kann man schließlich immer, und ich brauchte einfach mal eine Auszeit. Da kam mir dieser Job gerade recht.«

Marie hob eine Augenbraue. »Hm, eine Auszeit? Wenn ich da an unseren Sklaventreiber denke, wirst du wohl eine Auszeit von der Auszeit benötigen.«

»So schlimm?«

»Schlimmer«, meinte nun auch Giovanni. »Aber sosehr es mich freut, dich kennenzulernen, Jo, ich brauche jetzt eine warme Dusche. Wir können uns ja dann später beim Abendessen unterhalten.«

Marie warf ihm einen ihrer Gartenhandschuhe entgegen. »Wenn du glaubst, dass du als Erster das ganze warme Wasser aufbrauchen kannst, täuschst du dich gewaltig, mein Lieber.« Damit rannte sie los ins Badezimmer und schloss die Tür laut krachend hinter sich zu.

Agnes lachte. »Schau nicht so entsetzt, Jo. Das Wasser reicht in der Regel für uns alle. Giovanni ist nur ein Genießer, und wenn er erst mal unter der Dusche ist, kannst du dir das Badezimmer für eine halbe Stunde abschminken. Komm, bis das Bad wieder frei ist, zeige ich dir schon mal das Haus, oder hat Jane das schon gemacht?«

Jo schüttelte den Kopf und folgte Agnes, die ihr alles genau erklärte, durch die Räume. Die Küche wurde gemeinsam benutzt, aber es gab keine Regelung, wer wann mit dem Putzen an der Reihe war. Das ergäbe sich irgendwie von allein. Auch kaufe jeder seine eigenen Lebensmittel im Dorf ein.

»Wie komme ich dahin, gibt es irgendwo ein Fahrrad?«

»Fährst du kein Auto?«, erkundigte sich Olav, der hinter ihnen aufgetaucht war.

»Ich habe die Fahrprüfung vor Jahren mal gemacht, aber seither habe ich nicht mehr hinter dem Steuer gesessen, es war einfach nicht notwendig. Und hier gleich auf der anderen Straßenseite zu fahren, würde mich wohl etwas überfordern. Nein, ich nehme mir lieber ein Rad, wenn es so was gibt.«

»Ich glaube, im Geräteschuppen habe ich so ein altes Ding herumstehen sehen.«

Die Haustür ging auf, und Liz trat Arm in Arm mit Greg ein. Aha, die beiden waren also ein Pärchen. Es stellte sich heraus, dass sie schon seit fünf Jahren hier arbeiteten und sich auch hier kennengelernt hatten. Sie waren Jo auf Anhieb sympathisch.

Später beim Abendessen herrschte eine lockere Stimmung. Jo fühlte sich wohl in der Gruppe, auch wenn sie mit Abstand die Älteste war. Sie wunderte sich nur, wie groß der Garten sein musste, wenn so viele Leute darin beschäftigt werden konnten.

Liz lächelte, als Jo diese Frage laut aussprach. »Er ist riesig. Aber wir sind ja auch noch für die Tiere auf dem Hof verantwortlich, ziehen die meisten Pflanzen selbst groß und haben eine kleine Gärtnerei mit einem Shop. Letzteres ist mein Gebiet.«

Greg schaute seine Freundin stolz an und sagte dann zu Jo: »Du musst dir die Gärtnerei morgen unbedingt ansehen. Liz hat aus diesem ollen Kasten wirklich ein kleines Schmuckstück gemacht.«

»Und der Chefgärtner ist wirklich so schlimm?«, erkundigte sich Jo noch mal und stellte sich vor ihrem inneren Auge einen Typen wie ihren ehemaligen Chef im Altenheim vor.

Greg schaute in die Runde, und ein paar Köpfe wurden rot.

»Na ja, sagen wir mal so: Er ist ziemlich streng und hat hohe Ansprüche ...«

Marie schnaubte auf. »So kann man das auch nennen. Man kann aber auch hohe Ansprüche haben und diese nett und freundlich äußern, ohne einen gleich anzublaffen.«

»Man muss ihn einfach zu nehmen wissen«, meinte Liz versöhnlicher.

»Meiner Meinung nach sollte er anstatt Mr Scarman eher Mr Scare Man heißen«, knurrte Marie. »Er kann einen mit seinen Wutausbrüchen echt das Fürchten lehren. Du hättest hören müssen, wie er Audrey heute wieder zusammengestaucht hat. Dabei ist sie doch erst im ersten Lehrjahr. Ich kann mich noch gut erinnern, was für einen Mist ich in dieser Zeit gebaut habe.«

Greg blickte amüsiert zu Audrey. »Du hättest aber auch wirklich nicht das Tor zu den Schweinen offen lassen sollen. War ja klar, dass die es sich gleich im frisch angesäten Gemüsebeet gemütlich machen.«

Giovanni lachte übers ganze Gesicht. »Aber es war herrlich zuzusehen, wie Scare Man hinter den Schweinen herjagte.« Gelächter ging durch die Gruppe, und auch Jo kicherte, als sie sich vorstellte, wie die Schweine mit ihren Schnauzen die feinkrümelige Erde durchwühlt hatten und sich von dem tobenden Chefgärtner nicht wirklich stören ließen.

»Wir können alle viel von ihm lernen«, meinte Liz dann wieder ernster. »Immerhin hat er schon zwei Goldmedaillen auf der Chelsea gewonnen.«

»Chelsea? Was ist das?«, fragte Jo nun neugierig.

»Wo hast du denn gelebt?«, erkundigte sich Olav erstaunt. »Das ist *die* Gartenmesse überhaupt. Die ist doch der Traum eines jeden Gärtners.« Er schüttelte verständnislos den Kopf.

»Ah … die meinst du.« Jo tat, als wüsste sie, um was es ging, und nahm sich vor, dies im Internet nachzulesen. Sie schien wirklich noch ein absolutes Greenhorn zu sein, was das Gärtnern betraf. Aber schließlich war sie ja hier, um etwas zu lernen.

»Sei einfach pünktlich bei der Arbeit, und tu, was er sagt, dann wirst du auch mit ihm auskommen«, riet ihr Liz am Ende noch.

3. Kapitel

In ihrer ersten Nacht schlief Jo alles andere als gut. Sie war aufgeregt wegen dem, was auf sie zukommen würde, und fragte sich, ob sie mit ihrem neuen Chef zurechtkommen würde. Mittlerweile hatte er in ihrem Kopf die Gestalt ihres früheren Chefs angenommen – mit einer Prise Hitler und einem Hauch Prinz Charles. Uff, was für eine explosive Mischung! Völlig gerädert stand sie schließlich um acht Uhr auf und gönnte sich als Erstes eine Tasse Kaffee. Sie überließ den anderen den Vortritt im Bad, das schien ihr nur gerecht, da sie ja die Neue war. Als sie frisch geduscht in die Küche kam, hatten alle das Frühstück bereits beendet und waren verschwunden. Nur das schmutzige Geschirr stand noch in der Spüle. Aus alter Gewohnheit in ihrem früheren Job ließ Jo Wasser in die Spüle ein und erledigte den Abwasch. Als sie schließlich vor die Tür trat, war immer noch keiner der anderen Praktikanten zu sehen. Doch Agnes hatte ihr ja am Vorabend bereits alles gezeigt, und so wusste sie, wo der Sammelplatz war. Gemütlich schlenderte sie in den ersten Sonnenstrahlen des Tages über den Kiesweg. Als sie am Platz eintraf, stand nur ein Mann lässig an einen Baum gelehnt da und biss gerade geräuschvoll in einen Apfel. Er betrachtete sie von oben bis unten und wischte sich mit dem Ärmel den Saft des Apfels von den Mundwinkeln ab. Gott, sah der

Kerl gut aus! Jo versuchte, sich von seinen dunklen blauen Augen zu lösen, doch er sah sie so eindringlich an, dass es ihr schier den Atem raubte. Sie musste all ihre Willenskraft aufwenden, um ihren Blick abzuwenden. Gelassen hob er den Apfel an den Mund und biss erneut ab. Er hatte noch kein Wort an sie gerichtet, sondern kaute einfach hingebungsvoll weiter und schien wie sie zu warten.

»Und ich dachte schon, ich sei zu spät«, meinte Jo mit einem verlegenen Grinsen. »Wissen Sie, man hat mir noch eingeschärft, dass dieser Typ, also der Chefgärtner, Zuspätkommen überhaupt nicht abkann.«

Der Mann gab nach wie vor außer Kaugeräuschen nichts von sich, was Jo langsam nervös machte, und wenn sie nervös war, begann sie zu plappern. »Er soll ja ein ziemliches Ekelpaket sein. Kennen Sie ihn schon?«

Der Typ nickte nun wenigstens.

»Und ist er wirklich so schlimm, wie man hört?«

Er warf das Gehäuse des Apfels schwungvoll in den Garten und stieß sich vom Baum ab. »Was hört man denn so von ihm?«

Eigentlich hätte diese Aussage Jo eine Warnung sein sollen. Aber sie war mittlerweile so angespannt, dass sie einfach weiterplapperte.

»Na ja, man nennt ihn hinter seinem Rücken Scare Man, das sagt doch alles. Ich bin übrigens Jo, die neue Praktikantin.« Sie streckte ihm die Hand hin, die er geflissentlich ignorierte, und stattdessen ging er einfach an ihr vorbei.

»Na, dann kommen Sie mal mit, Jo, damit ich Ihnen Ihren ersten Job zeigen kann.«

»Ähm, sollten wir hier nicht besser warten, bis die anderen da sind und der Chef kommt?«, fragte sie verunsichert. »Wer sind Sie überhaupt?«

Er drehte sich nur kurz zu ihr um, und in seinem Gesicht war kein Lächeln zu erkennen. »Scare Man. Und Sie sind definitiv zu spät!«

Mist, warum hatte sie bloß ihre große Klappe nicht gehalten? Sie beeilte sich, hinter ihm herzurennen.

»Es tut mir leid!«

»Dass Sie zu spät sind oder dass Sie die Wahrheit gesagt haben?«

»Beides«, kam es hinter seinem Rücken kleinlaut hervor.

Vor einem kleineren Gebäude machte er schließlich halt. »Erstens kenne ich meinen Ruf, und zweitens gilt hier: Wer zu spät kommt, den bestraft das Leben. Sie werden den Schweinestall ausmisten. Das ist immer der Job desjenigen, der zuletzt eintrifft. Ich schätze mal, das haben Ihre netten Kolleginnen und Kollegen Ihnen nicht verraten.«

Daher der rasche Aufbruch, ohne das Geschirr zu spülen.

Er schaute an ihr herunter. »Ist das Ihre Arbeitskleidung?«

Sie trug Jeans, einen dicken warmen Wollpullover mit einer Weste darüber und Halbschuhe.

»Was ist daran auszusetzen?«

»Nichts, wenn Sie die Schuhe danach wegschmeißen wollen.« Er deutete Richtung Haupthaus. »Gehen Sie zu Miss Douglas, und richten Sie ihr aus, Sie bräuchten die Greenhorn-Ausstattung. Anschließend kommen Sie zurück und misten den Schweinestall aus. Schubkarre, Schaufel und Mistgabel finden Sie im Stall. Der Misthaufen ist hinter dem Haus, Strohballen können Sie mit der Schubkarre aus dem Gebäude da drüben holen. Viel Spaß!« Damit schien alles gesagt zu sein. Der Chefgärtner drehte sich um und stampfte mit großen Schritten davon.

Jo sah ihm entgeistert hinterher. Der Typ war wirklich so unmöglich, wie er ihr beschrieben worden war. Etwas eingeschnappt machte sie sich auf den Weg zum Haupthaus. Da sie sich auf der Anlage nicht auskannte, verlief sie sich prompt und brauchte eine Ewigkeit, bis sie endlich am Empfang stand und nach Miss Douglas fragen konnte.

»Ah, wenn Sie schon mal da sind, meine Liebe, können Sie mir auch gleich noch Ihre Personalien und den Fähigkeitsausweis geben, dann müssen Sie sich nicht noch einmal herbemühen.«

Jo schaute zurück in den Garten, als würde der gefürchtete Chefgärtner gleich hinter der nächsten Ecke lauern. »Ich weiß nicht, ich bin schon etwas spät dran, und Mr Scarman ist eh schon leicht angesäuert, weil ich nicht pünktlich erschienen bin.«

Miss Douglas lächelte von oben herab. »Mr Scarman ist auch nur ein Angestellter, meine Liebe, auch wenn er sich manchmal benimmt, als gehöre das alles hier ihm. Jetzt folgen Sie mir bitte ins Büro, dann können wir den Papierkram gleich erledigen.«

»Ich habe aber den Fähigkeitsausweis nicht hier. Ich wusste nicht, dass Sie den brauchen würden.« Sie hatte nicht angenommen, dass ihre Kochlehre hier von Bedeutung wäre.

»Dann lassen Sie ihn sich eben herschicken.«

Zwanzig Minuten später war Jo mit Gummistiefeln, einem Paar Arbeitsschuhen, zwei Pullovern, drei Arbeitshosen und zwei T-Shirts auf dem Weg zurück zum Schweinestall.

»Sie haben ja noch nicht einmal angefangen!«, schimpfte Duncan, als er aus dem Stall hinaustrat. Er war zurückgekommen, um zu sehen, wie sie sich anstellte.

»Lassen Sie Ihren Ärger nicht an mir, sondern an Ihrer Chefin aus. Ich musste ihr noch meine Personalien geben.« Langsam gingen Jo die Leute hier echt auf die Nerven. Sie legte die erhaltenen Kleider säuberlich auf den Fenstersims, zog die Schuhe aus und schlüpfte in die Gummistiefel. Dann ging sie, ohne einen weiteren Blick auf Duncan zu werfen, an ihm vorbei in den Stall. Er folgte ihr.

»Ähm, Sie ...«

Wütend drehte sich Jo zu ihm um, und ihre grünen Augen loderten vor Zorn. »Ich hab noch nicht mal angefangen, es kann also unmöglich sein, dass ich bereits etwas falsch gemacht habe. Man braucht keinen Hochschulabschluss, um Schweine auszumisten. Haben Sie nichts anderes zu tun, als mich hier zu überwachen?«

Überrascht trat er einen Schritt zurück.

Jo verschaffte sich einen Überblick und erkannte fünf Schweine und einen Eber. Dann griff sie nach der Schubkarre und der Mistgabel, öffnete das Gatter und trat ein.

Gespannt verfolgte Duncan das Geschehen. Er kannte nämlich Heribert und hatte Jo lediglich warnen wollen. Doch wer nicht hören will, muss fühlen. Bereits etwas schadenfroh wartete er ab, und Heribert enttäuschte ihn nicht. Kaum hatte er erkannt, dass jemand in seinem Gehege war, wandte er den Kopf und stürmte laut quietschend auf Jo zu. Diese schrie erschreckt auf und wollte gleich wieder aus dem Gehege rennen, doch als sie Duncans lautes Lachen hörte, blieb sie stehen.

»Besser, Sie beeilen sich mit dem Ausmisten, meine Teure. Er tut übrigens nichts, er will nur spielen.«

Ängstlich schaute sie dem Schwein, das kurz vor ihr stehen blieb, in die Augen. Die anderen Schweine ließen sich Gott sei

Dank vom Gehabe ihres Kumpanen nicht anstecken und blieben, wo sie gerade waren.

»Feines Schweinchen.«

»Hm, ich weiß nicht, ob es klug ist, ihm zu sagen, wie er schmeckt. Er heißt übrigens Heribert.« Die Belustigung aus Duncans Stimme war nicht zu überhören.

Jo streckte Heribert die Hand hin, um ihn schnuppern zu lassen, und strich ihm dann vorsichtig über die borstige Backe. Es war ein großes Tier, das ihr bis zu den Hüften reichte. Heribert trottete näher, sodass er seinen Kopf an ihren Beinen reiben konnte. Vorsichtig begann sie, seine Seite zu streicheln, als Heribert sich hinschmiss und sich von ihr auch gleich noch den Bauch kraulen ließ.

»Wenn Sie dann mit der Schmusestunde fertig sind, melden Sie sich bei mir, dann zeige ich Ihnen, was es sonst noch zu tun gibt. Übrigens lässt es sich einfacher arbeiten, wenn man die Schweine zuerst in den Freilaufstall lässt, bevor man mit dem Ausmisten beginnt … und ja, dazu braucht es keinen Hochschulabschluss, sondern lediglich gesunden Menschenverstand, der wohl nicht jedem gegeben ist.« Er stampfte etwas enttäuscht aus dem Stall. Eigentlich hatte er gehofft, dass Heribert diese Jo das Fürchten lehrte und sie schreiend aus dem Gehege rennen würde. Normalerweise klappte das auch ganz ordentlich bei den Neuen, nur anscheinend bei der hier nicht. Vermutlich lag es daran, dass sie bereits etwas älter war und sich nicht mehr so leicht einschüchtern ließ, nicht mal von ihm.

Kurz vor halb zwölf war Jo fertig. Sie wechselte die Schuhe und machte sich dann auf den Weg, die anderen zu suchen. Dabei ging sie durch ein kleines Wäldchen, in dem der Boden über und über mit blauen Blüten bedeckt war. Staunend blieb sie stehen. Als sie Schritte hinter sich hörte, drehte sie sich um. Es war Duncan.

»Das hier, das ist ganz zauberhaft. Was sind das für Blumen?«

Erstaunt sah er sie an. »Sie kennen die nicht?«

»Würde ich sonst fragen?«

»Es sind Bluebells. Eigentlich kennt die hier jedes Kind.«

»Bei uns gibt es die nicht. Ich habe so etwas Schönes noch nie gesehen.«

Er lächelte etwas versöhnlicher. »Ja, sie blühen immer Ende März und vermehren sich praktisch von selbst. Trotzdem braucht es sehr viele Zwiebeln und einige Jahre, bis so ein Teppich entsteht.«

»Ich weiß, dass es von mir jetzt etwas sehr frech ist, zumal ich heute ja auch zu spät gekommen bin, aber dürfte ich vielleicht bereits Mittagspause machen? Ich müsste noch einige Dinge einkaufen gehen. Ich bin ja erst gestern angekommen und konnte noch keine Lebensmittel besorgen.«

»Sie haben das Ausmisten wirklich penibel erledigt, daher drücke ich ein Auge zu. Seien Sie pünktlich um halb zwei wieder am Treffpunkt.«

»Kann ich mir das Fahrrad im Geräteschuppen ausleihen?«

Erstaunt sah er sie an. »Haben Sie keinen Führerschein?«

»Doch schon, aber das letzte Mal bin ich vor circa zehn Jahren gefahren. Ich habe in der Stadt gelebt, und da brauchte ich keinen eigenen Wagen.«

Er nickte. Ein Stadtpüppchen, das hatte ihm hier gerade noch gefehlt. »Tun Sie, was Sie nicht lassen können, aber seien Sie pünktlich wieder da.«

Jo rannte los zum Schuppen und fand darin das alte Fahrrad. Die Reifen waren allerdings platt, vermutlich hatte es schon länger niemand mehr benutzt. Sie hoffte nur, dass ihnen wirklich nur Luft fehlte und sie nicht kaputt waren. Auf der Kiste neben dem Fahrrad lag eine alte und schmutzige Luftpumpe, die glücklicherweise noch funktionierte. Als die Reifen wieder prall waren, fuhr sie mit dem Rad zuerst zurück zu ihrem Zimmer, um ihre Geldbörse zu holen. Marie erklärte ihr den Weg zum Dorf, und dann radelte Jo auch schon los. Lange war sie allein auf der Straße, und als ihr irgendwann doch ein Auto entgegenkam, hupte der Fahrer energisch. So ein Idiot! Doch dann wurde ihr schlagartig bewusst, dass sie automatisch auf der für sie gewohnten, aber hier völlig falschen Straßenseite fuhr. Nach einer Viertelstunde erreichte sie die ersten Häuser und kurz darauf auch den Einkaufsladen. Voll bepackt und mit einem Sandwich in der Hand machte sie sich wieder auf den Rückweg. Sie hatte zum Radfahren die dünnen Gartenhandschuhe anbehalten. Auch wenn die Sonne schien, war die Luft Ende März noch immer kühl. Die Felder waren noch braun und der Frühling noch nicht wirklich ins Land gezogen, und trotzdem war die Landschaft einfach bezaubernd. Sie hatte das Gefühl, noch nie so viel Himmel über sich gesehen zu haben und endlich wieder tief ein- und ausatmen zu können. All ihre Sorgen schienen sich in dieser klaren Luft in Nichts aufzulösen. Obwohl sie sich hier am Rande der Highlands befand, war der Weg ins Dorf und zurück relativ flach. Sie hatte die Fahrt so genossen, dass sie beinahe an der Abzweigung zum Hotelgelände vorbeigeradelt wäre. Sie kicherte bei der Vorstellung, erneut zu spät zu erscheinen. Dieser Scarman hätte wohl vor Wut geschäumt.

Doch so weit wollte sie es nicht kommen lassen und stand daher fünf Minuten zu früh am Treffpunkt. Agnes kam als Zweite auf den Platz. »Du hast ja den ganzen Abwasch heute früh erledigt. Vielen Dank!«

»Ihr hättet mir ruhig sagen können, dass die Letzte den Schweinestall ausmisten muss.«

Agnes kicherte. »Entschuldige, aber das mussten wir alle durchmachen.«

Jo trug nun ihre Gärtnerkluft und die Arbeitsschuhe, die alles andere als bequem waren. Nacheinander trafen auch die anderen ein, und pünktlich auf die Sekunde erschien der Chefgärtner.

Er teilte die Gruppe auf und wies Jo an, die Hortensien im nahegelegenen schattigeren Teil des Gartens zu schneiden und zu düngen. Audrey, die Auszubildende, würde ihr zeigen, wo der Dünger zu finden war, anschließend sollte Audrey Liz in der Gärtnerei helfen. Die beiden stapften davon und luden im Lagerschuppen einen Sack Dünger auf eine Schubkarre. Dann ging Audrey mit ihr zum Hortensien-Garten. Als sie vor den braunen Stängeln standen, sah Jo Audrey fragend an. »Wie tief schneide ich die denn?«

Erstaunt blicke Audrey auf. »Das weißt du nicht?! Also, das sind Annabellen, die schneidest du am besten so eine Handbreit vom Boden ab. Aber wenn du mehr wissen musst, dann fragst du besser Mr Scarman.«

»Nein, nein, das geht schon so. Und wo soll ich das abgeschnittene Zeug entsorgen?«

Audrey erklärte ihr den Weg zum Kompost- und Häckselplatz.

»Alles klar, dann kann ich jetzt loslegen. Danke, Audrey.«

Die Arbeit ging ihr einfach von der Hand, und schon bald waren die Hortensien in diesem Beet geschnitten. Sie las auf der Packung, wie viel Dünger die Pflanzen brauchten und wie sie ihn ausbringen musste. Kein Problem, alles ganz einfach. Stolz auf ihr Werk in diesem Beet, drehte sie sich um und wandte sich dem nächsten Beet zu. Nachdem sie leise vor sich hin summend weitere zehn Pflanzen zurückgeschnitten und gedüngt hatte, machte sie sich mit der Schubkarre auf den Weg zum Kompostplatz, um das Schnittgut zu entsorgen. Als sie zurückkam, stand Duncan da und starrte auf das Beet, das sie zuletzt geschnitten hatte. Als er sie hörte, drehte er sich um, seine Augen funkelten gefährlich.

»Sind Sie eigentlich von allen guten Geistern verlassen?!«

Jo sah aus dem Augenwinkel, dass sich noch ein anderer älterer Mann, ebenfalls in Gärtnerkluft, näherte.

»Was?! Ich habe doch nur getan, was Sie gesagt haben! Ich habe die Hortensien geschnitten und gedüngt, so wie es auf der Packung stand.«

»Sie haben die Hortensien nicht geschnitten, sondern ermordet!«

»Aber ...«

Duncan hielt ihr den Zeigefinger vors Gesicht. »Nichts aber! Wo verdammt noch mal haben Sie Ihre Ausbildung gemacht? Auf einem Bauernhof?! Denn Schweine ausmisten können Sie ja anscheinend!«

»In einem Altenheim, aber das tut hier nichts zur Sache!«

Verwirrt hielt er einen Moment inne, das Altenheim musste groß gewesen sein, wenn es sich einen eigenen Gärtner mit Lehrling leisten konnte. Aber in der Schweiz, wo dieses verrückte Weib herkam, war vermutlich einiges anders als hier.

»Audrey hat mir gesagt, dass man die Annabellen eine Handbreit über dem Boden abschneidet.«

»Das hier«, er zeigte auf das Beet hinter ihm, »sind keine Annabellen, sondern Bauernhortensien, Sie Trampel! Dass man bei diesen nur die Blüten entfernt, lernt man im ersten Lehrjahr. Doch vermutlich können Sie sich nicht mehr daran erinnern, weil Ihre Ausbildung einige Jahrzehnte zurückliegt.«

»Wenn Sie auf mein Alter anspielen, muss ich Sie wohl daran erinnern, dass Sie selbst keine zwanzig mehr sind.«

Der ältere Gärtner, der die Szene amüsiert beobachtet hatte, ging nun dazwischen, bevor Duncan die Frau in der Luft zerreißen konnte.

»Duncan, komm, lass. Ich kümmere mich darum. Wir werden die Hortensien ausgraben, in Töpfe pflanzen, und du gehst und telefonierst mit der Gärtnerei. Bestimmt kannst du neue bestellen.«

»Das werde ich Ihnen vom Lohn abziehen!«

»Den ich ja sowieso nicht bekomme, da ich nur eine Praktikantin bin, die für ihre Unterkunft arbeitet. Oder wollen Sie mich etwa zur Strafe für eine Nacht ausquartieren?!«

Er machte Anstalten, auf sie loszugehen, doch der ältere Mann hob beschwichtigend seine Hand an Duncans Brust. »Geh, Duncan!«

Duncans Blick durchbohrte ihren. »Wir beide sind noch nicht fertig! Sie werden die restliche Zeit, die Sie noch hier sind, den Schweinestall ausmisten.«

»Das mach ich gerne! Die sind nämlich wesentlich netter als Sie.«

Wutschnaubend drehte Duncan sich um und stapfte davon.

Als er außer Hörweite war, seufzte Jo auf. Sie hatte nicht gemerkt, dass ihre Knie zitterten, doch jetzt musste sie sich erst mal hinsetzen. »Da habe ich wohl was Schönes angerichtet.«

Der Gärtner lachte herzhaft und setzte sich neben sie auf die Bank. »Ich muss schon sagen, ich habe mich schon lange nicht mehr so prächtig amüsiert.«

»Wie schön, dass ich wenigstens für Unterhaltung sorgen kann, wenn ich sonst schon zu nichts tauge. Aber er hätte mich wirklich einweisen müssen. Er kann doch nicht einfach davon ausgehen, dass ich weiß, wie man Hortensien schneidet.«

»Wenn man bedenkt, dass Sie eine Gärtnerausbildung haben, sollten Sie das eigentlich schon wissen.«

»Was hab ich?!« Entgeistert sah sie den Mann an.

»Etwa nicht?«, fragte er zurück.

Jo schüttelte den Kopf. »In dem Inserat stand nichts davon, dass man eine Gärtnerausbildung braucht. Und Miss Douglas hat als Voraussetzung nur eine Berufsausbildung verlangt, nicht aber gesagt, in welcher Branche. Ich dachte, das hätte mit dem Alter zu tun, damit sich keine Schulabgänger melden. Zudem stand in dem Inserat, dass man in den Unterhalt einer professionellen Gartenanlage *eingeführt* werde.«

»Das verstehe ich jetzt nicht.« Der Mann kratzte sich am Kinn. »Üblicherweise steht in den Inseraten, dass man nach Abschluss einer Gärtnerausbildung ein Zwischenjahr für ein Praktikum bei uns einlegen kann.«

Jo schlug sich vor Schreck mit der Hand auf den Mund, als ihr klar wurde, wie es dazu gekommen war. Schuldbewusst schaute sie den Gärtner an und sagte leise: »Ich hatte an dem Tag, als ich die Gartenzeitschrift gelesen habe, meinen Kaffee verschüttet und konnte nur noch einen Teil der Anzeige lesen.«

»Was haben Sie denn bisher gearbeitet?«

»Ich war Köchin.«

Der Mann gluckste. »Entschuldigen Sie, meine Liebe, aber das Ganze ist einfach zu komisch. Ich habe mich übrigens noch gar nicht vorgestellt: Ich bin Seamus Scarman.«

»Jo Müller.« Sie schüttelte die dargebotene Hand. »Sind Sie etwa der Vater von diesem ... diesem ...« Ihr fehlten die Worte, da sie ihn nicht beleidigen wollte.

»Nein, sein Onkel. Sie dürfen ihm sein Verhalten nicht übel nehmen, er kann ja nicht wissen, dass Sie ein Gartenneuling sind.«

»Mist, jetzt wird er mich hochkant rauswerfen lassen.«

»Wäre das so schlimm?«

Jo stützte ihre Arme auf den Knien auf und vergrub ihr Gesicht in den Händen. Dann seufzte sie. »Na ja, ich hätte die Auszeit gut gebrauchen können. Wissen Sie, ich habe erst kürzlich meinen Job im Altenheim verloren, und als ich nach Hause kam, fand ich zur Krönung des Tages meinen Freund mit der Nachbarin in meinem eigenen Bett vor. Ich habe meine Kleider in einen Koffer geworfen und bin zurück zu meinen Eltern gezogen. Nun bleibt mir wohl nichts anderes übrig, als erneut bei ihnen angekrochen zu kommen. Dabei bin ich doch langsam in einem Alter, in dem ich selbst was auf die Reihe kriegen sollte.«

»Sie müssen es ja Duncan nicht gleich sagen«, meinte Seamus verständnisvoll. »Dass Sie bei der Arbeit zupacken können, haben Sie ja heute früh bei den Schweinen bereits gezeigt. Ich werde mit Duncan reden und schauen, dass Sie mit mir zusammen eingeteilt werden, dann können Sie mir helfen, und ich werde ein Auge auf Sie haben, damit Sie nichts falsch machen.«

»Aber er ist Ihr Neffe. Müssen Sie es ihm da nicht sagen?«

»Theoretisch ja, aber Sie schaden ja niemandem wirklich.«

»Miss Douglas wollte meinen Fähigkeitsausweis. Jetzt versteh ich auch, wieso.«

»Was haben Sie ihr gesagt?«

»Die Wahrheit, dass ich ihn in der Schweiz gelassen habe. Ich bin ja nicht davon ausgegangen, meinen Köchinnenausweis hier zu benötigen.«

Seamus grinste. »Dann halten Sie den Drachen weiter hin,

und irgendwann wird Sie es einfach vergessen. So und nun machen wir uns an die Arbeit, bevor Duncan uns beide rausschmeißt.«

Seamus zeigte ihr, wie man die Hortensien vorsichtig aus der Erde hob. Dann wies er sie an, saure Erde zu holen, und half ihr beim Eintopfen. Die Töpfe wurden dann in das Gewächshaus gestellt, damit ein später Frost den Wurzeln nicht schaden konnte. Kaum hatten sie den letzten Topf in Sicherheit gebracht, kam Duncan hinzu. Er würdigte sie keines Blickes und redete nur mit seinem Onkel. Anscheinend hatte er in zwei der umliegenden Gärtnereien Ersatz für die Hortensien organisieren können, die jetzt abgeholt werden sollten. Allerdings würden sie mit dem Einpflanzen warten müssen bis Ende April, doch Duncan wollte kein Risiko eingehen – nicht, dass ihm noch jemand die Pflanzen vor der Nase wegschnappen würde. »Mach dir keine Gedanken. Wir sind hier fertig und holen sie gleich ab.« Duncan nickte kurz, bevor er sich wieder an seine eigene Arbeit machte, während Seamus mit Jo zu den Gärtnereien fuhr.

Am Abend war sie völlig erledigt und froh, dass sich heute jeder selbst was aus der Küche holte und kein gemeinsames Essen stattfand. Bevor sie sich zurückzog, drehte sie sich zu Agnes um.

»Du kannst den anderen übrigens sagen, dass sie morgen ihr Geschirr in Ruhe spülen können, denn für das Schweinestallausmisten bin in nächster Zeit ich zuständig.«

»Ich hab schon gehört, dass du heute Mist gebaut hast, aber das mit den Schweinen hast du nicht verdient.«

»Ach, das macht mir nichts aus. Ich mag Tiere, und Schweine sind mir ebenso recht wie andere. Schlaf gut, ich geh jetzt ins Bett.«

Doch obwohl sie so müde war, wälzte sie sich ruhelos im Bett hin und her. Sie überlegte, ob sie nicht doch bei Miss Douglas mit der Wahrheit herausrücken sollte. Es kam ihr ein bisschen unfair vor, allen etwas vorzumachen, was sie nicht war. Sie beschloss, so schnell wie möglich eine andere Stelle zu suchen und dann das geplante Jahr hier abzubrechen. Bis dahin würde sie mit Seamus zusammenarbeiten, um so wenig Schaden wie möglich anzurichten.

Wilde Träume von entwurzelten Bäumen und zerschredderten Rosen verfolgten Jo im Schlaf, und immer wieder stand Duncan mit anklagendem Blick vor ihr. Gegen fünf Uhr früh war dann endgültig Schluss mit ihrer Nachtruhe. Sie beschloss, aufzustehen und die Schweine bereits auszumisten, dann konnte sie Seamus früher bei der Arbeit helfen. Rasch schlüpfte sie in eine Jeans und einen Sweater, duschen würde sie erst nach dem Ausmisten. Sie schnappte sich einen Apfel aus der Früchteschale für Heribert und machte sich auf den Weg zum Stall. Es war noch dunkel, und so war sie auch nicht erstaunt, dass die Schweine gemütlich im Stroh lagen und dösten. Doch geweckt von dem dumpfen Licht im Stall blinzelte Heribert sie an und rappelte sich langsam hoch.

»Hallo, mein Süßer. Na, gut geschlafen?«

Sie langte über das Gitter und strich über seine Steckdosenschnute. Dann ging sie nach draußen, um das Tor in den Freilaufstall zu öffnen. Gemütlich kam er herausgetrottet und nahm ihr vorsichtig den Apfel aus der Hand, den sie ihm hinhielt. »Gleich gibt's Frühstück, aber zuerst müssen wir deine Ladys noch rausbekommen, damit ich es euch wieder sauber und gemütlich machen kann.«

Mit der Zeit und ein paar Lockrufen kamen auch die anderen Schweine neugierig nach draußen getrottet, und sie konnte das

Gatter hinter ihnen wieder schließen und mit dem Ausmisten beginnen. Danach ging sie mit dem Schubkarren Richtung Hotel, um die Küchenabfälle für die Schweine abzuholen. Als sie auch das Wasser ausgewechselt hatte, öffnete sie das Gatter wieder und rief den Schweinen zu: »Es ist angerichtet!«

Jo musste lachen, als sie sah, wie schnell die Tiere an ihrem Futtertrog waren, und dem lauten Schmatzen nach zu urteilen, schien es ihnen zu schmecken. Sie stellte die Gerätschaften zurück an ihren Platz und machte sich dann auf den Weg zu ihrem Zimmer. Weil sie noch genügend Zeit hatte, legte sie einen Umweg ein und nahm den Pfad, der durch den kleinen Wald zum Meer hinunterführte. Mittlerweile tauchte die Sonne alles in ein wunderbar warmes Licht. Aber das warme Licht täuschte, denn es war noch immer so kalt, dass ihr Atem kleine Wölkchen verursachte. Als sie aus dem Wald an die Küste trat, sah sie weiter vorne auf einem Stein jemanden mit einem Riesenvieh von Hund neben sich sitzen. Jo erkannte Duncan, der aufs Meer hinausstarrte und tief in Gedanken versunken zu sein schien. Der Hund hatte sie erstaunlicherweise nicht bemerkt, der Wind wehte wohl aus der anderen Richtung. So früh am Morgen konnte sie auf ein Gespräch mit dem Schrecken des Gartens definitiv verzichten, daher machte sie kehrt und ging zurück zum Haus, um zu duschen und zu frühstücken.

Dieses Mal stand sie pünktlich mit den anderen am Treffpunkt bereit. Duncan teilte alle in Gruppen ein und ordnete an, dass Jo den Stall ausmisten solle. »Bereits erledigt«, meinte sie ein bisschen stolz auf sich selbst.

Erstaunt sah Duncan sie an. »Okay, dann können Sie Audrey im Gewächshaus helfen. Rausputzen, ansäen von Sommerflor und Fuchsien umtopfen.«

Duncan wollte den Sammelplatz gerade verlassen, als Jo sich räusperte: »Ähm ...«

Er drehte sich um. »Ja, was ist denn noch? Falls Sie denken, vom Schweinestallausmisten befreit zu werden, nur weil Sie einmal Ihren Hintern etwas früher hochbekommen haben, muss ich Sie enttäuschen. Was Sie gestern angerichtet haben, ist damit keinesfalls wettgemacht.«

So ein eingebildeter Kerl! »Das ist es nicht. Ich weiß, dass ich gestern Mist gebaut habe, deswegen müssen Sie mich nicht so abkanzeln! Und gegen das Ausmisten habe ich überhaupt nichts einzuwenden, die Schweine sind nämlich eine wesentlich angenehmere Gesellschaft als mancher Zweibeiner, der sich als Chefgärtner aufspielen muss.«

Ups, nun war es doch raus, dabei wollte sie sich doch beherrschen. Er trat einen Schritt auf sie zu, und trotz seines tief sitzenden Hutes konnte sie seine Augen Funken sprühen sehen.

»Sie sollten Ihr Mundwerk besser etwas unter Kontrolle behalten, wenn Sie Ihr Praktikum hier überleben möchten, meine Liebe.« Er drehte sich um und wollte davonstampfen, doch Jo ließ nicht locker.

»Aber wo ist denn Seamus? Hat er nicht mit Ihnen gesprochen? Er meinte, wir könnten zusammenarbeiten.«

Ohne sich umzudrehen, rief Duncan: »Er hat sich heute krankgemeldet, und Sie tun nun besser, was man Ihnen aufgetragen hat.«

Jo seufzte tief und hoffte inständig, nicht wieder was falsch zu machen. Sie beschloss, sich eng an Audrey zu halten und das zu tun, was sie bei ihr sah.

»Also«, begann diese, »teilen wir uns das Gewächshaus auf. Du machst die linke Seite sauber und ich die rechte.«

»Okay.« Sie beobachtete, wie Audrey als Erstes die Pflanzen aus dem Gewächshaus ins Freie stellte, und tat es ihr gleich. Wenigstens konnte bei diesem Job nichts schief gehen. Beim Putzen konnte sie ja nun wirklich nichts kaputtmachen. Als die Pflanzen auf ihrer Seite alle fein säuberlich in einer Reihe vor dem Gewächshaus standen, begann sie, mit dem Besen den Boden sauber zu kehren und Spinnweben herunterzuwischen. Dann beschloss sie, einen Eimer Wasser zu holen, um auch gleich noch die Scheiben in neuem Glanz erstrahlen zu lassen. Gegen zwölf Uhr, als Duncan auf seiner Arbeitskontrolle vorbei kam, war alles blitzblank geputzt. Viel sauberer als auf Audreys Seite, und darüber war sie schon etwas stolz, auch wenn diese bereits die Pflanzen wieder ins Gewächshaus zurückgebracht hatte und sie noch nicht. Doch das würde sie jetzt gleich noch nachholen.

»Welcher Idiot hat die Tomatensetzlinge in die Sonne gestellt?!«, brüllte Scarman ins Gewächshaus. Verflixt, das konnten nur ihre sein, denn Audreys Pflanzen standen ja bereits alle wieder drinnen. Aber die harmlose Märzsonne konnte den Setzlingen wohl kaum einen ernsthaften Schaden zugefügt haben, oder? Sie beeilte sich, nach draußen zu kommen, wo sich ihr ein mitleiderregendes Bild bot: Die kleinen Blätter der zarten hellgrünen Pflanzen hingen schlaff an den Stielen, einige waren auch bereits verdorrt. Daneben stand ein wutschnaubender Duncan.

»Es tut mir leid. Ich hätte nicht gedacht …«

»Natürlich haben Sie nicht gedacht. Als ob Sie überhaupt denken könnten! Sagen Sie mal, sind Sie hergekommen, um mir meinen Garten zu zerstören?! Sie, Sie, Sie … Pflanzenterminator! Ich weiß nicht, wo Sie Ihre Ausbildung gemacht haben und ob Sie die überhaupt abgeschlossen haben, aber in meinem Garten werden Sie ohne meine persönliche Einwilligung keine Pflanze mehr anrühren. Wenn Seamus nicht da ist, werden Sie von nun an mit mir arbeiten, und wehe, wehe, Sie wagen es, auch nur einen Blick auf eine meiner Pflanzen zu werfen, ohne mich vorher gefragt zu haben! Verstanden?!«

Jo nickte und traute sich nicht, auch nur einen Pieps von sich zu geben.

»Jetzt bringen Sie diese Tomatenleichen auf den Kompost, und räumen Sie die restlichen Pflanzen wieder ins Gewächshaus. Danach können Sie Mittagspause machen.«

Am Nachmittag stapfte sie mit gesenktem Blick hinter Duncan her, er hatte sie von ihrem ursprünglichen Job im Gewächshaus abgezogen und gemeint, er hätte da eine Aufgabe, bei der sie den Pflanzen nicht schaden könne. Vor einem großen Stück Wiese blieb er stehen.

»So, das wird heute Nachmittag Ihr Projekt sein. Sie bereiten daraus ein bepflanzbares Stück Land vor, hier soll als Nächstes ein Präriegarten entstehen. Holen Sie sich die nötigen Geräte aus dem Schuppen, und dann können Sie loslegen. Die entfernten Grassoden können Sie auf den Kompost werfen.«

Damit ließ er sie allein, denn er hatte heute Nachmittag noch einen Termin außerhalb des Hotelgeländes wahrzunehmen. Jo blickte auf das Feld, einerseits erleichtert, dass sie hier wirklich nichts zerstören konnte, und andererseits etwas beängstigt von der Größe des Landstücks, das sie bearbeiten sollte.

»Je eher du loslegst, desto eher bist du fertig«, sagte sie zu sich selbst und holte die Arbeitsgeräte.

Schon kurz nachdem sie die ersten Meter umgegraben hatte, war ihr bewusst geworden, was für einen Knochenjob sie da erhalten hatte. Glücklicherweise hatte sich wenigstens die Sonne hinter ein paar Wolken versteckt und es war nicht mehr so warm wie am Morgen. Trotzdem schwitzte sie wie ein Pferd. Was Seamus wohl fehlte? Sie hoffte, dass er morgen wieder gesund war und sie mit ihm etwas leichtere Arbeiten erledigen konnte. Bestimmt würde sie nach dieser Plackerei einen zünftigen Muskelkater bekommen.

Mit der Zeit hatte sie einen Rhythmus in ihre Arbeit gebracht: Zuerst mit dem Spaten die Grasstücke abstechen und in die Schubkarre werfen, zum Kompost fahren und Karre leeren, danach die Erde aufhacken und das Unkraut entfernen, bevor es wieder mit dem Abstechen weiterging.

Die Wolken am Himmel wurden immer dunkler, und zu allem Elend begann es dann auch noch zu regnen. Die Erde verwandelte sich ziemlich schnell in schwere Lehmklumpen, aber sie war noch nicht in der Hälfte des Geländes angekommen und traute sich nicht, abzubrechen. Bestimmt würde sie sich sonst nur neuen Ärger einhandeln, und den konnte sie sich wirklich nicht mehr leisten. Sie wollte keinen Rausschmiss riskieren, bevor sie nicht etwas Neues gefunden hatte. Ihr klangen wieder die Worte von Markus in den Ohren. »Ja, ja, nach Hause zu Mami und Papi.« Nein, dieses Mal nicht! Sie würde sich schon durchbeißen und es allen zeigen. Wütend stach sie wieder in die Erde und löste das nächste Grasstück ab. Wie eine Irre arbeitete sie sich weiter vor. Ihre Arme zitterten vor Anstrengung und Kälte. Mittlerweile war sie völlig durchnässt, aber sie würde nicht aufhören, nein, sie würde allen zeigen, dass keine Memme in ihr steckte.

Zurück auf dem Landgut, beschloss Duncan nachzusehen, wie weit die Arbeit seines Teams vorangekommen war. Zusammen mit seinem Hund Bandit macht er sich auf den Weg. Er war durchaus zufrieden mit seinen Praktikanten, nur die Neue und die Lernende Audrey machten ihm etwas Sorgen. Es war bereits nach sechs Uhr abends, und das Licht wurde langsam schummrig, als er zu dem Bereich kam, den er Jo zugeteilt hatte. Er traute seinen Augen nicht: Im strömenden Regen setzte das verrückte Weib gerade wieder dazu an, die nächste Grassode abzustechen. Die Kleider klebten an ihrer Haut, und sie schaute aus, als hätte sie wer ins Regenfass getunkt.

»Sie kann man wohl gar nie allein lassen!«, donnerte er los.

Jo blickte erstaunt in seine Richtung. Dann kochte blinde Wut in ihr hoch. Sie warf den Spaten hin und stapfte empört zu ihm hin. Die Hände in die Seiten gestützt, baute sie sich vor ihm auf. »Was?! Was zum Teufel soll ich jetzt wieder verkehrt gemacht haben!?«

Der Regen tropfte aus ihren Haaren, und Duncan sah, wie sie zitterte. Vor ihm stand eine geballte Ladung weiblicher Zorn, und dennoch sah sie aus wie eine Göttin ... eine Göttin auf dem Kriegspfad, schoss es ihm durch den Kopf. Er musste sich ein Lachen verkneifen und hob stattdessen die Hand, um ihr eine vorwitzige Haarsträhne hinters Ohr zu streichen. Die Geste überraschte sie beide, aber Jo wich nicht zurück.

»Es war nicht gedacht, dass Sie heute das ganze Feld umgraben, Jo. Sie triefen vor Nässe. Gehen Sie heim, und lassen Sie sich ein heißes Bad ein. Das Aufräumen übernehme ausnahmsweise ich«, meinte er etwas versöhnlicher.

»Das brauchen Sie nicht, ich schaffe das gut allein.« Sie drehte sich um und wollte den Spaten aufheben, doch er hielt sie mit der Hand am Arm zurück.

»Sie zittern vor Kälte und Anstrengung, verdammt noch mal!«

Noch bevor Jo wusste, wie ihr geschah, griff er mit beiden

Händen um ihre Taille, hob sie mit Schwung hoch und warf sie sich wie einen nassen Sack über die Schulter. Sie strampelte und versuchte, sich zu befreien. »Lassen Sie mich runter, Sie ... Sie!«

Doch er lachte nur und stapfte mit ihr durch den Regen.

»Ich kann selbst gehen«, wetterte sie mit dem Kopf nach unten. »Und außerdem bin ich viel zu schwer, um durch die Gegend getragen zu werden.«

»Ich bin es gewohnt, schwere Säcke rumzutragen.« Sie schlug mit der flachen Hand auf seinen Rücken, was wiederum nur ein Lachen aus seiner Kehle entlockte. »Allerdings sind die wesentlich weniger wehrhaft.«

Kurz darauf blieb er vor der Personalunterkunft stehen. Anscheinend hatte er eine Abkürzung benutzt, die sie noch nicht kannte. Er ließ sie runter, öffnete die Tür und rief hinein: »Marie!«

»Ja?«, schallte es zurück.

»Lassen Sie ein heißes Bad für Jo ein, und machen Sie ihr eine Tasse Tee.«

»Ich kann das allein!«, rief Jo hinterher.

Duncan schaute auf sie hinunter, er war gut einen Kopf größer als sie. Jo sah in seinen Augen ein belustigtes Funkeln, als er ihr Kinn anhob. »Ich weiß, Jo, Sie sind schon ein großes Mädchen. Darum spielen Sie wohl auch so gerne im Schlamm.«

Damit ließ er sie in der Obhut von Marie zurück, die an der Tür erschienen war.

»Wie siehst du denn aus?! Hat er dich so lange auf dem Feld schuften lassen?! Dieser Mistkerl!«

Jo schüttelte nur den Kopf und ging an ihr vorbei in Richtung Badezimmer. Bei jedem Schritt hinterließ sie kleine Pfützchen auf dem Boden. Marie beeilte sich, hinter ihr herzukommen, doch vor dem Badezimmer hielt Jo sie zurück. »Ich kann mir wirklich selbst ein Bad einlassen. Danke.«

»Okay, dann mach ich dir aber wenigstens eine Tasse Tee und bringe sie dir gleich.«

»Danke, das ist sehr nett.« Jo schloss die Tür hinter sich und begann, Wasser in die Wanne laufen zu lassen. Sie zitterte wirklich wie Espenlaub und ärgerte sich ein wenig, so unvernünftig gewesen zu sein. Dabei hat sie doch nur mal beweisen wollen, dass man sie auch brauchen konnte und sie nicht alles verkehrt machte. Seufzend setzte sie sich in die Wanne, schloss die Augen und spürte, wie die Tränen hinter ihren Lidern brannten. Vielleicht sollte sie doch alles hinschmeißen und nach Hause fahren. Das hier war wohl eine Schnapsidee gewesen. Es klopfte leise an der Tür. Schnell spritzte Jo sich etwas Wasser ins Gesicht, um die Tränen zu vertuschen.

Marie streckte den Kopf herein. »Ich habe dir den Tee mitgebracht. Darf ich reinkommen?«

Es war Jo etwas unangenehm, aber sie wollte auch nicht prüde erscheinen, daher nickte sie. Marie stellte die Tasse auf den Wannenrand und setzte sich gleich daneben.

»Weißt du, Duncan hat uns ja alle ziemlich hart rangenommen, aber so was hat er bisher noch nie geboten.«

»Es war nicht seine Schuld«, stellte Jo nun richtig. »Er hatte mir nur aufgetragen, das Feld für ein Beet vorzubereiten. Ich hätte jederzeit abbrechen können. Doch ich habe, seit ich hier bin, nur Mist gebaut, sodass mein Ego mich einfach weiterschuften ließ.«

»Ach, Süße.« Marie strich ihr mitfühlend über die Hand, die auf dem Badewannenrand lag.

»Ich möchte das Jahr nicht abbrechen, bevor ich etwas anderes habe.«

Marie sah sie verwundert an. »Du willst hier weg?«

»Von wollen kann nicht die Rede sein. Aber du siehst ja selbst, dass ich hier nicht wirklich was auf die Reihe bekomme und mehr eine Last als eine Hilfe bin.«

Marie lächelte. »Das wird schon. Wir hatten alle unsere Momente, in denen wir am liebsten alles hingeschmissen hätten …«

»Aber ihr versteht was vom Gärtnern, und ich … ich habe irgendwie zwei linke Hände.« Beinahe hätte sie verraten, dass sie keine Gärtnerausbildung hatte, doch das wollte sie zu diesem Zeitpunkt noch nicht riskieren. Sie kannte Marie noch nicht so gut und wusste nicht, inwieweit sie ihr vertrauen konnte.

»Du bist gerade erst angekommen. Lass dir Zeit, dich einzufinden und dich mit den Arbeitsabläufen vertraut zu machen. In ein paar Tagen wird alles anders aussehen, du wirst sehen.« Dann stand Marie auf. »Gib nicht so schnell auf, Jo. Du packst das schon.«

Sie hob Jos völlig verschmutzte und nasse Kleider vom Boden auf. »Die werfe ich gleich mal für dich in die Waschmaschine.«

»Danke, du bist ein Schatz, Marie.«

Nach dem Bad zog sich Jo ohne Abendbrot gleich zurück in ihr Zimmer. Sie hätte die fragenden Blicke der anderen nicht ertragen.

Duncan war mit seinem Hund zu dem Feld zurückgekehrt. Er sammelte die Geräte ein und legte sie auf die Schubkarre. Bevor er ging, warf er noch einen Blick auf das Feld. Sie hatte wirklich einen großen Teil geschafft und dafür, dass es so geregnet hatte, sah dieser Teil nicht mal schlecht aus. Er lächelte zu seinem Hund hinunter. »Ein verrücktes Weib.« Der Hund zog die Lefzen nach hinten, als wolle er ihm grinsend zustimmen. Lachend wuschelte Duncan den Kopf seines Wolfshundes durch. »Komm, Bandit, lass uns auch ins Trockene gehen.«

4. Kapitel

Am nächsten Tag war Seamus noch immer nicht zurück, und Jo wurde wieder dem Feld zugeteilt, doch dieses Mal zusammen mit Olav. Zu zweit kamen sie viel schneller voran und konnten so bereits am Nachmittag die Erde für die Pflanzung vorbereiten. Sie arbeiteten Kompost in den Boden ein und hackten und rechten die Erde so lange durch, bis sie feinkrümelig war. Jo spürte jeden Knochen und Muskel in ihrem Körper und war mehr als froh, dass das Wochenende bevorstand und sie sich etwas erholen konnte. Sie würde sich nur um die Schweine kümmern müssen und konnte sonst tun und lassen, was sie wollte. Olav erzählte ihr, dass er mit den anderen in den Norden fahren würde, um sich Inverness anzusehen. »Hast du nicht Lust mitzukommen?«

»Ach nein, lass mal«, meinte sie. »Ich glaube nicht, dass ich morgen auch nur einen meiner Arme, geschweige denn meine Beine bewegen kann. Ich freu mich schon auf mein Bett und werde es nur unter Gewaltandrohung verlassen.«

Olav schmunzelte. »Für dein Alter bist du aber noch ziemlich fit.« Für diese Bemerkung kassierte er prompt einen Klaps von ihr.

Am Samstag hatte sie die Unterkunft tatsächlich ganz für sich allein, sogar Liz und Greg waren weg. Die beiden waren zu Gregs Eltern gefahren.

Nachdem sie den Stall ausgemistet und die Schweine gefüttert hatte, zog sie sich mit einem Buch zurück ins Bett und genoss die Ruhe und den Frieden. Am Nachmittag machte sie sich auf den Weg, um sich das Grundstück genauer anzusehen. Selbst jetzt, wo der Frühling noch nicht wirklich richtig ins Land gezogen war, konnte man erkennen, wie prachtvoll der Garten war. Gut eingemummelt setzte sie sich etwas später an die steinige Küste und blickte aufs Meer hinaus. Eine Silbermöwe flog über sie hinweg und ließ ihren klagenden Laut übers Wasser klingen. Die Luft war vollgesogen mit den Gerüchen des Meeres, die Jo so liebte. Ihr war klar, dass sie sich eigentlich nach einem neuen Job umsehen sollte, mit dem sie ihr Jahr in Schottland finanzieren konnte. Aber sie wollte diesen herrlichen Garten nicht wirklich verlassen. Irgendwie musste sie es hinbekommen, dass sie auch ohne Gärtnerausbildung bleiben konnte. Sie wollte sich mehr Gedanken darüber machen, und die besten Ideen waren ihr noch immer beim Backen gekommen. So beschloss sie, mit dem Rad ins Dorf zu fahren und Zutaten für Schokoladenmuffins zu besorgen. Da sie den Abend allein würde verbringen müssen, würde auch die Gesellschaft von Herrn Pinot Grigio nicht schaden. Mal sehen, ob sie davon im Dorf nicht auch eine Flasche auftreiben konnte.

Die Wolken am Himmel zogen sich langsam dichter zusammen, als sie die Hälfte der Strecke hinter sich hatte. Sie würde sich beeilen müssen, wenn sie noch trocken zurück nach Hause radeln wollte.

Schließlich erreichte sie den Lebensmittelladen und wollte gerade ihr Fahrrad in der Seitengasse abstellen, als sie Zeugin davon wurde, wie drei Halbstarke einen Jungen in die Mangel nahmen. Zwei dieser Idioten hielten den kleinen Kerl fest, während der Dritte ihm gerade einen Schlag in die Magengrube verpasste, sodass er sich zusammenkrümmte und aufheulte.

»Du bist ja so was von behindert«, lachte der Schläger hämisch.

Krachend ließ Jo ihr Fahrrad fallen. »Den einzigen Behinderten, den ich hier sehe, bist wohl du! Der Junge muss ja sehr stark und gefährlich sein, wenn du zwei deiner Kumpels brauchst, um ihn festzuhalten!«

Der Typ ging einen Schritt auf sie zu. »Du mischst dich hier besser nicht ein, Schlampe!«

Die beiden anderen ließen ebenfalls von dem Jungen ab und kreisten Jo nun so ein, dass sie mit dem Rücken an der Mauer des Ladens stand. Der Junge hatte die Gelegenheit genutzt und sich aus dem Staub gemacht. Gut gemacht, Jo, dachte sie verbittert, aber ihr war klar, dass sie nun keine Angst zeigen durfte und ein Pokerface bewahren musste.

»Und wenn du glaubst, ich sei hier dazwischengegangen, ohne vorher die Polizei zu verständigen, dann bist du noch dämlicher, als ich geglaubt habe.« Oder als ich selbst, seufzte sie innerlich.

Der Typ stemmte seine Arme in die Seite und setzte ein Grinsen auf, das sie an den Joker aus *Batman* erinnerte. Es ließ ihr einen kalten Schauer über den Rücken laufen. Nerven bewahren, Jo, sprach sie sich Mut zu.

»Die Bullen hast du gerufen?!« Er schaute seine beiden Kollegen an und lachte laut. »Bis die hier sind, sind wir längst weg. Es ist bei uns ein bisschen anders als bei euch Krauts. Nicht in jedem Scheißkaff haben die Scheißbullen einen Scheißposten.«

Obwohl Jo das Herz bis in den Hals pochte, baute sie sich vor ihm auf. »Ist ja klar, dass du Dummdödel denkst, ich sei eine

Deutsche, aber ich bin Schweizerin, und vermutlich weißt du noch nicht mal, wo dieses Land liegt. Aber ich verrate dir was, in meinem Land essen wir Typen wie dich zum Frühstück.«

»Gibt's hier ein Problem?!« Duncan und der Ladenbesitzer traten in die Gasse, bewaffnet mit Baseballschlägern, die im Laden zu kaufen waren. Jo hätte den beiden die Füße küssen können und atmete erleichtert auf.

Die Halbstarken merkten, dass sie hier den Kürzeren ziehen würden, und ihr Anführer hob abwehrend die Hände in die Luft. »Nein, Alter, wir haben hier nur ein gepflegtes Gespräch geführt.«

Auf einmal trat der kleine Junge, den die Kerle zuvor drangsaliert hatten, hervor und schoss mit einer Kamera Fotos.

»Hey, was soll das!?«, rief der eine Schläger und hob die Hände vor sein Gesicht.

»Macht euch einfach vom Acker, und lasst euch hier nie wieder blicken, sonst werden wir die Bilder zusammen mit einer Anzeige der Polizei übergeben.« Der Ladenbesitzer wies mit dem Kopf zu dem Jungen mit der Kamera. »Dies ist ein friedlicher Ort, treibt eure idiotischen Spielchen woanders.«

Duncan und der Ladenbesitzer traten zur Seite, damit die Schlägertypen an ihnen vorbeiziehen konnten. Als sie um die Ecke gebogen waren, gaben Jos Knie nach, und sie musste sich erst mal auf den Boden setzen. Duncan hockte sich neben sie hin. »Alles okay mit Ihnen?«

Sie nickte. »Ja, ich brauche nur einen Moment.«

Der Junge war auf einmal ebenfalls neben ihr. »Danke! Wenn Sie mir nicht geholfen hätten, hätten die mich fertiggemacht.« Sie wuschelte ihm durch sein dunkelbraunes Haar. Neben seinem rechten Auge klaffte eine unschöne Wunde, und er sah noch etwas blass aus.

»Gern geschehen. Ich wünschte mir nur, ich wäre eher gekommen, dann gäbe das hier auch kein Veilchen.« Sie deutete auf sein Auge, doch er zuckte nicht mal mit der Wimper und schien eher noch stolz darauf zu sein. Irgendwas war seltsam an dem Jungen, er schien tatsächlich eine leichte Behinderung zu haben. Doch bevor sie weiter darüber nachdenken konnte, reichte ihr Duncan die Hand, um sie hochzuziehen.

»Ich bin froh, dass Sie überhaupt dazugekommen sind. Ich war nur kurz im Laden, um ein paar Dinge zu besorgen, und Nick wollte draußen warten ...«

Erst jetzt dämmerte es Jo, dass der Junge vermutlich Duncans Sohn war. Natürlich, jetzt, wo sie sich Nicks blaue Augen ansah ... aber auch sonst schien er eine Miniaturausgabe von Duncan zu sein. Nur die Haarfarbe war anders: Duncans Haare waren von einem hellen Braun, das bereits an den Schläfen ein paar graue Spuren aufwies, und Nicks waren dunkelbraun. »Er ist Ihr Junge?«

»Ja. Nick, das ist Jo, eine der Praktikantinnen auf unserer Gartenanlage. Jo, das ist Nick, mein Sohn.« Sie hörte den Stolz in seiner Stimme.

Nick schaute sie mit schräg gelegtem Kopf an. »Jo? Das ist aber ein Männername.«

Jo lachte. »Mit richtigem Namen heiße ich Josephine. Keine Ahnung, was meine Eltern sich dabei gedacht haben, mir einen so langen Namen zu geben.«

Nick kicherte. »Ich kann Sie aber nicht Jo nennen, denn ein Junge in meiner Klasse heißt so, und der ist ziemlich blöd.«

»Dann nennst du mich eben einfach Josy.«

Spontan schlang Nick seine Arme um ihre Taille und drückte sich an sie. »Danke.«

»Gern geschehen. Und ich danke dir, dass du Verstärkung geholt hast.«

»Es war ziemlich leichtsinnig von Ihnen, mit nichts anderem als einer großen Klappe bewaffnet auf diese Halbstarken loszugehen.«

Jo beachtete Duncans Einwand gar nicht erst und drückte Nick, gerührt von seiner Umarmung, noch etwas enger an sich heran. Dann kniete sie sich zu ihm hinunter. »Bist du wirklich okay? Der Typ hat dir ziemlich hart in den Magen geboxt.«

»Was?!« Duncan hob das Kinn seines Sohnes hoch, um ihm in die Augen zu sehen. »Davon hast du gar nichts gesagt. Ist dir übel? Geht's dir gut?«

Nick grinste schief. »Dad, es ist alles in Ordnung. Ich bin doch nicht aus Zucker.«

Trotzdem hob Duncan sein T-Shirt hoch, und als er die roten Stellen erblickte, die die Faust hinterlassen hatte, sah er aus, als hätte er den Typen eigenhändig umbringen können. »Wir gehen gleich beim Doc vorbei.«

»Das ist nicht nötig, Dad. Es ist alles bestens. Bitte ... das ist nur peinlich.«

»Keine Widerrede!« Er wandte sich an Jo: »Danke noch mal.« Dann zog er den widerstrebenden Nick hinter sich her, und Jo machte sich auf in den Laden, um endlich ihre Einkäufe zu erledigen. Als sie mit ihren Sachen an der Kasse stand und die Geldbörse zücken wollte, schüttelte der Ladenbesitzer nur den Kopf. »Lassen Sie stecken. Das geht aufs Haus. Wenn dem kleinen Kerl etwas passiert wäre, hätte es mir das Herz gebrochen.«

»Vielen Dank, aber das ist nicht ...«

»Doch, das ist nötig«, unterbrach der Ladenbesitzer sie. »Mein Name ist übrigens Alistair. Wissen Sie, die beiden haben schon so viel durchgemacht. Wie Sie bestimmt gemerkt haben, hat Nick eine leichte Behinderung. Die Jungs hier im Ort hänseln ihn deswegen immer wieder, daher hat Duncan ihn auch in ein Internat gegeben. Aber so was wie heute ist echt noch nie passiert.«

»Was fehlt Nick denn?«, erkundigte sich Jo neugierig.

»Er hatte als kleines Kind einen Autounfall, bei dem seine Mutter ums Leben gekommen ist. Lange stand es auf der Kippe, ob Nick überleben würde. Er lag einige Wochen im Koma, und als er dann wieder aufwachte, stellte man fest, dass sein Gehirn etwas beeinträchtigt worden war. Es ist nicht dramatisch, aber er ist etwas langsamer als andere Kinder und hat Lernschwierigkeiten, doch ansonsten ist er einfach ein lieber Kerl. Wir im Dorf mögen ihn sehr.«

»Immerhin hat er sehr schnell begriffen, dass er Hilfe holen muss. Wenn er nur abgehauen wäre, wie ich zuerst befürchtet hatte, hätte ich wohl ein größeres Problem gehabt.« Sie packte ihre Sachen zusammen und verabschiedete sich von Alistair. Auf dem Weg zurück machte sie sich Gedanken über Duncan und Nick. Die beiden scheinen wirklich eine harte Zeit hinter sich zu haben, und Jo war schon fast bereit, das zuvor rüpelhafte Verhalten von Duncan damit zu entschuldigen. Sie hatte erst wenige Minuten des Weges mit dem Rad hinter sich gebracht, als der Himmel beschloss, seine Tore zu öffnen und es wie aus Eimern regnen zu lassen. Innerhalb kürzester Zeit war sie nass bis auf die Haut, und sie schimpfte mit sich, weil sie keinen Regenschutz eingepackt hatte. Ein großer schwarzer Land Rover überholte sie und hielt dann vor ihr an. Duncan stieg aus und deutete ihr an, vom Rad zu steigen.

»Steigen Sie ein, bevor Sie völlig aufgeweicht werden. Ich lade Ihr Rad hinten auf.«

Dankbar kletterte Jo auf den Beifahrersitz. Dann drehte sie sich zu Nick um. »Na, was hat der Doc gemeint? Alles okay?«

Nick grinste schief. »Ja, klar. Er meinte, dass es ein schönes Veilchen geben wird.«

»Sagte ich doch«, schmunzelte Jo.

Duncan stieg zurück in den Wagen und fuhr los.

»Und mit deinem Bauch ist auch alles in Ordnung?«

»Ja, es sei nichts, was man nicht mit meinem Lieblingsessen wieder hinbekäme, hat der Doc gemeint. Das wird aber schwierig, so wie Dad kocht.« Er sah seinen Vater herausfordernd von der Seite an.

»Okay, okay, ich frage mal im Restaurant nach, ob sie noch einen Tisch für uns beide haben.«

»Hm, also ich war gerade einkaufen und bin sowieso allein heute Abend. Wenn ihr wollt, könnt ihr mir Gesellschaft leisten.«

Nick sah sie skeptisch von der Seite an. »Kochst du gut?«

»Das hat man mir zumindest schon gesagt. Aber wenn du mir hilfst, werden die Schokoladenmuffins zum Dessert bestimmt noch besser.«

»Das geht nicht«, meldete sich nun Duncan zu Wort. »Wir können Sie nicht einfach so überfallen.«

»Aber sie hat uns doch eingeladen, Dad.«

»Schon, aber nur weil sie von einer kleinen Nervensäge dazu genötigt wurde.«

Jo lachte. »Na, wenn Sie das als Nötigung bezeichnen ... Nein, im Ernst, es würde mich freuen, etwas Gesellschaft zu haben.«

»Sicher?«, fragte Duncan noch mal nach.

»Ganz sicher.«

»Gut, dann kommen wir gerne.« Mittlerweile waren sie vor

der Personalunterkunft angelangt. »Wann sollen wir wieder hier sein?«

»Ich möchte gerne helfen ... zumindest beim Backen«, mischte sich Nick wieder ein.

Jo lachte gut gelaunt. »Du meinst wohl eher beim Schüsselauslecken. Ich werde rasch duschen und etwas Trockenes anziehen, dann mache ich mich ans Kochen. Kommt einfach vorbei, wenn ihr so weit seid.«

»Ich bringe den Wein mit«, sagte Duncan und startete den Motor erneut, als Jo ausgestiegen war.

Eine Stunde später, als es an der Tür klingelte, hatte Jo zwar bereits geduscht und frische Sachen angezogen, aber ansonsten erst ihre Einkäufe im Kühlschrank verstaut und Wasser für die Spaghetti aufgesetzt. Sie öffnete die Tür, und Nick stürmte gleich an ihr vorbei Richtung Küche.

»Da haben Sie sich was aufgehalst«, grinste Duncan und streckte ihr eine Flasche Rotwein entgegen.

»Was gibt es denn zu essen?«, rief Nick aus der Küche.

»Du wirst gleich die Nase rümpfen, wenn ich es dir sage, aber ich kann dir versichern, dass noch kein Kind meine Brokkoli-Spaghetti nicht gemocht hat.«

»Brokkoli?!«, rief er entsetzt. »Kannst du keine Tomaten-Spaghetti machen, die mag ich nämlich.«

»Nick!«, wies sein Vater ihn zurecht.

Jo lachte gutmütig. »Glaub mir, du wirst sie mögen.«

Nick schaute sie skeptisch an.

»Du darfst mir dann auch helfen, den Brokkoli zu zermanschen. Das macht Spaß.« Sie ging zu ihm in die Küche und nahm den Brokkoli aus dem Gemüsefach des Kühlschranks. Dann zeigte sie Nick, wie man ihn wusch und zerkleinerte. Duncan erkundigte sich nach Weingläsern und schenkte sich und ihr ein Glas ein, während er Nicks Becher mit Limonade füllte. Ansonsten hielt er sich zurück und schaute den beiden beim Kochen zu. Jo konnte gut mit Kindern umgehen. Es schien sie auch gar nicht zu stören, dass sie Nick manchmal die Dinge mehrmals erklären musste. Während der Brokkoli im Salzwasser kochte, gab sie Nick Anweisungen, wie man die Schokoladenmuffins machte. Ganz ungeschoren kam Duncan dann doch nicht davon: Sie wies ihn an, den Salat zu waschen, während sie sich um die Salatsauce kümmerte. Nick war richtig stolz, dass er die Muffins praktisch allein machen durfte. Sie half ihm nur mit den Eiern, dem Schmelzen der Butter und beim Einfüllen der Teigmasse in die Förmchen. Das Abmessen der Zutaten war ganz einfach, da sie ihm sagte, wie viele Tassen von diesem und jenem hinzugefügt werden mussten und er somit keine Waage benötigte. Dann schoben sie Nicks Werk in den Backofen, und er durfte die Schüssel mit einem Löffel ausschlecken. »Das ist so gut! Das werden bestimmt die besten Muffins auf der ganzen Welt!«

»Natürlich werden sie das«, versicherte Jo, »schließlich hast du sie gemacht.«

Nick strahlte über das ganze Gesicht.

»So, und nun zermantschen wir den Brokkoli. Jetzt ist er nämlich so richtig schön pampig gekocht.«

Duncan sah sie skeptisch an. »Ich bin mir nicht sicher, ob das schmecken wird.«

Jo tat entrüstet: »Sie Ungläubiger! Nick und ich werden Sie eines Besseren belehren.« Sie schüttete das Salzwasser vom Brokkoli ab, gab das Gemüse zurück in die Pfanne, holte den Pürierstab hervor und stellte die Pfanne mit dem Brokkoli in den Ausguss, damit anschließend nicht die ganze Küche mit grünen Spritzern umdekoriert wäre.

»Ich zeige dir rasch, wie es geht, dann darfst du.«

Nick schaute ihr interessiert zu. Danach nahm er den Stab in die Hand, und anders als wohl manches Kind legte er nicht einfach los, sondern erledigte die Aufgabe ganz vorsichtig, sodass kaum ein Spritzer die Pfanne verließ.

»Das hast du spitzenmäßig gemacht. So, nun kommen noch ein paar Gewürze, Sahne und Käse hinzu. Und? Findest du, das sieht schlimm aus?«

Nick sah in die Pfanne hinein, dann wieder zu ihr und meinte zweifelnd: »Na ja, es schaut schon etwas grün aus.«

Jo strubbelte sein Haar durch. »Noch ein Ungläubiger in meiner Küche«, sie lachte fröhlich. »Nick, du musst noch lernen, die Dinge nicht nach ihrem Äußeren zu bewerten.« Sie nahm Besteck aus der Schublade, rollte mit der Gabel einige Spaghetti auf, tunkte diese in die Sauce und hielt das Ganze dann Nick vor den Mund. »Koste.«

Vorsichtig nahm er die Gabel entgegen und pustete zuerst drauf, um sich nicht zu verbrennen. Schließlich nahm er es in den Mund, kaute und schaute dann wieder Jo an: »Das ist wirklich gut.«

»Sag ich doch. Nun aber, Herr Meisterbäcker, nehmen wir deine Muffins noch aus dem Backofen heraus, bevor sie verkohlen. Duncan, Sie können den Tisch decken.«

Etwas später saßen sie vor gefüllten Tellern und genossen ihr Werk.

»Sind Sie sicher, dass Sie nicht Ihren Beruf verfehlt haben und eigentlich Köchin hätten werden sollen?«

Jo errötete, sie konnte ihm ja schlecht gestehen, dass das ihr wahrer Beruf war, wenn sie ihr Auszeit-Jahr weiterhin hier verbringen wollte.

»Entschuldigung, das war nicht sehr nett«, fügte Duncan gleich an, als er ihre Verlegenheit bemerkte. »Ich wollte eigentlich nur sagen, dass es wirklich köstlich schmeckt.«

»Danke.«

Das Tischgespräch ging dann wieder auf sicheres Terrain über. Nick erzählte lustige Geschichten aus seiner Schule und fragte Jo nach ihrem Leben in der Schweiz aus. Sie erzählte von ihrer Familie und ließ ihren Job bewusst aus. Irgendwann, nachdem er mindestens zwei Muffins verdrückt hatte, hatte Nick sich auf das Sofa verzogen und war eingeschlafen.

»Ziemlich geschafft, der kleine Mann«, lächelte Jo.

»Ja, es war wohl etwas viel Abenteuer für einen Tag.«

»Wie alt ist er eigentlich?«, erkundigte sich Jo.

»Er ist vor wenigen Wochen zehn geworden. Ich weiß, er sieht jünger aus, das hat mit seiner Behinderung zu tun.«

»Alistair vom Laden hat erzählt, dass er einen Unfall hatte. Das muss schlimm für Sie gewesen sein.«

Duncan nickte nur.

»Aber Nick ist großartig, und ehrlich gesagt habe ich kaum bemerkt, dass er eine Behinderung hat.«

»Sein Gehirn wurde durch das Schädelhirntrauma glücklicherweise nur leicht beschädigt. Er hat Mühe, sich Dinge zu merken, daher mussten Sie ihm beim Kochen die Vorgänge auch öfter erklären. Ohne seine Brille sieht er nur sehr wenig, da sein Sehnerv verletzt wurde. Zuerst besuchte er die Schule im Dorf, aber die Kinder hänselten ihn, weil er einfach länger brauchte als sie, um etwas zu verstehen, und dann noch mit der dicken Brille …«

»Kinder können ziemlich grausam sein.«

»Ja, ich konnte das nicht länger mitansehen und habe ihn am Ende in ein Internat für Kinder mit Lernbehinderungen gegeben. So sehe ich ihn zwar nur an den Wochenenden, aber dort wird er zumindest weder ausgelacht noch verprügelt.« Duncan erhob sich von seinem Stuhl. »Lassen Sie uns die Küche sauber machen, dann bringe ich diese Schlafmütze wohl besser nach Hause in ihr Bett.«

Jo erhob sich ebenfalls. »Lassen Sie nur. Die Küche schaff ich gut allein, so ein Schlachtfeld haben wir gar nicht hinterlassen.«

»Sicher?«

»Ja. Bringen Sie Nick ins Bett.«

Er hob seinen Jungen hoch, der dabei nicht mal wach wurde. An der Tür drehte er sich noch mal zu Jo um. »Vielen Dank! Nicht nur für den netten Abend, sondern auch dafür, dass Sie da heute vor dem Laden eingeschritten sind. Ich mag wirklich nicht daran denken, was sonst passiert wäre.«

»Den Dank kann ich nur zurückgeben, ohne Sie und Alistair hätte das auch anders ausgehen können. Es war schon etwas blauäugig von mir, den bösen Jungs einfach so und ohne Hilfe entgegenzutreten.«

Er schmunzelte. »Hm, also wenn ich hätte wetten müssen, ich hätte mein Geld nicht auf die Jungs gesetzt. Gute Nacht, Josy.«

»Gute Nacht, Duncan.« Sie schloss hinter den beiden die Tür und lehnte sich einen Moment lang dagegen. Dann seufzte sie und machte sich auf den Weg in die Küche. Ihr Chef konnte schon sehr charmant sein, und diese blauen Augen waren gefährlich für ihren Seelenfrieden.

5. Kapitel

Am nächsten Tag war Jo gerade dabei, von der Hotelküche das Futter für die Schweine zu holen, als es plötzlich im Baum neben ihr raschelte und eine fröhliche Stimme rief: »Hi, Josy!«

Ihr blieb einen Moment fast das Herz stehen. »Mensch, Nick, du solltest alte Frauen nicht so erschrecken.«

Er kicherte. »Du bist doch nicht alt. Was machst du da?«

»Ich habe das Futter für die Schweine geholt.«

»Iiiiiiek.«

»Was, ›iiiiek‹? Die müssen auch was zu fressen haben.«

»Schweine sind eklig.« Nick kräuselte die Nase.

»Hm, spricht da ein Experte? Also, ich finde an Heribert und seinen Weibern gar nichts eklig. Im Gegenteil, sie sind sehr saubere Tiere. Hast du schon mal ein Schwein gestreichelt?«

Nicks Nase kräuselte sich noch mehr. »Ich bin doch nicht verrückt.«

Jo lachte. »Verrückt nicht, aber magst du es, wenn die Leute Dinge über dich sagen, obwohl sie dich gar nicht kennen?«

Er überlegte einen Moment und schüttelte dann den Kopf.

»Wenn du Lust hast, kannst du mit mir mitkommen, und ich stelle dir Heribert und seine Frauen vor.«

»Okay.«

»Gib aber deinem Dad noch kurz Bescheid, wo du steckst, nicht, dass er dich suchen muss.«

»Ach, der ist bei einer Besprechung mit Jane, das wird noch eeeeewig dauern. Und solange ich hier auf dem Grundstück bleibe, ist es okay, hat er gesagt.«

»Gut, dann lass uns gehen.«

Beim Stall angekommen, füllten sie zuerst den Futtertrog im Außengehege auf, bevor sie die Tiere rausließen. Nick grinste, als er die Schweine so schmatzen hörte.

»Ich sagte es doch, das sind Schweine.«

Jo lachte. »Glaub mir, Nick, ich habe schon Menschen essen gehört, die klangen ziemlich ähnlich. Komm, wir machen ihren Stall sauber, bis dahin sind sie fertig mit dem Essen, und du kannst Heribert streicheln.«

Nick sah sie skeptisch an. »Ich weiß nicht, ob ich mich das traue.«

»Ach, der ist ganz harmlos und lieb.« Jo stiefelte Richtung Stall, nahm die Mistgabel in die Hand und begann mit dem Ausmisten. Es dauerte nicht lange, und Nick half ihr dabei. Er fuhr ihr die Schubkarre hinterher und leerte sie auch wieder auf dem Misthaufen. Danach verteilten sie zusammen das Stroh, nicht ohne daraus auch noch eine Schlacht zu machen. Als sie fertig waren, hatten beide Stroh in den Haaren und an den Kleidern. Sie zupfte Nick einen Strohhalm aus dem Haar und meinte: »Und nun, mein kleiner Held, wirst du Heribert den Großen kennenlernen.«

Als sie seinen ängstlichen Gesichtsausdruck sah, nahm sie ihn bei der Hand. »Keine Angst, du bleibst erst mal draußen am Gatter stehen. Ich geh allein rein, und sobald du Lust hast, kommst du einfach hinzu. Gut so?«

Er nickte und schaute ihr dann hinterher, wie sie zu den

Schweinen hineinging, die mittlerweile den Futtertrog geleert hatten und faul in der Sonne lagen.

Heribert hatte sie bereits gehört und seinen riesigen Kopf in ihre Richtung gedreht.

»Hallo, mein Süßer!« Sie streckte ihm einen Apfel hin, und er kam gemütlich angetrottet. Vorsichtig nahm er ihr den Apfel aus der Hand und schmatzte ihn zufrieden auf. Dabei ließ er sich von Jo den Kopf kraulen und legte sich schließlich auf die Seite, damit sie auch seinen Bauch erreichen konnte. Nick lachte glucksend am Gatter.

»Siehst du, er ist ein ganz sanfter Riese, wenn man ebenfalls lieb mit ihm umgeht.«

Jo wollte sich gerade wieder zu Nick umdrehen, als sie bemerkte, dass er längst neben ihr stand.

»Darf ich auch mal?«

»Sicher doch.«

»Der fühlt sich seltsam an ... gar nicht weich«, bemerkte er, doch er streichelte weiter, weil er sah, wie Heribert wohlig das Gesicht am Boden rieb und es sichtlich genoss.

»Tja, er hat eben auch kein Fell. Unsere Haut fühlt sich ja auch nicht so schön kuschelig an wie das Fell einer Katze.«

Nick lachte. »Du bist komisch.«

Jo grinste. »Ja, das höre ich hin und wieder.«

»Die anderen Praktikanten meines Dads sind viel jünger als du. Bist du nicht schon zu alt für so was?«

»Vermutlich schon, aber manchmal muss man einfach das tun, was man für richtig hält, und nicht das, was andere von einem erwarten.«

Er schaute sie einen Moment lang an und meinte dann leise: »Ich bin nicht normal, weißt du.«

Sie ging vor ihm in die Hocke und schaute ihm ernst in die wunderschönen blauen Augen. »Nick, wer immer dir diesen Quatsch eingeredet hat, hat nicht recht. Du bist ein großartiger Junge, und ich mag dich sehr. Mag sein, dass du etwas länger brauchst, um Dinge zu lernen, aber jeder Mensch hat seine Stärken und Schwächen. Die Kunst ist es, sich von anderen nicht weismachen zu lassen, dass die Schwächen überwiegen, nur weil sie unsere Stärken nicht kennen.«

Auf der Suche nach Nick hatte Duncan die beiden mittlerweile bei den Schweinen aufgestöbert und die letzten Sätze mitbekommen. Es zerriss ihm schier das Herz, seinen Jungen solche Dinge sagen zu hören. Schweigend blieb er am Gatter stehen.

»Ich weiß aber nicht, was meine Stärken sind«, flüsterte Nick so leise, dass Duncan ihn fast nicht verstand.

Jo zog seinen Jungen an sich und strich ihm liebevoll über den Rücken. »Das braucht auch seine Zeit, das herauszufinden, Nick. In deinem Alter wusste ich das auch noch nicht. Aber du hast sie, diese Zeit, das zu entdecken, was dir Spaß macht und was dir liegt. Und eines, was du sehr, sehr gut kannst, weiß ich jetzt schon.«

Nick schaute sie fragend an.

»Du kannst dich sehr gut in andere hineinfühlen. Schau dir nur Heribert an, der hat es sichtlich genossen, wie du ihn gestreichelt hast.«

»Suuuuuper. Ich kann Schweine streicheln ...« Nick rollte die Augen, und Jo konnte nicht anders als lachen.

»Nein, das habe ich nicht gemeint. Du hast gesehen und gefühlt, was er gernhat. Das können nicht viele Menschen, oder sagen wir es so, vielen Menschen ist es egal. Sie wollen nur ihr eigenes Vergnügen. Du hättest zum Beispiel sagen können, dass

Heribert nicht flauschig genug ist, und dann das Streicheln abbrechen können. Aber nein, du hast gesehen, dass er es mag, und hast weitergemacht, obwohl es sich für dich nicht unbedingt angenehm angefühlt hat. Selbst wenn das jetzt nur ein kleines Beispiel mit einem Schwein war, so denke ich, kannst du es auch in anderen Bereichen. Du hast ein feines Gespür für andere, und das macht dich besonders.«

Duncan räusperte sich, um die beiden auf sich aufmerksam zu machen. »Da steckst du, Nick. Wir sollten uns langsam auf den Weg machen. Marge erwartet uns zum Mittagessen, und so wie es ausschaut, brauchst du zuvor noch eine Dusche.«

Er hielt den beiden das Gatter auf, und als Jo an ihm vorbeiging, raunte er: »Danke, was Sie gesagt haben ...«

»Habe ich genau so gemeint«, beendete sie den Satz. »Ihr Junge ist großartig.«

»Ich weiß, aber anscheinend ist es mir noch nicht gelungen, ihm das klarzumachen.«

Nick war bereits vorausgerannt und rief nun ungeduldig: »Nun, komm schon, Dad!«

Er hob die Schulter und sah Jo mit einem angedeuteten Lächeln an. »Ich muss los. Übrigens, nächste Woche bin ich weg, aber Seamus ist wieder auf den Beinen, und Sie können dann mit ihm zusammenarbeiten.«

Jo nickte, und Duncan ging mit großen Schritten seinem Sohn hinterher. Dann drehte er sich noch einmal zu ihr um. »Versuchen Sie, meine Pflanzen am Leben zu lassen, ja?«

Sie lachte und ging dann in die andere Richtung, zurück zu ihrer WG.

Am Abend kam der ganze Trupp wieder zurück, bis auf Greg. Liz erzählte, dass er heute in der Früh mit hohem Fieber aufgewacht sei, vermutlich sei es eine Grippe. Er wäre daher bei seinen Eltern geblieben und ließe sich nun von seiner Mutter pflegen. Liz rollte mit den Augen.

Jo grinste. »Ja, wenn Männer krank sind, dann leiden sie ganz fürchterlich. Sei froh, dass sich seine Mutter die unglaublichen Qualen, die mit solch einer lebensgefährlichen Krankheit zu erdulden sind, anhören muss und nicht du.«

»Hey!«, protestierte Olav. »Wenn wir Männer euch nicht mit unserem Mut und unseren Waffen verteidigt hätten, wärt ihr längst ausgestorben.«

Die Mädels sahen sich an und prusteten los. »Hm, bestimmt«, meinte Marie unter Lachtränen. »Es war wohl eher so, dass wir euch eingebläut haben, vernünftig zu sein und euch nicht alle gegenseitig den Schädel einzuschlagen, da wir nicht wollten, dass die Menschheit ausstirbt. Und wenn wir euch nicht Manieren beigebracht hätten, würdet ihr wohl noch immer grunzend in euren Höhlen sitzen.«

Bevor das Geplänkel noch in einen Streit ausarten konnte, ging Jo dazwischen. »Was haltet ihr von Pizza? Ich habe heute Nachmittag einen Teig vorbereitet und müsste ihn nur noch belegen und in den Ofen schieben.«

Giovanni gab ihr einen Schmatzer auf die Wange. »Du bist ein Engel, *cara*.«

Die nächsten Tage konnte Jo wieder Seamus begleiten, der die Grippe endlich überstanden hatte und lediglich noch etwas erkältet war. Geduldig erklärte er ihr die einzelnen Arbeitsschritte und beobachtete sie zuerst eine Weile, bevor er ihr zugestand, allein weiterzuarbeiten. Auf diese Weise meuchelte sie keine weiteren

Pflanzen mehr. Greg war noch immer bei seinen Eltern, die Grippe hatte ihn anscheinend wirklich ziemlich heftig erwischt. Als Jo an diesem Abend nach Hause kam, sah sie Liz verschnupft vor dem Laptop sitzen. Sie sah fürchterlich blass und mitgenommen aus.

»Geht's dir nicht gut?«, fragte Jo besorgt.

Liz seufzte: »Ich fürchte, Greg hat es geschafft, mich anzustecken. Der Tag war eine einzige Qual.«

»Dann geh doch ins Bett, ich bringe dir eine Tasse Tee nach oben.«

»Geht nicht. Ich muss dringend noch diese Pflanzen bestellen«, Liz hob eine Liste mit Handnotizen hoch. »Duncan braucht sie für die Chelsea Flower Show, die Pflanzen müssen spätestens nächste Woche hier eintreffen.«

»Und das kommt ihm erst jetzt in den Sinn?«

Liz schaute etwas schuldbewusst. »Ähm, nein, ich hätte das schon letzte Woche tun sollen, aber dann kam was dazwischen, und ich hab's schlicht und einfach vergessen. Heute habe ich mich mit Schrecken daran erinnert. Ich muss das also noch dringend erledigen, bevor er zurückkommt.«

Jo hielt ihre Hand an Liz' Stirn. »Du glühst, Liz, du gehörst ins Bett. Komm, ich mach das mit der Bestellung.«

Liz schaute sie zweifelnd an.

»Ja, ich weiß, ich habe schon einiges versiebt hier. Aber ich bin eine Shopping Queen, und was kann ich schon falsch machen, wenn ich einfach das Zeug bestelle, das hier auf der Liste steht?«

Liz schaute noch mal auf die ellenlange Liste und dann zurück zu Jo. »Okay, aber du kommst und fragst mich, wenn du was nicht lesen kannst. Hier, schau, ich habe die beiden Gärtnereien, bei denen wir immer bestellen, bereits in zwei Fenstern geöffnet, sodass du nur hin- und herhüpfen brauchst, wenn du was bei der einen Gärtnerei nicht findest.«

»Das sollte ich hinkriegen. Und nun mach, dass du ins Bett kommst.«

»Danke, Jo, du hast was gut bei mir.«

»Vergiss es, das ist doch selbstverständlich.« Bevor sie sich an den Laptop setzte, kochte sie für Liz noch eine Tasse Tee und brachte ihr diese mit einer fiebersenkenden Tablette nach oben in ihr Zimmer.

Dann setzte sie sich an den Tisch und versuchte, die Notizen von Duncan zu entziffern. Der Mann hatte wirklich eine schreckliche Handschrift. Sie beschloss, die Dinge, die sie mit Sicherheit lesen konnte, zuerst zu bestellen und abzuhaken. Die anderen Pflanzen würde sie sich am Ende vorknöpfen. Hin und wieder, wenn einer der anderen WG-Bewohner hereinkam, fragte sie bei ihnen nach, doch auch sie hatten Mühe, dieses Gekritzel zu entziffern. Am Ende hatte sie nur noch wenige Punkte offen. Sie machte sich damit auf zu Liz, doch als sie die Tür leise öffnete und sah, wie friedlich sie schlief, brachte sie es nicht übers Herz, sie aufzuwecken. Sie schloss die Tür und ging wieder nach unten ins Wohnzimmer. Es musste auch so gehen. Mit einem Seufzen setzte sie sich zurück an den Tisch und studierte Duncans Handschrift zum x-ten Mal. Geranium ros ... Was er bloß mit rosaroten Geranien wollte? Und welche Sorte von denen? Schließlich beschloss sie, einfach die auszuwählen, die ihr am besten gefielen. Und was wollte er nur mit vier Eichen? Auch bei den Hortensien war er ungenau, es fehlte sowohl die Farbangabe als auch die Sorte. Sie beschloss, hier einfach weiße zu bestellen, denn das wäre neutral und würde zu allem passen. Gegen Mitternacht klappte sie den Laptop zu und meinte, alles nach bestem Wissen und Gewissen erledigt zu haben. Liz verbrachte drei Tage im Bett, und Jo vertrat sie zusammen mit Audrey im Laden. Bei Kundenfragen riefen sie Seamus an, der ihnen weiterhalf. Am dritten Tag erschien Audrey mit geröteten Augen, und Jo befürchtete bereits, dass sie sich bei Liz angesteckt hätte.

»Nein, das ist es nicht«, meinte Audrey etwas kleinlaut. »Jane hat mich mit einem Gast in flagranti erwischt.«

Als sie Jos verständnislosen Blick sah, fügte sie erklärend hinzu: »Wir dürfen doch mit Gästen nichts anfangen ... aber Phil ist genau mein Typ! Er ist gestern mit mir im Pub gewesen, und wir hatten echt eine gute Zeit. Gott, und der kann küssen ...« Audrey strahlte, als sie daran zurückdachte, und langsam verstand Jo, wo das Problem lag.

»Und als ich heute Morgen in der Lobby die frischen Blumen vorbeibrachte, stand er da und schaute mich mit seinem süßen Lächeln so lieb an. Wir haben dann vor der Gästetoilette etwas rumgeknutscht. Dummerweise kam ausgerechnet in diesem Moment Jane vorbei.«

Jo gab ein Laut des Mitgefühls von sich. »Und nun?«

»Sie hat gedroht, dass, falls sie mich noch einmal erwischt, ich meine Lehrstelle verliere.« Audreys Augen füllten sich wieder mit Tränen, sodass Jo sie einfach an sich zog und tröstend in den Arm nahm.

»Was hat Phil zu der Sache gesagt?«

»Er will sich von dieser blöden Schnepfe nicht sagen lassen, wen er küsst und wen nicht. Sie hätte nicht das Recht, mein Leben zu bestimmen.«

»Tja, mag sein, aber sie sitzt am längeren Hebel.«

»Ja, und Lehrstellen sind hier extrem rar gesät. Er meinte, wir könnten uns ja außerhalb der Hotelanlage treffen.«

Jo reichte Audrey ein Taschentuch, damit sie sich die Nase putzen konnte. »Und wenn ihr wartet mit einem Wiedersehen, bis seine Ferien zu Ende sind?«

»Er lebt in London. Weißt du, wie selten wir uns da sehen könnten? Nein, das halte ich nicht aus.«

»Dann bleibt euch wohl wirklich nichts anderes übrig, als einfach gut aufzupassen und euch nicht erwischen zu lassen. Du bist noch sehr jung, Audrey, und kein Mann ist es wert, dass du dir wegen ihm die Zukunft versaust. Das solltest du im Kopf behalten.«

Am Freitag war Liz so weit gesund, dass sie ihren Laden wieder übernehmen konnte, und auch Greg kehrte am Abend aus seinem Krankenlager zurück. Marie und Agnes planten für Samstag einen Ausflug nach Glasgow und fragten Jo, ob sie nicht mitkommen wollte. Dieses Mal stimmte sie gerne zu. Es wurde ein richtig fröhlicher Mädelstag, und sie kamen erst spätabends mit einigen Tüten beladen zurück. Den Sonntag verbrachte sie zunächst lesend im Bett. Sie hatte sich in Glasgow ein paar gute Bücher geleistet und genoss es, endlich mal Zeit zu haben, in die Geschichten anderer einzutauchen. Erst als sich am Nachmittag die Sonnenstrahlen in ihr Fenster schlichen, beschloss sie, doch noch eine Runde durch die Parkanlage zu drehen und einen Abstecher ans Meer zu machen. Sie hatte sich eine dicke Jacke angezogen und marschierte los.

Seit gut einer Woche hatte sie Duncan nicht mehr gesehen. Trotzdem hatte er sich hin und wieder in ihre Gedanken gestohlen. Wenn er nicht gerade den Chefgärtner raushängen ließ, konnte er sehr nett sein. Und die Art, wie er mit seinem Sohn umging, berührte sie. Die beiden waren ein gutes Team. Nick würde später bestimmt mal alle Frauenherzen brechen, da er die tiefblauen Augen seines Vaters geerbt hatte, auch wenn er sie hinter dicken Brillengläsern verstecken musste.

Sie hatte mittlerweile die Grenze des kleinen Waldes erreicht und stand nun an der Küste. Das Rauschen der Wellen und die Rufe der Silbermöwen waren einfach herrlich anzuhören. Eine große Steinplatte lud sie ein, sich hinzusetzen und die Sonne zu genießen. Es war so warm, dass sie schließlich die Jacke auszog und sich auf die von der Sonne gewärmte Felsplatte legte, mit der Jacke als Kopfkissen zusammengeknautscht. Sie seufzte wohlig und schloss für einen Moment die Augen. Das Geräusch der sich brechenden Wellen lullte sie ein.

Sie ging durch den Obstgarten und entdeckte Duncan an einem Baumstamm angelehnt. Er kaute wieder genüsslich an einem Apfel, alles war genauso wie am ersten Tag. Als er sie sah, ließ er die Hand mit dem Apfel sinken und lächelte ihr entgegen.

»Da bist du ja«, sagte er, warf den Apfel achtlos beiseite und machte einen Schritt auf sie zu. Zärtlich strich er ihr eine Haarsträhne aus dem Gesicht und entlockte ihr damit ein wohliges Seufzen. Auf einmal lagen seine Lippen auf den ihren, er küsste sie sanft und drängend zugleich. Ohne weiter nachzudenken, erwiderte sie seinen Kuss. Ein Kribbeln jagte durch ihren Körper, und sie musste ein Kichern unterdrücken. Sein Mund wanderte weiter von ihrem Mund zu ihrem Hals und dann zu ihrem Ohr. Nur fühlte es sich plötzlich nicht mehr angenehm an, sondern nass und irgendwie eklig. Sie versuchte, ihn mit der Hand wegzuscheuchen, widerwillig öffnete sie die Augen und sah in ein grinsendes Hundegesicht, aus dem ein ziemlich übel riechender Atem entwich.

»Bandit! Aus!«, hörte sie jemanden laut rufen. Erschrocken und mit hochrotem Kopf setzte sich Jo auf. Sie war auf der Felsplatte eingeschlafen und blickte nun auf den Hauptdarsteller ihres Traumes.

»Entschuldigen Sie, Jo. Wir wollten Sie nicht stören. Bandit hat manchmal einfach keine Manieren.« Duncan fuhr seinem strubbeligen Wolfshund durch das Fell.

»Schon gut«, brachte Jo noch immer aufgewühlt von dem Traum kleinlaut hervor.

»Das muss ein schöner Traum gewesen sein«, meinte Duncan schmunzelnd. Oh Gott, hatte sie etwa im Schlaf geredet?! Jos Wangen röteten sich noch intensiver.

»Sie haben gelächelt im Schlaf, bis mein unerzogener Hund Sie abgeschlabbert hat. Es tut mir wirklich leid.« Er hielt ihr die Hand hin, um ihr aufzuhelfen. Als sie ihm gegenüberstand, ließ er sie aber nicht los. Sein Blick hielt den ihren fest. »Ich muss jetzt einfach etwas wissen«, raunte er, beugte sich leicht vor und nahm ihren Mund in Beschlag. Konnte das wahr sein? Geschah nun tatsächlich das, was sie eben noch geträumt hatte? Oder war sie am Ende noch gar nicht aus ihrem Traum erwacht? Sie schloss die Augen und genoss die sanfte Liebkosung. Nein, das war definitiv kein Traum. Sein Kuss wurde intensiver, und sie musste sich an ihm festhalten, um den Boden unter den Füßen nicht zu verlieren. Wieder kribbelte es wie verrückt in ihrem Bauch, als ob Tausende von Schmetterlingen gerade für einen Stepptanz probten und mit ihren kleinen Füßchen gegen ihre Bauchwand traten.

Ein Seufzer entwich ihr an seinen Lippen, und er nahm ihn in sich auf. Er hatte geahnt, dass sie sich gut anfühlen würde, aber es war nicht nur gut, sondern perfekt. Er hatte keine Ahnung, wie lange sie voneinander gekostet hatten, irgendwann drang ein Bellen von weit her an seine Ohren und holte ihn in die Gegenwart zurück. Sanft machte er sich von ihr los. »Wir müssen das ein anderes Mal zu Ende führen, Josy.« Ihre Hände zogen ihn an seinem Jackenaufschlag wieder zu sich heran, unwillig, ihn jetzt schon gehen zu lassen. Er löste ihren Griff und hielt ihre Hände fest. »So leid es mir tut, aber wir müssen das wirklich verschieben an einen Ort mit etwas mehr Privatsphäre. Und ich brauche etwas mehr Zeit.«

Sie schaute ihn verwirrt an. Was für Spielchen trieb er da mit ihr? Und wie konnte sie sich ihm nur so an den Hals werfen? Es schien, als hätte sein Kuss ihr Hirn völlig außer Betrieb gesetzt. »Entschuldige, ich wollte nicht ...«

Er drückte einen leichten Kuss auf ihre Hand. »Es ist alles gut. Aber ich muss los, um Nick von seinen Großeltern abzuholen und zurück zur Schule zu bringen. Ich war nur noch mal kurz mit Bandit nach draußen gegangen, als wir dir begegnet sind.« Er schaute auf die Uhr, dann blickte er ihr wieder in die Augen und seufzte. »Ich wünschte, es wäre anders, aber ich muss wirklich los. Alles okay?«

Bis auf das, dass ich mich völlig zum Affen gemacht habe? »Ja, klar, geh nur.«

»Wir sehen uns morgen.«

»Sicher doch.«

Er rief nach seinem Hund und war gleich darauf auch schon weg.

Jo setzte sich mit einem Laut der Verzweiflung wieder auf die Steinplatte. »Du bist so dämlich, Jo!«, schimpfte sie mit sich. Wie konnte sie nur ihren Chef küssen? Bestimmt würde er nun auf der Fahrt zu seinem Sohn zur Besinnung kommen und sie über kurz oder lang feuern. Wenn es hier schon als Todsünde galt, mit einem Gast zu knutschen, was geschah dann erst, wenn man sich an den Vorgesetzten heranmachte? Obwohl, er hatte sie ja schließlich zuerst geküsst, und was hatte er gemeint mit »Ich muss jetzt etwas wissen«? Spinnt der? Man testet nicht einfach etwas aus, indem man jemanden um den Verstand küsst! Sie legte den Kopf in ihre Hände und jaulte peinlich berührt auf. Gott, was hatte sie da bloß wieder angerichtet?

Jo fürchtete den Moment, wenn sie ihm wieder gegenübertreten und in die Augen blicken musste. Der Gedanke, gar nicht erst beim Treffpunkt zur Arbeitseinteilung zu erscheinen und etwas mehr Zeit bei den Schweinen zu verbringen, war schon sehr verlockend. Aber dann würde er denken, sie wäre ein Feigling, was sie definitiv nicht war. So achtete sie an diesem Morgen lediglich darauf, nicht die Erste zu sein, die am Treffpunkt erschien, damit sie keine Zeit mit ihm allein verbringen musste. Künftig würde sie versuchen, ihm so gut es ging aus dem Weg zu gehen. Bei einer Affäre mit dem Vorgesetzten konnte sie nur den Kürzeren ziehen. Als sie an dem Treffpunkt erschien, redete er gerade mit Audrey. Gott, sah er wieder gut aus! Das dunkelblaue Hemd passte perfekt zu seinen Augen. Sie zwang sich, ihren Blick auf ihre eigenen faszinierenden Schuhspitzen zu richten und ihn nicht mehr anzusehen.

»Jo!«

»Hm?« Sie blickte auf den Apfelbaum neben ihm und spürte bereits, wie die Farbe in ihre Wangen stieg.

»Sie können heute wieder mit Seamus losziehen und die Hellebori-Jungpflanzen ins Freie setzen.« Es amüsierte ihn zu sehen, wie sie krampfhaft versuchte, seinem Blick auszuweichen und Gleichgültigkeit vorzutäuschen. Ihm war bewusst, dass das, was gestern zwischen ihnen beiden passiert war, noch geklärt werden musste, aber ihm war auch klar, dass sie beide gar keine Wahl hatten. Die Anziehungskraft war förmlich greifbar, und Seamus sah ihn bereits misstrauisch von der Seite an. Wir werden das klären, sagte er sich erneut, aber es musste noch ein wenig warten, denn heute Abend hatte er noch eine Besprechung mit der Hotelleitung. Erst danach hätte er Zeit, bei ihr vorbeizugehen.

Dankbar, aus seiner Nähe entwischen zu können, beeilte sich Jo, Seamus zu folgen.

Sie war gerade dabei, mit der Schubkarre eine neue Ladung Hellebori vom Gewächshaus zu holen, als sie ein wütendes Geschrei auf der Auffahrt hörte.

»Bist du von allen guten Geistern verlassen, Liz!? Was soll ich mit pinkfarbenen Geranien auf der Chelsea?!«

Jo kam um die Ecke und sah einen großen Lastwagen, von dem Pflanzen ausgeladen wurden. Duncan raste von einer Palette voller Grünzeug zur nächsten und stieg schließlich selbst in den Laster. »Eichen? Du hast Eichen bestellt?! Bist du völlig übergeschnappt?!«

Liz schaute auf den Boden und traute sich nicht, auch nur einen Mucks von sich zu geben. Jo wurde langsam klar, dass das die Lieferung der von ihr bestellten Ware für die Chelsea sein musste. Auch wenn ihr Herz wie verrückt klopfte und sie sich am liebsten verdrückt hätte, konnte sie Liz nicht zumuten, für das geradezustehen, was sie anscheinend wieder verbockt hatte. Mutig trat sie hinzu.

»Duncan ...«

»Jetzt nicht, Jo!« Duncan würdigte sie keines Blickes. Er hatte die Hände in die Seite gestützt und schnauzte Liz von oben herab an: »Wie kommst du dazu, meine Bestellung einfach abzuändern?!«

Beherzt trat Jo zwischen die beiden und schaute Duncan direkt in die Augen. »Nicht sie hat die Bestellung vorgenommen, sondern ich.«

Einen Moment lang blickte er sie verwirrt an, doch dann wurde er nur noch wütender. »Verdammt noch mal, Liz! Du weißt doch, dass sie vom Gärtnern keinen blassen Schimmer hat. Du hättest sie nicht an eine so wichtige Bestellung ranlassen dürfen!« Liz wollte gerade den Mund öffnen, doch Jo kam ihr zuvor.

»Sie war krank und hatte Fieber!«

»Das ist kein Grund …«

»Und ob das ein Grund ist, du verdammter Sklaventreiber!« Nun war auch Jos Wut so groß, dass sie jegliche Angst vor ihm verlor.

Duncans Augen verengten sich zu schmalen Schlitzen, die sie an Schießscharten erinnerten. »Sie hätte den Job an jemanden delegieren können, dem Pflanzen ein Begriff sind. Jeder hier weiß doch, dass du keine Gärtnerin bist!«

»Und wenn du nicht so eine Krakelschrift hättest und dir etwas mehr Mühe gegeben hättest, wäre der Fehler gar nicht erst passiert!«

Jo hatte sich unmerklich auf die Zehenspitzen gestellt, um mit ihm auf Augenhöhe zu sein. Die beiden standen sich so aufgebracht gegenüber, dass Seamus lieber dazwischenging, bevor sie aufeinander losgehen konnten. Er hatte die beiden Streithähne von Weitem gehört und sich auf den Weg zu ihnen gemacht, um den Grund dafür mitzubekommen.

»Holt mal tief Luft ihr beiden! Wo liegt das Problem?«, fragte er betont ruhig.

»Dieses verrückte Weibsbild scheint verhindern zu wollen, dass ich an der Chelsea teilnehme. Anstelle von Eichblatthortensien hat sie Eichen – gottverdammte Eichen! – und irgend so eine Bauernhortensie bestellt. Anstelle von Storchenschnabel Rozanne wurden diese pinkfarbenen Altweiber-Geranien geliefert, und ich mag gar nicht in den Laster schauen, welches Desaster da noch auf mich wartet.«

Der Lastwagenfahrer schien von dem Streit gänzlich unbeeindruckt und fuhr in aller Ruhe fort, die Pflanzen auszuladen.

»Halt!«, rief nun Duncan. »Sie können die gesamte Ware gleich wieder einladen und mitnehmen.«

Der Fahrer blickte ihn gelassen an. »Nee, die bleibt da. Bestellt ist bestellt, und wie Sie auf dem Lieferschein sehen, wurde das geliefert, was in Auftrag gegeben wurde.«

Duncan drehte sich wieder zu Jo um und funkelte sie stinksauer an: »Prima! Ganz wunderbar, Frau Möchtegern-Gärtnerin! Du hast es geschafft, dass ich zum ersten Mal seit zehn Jahren nicht an der Chelsea teilnehmen kann.«

»Ich mag vielleicht keine Gärtnerin sein, aber in meiner Ausbildung als Köchin hat man mir beigebracht, wie man aus dem, was man hat, das Beste macht. So was scheint ihr Gärtner nicht mit auf den Weg bekommen zu haben.«

»Du rätst mir jetzt doch nicht allen Ernstes, der Queen eine Soupe du jour als Garten unter die Nase zu halten, oder?« Duncan trat einen Schritt auf sie zu, und seine Stimme war gefährlich leise. Erneut ging Seamus dazwischen, bevor er die kleine verrückte Frau erwürgen konnte.

»Meine Soupe du jour würde sie begeistern! Man kann aus wenigen Zutaten eine Delikatesse zubereiten, wenn man weiß, wie, aber anscheinend ...«

»Jo, es reicht!«, befahl nun Seamus streng. »Nimm die Hellebori und geh zurück an die Arbeit, und du, mein Junge«, wandte er sich an seinen Neffen, »gehst jetzt nach Hause, nimmst eine kalte Dusche und regst dich ab. Danach werden wir zusammen überlegen, was wir noch retten können.«

Liz, die bisher geschwiegen hatte, meinte nun kleinlaut: »Es tut mir leid, ich wusste wirklich nicht, dass sie Köchin ist. Ich dachte, sie wäre halt nur noch nicht so sattelfest in ihrem Beruf. Aber deine Handschrift ...«

»Lass es gut sein, Liz«, warf Seamus schnell ein, bevor Duncans Zorn sich erneut gegen Liz richten konnte.

»Danke, Jo, dass du mir meine Karriere versaut hast!«, rief Duncan der davonstampfenden Jo nach. Mitten in der Bewegung blieb sie stehen und drehte sich zu ihm um.

»Ich hätte echt nicht gedacht, dass du so ein Feigling bist!«

Duncan wollte auf sie zustürmen, doch Seamus hielt ihn am Arm zurück.

Den Rest des Tages ging Jo Duncan aus dem Weg. Allerdings holte sie das schlechte Gewissen ein, als ihre Wut erst mal abgeflaut war. Sie hätte Liz aufwecken und fragen sollen, das war ihr nun klar. Am späten Nachmittag stieß Seamus wieder zu ihr. Sein Gesichtsausdruck sprach Bände, und ihr war klar, dass der Ärger wohl noch nicht ausgestanden war.

»Wird er nun die Teilnahme an der Chelsea wirklich absagen?«, erkundigte sie sich kleinlaut.

»Ich weiß es nicht, Mädchen. Weißt du, er ist der Star dieser Show, und alle Welt wartet gespannt darauf, was er in diesem Jahr präsentieren wird ...«

»... aber wegen der paar vertauschten Pflanzen! Er braucht doch bloß ein bisschen Fantasie, um daraus was zu machen.«

»Was würdest du sagen, wenn du die Gastrokritiker draußen im Saal sitzen hättest, die darauf warten, dass du ihnen das Menü, das du schon seit Monaten geplant hattest, vorsetzt, und dann kommt dein Küchenjunge daher und hält dir eine Sardine anstelle eines Lachses unter die Nase?«

Jo schwieg und schaute betroffen zu Boden. Sie arbeiteten gemeinsam weiter und ließen das Thema ruhen. In dieser Nacht waren nicht die Schmetterlinge schuld daran, dass Jo keinen Schlaf fand, sondern ihr schlechtes Gewissen. Ihr war nicht klar gewesen, wie wichtig diese Show für Duncan war und dass da tatsächlich die Queen vorbeikommen würde. Andererseits sahen die Pflanzen, die geliefert worden waren, wunderschön aus, daraus konnte man doch was machen?! Kurz vor elf Uhr stand sie wieder auf und beschloss, ins Gewächshaus zu gehen. Vielleicht käme ihr ja eine zündende Idee, wenn sie sich die Pflanzen etwas genauer ansah. Nur mit einer Taschenlampe ausgerüstet, marschierte sie durch die dunkle Nacht. Als sie sich dem Gewächshaus näherte, sah sie, dass darin noch Licht brannte. Im ersten Augenblick wollte sie gleich wieder kehrtmachen, weil sie dachte, Duncan könnte vielleicht dieselbe Idee gehabt haben wie sie. »Sei kein Feigling«, schimpfte sie mit sich selbst. Sie konnte die Gelegenheit genauso gut beim Schopf packen und sich bei ihm entschuldigen. Sie drückte die Klinke nach unten und rief gleichzeitig: »Duncan ...«, der Rest blieb ihr im Hals stecken, denn es war nicht Duncan, der sich im Gewächshaus rumtrieb. Erschreckt fuhren Audrey und ein junger Mann, der sich eiligst seine Hose zuknöpfte, auseinander.

»Himmel noch mal, Audrey!«, schimpfte Jo gleich los. »Habe

ich dir nicht gesagt, du sollst dich nicht erwischen lassen?! Was wenn nicht ich, sondern Jane oder Duncan hereingekommen wäre?«

Mit glühenden Wangen und gesenktem Blick stand Audrey da. Der Typ hingegen, der vermutlich Phil war, schaute sie unbekümmert und mit einem breiten Grinsen im Gesicht an. »Aber Sie sind weder Jane noch Duncan, und Sie werden uns doch nicht verpetzen, oder?«

Jo funkelte den Mann grimmig an. »Wissen Sie eigentlich, dass Sie Audreys Zukunft einfach so aufs Spiel setzen? Ist sie Ihnen so egal?«

»Scheiße, da kommt noch jemand«, rief Audrey.

Durch das Glas konnte Jo erkennen, dass das Licht einer Taschenlampe rasch näher kam.

»Schnell, Audrey, unter den Pflanztisch da drüben«, befahl Phil und blickte dann Jo direkt an, »und Sie, wenn Ihnen die Zukunft von Audrey so am Herzen liegt, spielen Sie einfach mit.« Bevor Jo etwas einwenden konnte, hob er sie kurzerhand hoch und setzte sie auf den Pflanztisch, dann zog er ihren Kopf zu sich heran und küsste sie hingebungsvoll. Er roch widerlich nach altem Zigarettenrauch und Bier. Instinktiv wollte Jo ihn zurückstoßen, doch da hörte sie, wie die Tür aufging. Phils Hände schienen sich zu verselbstständigen und waren plötzlich unter ihren Pullover geglitten. Sie wollte nur noch weg.

Sie hörte ein Räuspern, und Phil ließ endlich von ihr ab. Jo musste sich beherrschen, sich nicht den Mund abzuwischen, doch als sie an Phil vorbeisah, war sie froh zu sitzen, sonst hätten ihre Beine wohl ihren Dienst versagt. Duncan sah sie mit kalten Augen an. »Ich hatte ja keine Ahnung, wie nötig du es hast.« Seine

Stimme war leise, aber so schneidend, dass sie mühelos in ihr Herz drang.

»Es ist nicht so, wie's ausschaut«, meinte sie kleinlaut und wusste selbst, wie unglaubwürdig das klang.

»Darauf wette ich. Sucht euch trotzdem ein eigenes Zimmer, wo ihr das, wonach es auch immer ausschauen mag, beenden könnt. Und nun raus hier!«

Phil beeilte sich, möglichst zügig an Duncan vorbeizugehen, doch als auch Jo an ihm vorbeigehen wollte, hielt er sie grob an ihrem Arm fest und zwang sie, ihn noch einmal anzusehen. »Wie konnte ich mich nur so in dir täuschen?«

Wie gerne hätte Jo alles aufgeklärt, aber sie konnte Audrey auch nicht verraten und ihre Ausbildung aufs Spiel setzen.

»Du tust mir weh«, sagte sie daher nur leise.

Er löste den harten Griff an ihrem Arm und ließ sie gehen. Als die beiden weg waren, sah er auf seine Pflanzen, doch auf einmal waren die nicht mehr so wichtig. Er nahm die kleine Handschaufel vom Tisch und schleuderte sie wütend in die rosaroten Geranien hinein. Dann kauerte er sich nieder und vergrub seinen Kopf in den Händen. So saß Duncan eine Weile einfach da. Er hatte zuvor noch eine lange Sitzung mit Jane gehabt, die Jo wegschicken wollte, weil auch sie mittlerweile herausgefunden hatte, dass Jo keine Gärtnerin war. Dämlich, wie er war, hatte er sich trotz des Chelsea-Desasters für sie eingesetzt, da sie sich wirklich engagierte und auch rasch lernte. Nun war er sich nicht mehr so sicher, ob er nicht besser die Klappe gehalten hätte. Es war ihm schon bewusst gewesen, dass er sich nicht aus ganz uneigennützigen Gedanken für sie stark gemacht hatte. Obwohl sie sich noch wenige Stunden zuvor angeschrien hatten, hatte er den Eindruck gehabt, dass da zwischen ihnen beiden etwas war, das sich entwickeln konnte. Jo hatte sich in sein Herz geschlichen, und wie sich nun herausstellte, hatte sie es gleich in Stücke gehackt und in ihre verdammte Soupe du jour gemischt. Seufzend und um eine Erfahrung reicher, stand er schließlich auf und verließ das Gewächshaus. Was er jedoch nicht sah, war die dunkle Gestalt, die wenige Minuten nach ihm ebenfalls aus dem Gewächshaus schlüpfte.

Am nächsten Tag erschien Duncan nicht zur Arbeitseinteilung, Seamus übernahm diese Aufgabe für ihn. Etwas später beim Unkrautjäten kam Audrey auf Jo zu.

»Danke, wegen gestern«, flüsterte sie leise, damit niemand sonst sie hörte.

Jo schaute sie aufgebracht an. »Du weißt gar nicht, in was für eine unmögliche Lage du mich gebracht hast!«

»Doch«, gab Audrey zaghaft zu. »Ich habe nicht gewusst, dass zwischen dir und Duncan was läuft.«

»Da läuft auch nichts. Aber dein Phil ist ja so ein Widerling! Was findest du nur an ihm?«

»Er hat ein schönes Gesicht und einen knackigen Hintern.«

Jo seufzte. »Hach, Audrey, davon kriegst du keinen vollen Magen, wenn du erwischt und rausgeworfen wirst. Und ich habe nicht den Eindruck, dass Phil die Verantwortung dafür übernehmen würde. Versprich mir, dass du künftig besser aufpasst, ja?«

Audrey nickte. »Duncan war ganz schön geknickt, nachdem ihr verschwunden wart.«

Jo verschwieg, dass sie in dieser Nacht selbst kein Auge zugetan hatte, weil sie wusste, dass das, was auch immer zwischen ihnen beiden am Entstehen war, durch diesen Zwischenfall ein abruptes Ende gefunden hatte.

»Bestimmt war das wegen seiner Pflanzen und der Chelsea Show. Nicht wegen mir, Audrey, das hast du falsch verstanden.«

Als Audrey sie wieder allein weiterarbeiten ließ, griff sie nach der Spitzhacke. Sie musste irgendwo und an irgendwem ihre aufgestaute Wut rauslassen. Und da kam ihr der kleine Wurzelstock in diesem Beet gerade recht. Sie hieb auf das arme Teil ein und hatte es schon beinahe geschafft, es auszugraben, als ein kräftiger Schlag zurückfederte und der Stiel der Hacke ihr Kinn erwischte. Der Schmerz fuhr wie ein Blitz durch ihren Kiefer, und sie sah nur noch Sterne. Rückwärts taumelnd musste sie sich erst mal hinsetzen. Der Kiefer schmerzte höllisch, und sie glaubte schon, ein paar Zähne eingebüßt zu haben, doch glücklicherweise schienen alle noch an Ort und Stelle zu sein. Erstaunt blickte sie auf ihre behandschuhten Hände, die plötzlich voller Blut waren. Woher das wohl kam? Duncan, der aus der Ferne den Unfall beobachtet hatte, kam zu ihr angerannt, wie auch Marie und Olav.

Er kniete sich vor sie hin und zog seine eigenen Handschuhe aus. »Zeig mal her!« Vorsichtig drehte er ihren Kopf so, dass er die Wunde sehen konnte. »Das muss sich ein Arzt ansehen, vielleicht musst du genäht werden. Kannst du aufstehen?«

Jo nickte, was sie besser gelassen hätte, denn der Kopf schmerzte bei jeder Bewegung.

»Ich fahr dich zum Arzt«, dann wandte er sich an Olav und Marie, »und ihr räumt die Geräte bitte weg.«

Jo wehrte sich nicht dagegen, denn ihr war so übel, dass sie einfach nur froh war, dass sich jemand um sie kümmerte. Er führte sie zu seinem Wagen vor dem Hotel und verschwand noch mal im Haus, um ein Handtuch zu holen, das er ihr dann hinstreckte. »Drück das auf die Wunde!«

Dann setzte er sich hinters Steuer und fuhr los. Lange sprach keiner von beiden ein Wort.

Schließlich hielt es Jo nicht mehr aus. »Es tut mir sehr leid, was gestern alles passiert ist.«

Duncan sah kurz zu ihr hinüber, bevor er wieder auf die Straße blickte. »Was genau meinst du? Dass du mir die Teilnahme an der Chelsea versaut hast, meinen Ruf ruinierst, dass du meinen Garten zerstörst, dass du uns alle die ganze Zeit über belogen und hintergangen hast …?«

»Ich kann das alles erklären, Duncan.«

»Es interessiert mich nicht, ich will deine Lügen nicht hören.«

Jo kämpfte gegen ihre Tränen an. »Ich habe dich nie angelogen«, flüsterte sie schließlich.

»Du hast mir vorgegaukelt, Gärtnerin zu sein. Hast du wirklich geglaubt, es fällt nicht auf, dass du keinen blassen Schimmer vom Gärtnern hast?«

»Warum hast du mich dann nicht gleich rausgeworfen?«

»Weil ich wissen wollte, warum du das tust, und gedacht habe, du würdest mir irgendwann die Wahrheit sagen.«

Mittlerweile waren sie im Dorf angekommen, und Duncan parkte vor dem Haus des Arztes. Er stieg aus und knallte die Tür hinter sich zu. Jo beeilte sich, hinter ihm herzukommen.

»Hallo, Duncan«, begrüßte ihn die Arzthelferin.

»Hi, Doreen. Meine Praktikantin hat leider vergebens versucht, sich den Kopf abzuschlagen. Könnt ihr euch bitte um sie kümmern? Ich schicke dann später jemanden vorbei, der sie wieder abholt.«

Doreen schaute etwas verblüfft von Duncan zu Jo und wieder zurück. »Klar, machen wir. Kommen Sie bitte nach hinten, meine Liebe.«

Ohne sie eines weiteren Blickes zu würdigen, verließ Duncan die Praxis. Erst als er außerhalb des Dorfes war, hielt er seinen Land Rover kurz am Straßenrand an und holte tief Luft. Er hatte sich wirklich erschrocken, als er den Unfall gesehen hatte. Trotz allem, was er ihr im Wagen gesagt hatte, war sie ihm nicht gleichgültig, auch wenn er noch so sehr dagegen ankämpfte. Die Bilder, wie sie im Gewächshaus mit diesem Typen rumgeknutscht hatte, gingen ihm einfach nicht aus dem Kopf. Wütend versetzte er dem Lenkrad einen Hieb. Er war so ein Idiot! Kurz davor hatte er sich bei Jane noch dafür eingesetzt, dass sie Jo nicht vom Landgut wies, als sie herausgefunden hatte, dass Jo keine Gärtnerin war. Hätte er doch nur den Mund gehalten. Warum hatte sie sich bloß in seinen Garten eingeschlichen? Was bezweckte sie damit? Wenn sie ein Jahr günstig Urlaub in Schottland machen wollte, hätte sie das doch auch anders erreichen können. Er verstand dieses Weib einfach nicht. Aber eines war sicher, jetzt musste Schluss sein. Diese Frau tat ihm einfach nicht gut. Er würde trotzdem an der Chelsea teilnehmen, und bis er zurückkam, sollte sie ihre Koffer gepackt haben und verschwunden sein. Es wurde höchste Zeit, einen Ersatzplan für die Chelsea auszuarbeiten, irgendwas musste sich doch auch mit diesen Pflanzen gestalten lassen. Er stöhnte auf, als er erneut an die Eichen dachte, und ließ seine Stirn auf das Lenkrad sinken. Hätte sie nicht wenigstens etwas ausgefallenere Bäume aussuchen können? Kein Mensch wollte an einer Chelsea Flower Show Eichen sehen, und ganz bestimmt war die Queen da keine Ausnahme. Genervt drehte er den Zündschlüssel im Schloss und fuhr los.

Die Sprechstundenhilfe hatte Jo in das Laborzimmer geführt. »Ist Ihnen übel?«, erkundigte Doreen sich besorgt.

»Es geht schon.« Jo kämpfte immer noch gegen die Tränen. Duncan hatte sie so kalt abgefertigt, dabei hätte sie ihm zu gerne alles erklärt. Sie konnte gut verstehen, dass er wütend auf sie war, wenn sie die Dinge aus seiner Sicht betrachtete.

Doreen reichte ihr ein Taschentuch. »Der Doktor kommt gleich und gibt Ihnen etwas gegen die Schmerzen«, tröstete sie Jo.

»Ich glaube, gegen Dummheit gibt es wohl kein Medikament«, meinte Jo trocken.

»Ach, meine Liebe, solche Unfälle passieren einfach. Kein Grund, sich darüber zu ärgern. Aber Duncan hätte ruhig etwas netter zu Ihnen sein können. Manchmal ist er wirklich ein richtiges Ekelpaket.« Damit ließ sie Jo allein im Zimmer und kehrte zurück an ihre Arbeit.

In diesem Dorf schien wirklich jeder jeden zu kennen.

Etwas später wurde sie in das Behandlungszimmer geführt, und Dr. Hammond sah sich ihre Wunde an. »Sie haben Glück, meine Liebe. Das muss nicht genäht werden. Ich säubere Ihnen die Wunde, und dann kleben wir das Ganze zusammen. Eine kleine Narbe wird allerdings schon zurückbleiben.«

»Macht nichts, ich habe auch davor keine Schönheitswettbewerbe gewonnen«, erwiderte sie, und der Arzt lachte gut gelaunt.

Der Kiefer war glücklicherweise noch heil, nur etwas angeschlagen. »Den werden Sie wohl noch eine Weile spüren. Vermeiden Sie es, in nächster Zeit harte Dinge wie Nüsse zu essen, und schonen Sie sich circa eine Woche lang, danach sollte es besser werden. Ich stelle Ihnen ein Attest aus, damit Duncan Sie nicht gleich wieder herumscheucht.«

Etwas später saß sie in Gregs Wagen. Duncan hatte ihn angewiesen, sie abzuholen. Er stellte ihr keine Fragen, aber sie spürte, dass auch er wütend auf sie war. Liz hatte ihm bestimmt von der falschen Pflanzenbestellung für die Chelsea erzählt. Sie schloss die Augen und hoffte, möglichst bald in der WG anzukommen, damit sie sich in ihrem Zimmer verkriechen konnte.

Jo hatte sich anschließend gleich hingelegt. Einige Zeit später hörte sie Stimmen aus dem Wohnbereich und stand auf. Sie zog sich eine Strickjacke über und trat aus ihrem Zimmer hinaus. Sofort verstummten alle, und sie wusste, dass man über sie gesprochen hatte.

»Ich bin euch eine Erklärung schuldig«, begann sie leise.

»Das will ich meinen!« Greg schaute sie grimmig an, doch Liz gab ihm einen Stupser.

»Komm, setz dich zu uns«, bot Marie an und zeigte auf den freien Platz neben ihr. Jo setzte sich, und Marie griff zur Teekanne und schenkte auch für sie eine Tasse ein.

»Ich hatte wirklich nicht vor, irgendjemandem etwas vorzumachen«, begann sie und erzählte dann ihre Geschichte. Den Teil, wie sie Duncan geküsst und schließlich Audreys Hintern gerettet hatte, ließ sie wohlweislich aus.

»Aber warum hast du Jane und Duncan nicht gleich gesagt, dass du keine Gärtnerin bist, als du herausgefunden hattest, dass die Ausbildung eigentlich gefordert war?« Greg war noch nicht gewillt, ihr zu verzeihen.

»Weil ich nicht wieder nach Hause zurückgekrochen kommen wollte. Ich dachte, wenn ich mich genügend anstrenge, meine Sache gut mache und lerne, könnte ich auch von Nutzen sein. In der Zwischenzeit wollte ich mich nach einer neuen Stelle umsehen, dazu bin ich aber noch nicht gekommen. Glaubt mir, ich wollte wirklich niemandem schaden.«

»Hast du aber«, meinte Liz leise. »Die Chelsea Show ist für

Duncan sehr wichtig. Sie ist das Aushängeschild eines Gartengestalters, und Duncan hat sich in den letzten Jahren immer eine Goldmedaille erarbeitet. Alle erwarten, dass er das in diesem Jahr wiederholt, aber das hast du ihm vermasselt. Zudem klaust du einem jungen ausgebildeten Gärtner die Möglichkeit, hier mehr zu lernen.«

Marie hatte Mitleid mit Jo, die wie ein Häufchen Elend auf ihrem Stuhl saß. Sie legte ihr den Arm um die Schulter. »Kommt schon, wir wissen doch alle, dass Jo es nicht böse gemeint hat.«

»Das mag sein«, Greg schaute sie eindringlich an, »trotzdem ist es an der Zeit, dass sie die Dinge geradebiegt. Für Duncan und die Chelsea Show ist der Zug wohl abgefahren, aber du solltest ihm und Jane anbieten, das Zwischenjahr abzubrechen. Das wäre nur anständig.«

Jo nickte und erhob sich von ihrem Platz, um zurück ins Bett zu gehen. Sie wollte sich nur noch verkriechen. Etwas später kam Marie mit einem Teller Suppe zu ihr.

»Du solltest was essen, Jo.«

»Das ist lieb gemeint, aber ich hab keinen Hunger.«

Marie stellte den Teller auf den kleinen Tisch neben ihrem Bett und setzte sich zu Jo.

»Hör mal, niemand erwartet, dass du gleich deine Koffer packst. Rede morgen mit Jane und Duncan. Ich bin sicher, die beiden lassen dir Zeit, erst mal gesund zu werden. Und ich werde dir helfen, dich nach etwas Neuem umzusehen.«

»Danke, Marie«, mehr brachte sie nicht heraus.

»Du bist wirklich Köchin?« Jo nickte.

»Wahnsinn. Jetzt versteh ich auch, warum es bei dir immer so toll geschmeckt hat. Aber wie kannst du nur bei Wind und Wetter draußen arbeiten wollen, wenn du stattdessen in einer gemütlichen, warmen Küche sein könntest?«

Jo schmunzelte. »Wenn du dich erst mal ein paar Jahre von einem Küchenchef hast herumhetzen lassen, dann sehnst du dich nach etwas frischer Luft, glaube mir. Danke, Marie. Danke, dass du mich nicht auch für ein Miststück hältst.«

Marie lächelte. »Du hast immerhin dafür gesorgt, dass wir den Schweinestall nicht mehr ausmisten mussten, das allein ist schon die Vergebung aller Sünden wert. Und nun schlaf dich gesund, morgen sieht die Welt schon wieder anders aus.«

Doch Jo war noch nicht müde, es schwirrten einfach zu viele Gedanken durch ihren Kopf. Schließlich griff sie zu ihrem Handy und rief Heidi an.

»Jo! So schön, endlich von dir zu hören! Wie geht's dir da oben im hohen Norden?«

Jo seufzte. »Ging schon besser. Habe heute den Kampf gegen einen Wurzelstock verloren, und morgen verliere ich dann wohl noch meine Bleibe.«

»Wie? Ich versteh nicht.«

Und so schüttete Jo ihrer Freundin das Herz aus, und dieses Mal ließ sie nichts aus.

»Ach, Jo«, seufzte am Ende nun auch Heidi. »Das ist wirklich alles blöd gelaufen. Kannst du denn Duncan nicht wenigstens die Geschichte mit dem Typen im Gewächshaus erklären?«

»Und riskieren, dass Audrey ihre Lehrstelle verliert? Nein, das kann ich nicht machen.«

»Sind die Schotten denn noch so altmodisch?«

»Na ja, zumindest hier auf der Hotelanlage. Meine Mitbewohner sind mehr oder weniger alle sauer auf mich, dass ich mich eingeschlichen habe, dabei war es doch wirklich keine böse Absicht gewesen. Ich muss morgen mit der Verwalterin des Gutes sprechen und die Sache klären. Vermutlich wird sie mich gleich rauswerfen, und dann sitze ich auf der Straße.«

»Komm nach Hause, Jo. Du musst doch nicht in Schottland bleiben.«

»Doch, muss ich. Ich kann nicht schon wieder bei meinen Eltern vor der Tür stehen, weil ich es vermasselt habe. Himmel, ich bin bald vierzig Jahre alt und kriege mein Leben einfach nicht auf die Reihe, das muss ein Ende haben!«

»Okay, aber dein Leben kannst du auch in der Schweiz in Ordnung bringen.«

»Könnte ich, aber es gefällt mir hier, und ich habe mir ein Jahr Schottland versprochen, also werde ich das auch irgendwie hinbekommen. Noch gebe ich nicht auf.«

Heidi lächelte. »So gefällst du mir schon besser, Jo. Du packst das, und wenn ich mal wieder Urlaub bekomme, werde ich dich besuchen.«

»Wie geht es dir denn? Ich habe noch nicht mal gefragt ... was bin ich nur für eine Freundin?!«

»Eine sehr gute, die im Moment den Kopf einfach voller eigener Probleme hat. Mir geht's gut. Ich habe meinen Job im Altenheim ebenfalls gekündigt und einen neuen in der Kantine der Uni gefunden. Besonders prickelnd wird dieser Job wohl auch nicht sein, aber ich bin schon froh, wenn ich unseren Küchenchef nicht mehr sehen muss. Nächste Woche kann ich anfangen. Aber nun zurück zu diesem Typen, Duncan. Meinst du, da ist echt nichts mehr zu machen?«

Jo schmunzelte, das passte zu Heidi. »Nein, der ist stinksauer auf mich. Kein Wunder, ich habe ihm anscheinend die Show des

Jahres vermasselt.« Erneut seufzte sie tief. »Aber küssen kann der, so was habe ich echt noch nicht erlebt.«

»Und der andere im Gewächshaus?«

Unweigerlich schüttelte es Jo. »Kein Vergleich, der war richtig widerlich. Ich verstehe Audrey echt nicht. Der roch wie ein abgestandener Aschenbecher, den man zuvor in Whisky ausgespült hatte. Bäähh!«

»Jung und wild halt«, meinte Heidi lachend.

»Nein, eher schmuddelig und eklig. Diese Phase ging wohl wirklich an mir vorbei.«

»Wie schaut denn dieser Duncan aus?«

»Groß, hellbraune Haare, breite Schultern, kräftige Arme und ...«, sie schloss die Augen und sah ihn wieder vor sich, wie er neulich, als sie geküsst hatte, an der Küste gestanden hatte, »Augen so blau und dunkel wie das Meer.« Sie blinzelte, schüttelte den Kopf und schob Duncan beiseite, denn es half nichts, er würde nichts mehr von ihr wissen wollen, und schon bald würde sie die Hotelanlage verlassen müssen. »Er hat einen kleinen Jungen, der ihm sehr ähnlich sieht. Nick hat eine leichte Behinderung, weil er, als er noch kleiner war, in einen Unfall verwickelt war. Aber du solltest die beiden zusammen erleben ...«

»Oh, oh«, warf Heidi dazwischen. »Und wo ist die Mutter?«

»Sie ist bei dem Unfall ums Leben gekommen, aber die genauen Umstände kenne ich nicht.«

»Lass die Hände von dem Typen, Jo. Das klingt nach Problemen, und du bist keine Sozialarbeiterin.«

»Als ob ich eine Wahl hätte. Duncan ist so sauer auf mich, der würde mich nicht mal mehr mit einer Kneifzange anfassen. Er denkt, ich werfe mich jedem an den Hals, der bei drei nicht auf dem Baum ist.«

»Auch wenn es anders wäre, lass die Finger von ihm! Der letzte Sozialfall sollte dir gereicht haben.«

»Du meinst Markus? Ja, der war wirklich ein Reinfall, und ich kann nicht verstehen, dass mir das zuvor nicht aufgefallen ist. Ich hoffe nur, dass er das Geld für die Wohnung noch zusammenbekommt und die Verwaltung mich in Ruhe lässt. Sie haben mir angedroht, dass sie sich an mich wenden werden, wenn Markus den Rest der Miete nicht bezahlt. Wir haften da leider gemeinsam.«

»So ein Mist. Ich drücke dir die Daumen, dass Markus für seinen Teil aufkommt.«

»Und bei dir? Irgendetwas Ernsthaftes aufgetaucht?« Heidi erzählte ihr von ein paar Typen, und sie lachten und schwatzten, bis der Akku vom Handy fast leer war. Es tat gut, mit ihrer Freundin zu reden, und sie fühlte sich danach gleich viel besser. Sie würde das hier schon packen und morgen Jane und Duncan die Karten auf den Tisch legen. Irgendeine Lösung würde es bestimmt geben.

Doch als Jo sich am nächsten Morgen bei der Sekretärin von Jane meldete, war ihre Zuversicht geschrumpft. Sie hatte schlecht geschlafen, weil ihr Kiefer so schmerzte. In der Früh hatte sie noch mal eine Schmerztablette genommen, damit sie wenigstens etwas frühstücken konnte. Nach dem Schweinestallausmisten hatte sie sich umgezogen und war dann gleich rüber zum Hotel gegangen, um das Problem bei den Hörnern zu packen.

Sie wollte gerade die Sekretärin um einen Termin bitten, als die Tür aufging und Jane heraustrat. »Guten Morgen, Jo.«

»Guten Tag, Jane. Hätten Sie einen Moment Zeit für mich? Ich müsste dringend etwas erklären.«

»Dann kommen Sie mal mit in mein Büro.« Drinnen wies sie Jo an, sich zu setzen.

»Danke, könnten Sie bitte auch noch Duncan zu dem Gespräch hinzurufen? Es betrifft auch ihn.«

Jane sah sie skeptisch von der Seite an, griff dann aber zum Telefon und rief Duncan auf seinem Handy an. »Hallo, Duncan. Bei mir sitzt Josephine Müller im Büro. Sie hätte was mit uns zu besprechen. Kannst du kurz ins Haupthaus kommen? Aha … verstehe … ja, okay, ist gut.« Sie legte auf und wandte sich dann wieder Jo zu. »Er hat keine Zeit. Aber erzählen Sie erst mal mir, um was es geht. Ich denke, ich kann es bereits erahnen.«

Duncan wusste ja bereits Bescheid, dass sie keinen Fachausweis besaß, daher konnte Jo Jane auch gut ohne ihn in Kenntnis setzen. Sie holte tief Luft und ließ dann ihre vermeintliche Bombe platzen. »Ich bin keine Gärtnerin.«

»Das wissen wir längst, Jo. Ich verstehe nur nicht, wie Sie jemals glauben konnten, einem Gärtner wie Duncan so etwas vortäuschen zu können.«

»Es war bestimmt keine böse Absicht«, begann Jo und erzählte Jane dann, wie es dazu gekommen ist. »Ich wollte nie jemandem schaden, ganz bestimmt nicht.«

»Das haben Sie aber, und wenn es nach mir gegangen wäre, wären Sie bereits vorgestern rausgeflogen. Aber Duncan hat sich für Sie stark gemacht, da Sie sich Mühe gegeben und hart gearbeitet hätten. Vorhin am Telefon hat er mir aber gesagt, dass er nun meiner Meinung ist und ich Sie rauswerfen kann.«

Jo schluckte, sie wusste ja, dass sie ihn verletzt hatte, aber seine Ablehnung tat trotzdem weh. »Verstehe. Ich möchte Sie lediglich darum bitten, mir noch etwas Zeit zu geben, damit ich mir etwas anderes suchen kann.«

Jane sah ihr direkt in die Augen, schwieg aber und klopfte mit dem Stift auf die Tischkante. »Warten Sie bitte einen Moment draußen. Vielleicht gibt es eine Möglichkeit«, meinte sie schließlich.

Als sie Jo etwas später wieder zu sich ins Büro rief, war an ihrem Gesicht nichts abzulesen, und Jo befürchtete schon, dass sie gleich ihre Sachen packen müsste.

»Gut. Adrian, der Küchenchef, hat mir heute früh mitgeteilt, dass die Küchenhilfe eine Grippe erwischt hat. Er ist damit einverstanden, dass Sie einspringen. Aber sollten Sie diesen Job nicht zu seiner Zufriedenheit erledigen, sind Sie schneller draußen, als Ihnen lieb ist. Sie können bis Ende nächster Woche bleiben. Duncan hat darauf bestanden, dass Sie bis dann weg sind.«

Es fühlte sich an, als hätte sie einen Schlag mitten in den Magen erhalten. Sie nickte und bedankte sich bei Jane für den Aufschub. Dass sie ein ärztliches Attest hatte, das sie eine Woche krankschrieb, verschwieg sie. Sie wollte Jane nicht noch mehr gegen sich aufbringen, es reichte, wenn Duncan sie hasste.

Nach dem Gespräch mit Jane ging Jo gleich in die Küche, um ihren Job anzutreten. Wie sich herausstellte, war Adrian zufrieden mit ihr. Er musste ihr nicht viel erklären, was zu tun war, da sie lange genug in Küchen gearbeitet hatte. Es war eine professionelle Küche, und Adrian war ein fairer Chef, der seine Leute nicht anschrie und sie trotzdem zu Höchstleistungen brachte. Jo verhielt sich still, wusch Teller ab, putzte Gemüse, schnitt es klein und versorgte weiterhin die Schweine, wofür ihr ihre Mitbewohner dankbar waren. Am Abend borgte sie sich stets Liz' Laptop aus und suchte nach einer neuen Stelle. Doch das war nicht so leicht als Ausländerin. Als sie am Sonntag in ihrer Nachmittagspause auf dem Sofa lag, klopfte es an der Haustür. Da sonst niemand im Haus war, rappelte sie sich auf und öffnete sie. Nick stand verheult vor ihr und warf sich gleich in ihre Arme. Sie hielt ihn einfach fest und strich ihm beruhigend über den Rücken.

»Was ist denn los, mein Kleiner?«, fragte sie, ohne ihn loszulassen.

»Sie werden morgen kommen und Heribert zum Schlachter bringen«, schniefte er.

Jo hielt mitten in ihrer Bewegung inne. »Was?!« Sie hielt Nick ein bisschen von sich weg, um ihn ansehen zu können. »Wer hat dir das gesagt?«

»Ich war vorhin bei den Schweinen und habe Dad und den Küchenchef miteinander sprechen hören. Dad hat versucht, den Küchenchef umzustimmen, aber der meinte, dass Heribert und die anderen nun schlachtreif wären.« Wieder rannen Tränen über Nicks Gesicht. »Wie können die nur so was tun? Wir müssen sie retten, Josy!«

Als sie Nick so ansah, kämpfte auch sie gegen die Tränen und drückte ihn ganz fest an sich.

»Und warum darf ich dich nicht mehr sehen, Josy? Dad hat mir bereits gestern verboten herzukommen. Was ist passiert?«

Jo schluckte und gestand dann: »Dein Dad ist sehr wütend auf mich, weil ich etwas getan habe, was man nicht tun sollte.«

»Aber dann entschuldigst du dich einfach bei ihm. Das wirkt bei mir immer.«

Jo lächelte, obwohl ihr die Tränen in den Augen brannten. »Du bist auch sein Sohn, dir wird er immer und alles verzeihen.«

»Was hast du denn getan?«

»In seinen Augen habe ich ihn angelogen.«

»Hast du das denn nicht?«

»Gelogen nicht wirklich, aber manchmal ist Schweigen eben auch eine Lüge. Ich wünschte, ich könnte es ändern, aber es ist nun mal geschehen.«

»Aber du wirst Heribert doch retten, oder?« Er sah sie eindringlich an.

Sie fuhr ihm durch die wilden Haare. »Nick ... ich weiß nicht, ob ich das kann«, gestand sie dann ehrlich.

»Aber du musst! Heribert ist doch auch dein Freund.«

»Ja, das ist er. Auch die anderen Schweine, aber ich habe hier nichts zu sagen.«

Erneut klopfte es an der Tür, dieses Mal stand Duncan vor ihr. Seine Augen waren undurchdringlich, und er schaute sie hart an. »Ist Nick hier?«, fragte er ohne eine Begrüßung. Dann schob er sie beiseite und trat einfach ein.

»Hallo, Duncan, freut mich auch, dich zu sehen«, knurrte sie.

»Nick! Himmel, hab ich dir nicht gesagt, dass du hier nicht vorbeigehen sollst?!«

»Ja, hast du! Aber wenn du mir nicht hilfst, die Schweine zu retten, dann macht das Josy, nicht wahr, Josy?«

Jo schaute zu Boden. Sie hätte es ihm zu gerne versprochen, wusste aber, dass sie das nicht konnte. Auch wenn ihr eigenes Herz blutete, wenn sie an Heribert und seine Weiber dachte.

»Das hast du ihm doch nicht versprochen, oder, Jo?!« Beide Jungs schauten sie eindringlich an. Es war einfach unglaublich, wie sehr sie sich glichen, mit Ausnahme der Haarfarbe und der Brille. Aber beide beharrten auf ihrem Standpunkt und forderten sie stur auf, den ihren anzunehmen. Wütend baute sie sich nun vor Duncan auf.

»Du weißt ganz genau, dass mir hier Grenzen gesetzt sind.

Aber du solltest dich für deinen Jungen einsetzen und zusehen, dass du die Schweine in Sicherheit bekommst.«

»Verdammt noch mal, muss ich dir jetzt auch noch erklären, dass dies der Lauf der Dinge ist?! Es war klar, seit ihrem ersten Tag, dass sie irgendwann auf dem Teller landen würden. Das ist nun mal die Bestimmung der Schweine.«

»Dann werde ich niemals wieder Fleisch essen!«, warf Nick unter Tränen ein.

»Das solltest du in der Tat nicht, mein Junge, wenn du nicht damit fertig wirst, dass Nutztiere nun mal dazu vorgesehen sind.«

Schützend legte Jo den Arm um Nick. »Da magst du recht haben. Aber Tiere mit Namen schlachtet man nicht.«

»Aha, aber Tiere ohne Namen schon?! Wie scheinheilig ist das denn?! Du bist doch Köchin, und ich verwette meinen Hintern darauf, dass du auch Fleisch kochst. Nick, komm, wir gehen!«

»Ich bleibe hier bei Josy! Und warum kannst du ihr nicht verzeihen, dass sie dir nicht alles gesagt hat? Mir verzeihst du doch auch?«

Gereizt sah Duncan von Nick zu Jo. »Musstest du ihn auch noch für deine Zwecke einspannen?«

»Das habe ich nicht. Er hat mich nur gefragt, weshalb er nicht mehr hier vorbeischauen darf. Wenn du es nicht schaffst, deinem Jungen eine vernünftige Erklärung zu geben, kann ich auch nichts dafür.«

»Hört auf zu streiten!«, rief Nick und rannte unter Tränen an ihnen beiden vorbei ins Freie.

»Das hast du ja wieder super hinbekommen!«, fuhr Duncan sie an.

»Klar, mach mich doch für alles Unglück dieser Welt verantwörtlich. Scheint so, als hätte es in Schottland zuvor keinen Sündenbock gegeben, wie schön, dass ihr nun mich habt!«

Duncan warf ihr einen verächtlichen Blick zu und rannte dann hinter seinem Sohn her. Nach diesem Auftritt musste Jo sich erst mal setzen. Es tat ihr so leid für Nick, aber auch für Heribert. Kein Mensch hatte ihr gesagt, dass die Schweine schon so bald ihr Ende erleben mussten. Als sie später in der Küche war, versuchte sie, mit Adrian zu reden. »Aber könntet ihr nicht wenigstens Heribert am Leben lassen? Nick hängt so sehr an ihm.«

Adrian schaute sie lächelnd an. »Wohl nicht nur Nick, sondern auch du.«

»Ja, ich geb's ja zu.«

»Schau, von Jane weiß ich, dass auch du ein Profi bist, und du machst deine Arbeit, die eigentlich unter deinem Können liegt, wirklich sehr gut und ohne zu murren. Aber die Schweine gehören den Douglas und nicht uns. Sie haben nun mal beschlossen, sie schlachten zu lassen. Soviel ich weiß, wollen sie danach auch keine Schweine mehr halten. Einige der Gäste hätten sich über den Gestank beschwert.« Jo gab auf, es war klar, dass sie von der Küche aus nichts erreichen konnte. Doch Nick ging ihr den ganzen Abend nicht aus dem Kopf, und sie überlegte hin und her, ob es nicht doch noch eine Möglichkeit gab, Heribert und seinen Trupp zu retten. Mit Jane zu reden würde nichts bringen, denn ihr war klar, dass sie bei ihr unten durch war. Als sie um halb fünf Uhr morgens noch immer wach dalag, zog sie sich an und machte sich auf den Weg in den Schweinestall. Völlig überrascht stellte sie fest, dass die Tiere nicht da waren. Sie leuchtete mit der Taschenlampe jeden Winkel ab, aber weder Heribert noch eine seiner Sauen ließen sich blicken. Der Stall war definitiv leer. Hatten sie sie etwa schon früher abgeholt als geplant? Sie wollte sich gerade wieder auf den Weg zurück ins Bett machen, als ein Transporter sich näherte. Neben dem Stall blieb das Fahrzeug stehen, und ein kräftiger Typ stieg gut gelaunt aus der Fahrerkabine. »Guten Morgen. Sie sind bestimmt da, um mir beim Einladen zu helfen, oder?«

Verwirrt schaute Jo den Mann an. »Aber die Schweine wurden doch schon geholt? Es ist keines mehr da.«

»Das kann nicht sein. Ich wurde für fünf Uhr bestellt und bin sogar noch zu früh dran.« Der Mann schaute in den Stall und dann wieder auf Jo. »Die Fahrt müsst ihr mir aber trotzdem bezahlen. Ich komme doch nicht um diese Uhrzeit vergebens den weiten Weg hierher! Wo ist Ihr Chef?!«

»Was ist hier los?« Adrian trat aus der Dunkelheit.

»Ich wollte eben die Schweine abholen, als diese Dame mir sagte, dass sie bereits abgeholt worden seien!« Vorwurfsvoll schauten beide Männer sie an.

»Dafür kann ich doch nichts«, verteidigte sich Jo. »Ich wollte mich nur noch von den Schweinen verabschieden, als ich bemerkte, dass sie schon weg waren. Dann kam der Transporter und nun du, Adrian.«

»Und das soll ich dir abkaufen? Erst gestern hast du mich noch gefragt, ob es keine Möglichkeit gäbe, die Schweine zu retten, und nun stehen wir vor einem leeren Gehege, und du behauptest, das Unschuldslamm zu sein? Lass dir etwas Besseres einfallen! Ich rufe jetzt die Polizei!«

»Tu das, ich habe mit dem Ganzen nichts zu tun.« Sie wollte sich umdrehen und zurück in ihr Zimmer gehen, doch der Fahrer des Transporters hielt sie am Arm fest.

»Sie bleiben hier, bis das geklärt ist.«

»Autsch, Sie tun mir weh! Lassen Sie mich gefälligst los!«

»Damit Sie abhauen können? Viehdiebstahl ist kein Kavaliersdelikt.«

Adrian, der das Telefonat mit der Polizei beendet hatte, deutete nun auf den Schweinestall.

»Schließen wir sie da ein, bis die Polizei kommt, dann kann sie nicht fliehen.«

»Ihr spinnt wohl! Ich habe damit wirklich nichts zu tun.«

Die beiden Männer zerrten sie in den Stall.

»Das kannst du ja dann der Polizei erklären«, knurrte Adrian und schloss hinter ihr die Tür. Anschließend rief er seine Chefin an, die gleichzeitig mit der Polizei am Ort des Geschehens eintraf.

Jo hörte, wie draußen diskutiert wurde, und hämmerte mit den Fäusten gegen die Tür. »Das ist Freiheitsberaubung! Lassen Sie mich raus!«

Sie wollte gerade erneut gegen die Tür hämmern, als diese vom Polizisten geöffnet wurde, der ihre Faust gerade noch abfangen konnte, bevor sie in seinem Gesicht landete.

Jane trat neben den Mann und schaute Jo verächtlich an. »Ist das der Dank dafür, dass ich Sie hierbehalten habe?! Nun sagen Sie schon, wo Sie die Schweine hingebracht haben!«

Jo schaute ihr direkt in die Augen. »Ich habe Ihre verdammten Schweine nicht. Wie hätte ich das auch anstellen sollen? Ich habe weder einen Transporter noch Verbindungen zu Leuten, die die Tiere hätten aufnehmen können. Ich kenne hier ja noch kaum jemanden.«

»Vielleicht hat sie die Schweine ja auch nur freigelassen, damit sie nicht geschlachtet werden können. Das tun so manche radikalen Tierschützer«, warf der Fahrer ein.

Der eine Polizist, den sie beinahe mit der Faust erwischt hätte, schaute sie fragend an. »Und, Miss, haben Sie das getan?«

»Natürlich nicht!«

»Und was haben Sie dann um diese frühe Uhrzeit hier am Stall gemacht?«, hakte nun der zweite Polizist nach.

»Ich wollte mich noch von den Schweinen verabschieden ...«
Jane lachte lakonisch auf.

»Und das sollen wir Ihnen glauben?«

»Gut, ich geb's zu: Kurz ist mir der Gedanke wirklich gekommen, dass ich die Schweine einfach rauslassen könnte. Aber sie waren ja bereits weg, als ich zum Stall kam.«

Jane warf die Hände in die Luft. »Natürlich, Sie haben gar nichts mit dem Ganzen zu tun und stehen einfach nur so in der Dunkelheit herum.« Dann drehte sie sich zu dem Polizisten um. »Also, ich weiß nicht, was Sie noch als Beweis brauchen, aber für mich ist der Fall klar. Miss Müller hat eindeutig was mit der Sache zu tun.«

Der Polizist räusperte sich. »Das mag so aussehen, aber das muss natürlich ordentlich geklärt werden. Miss, wir werden Sie nun mitnehmen auf die Wache und da Ihre Aussage protokollieren.«

»Sie müssen sie gleich dabehalten, sonst haut sie ab. Schließlich ist sie nicht von hier«, befahl Jane.

»Lassen Sie das unsere Sorge sein, Miss Douglas.« Dann wandte er sich wieder Jo zu. »Haben Sie Ihre Papiere mit dabei?«

»Nein, natürlich nicht. Ich wollte ja nur kurz bei den Schweinen vorbeisehen.«

»Gut, dann begleiten wir Sie nun zu Ihrer Wohnung, damit Sie die Papiere holen können.«

»Sie können Ihre Koffer auch gleich packen und mitnehmen. Ich will Sie auf meinem Gut nie wieder sehen. Sie haben nichts als Unruhe und Ärger gebracht!«

»Wie oft noch: Ich habe mit der ganzen Geschichte nichts zu tun!«, verteidigte sich Jo.

»Wer soll Ihnen das glauben? Schließlich haben Sie uns alle auch belogen, was Ihre Ausbildung betraf. Ich habe ein für alle Mal genug von Ihnen und Ihren Lügen! Officer, entfernen Sie diese Person von meinem Grundstück.«

Jo merkte, dass es sinnlos war, und ging schweigend neben dem Polizisten her.

In der Personalunterkunft waren nun auch die ersten Lichter angegangen. Und als sie mit dem Polizisten das Haus betrat, tapste Marie verschlafen aus der Küche.

»Jo? Was ist denn los?«, fragte sie erstaunt.

»Die glauben, ich hätte die Schweine geklaut oder befreit«, knurrte Jo.

»Holen Sie bitte Ihre Papiere und Ihre Koffer. Wir haben keine Zeit für Plaudereien«, befahl der Polizist.

Unter den Augen des Polizisten packte Jo ihre Sachen zusammen.

Marie war ihnen in das Zimmer gefolgt. »Die Schweine sind nicht mehr da?«, fragte sie verwirrt.

»Ja, sie hätten heute früh zum Schlachten abgeholt werden sollen, und nur weil ich am leeren Gehege stand, glauben nun alle, ich hätte was mit der Sache zu tun.«

»Und, hast du?«

Der Polizist schaute Jo aufmerksam an, als sie antwortete. »Natürlich nicht!«

»Und was hast du dann so früh am Morgen da gemacht?«

»Ich wollte mich von Heribert verabschieden. Schließlich habe ich ihn und seine Mädels die ganze Zeit versorgt.« Als Marie sie etwas skeptisch anblickte, fügte sie hinzu: »Gut, kurz kam mir der Gedanke, die Schweine einfach zu befreien. Aber dazu kam es nicht, weil sie bereits weg waren.«

»Das klingt schon etwas seltsam«, meinte Marie.

Jo seufzte und sah sie eindringlich an: »Das ist nicht besonders hilfreich, Marie.«

»Und warum packst du deine Sachen? Die werden dich deswegen ja nicht gleich einsperren.«

»Jane hat mich rausgeworfen.«

»Das kann man ihr nicht wirklich verdenken.«

»Marie!«

»Natürlich nur aus ihrer Sicht. Aber wenn du sagst, dass du die Tiere nicht befreit hast, dann wird das schon so sein. Kann ich irgendwas für dich tun?«

Jo schüttelte traurig den Kopf. »Nein, aber danke.«

»Haben Sie nun alles beisammen?«, fragte der Polizist ungeduldig.

Jo blickte sich ein letztes Mal in ihrem Zimmer um und nickte.

Auf der Wache wurde Jo über ihre Rechte belehrt, bevor sie ihre Aussage machte. Danach nahm man sie in Untersuchungshaft, anscheinend verstanden die Briten wirklich keinen Spaß, wenn es um Viehdiebstahl ging.

»Und was ist mit der guten alten Unschuldsvermutung?«, knurrte sie den Polizisten an, der sie nach der Befragung in eine Zelle sperrte.

Da saß sie nun auf der Pritsche, ihr Kiefer schmerzte nach wie vor, und sie fühlte sich von Gott und der Welt verlassen. Sie dachte darüber nach, wie nur alles hatte so schieflaufen können. Doch Selbstmitleid würde sie nicht weiterbringen. Es musste verflixt noch mal eine Lösung für das Problem geben. Natürlich sah es von außen betrachtet so aus, als wäre sie schuldig, aber das war sie nicht. Der Polizist, der sie vernommen hatte, hatte ihr angeboten, einen Anwalt zu organisieren, doch sie war nach wie vor überzeugt, dass man, wenn man nichts getan hatte, vom Rechtssystem auch nichts zu befürchten hätte. Irgendwann begann sie, darüber nachzudenken, wer denn noch infrage käme, die Schweine geklaut oder befreit zu haben. Ihre Mitbewohner schloss sie sofort aus, denn sie hatten nie großes Interesse an den Tieren gezeigt. Plötzlich dämmerte es ihr: Es musste Nick irgendwie gelungen sein, Heribert und seinen Trupp zu befreien, bevor er von Duncan ins Internat gebracht worden war. Sie erinnerte sich, wie er Duncan und sie mit Tränen in den Augen angefleht hatte, irgendetwas zu tun. Nun schien er selbst zur Tat geschritten zu sein. Verflixt, diesen kleinen Kerl konnte sie nicht verraten, das brachte sie nicht übers Herz. Es verstand sich wie von selbst, dass sie ihren Verdacht niemandem mitteilen würde, nicht mal seinem Vater. Sie wusste nicht, wie lange sie auf der Pritsche gesessen hatte, bis die Tür plötzlich wieder quietschend geöffnet wurde.

»Sie können rauskommen. Es wurde für Sie eine Kaution hinterlegt.«

Im Büro gab man ihr dann ihre Sachen zurück, bis auf den Pass. Den behielt die Polizei bei sich, damit sie sich nicht aus dem Land stehlen konnte. Dann begleitete sie der Polizist in den Eingangsbereich, wo Seamus ihr lächelnd entgegenblickte.

»Seamus«, seufzte sie erleichtert und hätte ihn am liebsten umarmt.

»Sie sind nun dafür verantwortlich, dass sie sich nicht aus dem Staub macht und für weitere Befragungen zur Verfügung steht«, wies der Polizist Seamus an.

»Natürlich, Sir. Wenn was ist, rufen Sie uns einfach an, Sie haben ja meine Nummer.«

Er griff nach einem ihrer Koffer und ging zielstrebig zu seinem Wagen.

»Danke, Seamus. Ich werde dir den Betrag für die Kaution gleich überweisen lassen.«

»Das wird nicht nötig sein. Ich kriege das Geld ja zurück, sobald du freigesprochen wirst.«

»Du glaubst mir wirklich«, lächelte Jo erfreut.

»Aber natürlich! Und Marie glaubt dir auch. Sie hat mich gleich verständigt, als du abgeführt worden bist.«

»Weißt du, wo ich ein günstiges Zimmer bekommen kann? Ich kann ja nicht zurück auf das Gut.«

»Ja, das weiß ich zufälligerweise. Meine Nachbarin, Marge, führt ein kleines Hotel, das so einem stinkreichen Amerikaner gehört. Sie hat bestimmt noch ein Zimmer für dich frei.«

Sie setzten sich in den Land Rover und fuhren los. Lange sagte keiner von ihnen etwas, bis Jo die Stille unterbrach. »Glaubt Duncan auch, dass ich die Tiere gestohlen habe?«

Seamus blickte nur kurz zu ihr hinüber. »Du weißt es noch gar nicht?«

»Was?«

»Er ist letzte Nacht nach London gefahren, mit Liz und Greg. Er nimmt nun doch an der Chelsea Show teil.«

Jo atmete erleichtert auf. »Wie gut, dann bin ich wenigstens nicht auch noch dafür verantwortlich.«

Seamus schmunzelte. »Mein Neffe braucht manchmal einen Tritt in den Allerwertesten, aber danach kommt er schon in die Gänge. Es schien ihn ziemlich an seinem Ego gekratzt zu haben, als du gemeint hast, er wäre nicht fähig, aus den gegebenen

Umständen etwas zu machen. Ich bin schon ganz gespannt, was er präsentieren wird, schließlich musste er den Garten ganz neu planen.«

»Dann hat er gar nicht mitbekommen, was heute Morgen hier los war?«

»Nein. Ich denke, sonst hätte vermutlich er dich rausgepaukt.«

Jo schüttelte traurig den Kopf, was gleich wieder einen pochenden Schmerz in ihrem Kiefer auslöste. »Eher nicht, so wütend wie er auf mich war.«

»Ach was, der regt sich zwar schnell auf, aber auch schnell wieder ab.«

Doch Seamus wusste ja nicht, was wirklich zwischen ihnen vorgefallen war.

6. Kapitel

Das Hotel hieß Brambleberry Cottage und sah bereits von außen ganz allerliebst aus. Seamus stellte sie der rundlichen, kleinen älteren Dame vor, die die Pension führte.

»Marge, du hast doch bestimmt noch ein Bett frei für Jo?«

Marge seufzte: »Sicher, wie du siehst, laufen mir die Gäste nicht gerade die Tür ein. Wie lange möchten Sie denn bleiben, meine Liebe?«

»Nur ein paar Tage. Ich muss mir eine andere Arbeit und Unterkunft suchen, denn ein Hotel kann ich mir auf die Dauer nicht leisten.«

»Verstehe. Wissen Sie was, ich komme Ihnen mit dem Preis etwas entgegen, wenn Sie das Zimmer selbst putzen.«

»Oh, das ist sehr nett, vielen Dank. Ich bin im Moment wirklich froh um jeden Penny, den ich sparen kann.«

»Dann mache ich mich mal wieder auf den Weg auf die andere Seite des Gartenzauns«, meinte Seamus.

»Oh, ich dachte, du hättest noch Zeit für ein Tässchen Tee? Ich habe auch frische Scones gebacken.« Marge sah Seamus hoffnungsvoll an. Jo schmunzelte, als sie das Aufleuchten in seinen Augen sah. Die beiden schien etwas mehr zu verbinden als nur die Grundstücksgrenze.

»Dieses Angebot kann ich ja schlecht ablehnen.«

»Sie leisten uns natürlich auch Gesellschaft, nicht wahr, meine Liebe?«

»Sehr gerne. Ich möchte nur zuerst mein Gepäck loswerden.«

»Selbstverständlich.« Sie reichte Jo den Schlüssel und erklärte ihr den Weg zu ihrem Zimmer.

Als sie die Tür zu ihrer neuen Unterkunft öffnete, war sie positiv überrascht. Es war richtig niedlich eingerichtet, mit Blümchenvorhängen am Fenster, weiß gestrichenen Möbeln und einer atemberaubenden Aussicht in die Highlands. Der Raum war zwar klein, machte aber den mangelnden Platz mit Gemütlichkeit wett. Sie hatte sogar einen kleinen Kamin im Zimmer, und da etwas Kohle im Eimer danebenstand, ging sie davon aus, dass dieser auch tatsächlich funktionierte und nicht nur zur Zierde eingebaut worden war. Auch das angrenzende Bad war klein und fein, nur mit dem Putzen schien man es hier nicht so genau zu nehmen. Wie gut, dass sie künftig selbst dafür verantwortlich sein würde. Sie wusch sich rasch das Gesicht und die Hände am Waschbecken und ging dann wieder hinunter, um den Speiseraum zu finden. Auch der war klein und bestand lediglich aus acht Tischen. Die Fensterfront, die auch mal wieder einen Eimer Wasser vertragen konnte, zeigte hinaus auf einen wilden, aber wunderschönen Garten. Das ganze Hotel machte einerseits einen charmanten Eindruck, aber andererseits sah man, dass hier dringend etwas mehr Pflege gebraucht würde. Sie öffnete die Tür am Ende des Speiseraums und landete direkt in der Küche, wo sie Seamus und Marge fand. Die beiden beluden gerade zwei Tabletts mit Geschirr, Tee und Gebäck.

»Sie ist übrigens Köchin«, hörte sie Seamus gerade noch

sagen, als sie eintrat. »Vielleicht könnte sie dir etwas unter die Arme greifen.«

Marge seufzte: »Seamus, das kann ich mir nicht leisten. Ich musste erst vor wenigen Wochen meine Putzfrau entlassen, weil es finanziell nicht mehr ging.«

Aha, das war also der Grund, warum es hier so aussah, wie es aussah.

»Du schaffst hier aber nicht alles allein. Kannst du nicht mit dem Amerikaner reden?«

»Damit er die Pension verkauft und ich mein Zuhause verliere? Nein, Seamus das geht nicht.«

Jo war es peinlich, unfreiwillig Zeugin des Gesprächs geworden zu sein, daher tat sie so, als wäre sie eben erst dazugekommen und hätte nichts gehört. »Ach, da seid ihr!«

»Wie gut, Sie haben uns gefunden, meine Liebe. Kommen Sie, wir gehen hinaus in den Garten. Die Sonne dürfte bereits warm genug sein.«

Die Terrasse war ganz wunderbar gelegen, und man sah auf der rechten Seite der Gartenanlage einen romantisch angelegten großen Teich, der im Sommer bestimmt mit Seerosen aufwarten würde.

»Ihr Grundstück ist wirklich ganz fantastisch.«

»Ja, aber es macht auch eine Menge Arbeit. Ohne Seamus würde ich es nicht in Schuss halten können. Er hilft mir manchmal im Garten.« Marge griff zur Teekanne und schenkte ihnen allen Tee ein.

Jo hatte Mühe, ihren Mund weit genug öffnen zu können, um von dem Scone abzubeißen, das sie sich mit Erdbeermarmelade und Clotted Cream bestrichen hatte. Vor allem beim Essen schmerzte ihr Kiefer immer noch sehr.

»Was haben Sie eigentlich mit Ihrem Kinn angestellt, meine Liebe?«

Jo berichtete von ihrem Kampf gegen den Wurzelstock, den sie verloren hatte, und Marge kicherte über die lustige Schilderung.

»Oh weh, oh weh, das muss ja schrecklich schmerzhaft sein.«

»Es geht schon. Ich möchte Ihnen aber auch gleich bei der Gelegenheit noch sagen, dass Seamus mich aus dem Gefängnis befreit hat.«

Marges Augen wurden groß und sahen Seamus vorwurfsvoll an. Wie konnte er ihr das zumuten? Einen kriminellen Gast! Also wirklich!

»Schau mich nicht so an, Marge. Sie ist natürlich unschuldig.«

»Ich wollte einfach, dass Sie wissen, was man mir vorwirft, und Sie es nicht allenfalls über andere erfahren.« Dann berichtete Jo, was vorgefallen war.

»Und Sie haben die Schweine wirklich nicht gestohlen?«, Marge sah sie prüfend an.

»Marge, was hätte sie denn mit den Tieren anfangen sollen? Sie kennt hier doch noch kaum jemanden.«

»Aber was haben Sie dann um diese Uhrzeit bei dem Stall gesucht?« Marge schien noch nicht richtig überzeugt zu sein, dass Jo mit der Sache nichts zu tun hatte.

»Ganz ehrlich? Ich wollte die Schweine wirklich befreien, ihnen wenigstens eine Chance lassen. Aber als ich zum Stall kam, war wohl jemand schneller gewesen als ich.«

Marge sah sie tadelnd an. »Auch wenn Sie die Tat nicht begangen haben, sind Sie doch nicht ganz unschuldig. Denn hätten Sie die Möglichkeit gehabt, hätten Sie es getan.«

Seamus lachte und tätschelte Marges Hand. »Aber Absichten

sind nicht strafbar, Marge. Jo ist eine anständige Frau, das wirst du schon noch sehen. Ich habe die letzten Wochen über mit ihr zusammengearbeitet und glaube, sie ganz gut zu kennen.« Er zwinkerte Jo zu.

»Hören Sie, wenn Sie unter diesen Umständen Bedenken haben, mich hier aufzunehmen, dann verstehe ich das und werde mir etwas anderes suchen.«

Marge sah sie noch immer prüfend an und blickte dann wieder zu Seamus. »Wenn Seamus Ihnen vertraut, dann will ich das auch tun.«

Jo atmete auf und knabberte dann weiter an ihrem Scone. Obwohl Marge das Gebäck als frisch aus dem Ofen angepriesen hatte, schmeckte es sehr trocken. Seamus schien dies nicht zu kümmern. Er biss herzhaft zu und lobte die Bäckerin über alle Maßen. Tja, Liebe machte wohl nicht nur blind, sondern auch geschmacksunempfindlich. Vielleicht konnte sie Marge doch irgendwie von Nutzen sein.

»Als ich vorhin die Küche betrat, habe ich unfreiwillig Ihr Gespräch mitbekommen.«

Marges Wangen röteten sich.

»Ich habe wirklich nicht gelauscht, aber wie Seamus schon gesagt hat, ich bin gelernte Köchin, bin mir aber auch nicht zu schade, zu putzen und Dinge zu tun, die sonst anfallen. Ich bin nach Schottland gekommen, um mir eine einjährige Auszeit zu gönnen. Der Job, den ich bei Seamus' Arbeitgeber hatte, war nicht bezahlt, sondern ich erhielt Kost und Logis. Leider bin ich als Gärtnerin wirklich völlig ungeeignet, und hätte mir Seamus nicht geholfen, wäre ich wohl bereits früher von dem Hotelgelände geflogen.«

Seamus lachte herzhaft und griff vertraut nach Marges Hand.

»Du hättest Duncans Gesicht sehen sollen, als sie ihm seine Hortensien bodeneben abgeschnitten hatte.«

Marge schmunzelte. »Darüber war er bestimmt nicht glücklich, aber ...«

Jo unterbrach sie unhöflich, bevor Marge fortfahren konnte. »Was ich damit sagen will, ist: Ich brauche keine Bezahlung und wäre einfach dankbar für Kost und Logis.«

Marge sah sie ernst an, schüttelte dann aber dennoch den Kopf. »Das geht nicht. Ich käme mir schäbig vor, so als würde ich Sie ausnutzen.«

»Ihr hättet doch beide etwas davon, Marge«, unterstützte Seamus Jos Vorschlag.

»Nein, das möchte ich einfach nicht.« Marge wich nicht von ihrem Standpunkt ab, und Jo beschloss, es auf sich beruhen zu lassen.

Die folgende Woche verbrachte Jo mit intensiver Jobsuche. Sie stöberte die Zeitungen nach Inseraten durch, klapperte jedes Geschäft im nahegelegenen Dorf ab und nahm den Bus, um auch weitergelegene Ortschaften aufsuchen zu können. Aber es schien wie verhext zu sein: Niemand suchte eine günstige Arbeitskraft. Gut, in Schottland waren die Jobs sowieso schon eher dünn gesät, da hatte man nicht gerade auf sie gewartet. Das war schon klar.

Als sie am späteren Freitagnachmittag im Pub saß und sich zum Trost einen Cider gönnte, seufzte sie tief beim ersten Schluck.

»Harte Woche?«, fragte Bob, der Besitzer.

»Und wie. Ich habe es mir echt nicht so schwierig vorgestellt, einen Job zu finden. Dabei will ich ja nicht mal den üblichen Lohn, sondern brauche nur ein paar Pfund, um mein Zimmer zu bezahlen, damit ich mein Jahr hier in Schottland verbringen kann.«

»Was kannst du denn?«

»Na, gärtnern nicht«, lachte sie lakonisch und wurde sich gleich bewusst, dass Bob diesen Witz nicht verstehen konnte. »Ich bin gelernte Köchin, mache aber alles, was gewünscht ist.« Als sie merkte, was sie gerade gesagt hatte, fügte sie schnell hinzu: »Nur meinen Körper und meine Seele verkaufe ich nicht.«

Bob grinste und musterte sie von oben bis unten. »Schade eigentlich.«

Er wischte den Tresen sauber, hielt dann inne und schaute sie nachdenklich an.

»Was stellst du dir als Bezahlung vor?«

»Wie gesagt, ich muss lediglich das Zimmer bezahlen können und etwas in den Magen bekommen, so vierzig Pfund am Tag. Warum? Hast du etwa einen Job für mich?« Warum hatte sie nicht früher daran gedacht, hier im Pub nachzufragen?

»Kann sein. Wir haben hier morgen eine große Veranstaltung. Dougie MacDonald tritt auf, und das wird wohl einen ziemlichen Andrang geben, und ausgerechnet jetzt ist noch eine meiner Bedienungen krank geworden.«

Als er Jos hoffnungsvollen Blick sah, fügte er hinzu: »Du könntest morgen eine Probeschicht einlegen, und wenn es gut geht, sehen wir weiter.«

Jo beugte sich über den Tresen und drückte Bob einen Kuss auf die Wange. »Danke, danke, danke! Du wirst es nicht bereuen.«

Bob lachte und legte sein Küchentuch auf die Seite. »Komm mal mit mir in die Küche, ich stell dich gleich Linda, unserer Köchin, vor. Sie hat auch ein Wort mitzureden, ob du bleiben kannst.«

Entgegen den Erwartungen von Jo war die Küche des Pubs sehr sauber und aufgeräumt. Linda schnippelte gerade Gemüse für ein Stew, als Bob sie ihr vorstellte. Sie wischte sich die Hände an ihrer sauberen Schürze ab, um Jo die Hand zu geben.

»Du bist also Köchin, ja? Und es macht dir wirklich nichts aus zu kellnern, zu spülen und hier die Drecksarbeit zu machen?«

»Im Gegenteil, ich wäre absolut überglücklich, hier arbeiten zu können. Ich wohne im Brambleberry Cottage am Ende der Straße, und da könnte ich sogar zu Fuß zur Arbeit kommen.«

»Na, wir werden sehen, wie du dich morgen anstellst«, warf Bob ein, um ihren Enthusiasmus etwas zu bremsen. »Und wenn Betsy wieder gesund ist, müssen wir auch schauen, ob wirklich genug Arbeit für euch alle da ist.«

Linda lachte lakonisch. »Du weißt genau, dass es mehr als genug Arbeit gibt, du elender Geizhals. Wenn noch jemand da wäre, der kochen kann, könnte ich auch mal einen Tag mehr freihaben und müsste nicht immer bis spät in die Nacht arbeiten. Meine Kinder fragten neulich ihren Vater, wer denn die Frau sei, die anscheinend im Haus schlafe und im Morgengrauen bereits wieder weggehe.«

Jo grinste, sie glaubte bereits jetzt, dass sie sich mit den beiden gut verstehen würde. Sie verabschiedete sich von Linda und folgte Bob zurück in den Gastraum, wo sie ihren Cider austrank, während er ihr erklärte, was morgen zu tun war. Es machte sie überhaupt nicht nervös, da sie bereits in ihrer Ausbildung gekellnert und ihren Beruf wirklich von der Pike auf gelernt hatte.

»Dieser Dougie MacDonald, was ist das denn für einer?«

»Du kennst Dougie MacDonald nicht? Mädchen, das ist sozusagen unser Nationalheld.«

Jos Blick war noch immer fragend.

»Er ist Musiker und hat die schönsten schottischen Songs geschrieben, die du dir nur vorstellen kannst. Na, du wirst es morgen schon hören.«

Als sie später in der Pension Marge die gute Nachricht mitteilte, war diese auch erleichtert. Sie hatte bereits ein schlechtes Gewissen gehabt, dass sie Jo nicht beschäftigen konnte, aber es war finanziell einfach nicht drin. Sie kämpfte bereits jetzt ums Überleben, und auch am Wochenende waren wieder nur zwei Pärchen angemeldet. Es ging bergab mit ihrem kleinen Betrieb, und sie hatte keine Ahnung, wie sie das Ruder wieder herumreißen könnte. Es war lediglich eine Frage der Zeit, bis der reiche Amerikaner sie aus ihrem Zuhause rauswerfen würde und das Hotel dicht machte. Aber solange sie konnte, würde sie dagegen ankämpfen. Müde fegte sie den trüben Gedanken beiseite und lächelte Jo an. »Ich freu mich so für Sie, meine Liebe. Sie müssen aber aufpassen, dass Bob Sie nicht ausnutzt. Er kann ein richtiges Schlitzohr sein.«

»Wenn ich mein Jahr hier in Schottland verbringen kann, ohne dass ich wieder gescheitert nach Hause angekrochen kommen muss, dann darf er mich ruhig ein bisschen ausnutzen.«

Am nächsten Tag zog Jo ihre bequemsten Schuhe an und machte sich zur verabredeten Zeit auf den Weg zum Pub. Es würde noch gut zwei Stunden dauern, bis die ersten Gäste für das Konzert eintreffen würden. Im Moment saßen nur die üblichen Verdächtigen am Tresen, die wegen des Bieres und nicht wegen der Musik da waren. Bob war mit den Kellnerinnen, die er zum Teil extra für den Abend organisiert hatte, dabei, die Tische aus dem Gastraum ins Freie zu tragen. Als er sie erblickte, winkte er sie gleich zu sich herüber.

»Gut, dass du da bist. Du kannst gleich mithelfen, die Stühle so aufzustellen, dass möglichst viele Leute Platz haben. Hinten lassen wir noch Stehplätze frei.«

»Mit wie vielen Leuten rechnest du denn?«

»Zweihundert im Schankraum, aber wir werden Türen und Fenster offen lassen, damit die Leute auch draußen die Musik hören können. Ich denke, es werden so an die vier- bis fünfhundert Leute erscheinen.«

Verblüfft schaute Jo den Wirt an. Wie konnte man so viele Menschen in einem Pub unterbringen, und warum suchte sich der Künstler nicht einen größeren Veranstaltungsort aus, wenn er so bekannt war?

»Dougie kennt hier jedes Kind«, erklärte Bob. »Er tingelt immer durchs Land und spielt auch in kleineren Gaststätten. Er mag es lieber persönlich als groß und anonym.«

Sie arbeiteten Hand in Hand, und als der Raum hergerichtet war, teilte Bob seinen Leuten die Aufgaben zu. Jo wurde mit zwei anderen Kellnerinnen in den Außenbereich eingeteilt.

»Wir servieren die Getränke nur, wenn Dougie nicht spielt. Während er spielt, erledigt ihr vier«, dabei zeigte er auch auf Jo, »den Abwasch in der Küche, und ihr anderen bedient die Gäste an der Bar. Hier werden trotzdem weiter Getränke ausgeschenkt. Ist allen klar, was sie zu tun haben?«

Sie nickten einstimmig.

»Gut, dann kümmert euch schon mal um die Gäste, die da sind. Oh, hallo, Dougie!« Bob wandte sich dem Künstler zu, der gerade den Pub betreten hat. Jo musterte ihn und hätte eigentlich keinen älteren, unscheinbaren Mann erwartet, nach dem, wie Bob ihn geschildert hatte. Aber er schaute sehr sympathisch aus. Sie schnappte sich ein Serviertablett und machte sich daran, die ersten Gäste zu bedienen. Innerhalb kürzester Zeit füllte sich der Gastraum so, dass Jo sich mit dem vollen Tablett mühsam durch die Menschen quetschen musste, um auch draußen die Leute bedienen zu können. Irgendwann tippte ihr jemand auf die Schulter. Als sie sich umdrehte, erkannte sie Marie, die sie anstrahlte. Der ganze Trupp vom Lochcarron Garden Estate war hergekommen, um sich das Konzert nicht entgehen zu lassen.

»Du fehlst uns allen.«

Jo lachte. »Ich wette, die Pflanzen sind froh, dass ich weg bin.«

»Mag sein«, schmunzelte Marie, »aber es ist einfach weniger lustig ohne dich, und wir vermissen deine gute Küche. Wir haben schon richtig abgespeckt, siehst du?« Marie zog den Bauch ein. Jo lachte schallend und gab Marie eine kurze Umarmung.

»Ich muss weitermachen, aber schön, dass ihr hier seid.« Sie fragte sich, ob Duncan wohl auch auftauchen würde. Obwohl, Seamus hatte ja gesagt, dass er in London war und den Chelsea Garten vorbereitete, da würde er wohl nicht den weiten Weg zurück machen. Und überhaupt, warum dachte sie bloß an diesen eingebildeten Kerl? Verärgert schob sie den Gedanken beiseite und wandte sich mit einem Lächeln den vier Mädels zu, die bei ihr eine Bestellung aufgeben wollten. Jo hielt gerade ein paar Typen ein Tablett mit Guinness entgegen, als die ersten Gitarrenklänge durch das Fenster erklangen. Und dann war da Dougies Stimme, die ihr direkt durch die Brust ans Herz griff. So sehnsuchtsvoll, sanft und einfach bewegend. Beinahe hätte sie dadurch ihren Job vergessen. Schnell schlängelte sie sich in die Küche und füllte die Spülmaschine, gleichzeitig ließ sie Wasser in das Spülbecken einlaufen, denn bei der Menge an Gläsern käme die Maschine nicht mehr nach. Es war, bis auf die Geräusche der Küchenmaschinen, mucksmäuschenstill in der Küche. Alle lauschten den wunderbaren Liedern von Dougie, die von Liebe, Freundschaft, Heimweh und den unendlichen Weiten der schottischen Highlands handelten.

Linda trat irgendwann neben sie und lächelte, als sie Jos gerührtes Gesicht sah. »Ja, das kann unser Dougie gut. Er ist ein Seelenfänger, nicht wahr?«

Jo nickte. »Ich glaub, ich habe noch nie so berührende Musik gehört.«

»Wir Schotten sind ein rührseliges Volk, musst du wissen. Wir haben zwar eine harte Schale, aber innen drin sind wir butterweich. Schotten können dir die schönsten Geschichten erzählen, ob sie allerdings genauso passiert sind, sei dahingestellt.«

Jo grinste Linda an. »Ich mag euch jetzt schon. Na ja, wenigstens die meisten von euch.«

Nach etwa einer Stunde legte Dougie eine Pause ein, und Jo musste wieder hinaus, um weiterzubedienen. Es war weit nach Mitternacht, als die letzten Gäste gegangen und die Küche und der Gastraum wieder in den normalen Zustand versetzt worden waren. Auch die Kellnerinnen waren bereits nach Hause gegangen, und nur noch Linda, Bob und Jo standen am Tresen. Bob schenkte ihnen allen noch einen Absacker ein.

»Also, Jo, du hast deine Sache heute Abend sehr gut gemacht. Was meinst du, Linda, geben wir ihr einen Job?«

»Wenn nicht, hast du morgen meine Kündigung auf dem Tisch.« Damit hob Linda ihr Glas und stieß mit Jo an. »Willkommen im Team!«

Die Arbeitszeiten im Pub waren hart, wenn man es gewohnt war, früh zu Bett zu gehen. Oftmals kam sie erst gegen Mitternacht nach Hause, dafür musste sie erst wieder gegen halb elf Uhr morgens in der Küche sein, dann arbeitete sie bis zwei Uhr nachmittags und hatte anschließend wieder frei bis fünf Uhr. Wenn sie am Nachmittag in die Pension zurückkam, wartete Marge meistens mit einem Tee auf sie. Sie wurden immer vertrauter miteinander und genossen diese gemeinsame Teezeit und das Plaudern.

Als Jo an diesem Abend im Pub gerade aus der Küche trat, mit einem Tablett voller sauber gespülter Gläser, hörte sie Duncans Stimme aus dem Fernseher, der in der Ecke stand. Sie hatte zwar nicht mehr so oft an ihn gedacht, doch seine Stimme zu hören reichte aus, um die Schmetterlinge in ihrem Bauch wieder mit den Flügeln schlagen zu lassen. Sie stellte das Tablett auf dem Tresen ab, damit sie es nicht fallen ließ. Es waren noch nicht viele Leute im Pub, aber alle schauten gebannt auf den Bildschirm, schließlich war Duncan einer von ihnen.

Er wurde gerade von einem Reporter in seinem Garten von der Chelsea Flower Show interviewt und hatte sich für irgendetwas bedankt.

»Es ging das Gerücht um, dass Sie ursprünglich nicht hätten an der Chelsea teilnehmen wollen, weil irgendetwas schiefgelaufen sei mit der Pflanzenbestellung.«

»Ja, da gab es wirklich ein Missgeschick.«

»Und weshalb haben Sie sich dann doch für die Teilnahme entschieden?«

Duncan grinste in die Kamera und sah dabei unwiderstehlich gut aus. »Ich wurde sozusagen herausgefordert, und es ging um nichts weniger als die Ehre meines Berufsstandes.«

Jo lächelte, dann hatte sie ihn also doch an seinem Ego gekitzelt.

»Aber wie sind Sie nur auf diesen Namen für Ihren Garten gekommen? Ich meine, ›Soupe du jour‹ ist ja schon eine etwas spezielle Bezeichnung für einen Garten.«

»Da es wie gesagt bei der Bestellung durch eine meiner neuen Mitarbeitenden zu Fehlkäufen kam, musste ich mit dem arbeiten, was mir an Pflanzen zur Verfügung stand. Und so entstand dieser bunte Mischmasch.«

»Ihr Garten kommt aber überhaupt nicht wie ein wildes Durcheinander daher.«

»Tja, dann scheint es dem Team und mir gelungen zu sein, unserer Soupe du jour eine gute Würze zu verleihen.« Duncan lächelte charmant.

Die Kamera schwenkte über den Garten, der wirklich traumhaft aussah. Einige der Pflanzen erkannte Jo als die von ihr bestellten. Zum Beispiel die pinkfarbenen Geranien, die ihren Platz in einer altmodischen Badewanne mit Löwenfüßchen gefunden hatten. Doch der Atem blieb ihr kurz weg, als die Kamera ein Gehege mit Schweinen einblendete.

»Dieser verdammte Mistkerl!«, entfuhr es ihr.

Bob schaute sie erstaunt an. »Was ist denn mit dir los?«

»Er hat die Schweine zur Chelsea mitgenommen, und mich hat man als vermeintliche Viehdiebin verdächtigt!«

Wütend starrte sie weiter auf den Bildschirm und hätte Duncan am liebsten gleich den Kopf abgerissen. Und sie wollte noch sein Kind schützen! Sie würde ihn umbringen müssen, langsam und sehr qualvoll. Die Sendung ging weiter und zeigte nun eine Sequenz, in der die Queen mit Prinz Charles und Camilla am Eröffnungstag, an dem der Rest die Show noch nicht besuchen durfte, von Garten zu Garten ging und die Preise verlieh. Die Queen lächelte, als sie Duncans Garten sah, schüttelte ihm die

Hand und verlieh ihm eine goldene Medaille! Dann ging sie zu Heribert an den Zaun, woraufhin der Eber auch prompt leise grunzend angetrottet kam. Zu streicheln wagte die Queen ihn dann aber doch nicht. Prinz Charles stand daneben, und der Reporter hielt ihm ein Mikrofon hin. »Seine königliche Hoheit, was halten Sie davon, auf der Chelsea Schweine zu sehen?«

Der Prinz setzte sein schiefes Grinsen auf und meinte: »Ich finde es grandios, dass hier nicht nur herausgeputzte und gestylte Gärten zu sehen sind. Dieser hier hat von allem etwas, er repräsentiert unser Land ganz hervorragend. Einerseits zeigt er durch die modernen Formen, dass unser Land nicht von gestern ist und wir mit der Entwicklung der Welt gut Schritt halten können. Andererseits stehen die Geranien und die herrlichen Schweine für unsere Landwirtschaft, die ja einen sehr großen Teil unseres Landes ausmacht. Die Eichen stehen wiederum für die Beständigkeit unseres Königreiches. Wir sind sehr stolz darauf, einen Gartendesigner wie Mr Scarman in unserem Land zu haben. Ich hoffe nur, dass die Schweine nach der Show nicht auf einem Teller landen.«

Das Publikum lachte, und der Reporter hielt dem Chefgärtner das Mikrofon hin. »Und, Duncan, werden die Schweine anschließend ein glückliches Leben führen dürfen, oder werden sie im Schlachthof enden?«

»Die Schweine leben auf dem Hotelgelände der Familie Douglas, wo ich auch als Gärtner beschäftigt bin. Man kann sie da bestimmt auch besuchen, und ich bin überzeugt, dass Miss Douglas Heribert und seinen Damen weiterhin ein glückliches Schweineleben ermöglichen wird.«

Die Kamera schwenkte wieder zu Prinz Charles, der mittlerweile die Flanke von Heribert tätschelte. »Guter Bursche.«

Das musste sie Duncan lassen, dachte Jo, es war ein cleverer

Schachzug von ihm gewesen, die Schweine zur Chelsea mitzunehmen. Bestimmt würde Jane Heribert nun nicht mehr schlachten können, wenn er unter dem königlichen Schutz des Prinzen stand. Trotzdem war Duncan ein elender Schuft! Wie hatte er sie nur im Gefängnis schmoren lassen können?

»Darf ich mal telefonieren?«, fragte sie Bob.

»Klar, hinten in der Küche.«

Sie ging in die Küche, wählte die Nummer der Polizei und verlangte den Beamten, der sie neulich festgenommen hatte.

Als dieser sich meldete, fuhr sie ihn gleich an. »Haben Sie das gesehen?!«

»Was? Wer ist am Apparat?«

»Jo Müller. Sie haben mich kürzlich wegen Schweinediebstahls festgenommen.«

»Ah ja, ich erinnere mich.«

»Gut, und haben Sie eben gerade die Sendung von der Chelsea gesehen?«

»Ähm, nein … ich bin bei der Arbeit?!«

»Dann müssen Sie eben zusehen, wie Sie zu dieser Sendung kommen. Denn darin wird meine Unschuld bewiesen. Duncan Scarman hat die Schweine zur Chelsea mitgenommen und vermutlich Miss Douglas darüber nicht informiert. Ich verlange, dass die Anzeige gegen mich sofort fallen gelassen wird.«

»Nun mal langsam, meine Liebe. Nur weil Sie in der Sendung ein paar Schweine gesehen haben, heißt das noch lange nicht, dass das diejenigen von Miss Douglas sind. Es macht doch keinen Sinn, dass Mr Scarman seine Chefin darüber nicht informiert hat.«

»Oh doch. Denn Miss Douglas wollte die Schweine schlachten

lassen, aber Mr Scarmans Sohn hängt sehr an ihnen. Die Chelsea kam ihm da gerade recht, sie war sein Rettungsplan!«

»Miss Müller, selbstverständlich werde ich dieser Angelegenheit nachgehen und den Sachverhalt genau prüfen, auch wenn das alles ein bisschen verrückt klingt. Sie werden wieder von mir hören.«

»Das hoffe ich doch!« Damit beendete sie das Telefonat.

»Wow«, sagte Linda, die in der Küche das Gespräch mitbekommen hatte. »Was ist das denn für eine wilde Geschichte?«

Jo seufzte. »Frag besser nicht.«

»Hast du wirklich für Duncan gearbeitet? Du bist doch Köchin?«

»Ich wäre wohl auch besser beim Kräuterschneiden geblieben als beim Anpflanzen«, gab Jo zu und erzählte Linda, was sie zuvor als Praktikantin im Lochcarron Garden Estate erlebt hatte. Nur, dass Duncan sie geküsst und später im Gewächshaus bei einem vermeintlichen Stelldichein erwischt hatte, das ließ sie aus.

»Oje, oje«, seufzte Linda, »und Duncan hat es wirklich nicht für nötig befunden, dich aus der Untersuchungshaft zu befreien?«

Jo schüttelte den Kopf.

»So eine Gemeinheit hätte ich ihm gar nicht zugetraut. Obwohl, vielleicht hat er es ja gar nicht gewusst?«

»Aber er hätte es sich denken können. Schließlich kann er doch die Schweine nicht einfach so einpacken und annehmen, dass die Douglas das schon schluckt?!«

Bob steckte den Kopf in die Küche. »Könntet ihr bitte einen Zahn zulegen? Die Leute sind hungrig da draußen.«

Linda verdrehte die Augen, machte sich aber wieder an ihre Arbeit.

Es war spät, als Jo endlich in ihr Bett schlüpfen konnte. Eigentlich hätte sie gerne noch mit Seamus über die Schweine-Angelegenheit geredet, aber das musste warten bis zum nächsten Morgen. Zum Glück hatte sie da endlich einen freien Tag.

Beim Frühstück bemerkte Jo erfreut, dass Marge wieder ein Gästepärchen hatte. Das Hotel schien wirklich nicht so toll zu laufen, denn seit sie eingezogen war, waren kaum Gäste eingetroffen. Umso mehr freute es sie für ihre neue Freundin, dass für dieses Wochenende wieder jemand ein Zimmer gebucht hatte. Sie würde am Nachmittag rasch bei Seamus vorbeigehen, und vielleicht konnte sie danach Marge etwas unter die Arme greifen. Es tat ihr in der Seele weh, dass dieses hübsche Haus langsam, aber sicher verkam. Genauso einen kleinen Betrieb hatte sie sich insgeheim immer für sich selbst gewünscht. Aber das würde ein Wunschtraum bleiben, denn dazu fehlte ihr definitiv das nötige Kleingeld. Am späteren Vormittag schlenderte sie durch den Garten und traf da auf Seamus, der gerade die Rasenkanten stach.

»Guten Morgen, Seamus. Was machst du denn hier?«

»Morgen, Jo. Ich helfe Marge manchmal etwas mit dem Garten. Er ist zu groß für sie, und sie muss sich schließlich noch um das Haus kümmern.«

»Kann ich helfen?«

»Wenn du magst. Das Unkraut sollte mal wieder gejätet werden. Allerdings müsste ich dir wohl zuerst zeigen, was Unkraut ist, nicht, dass du am Ende noch die schönen Blumen ausreißt«, neckte er sie grinsend.

»Ja, ja, mach dich ruhig lustig über mich«, lächelte sie gutmütig. »Ich zieh mich nur rasch um und bin gleich wieder da.«

Es dauerte keine fünfzehn Minuten bis Jo zurück war und mit

dem Unkrautstecher dem Wildkraut zu Leibe rückte. Es machte ihr Spaß, mal wieder in der Erde zu wühlen.

»Gefällt dir dein neuer Job?«, fragte Seamus.

»Ja, ist ganz okay. Zumindest kann ich da nicht so viel kaputt machen.«

Sie erzählte Seamus von der Arbeit im Pub. Dann schaute sie ihn plötzlich von der Seite her an. »Sag mal, hast du eigentlich gewusst, dass Duncan die Schweine zur Chelsea mitgenommen hatte?«

»Was?« Seamus sah sie so verblüfft an, dass Jo klar war, dass auch er keine Ahnung davon hatte.

»Ja, ich habe es gestern im Fernsehen gesehen. Er hat für seinen Garten von der Queen eine goldene Medaille bekommen ...«

»Das hat er mir am Telefon erzählt«, unterbrach Seamus sie. »Von den Schweinen hat er allerdings kein Wort erwähnt.«

»Das Beste kommt noch: Prinz Charles hat Heribert die Flanke gestreichelt.«

»Und warum hätte er das tun sollen?«

»Der Prinz?«

»Nein, Duncan?«

»Vermutlich wegen Nick. Der hing wie ich an den Schweinen und hat uns beide gelöchert, die Tiere zu retten.«

Seamus stach mit dem Kantenstecher kräftig in die Erde. »Aber die Schlachtbank ist doch damit bloß aufgeschoben.«

»Da bin ich mir nicht so sicher. Er hat in der Sendung verkündet, dass die Tiere im Lochcarron Garden Estate besucht werden können und die Schweine da ein glückliches Leben führen. Vermutlich denkt er, dass Jane die Tiere nicht schlachten lässt, da die Queen und Charles von ihnen so angetan waren.«

»Bist du nicht wütend auf ihn, dass du seinetwegen in Untersuchungshaft warst?«

»Und wie! Aber ich bin froh, dass du nichts davon gewusst hast.«

»Na, hör mal!« Seamus hielt inne und sah sie beleidigt an.

»Du bist immerhin sein Onkel. Und ich war mir nicht sicher, ob du Bescheid gewusst hattest und deshalb die Kaution bezahlt hast.«

Er schüttelte den Kopf. »Duncan hatte mich nicht eingeweiht. Mir war klar, dass du die Schweine zwar vielleicht befreit haben könntest, aber wenn das der Fall gewesen wäre, dann hättest du es gegenüber der Polizei klar gesagt. Ich kenne dich noch nicht so lange, Jo, aber du hast bisher noch nie versucht, etwas, das du angestellt hast, zu vertuschen.«

»Ähm, ich habe Jane und Duncan nicht gesagt, dass ich Köchin und keine Gärtnerin bin?«

Seamus grinste. »Sie haben dich auch nicht danach gefragt. Als ich es tat, hast du mir ohne Umschweif gleich die Wahrheit gesagt. Meine Menschenkenntnis ist ziemlich gut und die sagt mir, dass du ein ehrlicher Mensch bist.«

Jo errötete leicht und zupfte den nächsten Löwenzahn aus der Erde. Sie arbeiteten in einvernehmlichem Schweigen weiter. Seamus kam gut voran und war bereits ein paar Beete weiter dabei, die Rasenkanten zu begradigen, als plötzlich lautes Scheppern und ein Schrei von der Terrasse zu ihnen hinüberdrang. Seamus und Jo sahen sich kurz an und rannten dann gleichzeitig los in die Richtung, aus der der Schrei gekommen war. Als sie bei der Terrasse angelangten, saß Marge mit Tränen in den Augen und von Scherben und Suppe umgeben am Boden.

»Dieses blöde Vieh!«, schniefte sie. »Die Katze ist mir vor die Beine gerannt und ich bin über sie gestolpert.«

Das Gästepärchen war ebenfalls zur Unglücksstelle geeilt und der Mann wollte Marge gerade aufhelfen, doch der Schmerz in ihrem Knöchel ließ sie aufheulen.

»Nein, nein, das geht nicht«, weinte sie und wehrte die helfenden Hände ab.

Jo kniete sich vor sie hin und schaute sich zuerst den Arm an.

»Seamus, hol einen Eimer kaltes Wasser aus der Küche. Wir müssen den Arm kühlen, sie hat Verbrennungen von der Suppe.«

Seamus lief sofort in die Küche und Jo schaute sich Marges Fuß an.

»Ich werde einen Krankenwagen für dich rufen, vielleicht ist der Knöchel gebrochen.«

»Nein, nein, keinen Krankenwagen!«, jammerte Marge und schaute verlegen zu den Gästen. »Mir geht's gut. Es wird wohl aber nichts aus dem Mittagessen. Bitte, gehen Sie die Straße hoch ins Pub und sagen Sie Bob, dass das, was Sie essen möchten, auf meine Rechnung geht.«

»Wir können Sie doch nicht hier liegenlassen!«, ereiferte sich der Mann.

»Seamus und Jo kümmern sich um mich, bitte.«

Der Mann sah Jo an. »Brauchen Sie uns wirklich nicht?«

»Ich denke, wir kommen zurecht.«

Seamus kam zurück mit dem Eimer und Marge hielt ihren verbrannten Arm in das kühlende Wasser. Sie zitterte am ganzen Leib.

»Wir müssen einen Krankenwagen rufen«, stellte Seamus sachlich fest.

»Nein!«, widersprach Marge abermals heftig.

»Aber, Marge«, wandte Jo ein.

»Es ist absolut unnötig so einen Aufstand zu machen. Zudem dauert es ewig, bis der Krankenwagen hier ist«, beharrte Marge auf ihrem Standpunkt und schaute dann Seamus flehend an. »Wir wären viel schneller wieder hier, wenn du mich zum Arzt fahren würdest, Seamus.«

»Marge ...«

»Bitte, Seamus ...« Mehr brauchte es nicht, um Seamus weichzuklopfen.

»Na schön«, willigte er widerstrebend ein. »Aber wenn der Arzt sagt, Krankenhaus, dann ...«

»... werden wir weitersehen«, beendete Marge für ihn den Satz.

»Du bist störrischer als ein Maultier! Wir müssen aber deinen Wagen nehmen, in meinen Land Rover kommst du mit dem kaputten Fuß gar nicht rein. Wo hast du die Schlüssel?«

»Sie stecken im Wagen.«

Seamus sah sie kopfschüttelnd an. »Marge, wie oft habe ich dir schon gesagt, dass du die Wagenschlüssel im Haus aufbewahren sollst, da dir sonst mal jemand die Karre klaut?«

»Seamus«, wandte Jo besorgt ein, »ich denke, das können wir später diskutieren. Wir bringen Marge jetzt besser zum Arzt.«

Vorsichtig halfen sie der wimmernden Marge aufzustehen und den kurzen Weg zum Parkplatz zurückzulegen. Als die störrische Patientin endlich im Auto saß und Jo auf dem Rücksitz Platz genommen hatte, fuhr Seamus los. Die Strecke zum Arzt war nicht weit. Als die Arzthelferinnen die drei durch die Tür kommen sah, ließ sie gleich alles stehen und liegen und half ihnen in den Behandlungsraum. Kurze Zeit später trat der Arzt ein, und Seamus und Jo ließen Marge mit ihm allein. Sie hörten das Wortgefecht der beiden bis ins Wartezimmer, auch wenn man nicht genau verstand, um was es ging. Schließlich kam der Arzt nach draußen und rief Jo und Seamus hinzu.

»So eine sture Frau ist mir noch nicht untergekommen«, schimpfte er und schloss die Tür wieder hinter ihnen.

»Ich habe es Ihnen doch erklärt, ich werde nicht ins Krankenhaus gehen! Daheim kann ich ebenso gut im Bett liegen.«

»Aber Sie brauchen jemanden, der sich um Sie kümmert, Marge. Wenn Sie mit Krücken gehen könnten, sähe die Lage anders aus, aber Sie haben sich nun mal die Hand verbrüht!«

»Ich kann mich um sie kümmern«, wandte Jo ein.

»Sehen Sie!«, sagte Marge triumphierend an den Arzt gewandt.

»Sind Sie etwa Krankenschwester?«

Trotz der ernsten Lage konnte sich Seamus ein Grinsen nicht verkneifen. »Ich glaube, sie kann alles sein, was gerade gefragt ist. Gärtnerin, Köchin, Krankenschwester ... habe ich was ausgelassen, Jo?«

»Das hilft jetzt nicht weiter, Seamus.« Jo sah in tadelnd an. »Ich bin sicher, wenn mir jemand zeigt, was zu tun ist, kriegen wir das auch hin, und sonst gibt es bestimmt eine Krankenschwester im Ort, die ein- oder zweimal am Tag vorbeischauen könnte.«

Die Arzthelferin, die bereits dabei war, die verbrannte Hand zu verbinden, sah auf und lächelte Marge an. »Ich fahre jeden Tag an Ihrem reizenden Hotel vorbei und könnte doch morgens und abends kurz bei Ihnen vorbeikommen und den Verband wechseln.«

»Es scheint, als hätten Sie eine Menge Verbündeter, Marge. Gut.« Der Arzt gab sich geschlagen. »Dann machen wir das so. Ich werde ebenfalls zwischendurch nach Ihnen sehen.«

Marge atmete etwas erleichtert auf. Wenigstens blieb ihr so das Krankenhaus erspart und sie konnte zu Hause bleiben. Dennoch, sie würde nun die letzten Hotelgäste verlieren und das wäre dann wohl das definitive Aus.

Als sie später wieder in ihrem eigenen Bett lag, konnte Marge die Tränen der Verzweiflung nicht mehr zurückhalten. Jo reichte ihr ein Taschentuch, während Seamus ihre unverletzte Hand hielt.

»Willst du mir jetzt endlich erzählen, was hier eigentlich läuft?«, fragte Seamus einfühlsam. »Ich weiß, dass du nicht wegen der Schmerzen weinst, der Arzt hat dir dagegen etwas gespritzt. Also, was ist los?« Es schnürte ihm schier die Kehle zu, Marge so zu sehen. Sie war doch immer so eine fröhliche und kämpferische Frau gewesen. Sie so gebrochen zu sehen, zerriss ihm einfach das Herz.

Jo ging zur Tür, weil sie die beiden nicht stören wollte und dachte, dass es Marge so lieber wäre.

»Nein, bitte bleib, Jo. Es wird dich auch betreffen, da du dir wohl eine neue Unterkunft wirst suchen müssen.«

»Wie bitte?! Ich habe dem Arzt versprochen, mich um dich zu kümmern. Da werde ich jetzt wohl kaum ausziehen.«

»Ich werde das Hotel verlieren ...«, die Tränen liefen ihr in Strömen über die Wangen.

»Was redest du da, Marge?« Seamus strich ihr liebevoll über die Wange. »Wegen dieser paar Wochen, in denen du nicht arbeiten kannst, wird doch nicht alles den Bach runtergehen.«

»Doch, Seamus, das wird es.« Marge begann stockend zu erzählen. Dem Hotel ging es schon länger nicht mehr gut, was Jo ja bereits vermutet hatte. Wie sie auch bereits wusste, gehörte es einem reichen Amerikaner. Damit der es nicht verhökerte, hatte

Marge alles daran gesetzt, ihm vorzugaukeln, dass das Hotel bestens lief. Sie hatte ihre gesamten Ersparnisse hineingesteckt und dem reichen Snob vorgespielt, dass das Hotel zwar keinen großen Profit abwirft, aber stets Gäste hatte und selbsttragend sei. Sie entließ zuerst ein Zimmermädchen nach dem anderen, den Gärtner und schließlich auch noch den Koch und übernahm alle Arbeiten selbst. Für die Handvoll Gäste schaffte sie das gerade noch. Das Wasser hatte ihr bereits bis zum Hals gestanden und nun, wenn sie nicht arbeiten könnte, würde sie untergehen.

Jo setzte sich auf die andere Seite von Marges Bett. Es tat ihr in der Seele weh, was die Frau in den letzten Monaten alles durchgemacht haben musste, nur um ihr Zuhause nicht zu verlieren.

»Das wirst du nicht, Marge.« Sie ergriff die Hand der Frau, die auf einmal Lichtjahre gealtert schien. »Ich helfe dir, dein Zuhause zu behalten. Wir kriegen das schon irgendwie wieder hin.«

Doch Marge schüttelte nur den Kopf. »Man muss einsehen, wenn man den Kampf verloren hat, Jo. Aber es ist lieb, dass du es anbietest.«

»Himmel, Marge, ich habe dir meine Hilfe schon mal angeboten. Ich bin gelernte Köchin und wenn ich etwas kann, dann ist es kochen. Auch zum Putzen und Bettenmachen bin ich mir nicht zu schade. Ich krieg' das hin.«

»Wir würden den Untergang nur herauszögern, Liebes. Die Konkurrenz von eurem Hotel«, damit sah sie Seamus an, »ist einfach zu groß.«

Seamus senkte betroffen den Kopf. Er hatte ja geahnt, dass Marge finanziell nicht gut gestellt war, aber dass es so schlimm stand, das hätte er sich selbst nicht träumen lassen.

»Die sprechen doch eine ganz andere Klientel an, Marge«,

wandte Jo ein. »Lass es uns wenigstens noch mal versuchen. Was hast du denn zu verlieren?«

»Ich werde euch ebenfalls helfen so gut ich kann«, meinte Seamus. »Und wenn es nicht klappt, kannst du jederzeit bei mir einziehen. Du weißt ja, mein Haus ist groß genug und ich hätte dich gerne bei mir.« Er strich ihr sanft über die Wange und Jo hatte endgültig das Gefühl, zu stören.

»Ich rufe dann mal Bob an und erkläre ihm, dass ich in nächster Zeit nicht zur Arbeit kommen werde.«

»Warum tust du das für mich, Jo? Du kennst mich doch gar nicht mal richtig und ... ich kann dich dafür noch nicht mal bezahlen.« Das alles war Marge so peinlich, sie hatte kläglich versagt und nun würde es wohl bald das ganze Dorf wissen.

Doch Jo lächelte sie von der Tür aus an. »Ich habe hier Kost und Logis. Mehr brauche ich für mein Schottlandjahr nicht und wenn ich dir helfen kann, dieses hübsche Hotel zu erhalten, dann wird mir das einen Riesenspaß machen.«

»Danke ... danke euch beiden dafür, dass ihr mir wieder Hoffnung geben wollt.« Und schon wieder flossen die Tränen und Jo machte sich lieber auf den Weg zu Bob, solange Seamus bei Marge war.

Unterwegs wunderte sie sich über die Bemerkung von Marge. Sie hatte gesagt, dass sie über eine Katze gestolpert sei, aber Jo hatte noch nie eine Katze im Haus oder sonst irgendwo im Garten gesehen. Vielleicht war es allerdings eine besonders Schüchterne, wer weiß.

Bob war nicht gerade begeistert, als er hörte, dass Jo bereits wieder kündigen musste. »Linda wird sauer sein und mich zwingen, jemand anderen einzustellen.«

»Es tut mir wirklich leid, Bob. Die Arbeit bei euch hat mir sehr gefallen. Aber Marge braucht mich jetzt.«

»Ist schon klar. Wie lange wird sie außer Gefecht sein?«

»Der Arzt hat gemeint, so vier bis sechs Wochen.«

»So leid es mir tut, Jo, ich glaube nicht, dass ich dir den Job so lange frei halten kann, gerade jetzt, wo Linda sich an eine Hilfe gewöhnt hat.« Bob schaute sie enttäuscht an.

Sie konnte ihn gut verstehen und bedauerte wirklich, dass sie nicht weiter für ihn arbeiten konnte. Linda und sie hatten eine Menge Spaß zusammen gehabt und auch sonst hatte sie die Zeit im Pub genossen.

»Ja, das habe ich mir gedacht. Aber weißt du, ich denke sowieso, dass Marge längerfristig jemanden braucht. Ob sie es auch zulassen wird, ist eine andere Frage. Ich geh‹ noch nach hinten und verabschiede mich von Linda.«

»Dieser Geizkragen wird mich bestimmt wieder die ganze Arbeit allein erledigen lassen«, schimpfte diese, als Jo ihr erklärte, was geschehen war.

Jo legte ihr grinsend die Hand auf die Schulter. »Ihr beide seid wie ein altes Ehepaar.«

Entrüstet schlug Linda mit dem Handtuch nach ihr. »Bist du verrückt? Ein Kerl und seine Bälger reichen mir völlig zuhause. Da brauche ich nicht noch einen zweiten haarigen Hintern, der sich auf dem Sofa breitmacht.« Linda schüttelte sich vor Ekel. »Wie soll ich jetzt bloß wieder dieses Kopfkino aus meinem Hirn bekommen! Danke, Jo, vielen Dank auch!« Sie mussten beide laut lachen bei den Bildern, die sich ihnen da gerade auftaten.

»Er hat mir gesagt, dass er jemanden einstellen werde, da

du ihm bestimmt in den Ohren liegen würdest«, meinte Jo und wischte sich eine Lachträne aus den Augen.

»Na, darauf kann er Gift nehmen. Aber du schaust doch trotzdem mal wieder bei uns herein, oder?«

»Bestimmt. Ich bin ja hier gleich um die Ecke.« Sie umarmten sich, bevor sich Jo wieder auf den Weg zurück zur Pension machte. Seamus trat gerade aus Marges Zimmer, als Jo ihr eine Tasse Tee bringen wollte. Er nahm Jo die Tasse ab. »Sie schläft jetzt endlich. Darf ich die haben?«

Sie gingen zurück in die Küche und Jo schenkte sich ebenfalls eine Tasse Tee ein, bevor sie neben Seamus am Küchentisch Platz nahm.

»Ich wusste nicht, dass es so schlimm um das Hotel steht.« Seamus fuhr sich mit der Hand über sein schütteres Haar. »Sie hat nie was gesagt. Klar, habe ich mitbekommen, dass eine Angestellte nach der anderen das Haus verließ, aber sie meinte, man könne heutzutage einfach kein gutes Personal mehr finden und müsse alles selbst machen. Dass es dem Betrieb nicht so gut geht, erwähnte sie mir gegenüber erst, als sie dich nicht einstellen wollte. Aber das es so schlimm ist ...«

»Mach dir keine Vorwürfe, Seamus. Sie wollte nicht, dass du es erfährst und wenn man etwas vertuschen will, dann stellt man sich meistens sehr geschickt an.«

Sie saßen einen Moment schweigend da. »Meinst du, es ist noch was zu retten?«, fragte er sie schließlich bedrückt.

»Ich weiß es nicht, dazu müsste ich Einblicke in die Bücher haben. Aber wenn Marge sagt, sie hätte bereits ihr ganzes Vermögen in den Betrieb gesteckt ...«

»Wir müssen es zumindest versuchen. Brambleberry Cottage

ist ihr Zuhause. Ich kann nicht zulassen, dass sie hier ausziehen muss.«

»Kennst du den Besitzer?«, hakte Jo nach.

»Nein. Marge spricht aber nicht sehr gut von ihm. Sie nennt ihn immer ›den reichen Schnösel‹.«

»Dann wird es wohl auch nichts bringen, mit ihm zu reden.«

Seamus schaute Jo ernst an. »Und wie soll es nun weitergehen?«

Mit einem Blick auf die Uhr stand Jo auf. »Als erstes werde ich mich mal um das Abendessen unserer beiden Gäste kümmern. Wenn du magst, kannst du gerne mitessen.« Sie schob ihren Stuhl zurück an den Tisch. »Gibt es hier eigentlich irgendwo einen Computer?«

»Duncan hat mir mal einen gebracht, aber er steht noch unbenutzt bei mir im Büro herum. Du kannst ihn haben, wenn du möchtest.«

»Sehr gut. Aber bestimmt fehlen hier im Hotel die nötigen Anschlüsse. Ich vermute, Duncan hat den Computer bei dir auch gleich anschließen lassen, oder?«

»Keine Ahnung. Wie gesagt, ich habe das Teil nie benutzt. Aber du kannst es gerne in meinem Büro ausprobieren.«

»Das mache ich, aber vermutlich erst morgen. Sag mal, Seamus«, fuhr sie fort, »hast du hier schon mal eine Katze gesehen?«

»Nein, ich habe mich auch gewundert, als Marge gesagt hat, sie wäre über eine gestolpert.«

»Seltsam. Na, dann kümmere ich mich jetzt erst mal ums Essen.«

Seamus erhob sich ebenfalls und stellte seine Tasse in die Spüle. »Danke für den Tee. Ich mache im Garten noch ein wenig weiter.«

Jo durchstöberte die Küche und bemerkte, dass sie morgen einkaufen gehen musste, da nicht mehr viele Vorräte im Haus waren. Für ein Abendessen und ein Frühstück würde es allerdings noch reichen.

Die beiden einzigen Gäste des Hauses waren begeistert von dem einfachen, aber köstlichen Menü. Es gab Möhrensuppe zur Vorspeise, gefolgt von einem Gemüsegratin mit Bratkartoffeln und frischem Salat. Zum Dessert hatte sie eine Zitronencreme aufgeschlagen, da diese sehr schnell und simpel in der Zubereitung war. Nach dem Abendessen blieb ihr doch noch etwas Zeit, um bei Seamus einen Blick auf den Computer zu werfen, der wie vermutet angeschlossen war und Zugang zum Internet bot. Obwohl das Pärchen bereits am nächsten Tag abreisen würde, erstellte Jo mit Hilfe des Computers einen Menüplan für die kommende Woche. Sie wollte für den Fall gerüstet sein, wenn doch noch Gäste eintreffen würden. Dann schaute sie weiter, ob Brambleberry Cottage mit Werbung im Internet vertreten war. Fehlanzeige. Nur auf der Webseite der Ortschaft war das kleine Hotel aufgeführt, aber das noch nicht mal mit Foto! Da war dringend Handlungsbedarf. Sie würden so rasch wie möglich eine eigene Webseite brauchen, damit man online buchen konnte. Draußen war es längst dunkel geworden, als Seamus ihr eine Tasse Tee ins Büro brachte. Er hatte in der Zwischenzeit nach Marge gesehen und versucht, sie etwas abzulenken.

»Und, kommst du voran?«

»Ja, aber ich denke, wir brauchen Hilfe. Brambleberry Cottage ist nirgendwo im Internet aufgeführt. Wenn man heutzutage in diesem Geschäft Erfolg haben will, braucht man eine eigene Webseite, auf der die Gäste ihre Aufenthalte direkt buchen können, sonst kann man gleich einpacken.«

»Kennst du dich mit so was aus?«

Jo sah ihn müde an. »Leider nein. Ich kann zwar einen Computer bedienen, aber eine Webseite erstellen … nein, das kann ich definitiv nicht. Wir brauchen auch Fotos von dem Haus, die Touristen Lust auf Urlaub in Marges Hotel machen. Kennst du jemanden, der das übernehmen könnte?«

»Auf Anhieb nicht. Lass uns für heute Schluss machen. Ich werde mich morgen umhören.«

Jo fuhr den Computer herunter und packte ihre Sachen zusammen, damit sie sich auf den Heimweg machen konnte. An der Haustür drehte sie sich zu Seamus um. »Du magst sie sehr, nicht?«

Seamus schmunzelte. »Ja, aber Marge ist stur wie ein Esel. Sie hat schon zwei meiner Anträge abgelehnt.«

»Und jetzt weißt du auch warum.«

Begriffsstutzig schaute Seamus sie an.

»Na, das liegt doch auf der Hand, Seamus! Sie will bestimmt nicht mittellos bei dir angekrochen kommen. Marge hat ihren Stolz, aber sie liebt dich auch, das sieht ein Blinder.«

»Das ist Unsinn und das sollte sie wissen. Mir ist es doch egal, ob sie ein gut gefülltes Bankkonto hat oder so arm ist wie eine Kirchenmaus …«

»Aber ihr nicht und ich denke, bevor sie nicht aus dem Schlamassel raus ist, wird sie dir kein Ja geben.«

»Sind alle Frauen so kompliziert?«

»Kompliziert? Das ist doch nicht kompliziert, sondern absolut verständlich und logisch.«

Seamus blickte der winkenden Jo hinterher.

Sie wollte gerade durch die Küchentür ins Haus, als etwas Kleines an ihr vorbeihuschte. Für einen kurzen Moment blieb ihr vor Schreck die Luft weg, doch dann war sie sich ziemlich sicher, dass es die vermeintliche Katze gewesen sein musste. In der Küche machte sie das Licht an und holte eine kleine Schale hervor, die sie halb mit Wasser und halb mit Rahm füllte. Im Kühlschrank fand sie noch etwas Schinken. Einen kurzen Moment überlegte sie, ob die Gäste wohl am Morgen darauf verzichten konnten und schnitt ihn dann in kleine Stücke. Sie stellte die Schüssel mit dem Wasser-Rahm-Gemisch sowie das Tellerchen mit dem kleingeschnittenen Schinken auf die Terrasse und setzte sich dann etwas abseits davon auf die Lauer. Tatsächlich kam die kleine Mieze schnell aus ihrem Versteck und machte sich über das unerwartete nächtliche Mahl her. Im schwachen Licht der Küche konnte Jo erkennen, dass es noch ein junges Tier war, mit einem weiß-grauen Fell. Sie sprach leise auf die Katze ein, die sie zwar zuerst skeptisch beobachtete, aber dann trotzdem weiterfraß. Sie schien sehr hungrig zu sein. Jo beschloss, am nächsten Morgen für die Kleine auch noch richtiges Futter zu besorgen. Als alles aufgeputzt war, huschte das Kätzchen schnell zurück in sein Versteck. Jo nahm Teller und Schale wieder an sich und reinigte sie in der Küche, bevor sie bei Marge reinschaute.

»Bist du noch wach?«, flüsterte Jo leise.

»Ja, komm nur rein.« Marge machte die kleine Nachttischlampe an.

»Hast du Schmerzen?«

»Nein, es geht schon. Seamus hat mir vor einer Weile noch eine Schmerztablette aufgedrängt.«

Jo trat ans Bett und setzte sich auf den Sessel daneben. »Ich habe die Katze nun auch gesehen, über die du gestolpert bist.«

»Mistvieh!« Doch Marge lächelte dabei. »Wir hatten hier noch nie Katzen.«

»Weißt du, vielleicht ist es ganz gut, dass du über sie gestolpert bist. Also natürlich finde ich es nicht gut, dass du dich verletzt hast, aber ohne sie hätten Seamus und ich wohl nicht bemerkt, dass du Hilfe brauchst.«

Marge schwieg und kämpfte wieder mit den Tränen.

»Wir kriegen das schon hin, Marge«, versicherte Jo ihr mitfühlend.

»Aber ich kann dich nicht bezahlen.« Marges Stimme war etwas brüchig.

»Marge, weder ich noch Seamus wollen Geld. Wir wollen nur, dass du Brambleberry Cottage behalten kannst, mehr nicht.«

»Ich bin es nicht gewohnt, Hilfe anzunehmen ...«

Jo lachte. »Ach, da wäre ich jetzt wohl nie drauf gekommen. Ich habe schon ein paar Ideen, wie wir dein Hotel wieder flott kriegen, aber wir werden Hilfe benötigen.«

»Noch mehr Hilfe?«

»Ja, und du wirst sie annehmen müssen. Aber wir werden bestimmt einen Weg finden, wie du dich dann bei den Helfern revanchieren kannst. Das muss nicht immer mit Barem sein.«

Marge legte sich unglücklich in ihr Kissen zurück. »Wenn ich nur aufstehen und selbst was tun könnte.«

»Das wirst du bestimmt schon bald wieder können. Soll ich dir noch eine Schlaftablette bringen?«

»Ja, bitte, Liebes.«

Als Marge versorgt war, ging auch Jo ins Bett. Aber in ihrem Kopf schwirrten so viele Dinge herum, die noch erledigt werden sollten, dass sie bereits um fünf Uhr morgens wieder aufstand und Brot buk. Der kleinen Katze stellte sie vor der Küchentür wieder ein Schälchen mit verdünntem Rahm hin.

Leider reiste das Gästepärchen an diesem Tag bereits wieder ab. Einerseits war Jo froh, denn so konnte sie in der Pension herumwirbeln, ohne jemanden zu stören, aber andererseits war ihr klar, dass ein Hotel, und mag es auch noch so klein sein, ohne Gäste nicht wirklich ein Hotel war. Sie begann, das Haus von oben bis unten gründlich zu putzen, ging einkaufen und versorgte zwischendurch Marge.

»Wie kommst du bloß ohne Computer zurecht, Marge?«, fragte sie ihre Patientin, als sie am Nachmittag mit ihr Tee trank. »Wie melden sich denn die Gäste bei dir an?«

»Per Telefon natürlich.« Marge war etwas eingeschnappt. »Ich will dieses neumodische Ding nicht. Damit käme ich gar nicht zurecht.«

»Aber heutzutage schauen die Gäste zuerst ins Internet, um etwas über das Hotel und die Umgebung zu erfahren, bevor sie buchen. Sie lesen Bewertungen von anderen Gästen, um sicherzugehen, dass sie keinen Reinfall erleben. Und wenn sie buchen, dann machen sie das online und kaum noch per Telefon. Kein Wunder, dass dir die Gäste fehlen. Du musst dringend Werbung aufschalten und eine eigene Webseite ins Netz stellen.«

Marge schaute trotzig in ihre Teetasse.

»Marge, wenn du nicht mit der Zeit gehst, dann kannst du hier wirklich dicht machen.«

»Ich habe ein Fax-Gerät, das reicht.«

»Ein Fax-Gerät? Heute schickt doch kein Mensch mehr Faxe, man benutzt E-Mail. Marge, ich kann dir dabei helfen und es dir beibringen. Es ist wirklich keine Hexerei.«

»Ich habe kein Geld für einen Computer!«

»Aber Seamus hat ein Gerät, das er nicht benutzt. Er würde ihn dir bestimmt leihen, bis du dir einen eigenen Computer anschaffen kannst. Dann müssten wir nur die Anschlüsse bezahlen.«

Marge sah sie eindringlich an. »Verstehst du denn nicht? Es reicht nicht mal dafür. Ich bin schon froh, wenn ich die Lebensmittel für die Gäste bezahlen kann.« Tränen brannten in ihren Augen. »Es tut mir leid, ich will nicht schon wieder heulen. Aber ich weiß einfach weder ein noch aus.«

Jo nahm ihr die Teetasse aus der Hand und schloss sie in die Arme. »Du bist doch nicht allein, Marge. Seamus und ich werden dir helfen. Wir kriegen das wirklich wieder hin, wenn du uns machen lässt.«

»Wieso setzt du dich so ein, Jo? Du kennst mich doch kaum länger als ein paar Tage.« Jo reichte Marge ein Taschentuch aus der Box vom Nachttisch neben dem Bett. Sie griff danach und schnäuzte sich leise die Nase.

»Ich mag dich und ich mag Seamus und durch Zufall habe ich gerade Zeit. Weshalb also nicht?«

»Ich hoffe, dass ich mich irgendwann bei dir revanchieren kann.«

»Bestimmt, Marge. Aber heißt das, ich darf mich jetzt um alles kümmern?«

»Tu, was du für richtig hältst, schlimmer kann's ja nicht mehr werden.«

7. Kapitel

Doch es kam schlimmer. Als Jo nach dem Gespräch an den Empfang ging, sah sie, dass tatsächlich ein Fax im Gerät lag. Sie freute sich schon, da sie dachte, es handle sich um eine Buchung, doch als sie das Fax zu Ende gelesen hatte, musste sie sich erst mal setzen.

Liebe Miss Appleton,

da Sie meinen Anrufen immer auszuweichen scheinen, sehe ich keine andere Möglichkeit, als persönlich in meinem Hotel vorbeizukommen.

Reservieren Sie bitte für mich ab Dienstag, den 25. Mai, ein Zimmer für ein paar Nächte. Wir müssen dringend miteinander einige Dinge klären und ich möchte mir ein eigenes Bild darüber machen, in welchem Zustand das Hotel ist und wie es läuft.

Es grüßt Sie freundlich
Tom Hudson

Mist, Mist, Mist! Warum musste dieser reiche Schnösel ausgerechnet jetzt anreisen? Das Hotel schien ihn ja zuvor auch nicht interessiert zu haben. Dienstag, bis dahin waren es gerade noch fünf Tage, um das Haus in Schuss zu bringen. Sie blickte auf die Uhr, es war kurz vor halb fünf Uhr nachmittags, vielleicht war Seamus schon zuhause. Sie musste das unbedingt mit jemandem besprechen. In dem Moment klingelte ihr Handy und im Display leuchtete die Nummer von Heidi auf.

»Sag mal, hast du irgendeinen Sensor bei dir eingebaut, der dich fühlen lässt, wann ich eine Freundin brauche?«, meldete sich Jo.

Heidi lachte. »Nicht wirklich. Ich hatte einfach einen blöden Tag und wollte hören, wie's bei dir so läuft.«

»Genauso blöd. Aber erzähl du zuerst.« Heidi hatte die Nase voll von ihrem neuen Job in der Uni-Kantine. Einer der Köche wäre heute in der Vorratskammer, zwischen den Regalen, zudringlich geworden. Noch bevor sie sich den Widerling vom Hals hätte schaffen können, sei der Küchenchef hinzugekommen. »Und drei Mal darfst du raten, wem er die Schuld an dem Schlamassel gegeben hat. Mir natürlich. Er hat mir eine Verwarnung erteilt. Sollte es noch einmal vorkommen, würde ich gefeuert. Natürlich kam der Typ ungeschoren davon. Ich bin so sauer, Mensch!« Als Heidi danach Jos Geschichte hörte, stellte sie lächelnd fest: »Du bist immer noch die gleiche Kämpferin. Wie gerne wäre ich auch in Schottland und würde euch unter die Arme greifen.«

Jo musste keine Sekunde überlegen. »Also wenn es dir ernst ist, wir können hier jede Hilfe gebrauchen. Es gibt nur ein Problem.«

»Und das wäre?«

»Du würdest wohl keine Bezahlung erhalten. Das Hotel ist völlig am Ende.«

»Hm, ich mag hoffnungslose Fälle und ein bisschen Urlaub könnte ich auch gebrauchen.«

»Urlaub? Denkst du, den würde dir dein Chef nach diesem Vorfall gewähren, wo du doch erst seit ein paar Wochen dort arbeitest? Und dann auch noch so kurzfristig?«

»Nein, würde er nicht. Aber weißt du was? Die können mich alle mal, ich schmeiß‹ den Job hin.«

»Heidi! Das musst du dir gut überlegen. Es ist in der heutigen Zeit nicht so einfach in der Küche einen Job zu finden, der so angenehme Arbeitszeiten hat wie in der Uni.«

»Was nützen mir angenehme Arbeitszeiten, wenn der Chef ein Vollidiot ist und sein Koch die Finger nicht von mir lassen kann? Kannst du mich denn wirklich brauchen?«

»Und wie! Es gibt hier so unglaublich viel zu tun und nebenbei könntest du diesen reichen Amerikaner ablenken und von der Buchhaltung fernhalten.«

»Ich weiß nicht, ob ich das schaffen würde.«

Jo lachte. »Er ist ein Kerl und Kerle fliegen nun mal auf dich. Wie war das jetzt noch mal mit dem Koch und der Vorratskammer?«

Heide kicherte. »Übertreib mal nicht. Das war jetzt gerade mal ein Typ, mehr nicht.«

»Wann kannst du hier sein, Heidi?«

»Hm, würde Montag reichen?«

»Du bist einfach die Beste!«, jubelte Jo. »Ich freue mich schon auf dich und du wirst sehen, das Hotel hier ist es wert. Es ist ein richtiges kleines Schmuckstück.«

Nach dem Gespräch hatte sich Jos Laune erheblich gebessert, obwohl das Problem Tom Hudson keinesfalls gelöst war. Aber sie zählte auf Heidis Verzauberungskünste, um diesen Typen etwas von dem geschäftlichen Teil abzulenken. Nur irgendwie müsste sie noch zu Gästen kommen, denn ein leeres Hotel würde wohl selbst einem verzauberten Hudson auffallen. Sie eilte zu Seamus hinüber, um eine Lagebesprechung abzuhalten.

»Wir müssen unbedingt Gäste für Brambleberry Cottage auftreiben. Nur wie?« Jo ließ sich seufzend in den gemütlichen Sessel im Wohnzimmer fallen.

»Das Hotel sollte auch noch in Schuss gebracht werden, bevor der Besitzer ankommt. Ich werde mich morgen um den Garten kümmern«, versprach Seamus.

Jo blickte auf die Uhr. Mittlerweile war es acht Uhr abends. Sie hatte eine Idee, war aber nicht sicher, was Seamus davon halten würde. »Ist Marge im Dorf eigentlich sehr beliebt?«

»Hm, schwer zu sagen. Sie ist eher eine Einzelkämpferin, aber ich glaube, man achtet und schätzt sie. Wieso fragst du?«

»Ich habe mir überlegt, dass wir doch diesem Hudson einfach für eine Woche Gäste vorgaukeln könnten. Ich meine, er ist jetzt nur ein bisschen zu früh dran. Wir würden Brambleberry Cottage schon wieder flott bekommen, aber nicht innerhalb von fünf, ach was sag ich, vier Tagen!«

Seamus rollte mit den Augen. »Du weißt doch, wohin dich die Schummelei gebracht hat.«

»Ja, schon, aber wir tun doch niemandem weh. Dieser Amerikaner scheint im Geld zu schwimmen und Marge hat ihm ihr ganzes Vermögen in den Rachen gestopft. Wenn wir ihr nicht helfen, dann landet sie auf der Straße. Es ist sozusagen eine absolute Notlage und unsere heilige Pflicht, dagegen etwas zu unternehmen.«

»Und woher willst du so schnell Gäste auftreiben? Es wird bestimmt nicht ausreichen, Hudson zu erzählen wie viele Gäste das Hotel hat. Die leeren Tische und Räume würden diese Lüge schnell auffliegen lassen.«

»Die Leute aus dem Dorf könnten uns helfen. Komm lass uns in den Pub gehen, die meisten sind an einem Freitagabend sowieso da anzutreffen, und vielleicht können wir ein paar von ihnen für unsere Idee gewinnen.«

»Deine Idee, meine Liebe. Ich werde dir zwar helfen, aber wenn Marge das herausfindet, sind wir geliefert.«

»Dann müssen wir eben dafür sorgen, dass sie es nicht herausfindet. Im Moment kann sie ja nicht aufstehen und das Zimmer somit auch nicht verlassen.«

Seamus sah sie immer noch zweifelnd an, begleitete sie aber trotzdem ins Pub.

Sie erklärte zuerst Bob die Situation, der dann zu seinem Gong griff und ein paar Mal darauf klopfte, um Ruhe im Pub zu erhalten. Mit ernster Stimme erteilte er Jo das Wort. Sie blickte in die Runde und erkannte unter vielen fremden Gesichtern das von Alistair, dem Ladenbesitzer, sowie ihre beiden früheren Mitbewohner Marie und Olav. Marie winkte ihr lächelnd zu.

»Viele von euch kennen das Brambleberry Cottage und Marge, die darin nach dem Rechten schaut. Leider geht es dem kleinen Hotel seit längerer Zeit nicht gut und Marge hat alles was sie hat, investiert, um das Hotel zu retten. Doch bis heute konnte sie das Ruder nicht herumreißen und nun kommt am nächsten Dienstag auch noch der amerikanische Besitzer angereist. Wir befürchten, dass, wenn er herausfindet, wie es tatsächlich um Brambleberry Cottage steht, er es dicht macht und Marge aus ihrem Zuhause werfen wird. Wir haben aber Ideen, wie wir den Hotelbetrieb wieder aufleben lassen und auch Arbeitsplätze schaffen könnten. Dieser Amerikaner kommt aber einen Tick zu früh, so dass keine Zeit bleibt, diese Ideen in die Tat umzusetzen.«

»Was haben wir damit zu tun?«, rief einer aus den hinteren Reihen.

»Marge braucht euch! Um genauer zu sein, wir brauchen Gäste.«

»Wir sollen ein Hotelzimmer buchen und bezahlen, obwohl wir hier im Ort wohnen?«, meinte jemand skeptisch von der rechten Seite des Raumes.

»Nein, natürlich nicht«, beeilte Jo sich, die Sache richtig zu stellen. »Ihr sollt nur so tun als würdet ihr für das Zimmer bezahlen. Natürlich würden wir euch das Geld wieder zurückgeben und ihr bekämt dazu noch gratis Frühstück und Abendessen. Ich weiß, es klingt verrückt, aber es wäre ja nur für eine Woche, danach ist der Typ bestimmt wieder weg. Ihr bräuchtet auch nicht die ganze Woche über zu bleiben, sondern könntet Euch abwechseln ...«

»Also mit mir und meiner Frau kannst du rechnen«, rief Alistair. Jo wäre ihm am liebsten aus Dankbarkeit um den Hals gefallen. »Wir müssen uns doch um unsere Leute kümmern und wenn dabei noch Arbeitsplätze entstehen, umso besser«, fügte er noch an.

»Gut. Wir machen es so: Ich setze mich jetzt gleich da drüben hin und jeder, der mitmachen möchte, kommt zu mir und trägt sich in die Liste ein. In Ordnung?« Ein zustimmendes Gemurmel ging durch die Runde.

Als Seamus und sie eine Stunde später das Pub verließen, hatten sie nicht nur das Haus für die kommende Woche ausgebucht, nein, sie hatten auch noch von Marie das Angebot erhalten, sich um eine Webseite für das Hotel zu kümmern. Ihr Bruder hätte

Webdesign studiert und für ihn wäre es ein Klacks, für Brambleberry Cottage eine eigene Seite zu erstellen. Jo hatte sie freudig erleichtert umarmt.

»Du bist unsere Rettung, Marie. Ohne Internet-Auftritt kann man heutzutage einfach einpacken. Sag deinem Bruder, dass er dafür einen Urlaub hier im Brambleberry gut hat.«

»Einen Teufel werde ich tun, sonst kommt er tatsächlich noch her und sitzt mir im Nacken. Nein, nein, der soll ruhig mal etwas umsonst und für einen guten Zweck tun, das schadet dem Herrn nicht.«

»Seamus? Seamus, wo steckst du?« Duncan ging mit seinem Sohn im Schlepptau durch den Garten, nachdem ihm niemand die Tür geöffnet hatte. Es war Samstag und eigentlich hätte er sich denken können, dass sein Onkel bei diesem herrlichen Wetter draußen bei der Gartenarbeit war. »Seamus!«, rief er noch mal laut.

»Hier drüben, Duncan.« Die Stimme kam aus dem Garten des Nachbargrundstücks. Duncan wusste, dass sein Onkel Marge sehr angetan war und ihr manchmal etwas unter die Arme griff. Nick rannte bereits los und fand seinen Großonkel beim Schneiden der Buchskugeln.

»Hallo, kleiner Mann.« Seamus erwiderte die stürmische Umarmung.

»Hier bist du«, meinte Duncan und schaute sich interessiert in dem Garten um.

»Hallo, Duncan. Seit wann bist du zurück aus London?«, fragte Seamus, während er mit der Hand über Nicks Kopf fuhr.

Duncan hatte nach der Chelsea Flower Show noch einen Auftrag für einen Stadtgarten erhalten, den er spontan angenommen hatte, um ein paar grüne Augen aus seinem Kopf zu vertreiben.

»Seit gestern Abend. Es ist schön, wieder hier zu sein, die Stadtluft ist nichts für mich.«

Seamus grinste. »Also wenn du frische Luft brauchst, könnte ich hier ein wenig Hilfe gebrauchen.«

»Der Garten schaut ziemlich verwildert aus. Ich dachte Marge hätte einen eigenen Gärtner?«

»Das war mal«, seufzte Seamus. »Aber das ist eine lange Geschichte.«

»Ich hatte eigentlich auch noch einen Anschlag auf dich vor: Im Internat von Nick sind die Masern ausgebrochen und alle Kinder, die noch keine Masern gehabt haben, wurden gebeten, für ein bis zwei Wochen zu Hause zu bleiben, bis die Ansteckungsgefahr vorbei ist. Ich müsste aber nächste Woche dringend im Hotelgarten wieder mal für Ordnung sorgen. Aufgrund meiner langen Abwesenheit ist da doch einiges auf der Strecke geblieben. Könnte er tagsüber bei dir bleiben?«

»Das heißt, du würdest mir Urlaub geben?«, grinste Seamus.

»Großonkel-Urlaub, sozusagen«, bestätigte Duncan.

Seamus verwuschelte Nicks Haare. »Dann machen wir beide uns mal eine schöne Woche, nicht?«

»Danke. Ich geh nur kurz nach Hause, um mich umzuziehen, dann helfe ich dir bei der Bekämpfung von diesem Urwald.« Duncan wollte sich gerade umdrehen, als er auf der Terrasse von Brambleberry Cottage Jo entdeckte. »Was hat sie hier zu suchen?«

»Marge hatte einen kleinen Unfall und Jo schaut jetzt nach ihr. Sie versucht zudem Brambleberry Cottage zu retten, das ist aber eine längere Geschichte.«

Nick rannte bereits los und Duncan konnte ihn nicht mehr zurückhalten.

»Jo! Jo!« Der Junge flog ihr förmlich entgegen und sie fing ihn lachend auf.

»Nick. Was machst du denn hier?«

»Ich darf die ganze nächste Woche bei Onkel Seamus bleiben, weil Masern im Internat ausgebrochen sind und ich die noch nicht hatte. Ich hatte schon Angst, dass ich dich nie wieder sehen würde, Jo. Dad sagte mir, du seist einfach verschwunden.«

»So, sagte er das.« Jo schaute auf und sah in Richtung Duncan, der noch immer neben seinem Onkel stand. »Warte hier mal einen Moment, Nick.« Sie stampfte mit großen Schritten zu den beiden hinüber und Duncan erkannte gleich, dass sie ziemlich sauer war.

»Du wagst es, hier einfach so aufzutauchen?!«, fauchte sie ihn an und baute sich wütend vor ihm auf. Ihre grünen Augen funkelten gefährlich, doch er verzog keine Miene und schaute sie gelassen an.

»Hm, da es nicht dein Grundstück ist und ich mir keines Verbrechens bewusst bin, ja.«

»Du könntest dich wenigstens entschuldigen!«, schimpfte sie.

»Wofür?«

»Das ist jetzt nicht dein Ernst, oder? Wegen dir saß ich in Untersuchungshaft!«

Duncan schaute ungläubig von Jo zu Seamus. »Wieso das denn?«

Seamus seufzte. »Weil du die Schweine einfach zur Chelsea Show mitgenommen hast, ohne jemandem Bescheid zu geben. Jo wurde verdächtigt, die Schweine gestohlen oder zumindest freigelassen zu haben.«

So verdutzt wie Duncan ausschaute, glaubte Jo ihm fast, dass er von nichts gewusst hatte. »Du hättest zumindest jemanden informieren können, als die Schweine in Sicherheit waren. Das hätte mich entlastet. Seamus musste eine Kaution hinterlegen, damit ich aus der Haft entlassen wurde.«

»Aber ich habe doch Jane eine Nachricht in ihr Postfach gelegt. Darin habe ich geschrieben, dass ich die Schweine in mein Gartenprojekt miteingeplant hätte und ich für die Unkosten aufkommen würde.« Seamus und Jo schauten sich verblüfft an.

»Dieses Biest!«, wetterte Jo dann los. »Sie hat mich rausgeworfen. Anscheinend kam es ihr gerade recht und sie schien es nicht mal für nötig zu halten, die Sache bei der Polizei richtigzustellen, nachdem sie deine Nachricht gefunden hatte.«

»Warum wurdest du überhaupt verdächtigt?«

Jo errötete leicht. »Ich stand gerade am Gehege, als der Tiertransporter kam. Eigentlich wollte ich die Schweine wirklich freilassen, weil ich keine bessere Idee hatte, wie ich ihnen helfen konnte. Aber als ich in den Stall kam, waren sie schon weg.«

»Dann wolltest du also doch die Tiere retten und bist nicht so unschuldig wie du tust.«

Sie wollte ihm einen Stoß versetzen, aber seine Reaktion war blitzschnell und er hielt ihre Hand fest. »Hm, vielleicht sollte ich noch mal mit der Polizei sprechen. Du scheinst ein gewisses Gewaltpotenzial in dir zu haben. Wenn ich nur schon an all die Pflanzen denke, die du in meinem Garten gemeuchelt hast.«

Jos Herz raste, Duncan stand ihr viel zu nah, sie konnte sogar sein Rasierwasser riechen. Sie trat einen Schritt zurück. Glücklicherweise rief in diesem Moment Nick nach ihr.

»Jo, da unten hat sich, glaube ich, ein Kätzchen versteckt.« Er deutet auf einen Busch.

Sie drehte sich um und ging zu Nick zurück.

»Hättest du dich nicht einfach entschuldigen können?«, fragte Seamus seinen Neffen.

Duncan schüttelte nur den Kopf. »Ich geh mich mal umziehen. Bin gleich wieder da.«

Als er später mit Seamus Hand in Hand arbeitete, erklärte ihm dieser, wie sie vorhatten, das Hotel zu retten.

»Ihr seid verrückt«, meinte Duncan, während er gerade Pflanzenstützen bei den Gelenkblumen anbrachte. »Wenn dieser Amerikaner das rausbekommt, schließt er das Hotel erst recht.«

»Mag sein, doch wenn er erfährt, dass Marge ihn die ganze Zeit schon hinters Licht geführt hat, auch. Sollten wir es aber schaffen, ihm in dieser Woche zu zeigen, dass der Laden läuft, gewinnen wir etwas Zeit, und Jo schafft es vielleicht tatsächlich, mit ihren Änderungsvorschlägen wieder richtige Gäste herzulocken. Sie meinte, dass Marge es einfach verpasst hätte, ihr Hotel im Internet zu präsentieren. Die Leute wollen online buchen und sich über ein Hotel zuerst erkunden, bevor sie darin ihre Ferien verbringen.«

»Damit hat sie vermutlich recht, aber bis das Hotel wieder läuft, wird es mehr als nur ein paar Wochen brauchen. Und was meint Marge dazu?«

»Sie weiß nichts von dem Amerikaner. Jo meinte, dass es sie in der momentanen Situation zu sehr aufregen würde.«

»Also wieder ein wirres Lügennetz!« Aus irgendeinem Grund machte Duncan das alles stinksauer. Konnte diese Frau nicht einfach mal die Wahrheit sagen?

»Schon. Aber ich denke, hier ist es für einen guten Zweck.«

»Sie könnte diesem Amerikaner die Situation auch einfach erklären und um etwas Zeit bitten. Aber nein, sie lügt lieber wieder wild in der Gegend herum! Könntest du mir nächste Woche einen Gefallen tun und darauf achten, dass Nick nicht zu viel Zeit mit ihr verbringt? Er soll diese Lügerei von ihr nicht auch noch lernen.«

»Du gehst zu hart mit ihr ins Gericht, Duncan. Sie hat das Herz schon am richtigen Fleck.«

Duncan knurrte irgendetwas Unverständliches.

Jo und Nick hatten es geschafft, das Kätzchen mit einem Leckerli unter dem Busch hervorzulocken, aber berühren ließ sie sich noch nicht. »Wir müssen ihr wohl einfach Zeit lassen. Wer weiß, was sie alles erlebt hat.«

Der Junge nickte und folgte Jo dann wieder in die Küche, wo sie einen Eimer mit heißem Wasser füllte.

»Was machst du damit?«, fragte er neugierig

»Fenster putzen. Hilfst du mir?«

»Kann ich das denn? Ich habe das noch nie gemacht.«

Jo lächelte. »Zu zweit werden wir das schon hinbekommen. Aber wenn es dir lieber ist, kannst du natürlich auch deinem Vater und Seamus im Garten helfen.«

»Nein, ich bleibe lieber bei dir.«

Jo fuhr im liebevoll durch seinen dunkelbraunen Schopf und drückte ihm Gummihandschuhe und Putzlappen in die Finger. »Dann lass uns noch kurz etwas Musik auflegen, das verleiht uns den nötigen Schwung.«

Laute Popmusik aus den Achtzigern schallte plötzlich aus dem Haus und ließ Duncan und Seamus aufblicken. Die Terrassentür schwang auf und Nick und Jo kamen zu den Klängen von *Footloose* aus dem Haus gehüpft. Sie lachten und schwangen die Hüften, so dass das Wasser aus Jos Eimer überschwappte. Schnell stellte sie ihn vor dem Fenster ab, um dann gleich Nick klatschend anzufeuern, der wie wild herumhopste und die verrücktesten Verrenkungen vollführte.

Seamus lachte und schaute zu Duncan hinüber, der auch ein Grinsen auf den Lippen trug.

»Sie tut ihm gut«, schmunzelte Seamus. Und bei sich dachte er: Und dir würde sie auch gut tun.

Als das Stück zu Ende war, ließen die beiden sich lachend auf den Boden plumpsen.

»Das war deine Musik, als du so alt warst wie ich?«

»Gut, nicht?«, japste Jo.

»Geht so.«

»Geht so? Und geht so reicht aus, um dich so herumhüpfen zu lassen?« Sie beugte sich zu ihm hinüber und begann ihn auszukitzeln. »Sag die Wahrheit, Nick.«

Er lachte und versuchte, sich gegen ihre Kitzelattacke zu wehren. »Ist gut, ja ist gut, die Musik ist gut ... nicht kitzeln!«

»Okay, aber zur Strafe hilfst du mir nun mit den Fenstern.« Sie stand auf und zeigte ihm, wie man die Scheiben putzte. Stolz übernahm er dann die Fenster im Erdgeschoss, während sich Jo den Scheiben in den oberen Stockwerken widmete.

Sie arbeiteten bis in den späten Nachmittag hinein.

Jo wollte die drei als Dankeschön zum Abendessen einladen, aber Duncan meinte, sie müssten nach Hause, um Bandit zu füttern und mit ihm draußen noch eine Runde zu drehen.

»Ich würde aber gerne Marge Hallo sagen, bevor ich gehe. Kann ich mich bei dir drüben kurz waschen?«, fragte Duncan an Seamus gewandt.

»Klar. Aber denk daran, Marge nichts von dem Amerikaner zu erzählen. Sie soll sich schließlich nicht noch mehr Sorgen machen.«

Duncan schaute grimmig von Jo zu Seamus. »Ich werde Marge nicht anlügen.«

»Das verlangt auch niemand, aber du musst ihr auch nicht gleich alles erzählen«, meinte Jo trocken.

»Mir ist schon klar, dass du etwas anderes unter Lügen verstehst als ich ...«

»Nun halt aber mal den Rand ...«, Jo stemmte ihre Hände in die Hüfte und baute sich vor Duncan auf, als Nick um die Ecke geschossen kam, der sich im Bad die Hände gewaschen hatte. Jo konnte sich gerade noch im richtigen Moment zurückhalten. »Danke für eure Hilfe, ich geh dann mal in die Küche und mache Abendessen für Marge. Du kannst mitessen, wenn du magst, Seamus.«

»Danke, das Angebot nehme ich gerne an.«

Nick wollte mit seinem Dad ebenfalls bei Marge vorbeigehen, aber Duncan meinte, dass das zu gefährlich wäre, da er sie eventuell doch noch mit Masern anstecken könnte. »Warte lieber hier auf mich. Ich bleibe auch nicht lange.«

Marge freute sich sichtlich über seinen Besuch und er berichtete ihr von der Chelsea Flower Show.

»Hat dir Seamus erzählt, wie es um mein Hotel steht?«, fragte Marge schließlich leicht verlegen.

»Ja, hat er«, Duncan nahm ihre Hand in die seine. »Es tut mir so leid, Marge.«

Sie nickte und kämpfte tapfer die Tränen nieder, die wieder hinter ihren Augenlidern brannten. »Ich wüsste nicht, was ich ohne deinen Onkel und Jo machen würde. Sie versuchen alles, um Brambleberry zu retten.«

»Ja, das tun sie«, bestätigte Duncan. »Das wird schon wieder,

Marge.« Er erzählte ihr, wie Nick und Jo heute die Fenster geputzt hatten und dabei wie die Verrückten getanzt hätten. Ein kurzes Lächeln huschte über Marges Gesicht und Duncan war sich nicht mehr so sicher, ob die Flunkerei von Jo wirklich so schlimm war. Marge konnte im Moment wirklich nicht noch mehr Sorgen gebrauchen.

Den Sonntag verbrachte Jo hauptsächlich bei Marge. Um ihr die Zeit zu vertreiben, spielten sie Karten.

»Sind Buchungen reingekommen?«, fragte Marge irgendwann und versuchte, möglichst unbesorgt zu klingen.

»Ja, ab Dienstag sind ein paar Leute hier. Und morgen reist meine Freundin Heidi an. Sie wird mir ein bisschen zur Hand gehen.« Sie erzählte Marge von ihrer Zeit mit Heidi im Altenheim und wie sie sich kennengelernt hatten.

»Du wirst sie mögen, Marge.«

Marge sah nach wie vor besorgt aus. »Du hättest nicht noch jemanden herbestellen sollen. Ich kann doch nicht mal dich bezahlen.«

Jo legte die Karte zur Seite und griff nach Marges Hand. »Wann wirst du endlich aufhören, über das blöde Geld nachzudenken? Weder Heidi noch ich machen das wegen des Geldes.«

»Warum denn dann? Heidi kennt mich ja noch nicht einmal ...«

»Heidi kommt mir zuliebe. Wir haben uns schon so lange nicht mehr gesehen. Sie hatte ziemlichen Ärger in ihrem Job und ist über etwas Ablenkung sehr froh. Es wird ihr genauso Spaß machen wie mir, hier für dich einzuspringen.«

Marge hatte Tränen in den Augen. »Es tut mir so leid. Mir wächst zurzeit einfach alles über den Kopf. Und nur hier zu liegen, und nichts tun zu können, außer sich zu sorgen, macht es nicht gerade besser.«

»Das kann ich gut verstehen. Aber du musst jetzt einfach Geduld haben und mir und deinen Freunden vertrauen. Seamus und Duncan haben sich gestern so toll um den Garten gekümmert. Er schaut jetzt ganz wunderbar aus. Und Nick und ich haben die Fenster geputzt.«

»Duncan hat mir davon erzählt. Die Fenster hatten es wirklich dringend nötig, aber ich bin einfach nicht dazu gekommen. Hat dieser Tom Hudson, der Eigentümer, sich wieder gemeldet?«

»Wieso? Sollte er?«

»Er hat mich in den letzten Wochen immer wieder versucht anzurufen und ich bin ihm aus dem Weg gegangen. Ewig lässt er sich vermutlich nicht hinhalten.« Sie seufzte schwer. »Es tut mir leid, dass das Hotel nicht in einem besseren Zustand ist. Aber wenn einen die Sorgen so auffressen, bleibt kaum Energie für etwas anderes übrig.«

»Vergiss diesen Tom Hudson und für eine Weile auch das Hotel. Du musst dich jetzt wirklich auf das Gesundwerden konzentrieren. Alles andere wird sich irgendwie fügen, du wirst schon sehen.«

Später setzte sich Jo mit einer Tasse Tee in den Garten. Es war wohl für eine Weile die letzte Gelegenheit, den Garten für sich allein zu genießen. Er war wirklich eine Augenweide und Seamus und Duncan hatten gestern viel geschafft. Sie blickte gerade verträumt über den Teich, als plötzlich ein kleines »Miau« zu ihren Füßen ertönte. Die kleine Katze hatte sich aus dem Gebüsch hervorgetraut. Langsam beugte sich Jo zu ihr hinunter und hielt ihr die Hand zum Beschnuppern hin. Zuerst war die Mieze wieder zurückgewichen, aber dann schnupperte sie doch etwas mutiger an ihren Fingern. »Wir sollten dir langsam aber sicher einen Namen geben, nicht?«

Die Kleine blickte sie fragend an und spielte dann mit ihren Schnürsenkeln.

»Wie gefällt dir Lizzie? Weißt du, in diesem Land gibt es eine Königin, die heißt Elizabeth, und du schaust aus, als könntest du mal eine Königin werden. Bestimmt wurde sie als kleines Mädchen auch Lizzie gerufen.«

Lizzie hatte den Schnürsenkel in der Pfote und legte gerade eine Rolle über ihren Schuh ein. Sanft fuhr Jo mit der Hand über das Köpfchen von Lizzie, die sie einen Moment verwundert anschaute. Jo streichelte sie weiter und es schien ihr, als ginge der kleinen Katze plötzlich ein Licht auf: Streicheln war etwas Schönes. Sie genoss es sichtlich und kroch fast in Jos Hand hinein. Das Eis war gebrochen. Als Jo ihr am Abend das Futter hinstellte, verkroch sie sich danach nicht gleich wieder im Gebüsch. Im Gegenteil, sobald der Napf leer war, tapste sie Jo wie selbstverständlich hinterher ins Haus. Neugierig erkundete Lizzie die Küche, doch bei den kleinsten Geräuschen zuckte sie nervös zusammen und schließlich zog sie es vor, doch wieder aus der Tür zu huschen. Jo schaute ihr zu, wie sie wieder in der Dunkelheit verschwand. Es würde wohl noch ein Weilchen dauern, bis Lizzie ihre Vorsicht ablegte, aber sie hatten schon große Fortschritte gemacht. Wenn das mit dem Hotel nur auch so einfach ginge.

Jo hatte am nächsten Tag alle Hände voll zu tun. Neben der Versorgung von Marge musste sie den Menüplan für die ganze Woche erstellen, einkaufen gehen und die Buchhaltung durchsehen. Letzteres fürchtete sie ganz besonders, denn mit Zahlen stand sie schon immer etwas auf Kriegsfuß. Am späteren Nachmittag hörte sie dann einen Wagen vorfahren. Als sie zum Fenster hinausblickte, sah sie ein Taxi in der Auffahrt stehen, aus dem gerade Heidi ausstieg und den Fahrer bezahlte. Jo ließ alles stehen und liegen und lief ihrer Freundin entgegen.

»Endlich bist du da!«

Sie lachten und umarmten sich.

Neugierig blickte Heidi um sich. »Es ist hier wirklich wunderschön und irgendwie verwunschen.«

»Warte bis du dein Zimmer siehst. Du kannst von deinem Fenster aus über den Garten schauen. Es wird dir bestimmt gefallen.«

»Du hast aber hoffentlich schon daran gedacht, das beste Zimmer für diesen Hudson freizuhalten, oder?«

»Ach, hätte ich das sollen? Ich habe für ihn ein Zimmer im Keller freigeräumt.« Es war einfach herrlich, wieder mit Heidi herumzualbern. Jo half ihr mit den Koffern und ließ sie dann allein, damit sie in Ruhe auspacken konnte. In der Zwischenzeit kochte sie Tee, den sie später gemeinsam in der Küche tranken.

»Von so etwas hast du immer geträumt, stimmt's?«, lächelte Heidi und meinte damit den kleinen Hotelbetrieb.

»Ja, aber mir ist schon klar, dass ich hier nur aushelfe.«

Es klopfte an der Küchentür, die hinaus in den Garten führte.

Als Jo öffnete, fand sie Nick davor, der sie frech angrinste. »Onkel Seamus schläft gerade und mir ist langweilig.«

»Du hast ihm aber hoffentlich einen Zettel dagelassen, um ihn wissen zu lassen, wo du steckst. Nicht, dass er sich Sorgen machen muss, wenn er aufwacht und du nicht da bist.«

Nick schaute etwas schuldbewusst. »Ähm, nein. Dad hat Onkel Seamus gesagt, dass ich nicht zu dir rüberkommen soll.«

Jo lachte und fuhr mit der Hand durch sein bereits verwuseltes Haar. »Wie ich sehe, hältst du dich korrekt daran.«

»Er muss es ja nicht erfahren.«

»Hör zu, ich komme heute Abend zu euch rüber, da ich noch etwas am Computer nachsehen sollte, dann rede ich mit Seamus. Wenn er sein Okay gibt, darfst du selbstverständlich herkommen.«

»Nick!« Vom Nachbarsgelände schallte Duncans Stimme herüber. Er war gekommen, um seinen Sohn abzuholen, der wie vom Erdboden verschluckt zu sein schien.

Nick sah Jo grinsend an. »Ich schleiche mich besser mal zurück.«

»Das sehe ich auch so.«

Nick drehte sich um und rannte los.

»Wer war das denn?«, fragte Heidi, die die Szene amüsiert beobachtet hatte.

»Das war Nick, Duncans Sohn.«

»Der Sklaventreiber vom Garten, der dich in den Knast gebracht hat?«

»Ja.«

»Also, wenn der nur halb so gut ausschaut, wie sein Nachwuchs ...«

Jo seufzte und setzte sich wieder zu Heidi.

»Das tut er leider, aber ansonsten ist er wirklich ein Rüpel. Wie du mitbekommen hast, hält er nicht gerade viel von mir.«

»Hat der Kleine denn keine Schule?«

»Doch, hätte er, aber in seinem Internat gehen gerade die Masern um.«

»Er ist wirklich niedlich, wirkt aber etwas sonderbar, wenn er spricht.«

»Ich hab dir doch erzählt, dass er einen Unfall hatte und seither sein Gehirn etwas beeinträchtigt ist. Es ist nur eine leichte Behinderung, mir fällt das schon fast nicht mehr auf.«

»Du magst ihn.« Heidi grinste. »Ausgerechnet du! Dabei hast du doch Kinder immer als egoistische, verdreckte Krümelmonster bezeichnet.«

»Das sind sie ja auch. Nick ist die Ausnahme, die die Regel bestätigt.«

»Und du bist sicher, dass das nicht daran liegt, dass dir sein Vater gefällt?«

»Hundertprozentig. Denn sein Vater mag toll aussehen, ist aber im Gegensatz zu Nick ein Idiot.«

»Okay, dann erzähl mir mal, was du von mir in den nächsten Tagen erwartest.«

»Also, als erstes wäre es super, wenn du dich um die Buchhaltung kümmern könntest. Ich wollte eigentlich einen Blick darauf werfen, bevor du eintriffst, aber ich habe es dann immer wieder hinausgeschoben.«

Heidi grinste. »Zahlen waren noch nie dein Ding. Ich werde es mir ansehen.«

»Und ansonsten wäre ich einfach froh, wenn du mir dann diesen Hudson vom Hals halten könntest, während ich versuche ihm vorzugaukeln, wie gut der Laden läuft.«

»Werden denn Gäste eintreffen?«

»Die Leute aus dem Dorf machen mit. Die einen übernachten hier und andere kommen einfach zum Abendessen.«

»Dann brauchst du auch Hilfe in der Küche«, stellte Heidi sachlich fest.

»Ich denke, da sollte ich zurechtkommen, da ich nur ein oder zwei Menüs anbieten werde. Aber ich wäre froh, wenn du den Service übernehmen könntest. Tagsüber müssen wir diesen Hudson so beschäftigen, dass er nicht auf die Idee kommt, die Buchhaltung kontrollieren zu wollen.«

»Schwebt dir da auch schon was vor?«

»Noch nicht wirklich, aber mir wird schon noch etwas einfallen.«

Später gingen sie hoch in Marges Zimmer, damit die beiden sich kennenlernen konnten. Marge bedankte sich sichtlich verlegen bei Heidi, dass sie ihr ebenfalls helfen wollte, ihr kleines Hotel zu erhalten.

Doch Heidi winkte nur ab. »Das macht mir wirklich Spaß, Miss Appleton, und so sehe ich auch meine Freundin mal wieder. Es war höchste Zeit, dass ich meinen Job gekündigt habe, die Umstände waren alles andere als schön.«

»Ja, Jo hat etwas in der Richtung erwähnt. Es tut mir sehr leid und ich würde Ihnen zu gerne einen Lohn bezahlen, aber ...«

Heidi tätschelte Marges gesunde Hand. »Machen Sie sich bitte deswegen keine Gedanken. Für mich ist das hier wie ein Urlaub und ich kann dabei noch etwas mein Englisch auffrischen.«

Marge nickte etwas widerstrebend. »Gut, aber dann nenn mich bitte Marge und nicht Miss Appleton.«

»Heidi. Freut mich sehr.«

Nach dem Abendessen ging Jo zu Seamus hinüber, um zu prüfen, wie weit der Bruder von Marie mit der Webseite war, und um ihre E-Mails abzurufen.

»Was soll eigentlich der Unsinn, dass Nick nicht zu uns herüberkommen darf?«, erkundigte sich Jo bei Seamus, als sie den Computer wieder heruntergefahren hatte.

Seamus kratzte sich verlegen am Kopf. »Das ist auf Duncans

Misthaufen gewachsen, nicht auf meinem. Das weißt du hoffentlich. Er meinte, dass du keinen guten Einfluss auf den Kleinen hättest und Nick sollte nichts von dem ganzen Lügentheater mitbekommen.«

»Wie bitte?«, Jo schnaubte verärgert. »Als ob er selbst der Anstand in Reinkultur wäre. Was fällt diesem Idioten eigentlich noch alles ein! Entschuldige ... ich weiß, er ist dein Neffe.«

Doch Seamus lächelte gutmütig und meinte mit einem Augenzwinkern: »Sollte Nick mir allerdings entwischen und dann bei euch drüben sein, könnte ja niemand was dafür, nicht?«

»Danke, Seamus, aber ich verstehe Duncan einfach nicht. Ich meine, immerhin war ich es, die Nick aus dem Schlamassel mit den Halbstarken hinten beim Laden geholfen hat. Und auf einmal soll ich nicht mehr gut genug sein? Das ist doch das Hinterletzte!«, empörte sich Jo weiter über Duncans Verhalten. Doch als sie Seamus' betroffenen Blick auffing, riss sie sich zusammen. »Es tut mir leid, das sollte ich besser mit Duncan klären. Für dich ist das eine blöde Situation. Ich geh dann mal wieder rüber.« Spontan gab sie Seamus einen kleinen Kuss auf die Wange. »Danke, dass ich den Computer benutzen durfte.«

»Gern geschehen. Duncan meint es nicht böse, er ist manchmal halt nur etwas festgefahren. Er ist im Herzen aber ein anständiger Junge.«

Jo schmunzelte, dass jemand einen Mann wie Duncan noch als einen Jungen bezeichnen konnte. Sie winkte Seamus kurz zum Abschied zu und ging dann zurück ins Brambleberry Cottage.

Am nächsten Tag führte sie Heidi in die Arbeiten im Hotel ein, bis die ersten Gäste vom Dorf eintrafen. Heidi packte gleich mit an und half, die Zimmer zuzuteilen. Irgendwann am späteren Nachmittag fuhr erneut ein Taxi vor und ein braungebrannter, gutaussehender Typ mittleren Alters stieg aus. Er schaute sich um, als ob er darauf wartete, dass ihm jemand mit dem Gepäck helfen würde.

»Jo«, rief Heidi, die aus dem Fenster schaute und ihrer Freundin dabei hastig zuwinkte, »komm her, das muss er sein.«

Jo blickte über Heidis Schulter. »Keine Ahnung, ich habe ihn ja bisher noch nie gesehen und im Internet habe ich auch kein Foto gefunden. Hm, Krawatte und Anzug? Das gibt gleich schon mal Abzug in der B-Note.«

»Ich finde, es steht ihm. Dann werde ich den Guten mal in Empfang nehmen.«

Jo beobachtete vom Fenster, wie Heidi dem neuen Gast entgegenging.

»Guten Tag und herzlich willkommen im Brambleberry Cottage!«

Skeptisch schaute Tom Heidi an. »Sind Sie Marge?«

»Nein, aber kann ich Ihnen mit dem Gepäck helfen?«

»Haben die hier keinen vernünftigen Gepäckdienst? Bestimmt werde ich so einem Klappergestell wie Ihnen nicht meine Koffer aufhalsen.«

Heidis Lächeln gefror augenblicklich auf ihrem Gesicht. »Klappergestell? Ich darf doch sehr bitten!«

Doch Tom ignorierte sie und ging mit seinen beiden Koffern einfach an ihr vorbei ins Hotel hinein. Empört über so viel Dreistigkeit stapfte Heidi ihm hinterher.

Drinnen hatte sich Jo wieder hinter den Empfangstisch begeben und setzte nun ihr zuckersüßestes Lächeln auf.

»Guten Tag, womit kann ich Ihnen helfen?«

»Wenn Sie Marge sind, dann zu allererst, indem Sie mir mein

Zimmer zeigen. Danach möchte ich die Buchhaltung des laufenden Jahres sehen.«

Na, der kam ja gleich zur Sache.

»Mit dem Zimmer kann ich Ihnen dienen, aber die Buchhaltung zeigen wir in der Regel unseren Gästen nicht.« Sie versuchte es mal mit der Taktik ›stell dich dumm‹.

»Sie wissen genau, dass ich nicht irgendein Gast bin, Miss Appleton.« Jo ging auf seinen Irrtum nicht ein, vermutlich war es besser, sie ließ ihn im Moment noch im Glauben, dass sie Marge sei.

»Ach ja? Ungeschickterweise haben Sie kein Schild auf der Stirn kleben, das mir verraten würde, wer Sie sind.«

»Tom Hudson!«

»Ach, das freut mich aber sehr, Mr Hudson! Endlich lernen wir uns persönlich kennen.«

»Tun Sie nicht so scheinheilig! Sie sind allen Telefonaten hartnäckig aus dem Weg gegangen, da blieb mir ja nichts anderes übrig, als herzukommen. Glücklicherweise habe ich nächste Woche noch einen Termin in London, so dass ich nicht nur Ihretwegen hier bin.«

»Gut«, Jo griff nach dem Schlüssel und ging dann voraus, um dem unbeliebten Gast sein Zimmer zu zeigen. Sie hatte eines ausgewählt, das möglichst weit entfernt von jenem von Marge war. Das Zimmer lag im obersten Stockwerk und war eines ihrer besten.

Sie öffnete die Tür und ließ ihn eintreten. »Bitte sehr. Frühstück gibt es von acht bis zehn Uhr und Abendessen von sieben bis neun Uhr. Mittags servieren wir keine Menüs, aber das Pub im Dorf hat eine gute Auswahl an kleinen Snacks. Sollten Sie irgendetwas benötigen, wählen Sie bitte die neunzig und Sie werden mit dem Empfang verbunden. Ich hoffe, Sie werden sich wohlfühlen bei uns.«

»Ich bin nicht hier, um Urlaub zu machen, Miss Appleton! Ich werde mich kurz frisch machen und anschließend wieder herunterkommen, damit Sie mir die Buchhaltung vorlegen können.«

Jo räusperte sich. »Tut mir leid, Mr Hudson, das muss noch warten. Wir haben heute Abend das Haus voller Gäste und ich habe in der Küche zu tun.« Damit drehte sie sich um und ließ Tom einfach stehen. Sie musste unbedingt Heidi etwas Zeit verschaffen und dann mit Marge sprechen, ob in der Buchhaltung auch wirklich alle Einnahmen aufgeführt waren. Sie würde ihr aber mit keinem Wort verraten, dass dieser ungehobelte Kerl in ihrem Hotel war.

»Dieser Hudson verlangt, dass ich ihm die Buchhaltung faxe.« Jo stellte vorsichtig die Tasse Tee auf das Nachttischchen neben Marges Bett.

Geschockt legte Marge die Hände vors Gesicht. »Oh Gott, oh Gott, oh Gott! Ich bin ihm immer aus dem Weg gegangen, denn so was hatte ich schon die ganze Zeit über befürchtet. Sein Onkel hatte sich nie für die finanzielle Seite interessiert ...«

»Wo finde ich die Buchhaltung, Marge?«, unterbrach Jo sie sanft.

Marge zeigte auf ihren Schreibtisch. »Oberste Schublade rechts. Aber ich vermute, es wird dir nicht gefallen. Müssen wir sie ihm wirklich zukommen lassen? Gibt es keine andere Möglichkeit?«

»Ich fürchte, früher oder später müssen wir sie ihm zeigen«, seufzte Jo und ging zum Schreibtisch. »Vielleicht schaffen wir es aber, noch etwas Zeit zu gewinnen.« Die Schublade klemmte etwas, als ob auch sie verhindern wollte, dass jemand den Inhalt zu sehen bekam. Mit einem kräftigen Ruck bekam Jo sie dann aber doch auf und entnahm daraus ein großes schwarzes Heft. Der letzte Eintrag stammte von dem Tag, als Marge den Unfall hatte. Jo müsste ihre Ausgaben noch eintragen und dann wären die Zahlen noch röter als rot, um nicht zu sagen tiefrot.

»Meine Freundin Heidi hat ein Faible für Zahlen. Darf ich ihr die Buchhaltung zeigen? Vielleicht sieht sie eine Möglichkeit, sie etwas zu ... verschönern.«

Marge nickte und sah dabei aus wie ein Häufchen Elend. Jo legte ihre Hand tröstend auf Marges Schulter. »Es tut mir so leid. Aber ich verspreche dir, dass Heidi und ich unser Möglichstes tun werden, um das Haus zu retten. Vertrau mir, bitte. Wir werden versuchen, diesen Hudson noch etwas hinzuhalten. Ich habe da auch schon einen Plan.«

»Ach, wenn ich nur aufstehen und selbst etwas tun könnte«, jammerte Marge und schnäuzte sich die Nase.

»Das wirst du bestimmt bald wieder.« Jo strich ihr mitfühlend über den Arm. Dann stand sie auf und machte sich auf den Weg zu Heidi.

»Was soll ich? Die Buchhaltung frisieren?«, flüsterte Heidi und schaute verstohlen nach links und rechts, um sicherzugehen, dass niemand sie hören konnte. »Das ist gesetzeswidrig, Jo! Das ist nicht nur ein Kavaliersdelikt, dafür kann man in den Knast kommen.«

»Es ist ja nur für den Notfall, falls wir diesen Hudson nicht anders loswerden. Ich werde ihm erzählen, dass wir dabei sind, die Buchhaltung auf den PC zu bringen und wir sie deshalb nicht im Haus haben. Und das wäre ja noch nicht mal eine Lüge. Du könntest bei Seamus drüben am Computer die Buchhaltung erfassen und dabei den einen oder anderen Minusbetrag verschwinden lassen.«

»Und wie erklärst du ihm den Kontostand auf der Bank? Jo, das ist eine Schnapsidee!«

Jo schaute Heidi flehend an.

»Ist ja gut. Ich werde die Buchhaltung wenigstens in ein Excel-Format umwandeln, dann kommt sie schon mal professioneller daher. Vielleicht finde ich dabei auch den einen oder anderen Fehler. Ich denke aber, dass wir diesen Hudson viel eher von unseren Neuerungen überzeugen müssen. Wir müssen ihm zeigen, dass wir Marge helfen, den Wandel in die Neuzeit zu schaffen, und dass das wieder zu Einnahmen führen wird. Apropos, warum hast du nicht gleich richtiggestellt, dass du nicht Marge bist?«

»Ich will nicht, dass er sie in ihrem Zimmer aufsucht. Sie ist schon fertig genug. Und wenn er erfährt, dass ich nicht Marge bin, dann wird er keine Ruhe geben, bis er sie sprechen kann. Lieber soll er mich im Moment als Sündenbock ansehen, ich werde mit dem Kerl schon fertig.«

Heidi seufzte. »Ach, Jo! Gut, ich werde jetzt gleich mal zu Seamus hinübergehen und komme dann zurück, um dir beim Servieren zu helfen.«

Jo leitete das Telefon vom Empfang in die Küche um und zog sich dann eine Schürze über. Sie würde sich heute beim Kochen besonders Mühe geben. Vielleicht konnte ihn ja zumindest ihr Essen etwas milder stimmen. Sie war gerade dabei, Karotten zu schälen, als es an der Hintertür klopfte. Nick stand mit einem breiten Grinsen und Lizzie im Arm vor der Tür. Sie staunte nicht schlecht, denn bisher hatte sie es nicht geschafft, die kleine Katze auf den Arm zu nehmen.

»Darf ich ihr etwas zu fressen geben?«

»Es ist noch ein bisschen früh. Ach was soll's! Ich gebe dir gleich ihr Schälchen und das Futter. Du musst Lizzie aber draußen füttern, da ich gerade für die Gäste koche.«

Etwas später kam Nick zurück in die Küche gestürmt. »Kann ich dir helfen?«

Sie schaute den kleinen Mann an, der völlig verdreckt vom wilden Spielen war.

»Na gut, aber zuerst krempelst du dir die Ärmel deines Pullovers hoch und wäschst dir Hände und Arme gut mit Seife.« Als dies unter ihrer Aufsicht geschehen war, griff sie zu einer Kochschürze und zog sie ihm über. Dann reichte sie ihm die Kartoffeln zum Waschen und Schälen.

»Du weißt aber schon, dass du eigentlich gar nicht hier bei mir sein dürftest, oder?«, fragte Jo mit einem verschmitzten Lächeln.

»Ja, aber das ist eine doofe Regel und mir war so langweilig. Können wir etwas Musik machen?«

»Klar, aber wir dürfen sie nicht so laut aufdrehen wie beim letzten Mal, sonst stören wir die Gäste.« Jo legte eine CD ein und schon bald sangen sie beide so lautstark mit, dass sie das Klopfen an der Küchentür überhörten.

»Was geht denn hier vor und was sucht dieser Junge in der Küche?«

Jo schrak zusammen, als sie Tom hinter sich hörte. Rasch ging sie zur Musikanlage hinüber und stellte die Musik aus.

»Gott, haben Sie mich erschreckt, Mr Hudson. Benötigen Sie irgendetwas?«

»Ja, eine Erklärung, was dieser Junge in der Hotelküche zu suchen hat.«

Was fiel diesem Kerl eigentlich ein? Langsam hatte sie genug von diesem Wichtigtuer! Grimmig baute sie sich vor Tom auf, der gut zwei Köpfe größer war als sie. »Erstens ist das hier immer noch meine und nicht Ihre Küche, Mr Hudson. Hier bestimme ich, wer sich darin aufhalten darf und wer nicht. Und wenn hier jemand nicht hergehört, dann sind Sie das! Gäste haben hier nämlich keinen Zutritt, wie Sie unschwer der Aufschrift ›Zutritt nur für Personal‹ an der Tür entnehmen können.«

»Wenn Sie mir jetzt weismachen wollen, dass dieser Dreikäsehoch zum Personal gehört …«

Jo legte den Arm um Nicks Schulter, der inzwischen neben sie getreten war und Tom ebenso trotzig anschaute wie sie selbst. »Er gehört zu mir und ich bin ja unweigerlich nur eine Angestellte, nicht wahr?!«

»Entschuldigen Sie, ich wusste nicht, dass Sie einen Sohn haben, Marge. Trotzdem sollte er sich nicht hier in der Küche aufhalten. Kinder sind nicht hygienisch.«

Nick sah mit großen Augen zu Jo auf. Hatte sie eben gesagt, sie sei seine Mutter? Er lächelte und drückte sich etwas näher an Jo heran.

»Seine Hände und Arme sind sauber mit Seife gewaschen, er ist vorschriftsmäßig gekleidet und weiß, wie man sich in einer Küche benimmt, nicht wahr, Nick?«

»Ja, Mom.« Er grinste von einem Ohr zum anderen.

»Und was kann ich nun für Sie tun, Mr Hudson?«

»Da es keine Minibar in dem Zimmer gibt, wollte ich mir ein Wasser bringen lassen. Leider ging aber niemand ans Telefon.«

Auweia, sie hatte das Klingeln aufgrund der Musik wohl nicht gehört. »Das tut mir leid und kommt nicht wieder vor. Selbstverständlich werde ich Ihnen gleich ein Wasser hochbringen. Hätten Sie gerne stilles oder kohlensäurehaltiges Wasser?«

»Mit Kohlensäure, bitte. Aber da ich nun schon mal hier bin, kann ich es auch gleich selbst mitnehmen.«

Sie ging in den Vorratsraum, holte die gewünschte Flasche und reichte ihm noch ein sauberes Glas dazu. Als er die Küche verlassen hatte, sah sie grinsend zu Nick. »Ich glaube, wir lassen die Musik nun besser aus, nicht dass uns das noch einmal passiert.«

»Du hast gesagt, ich sei dein Sohn«, lächelte Nick verlegen.

Jo wuschelte ihm durch den Kopf. »Na, gesagt habe ich das nicht. Mr Hudson hat das einfach angenommen, als ich sagte, du gehörst zu mir.« Als sie Nicks enttäuschtes Gesicht sah, fügte sie hinzu: »Aber wenn ich einen Sohn hätte, würde ich mir wünschen, er wäre wie du. Und wir können Mr Hudson gerne weiterhin in dem Glauben lassen. Nun machen wir uns aber besser wieder ans Gemüsewaschen, sonst wird das heute nichts mehr mit dem Abendessen für die Gäste.«

Kurz vor sechs Uhr kam Heidi durch die Küchentür. »Kleiner Mann, du wirst drüben gesucht. Wir tauschen wohl besser die Plätze.«

Jo drückte Nick einen Keks in die Hand. »Danke für deine Hilfe, Nick.« Dann schaute sie ihn sich etwas genauer an. »Sag mal, geht's dir gut? Du schaust etwas blass aus!«

»Der Kopf tut mir etwas weh, aber nicht schlimm. Darf ich morgen wiederkommen?«

Sie drückte ihn kurz an sich. »Ich wäre sehr enttäuscht, wenn du es nicht tätest.« Jo öffnete die Tür und schaute ihm hinterher, als er über den Rasen rannte. Dann drehte sie sich zu Heidi um. »Und du? Wie kommst du voran mit der Buchhaltung?«

»Frag besser nicht.«

»So schlimm?«

»Ich habe bereits fast das ganze Jahr 2013 im Computer erfasst, das ist nicht das Problem. Aber so leid es mir tut, da lässt sich nichts beschönigen. Eigentlich grenzt es an ein Wunder, dass Marge so lange den Betrieb aufrechterhalten konnte.«

»Sie hat ihr ganzes Vermögen hineingesteckt. Wenn dieser Hudson jetzt das Hotel schließt oder verkauft, würde sie auf der Straße landen. Das können wir nicht zulassen.«

Heidi seufzte. »Ich denke, es wäre am besten, du würdest mit ihm offen und ehrlich reden, ihm die Karten auf den Tisch legen und zeigen, wie wir planen, den Betrieb wieder auf Kurs zu bringen. Vielleicht ...«

»Du hast ihn doch erlebt«, unterbrach Jo sie vehement. »Der wird uns niemals die nötige Zeit gewähren! Hast du nicht die Dollarzeichen in seinen Augen gesehen?«

»Und wie willst du ihm das Desaster dann erklären?«

»Gar nicht. Ich hoffe einfach, dass es sich vermeiden lässt, ihm die Buchhaltung zeigen zu müssen. Vielleicht reicht es ihm schon aus, wenn er sieht, dass der Laden brummt.« Jo öffnete die Tür und sah in den Speisesaal hinaus, wo die ersten Gäste Platz genommen hatten. Auch der Amerikaner saß bereits da und prüfte gerade seine Gabel darauf, ob sie auch sauber war. »Ja, sie ist sauber, du Idiot«, knurrte Jo leise.

Heidi und sie begannen, das Essen zu servieren. Immer wieder schaute Jo zu Tom Hudson hinüber, um zu erkennen, ob ihm das Essen wohl schmecke. Aber seine Mimik gab nichts preis. Am Ende kam Heidi voll beladen mit Tellern durch die Küchentür, Jo hatte bereits mit dem Abwasch begonnen. »Er will noch einen Espresso und zwar von dir serviert.«

Jo ging an die Kaffeemaschine und drückte auf die Taste für das gewünschte Getränk.

»Bitte sehr!« Sie stellte den Espresso vor Tom hin.

»Setzen Sie sich bitte für einen Moment.«

Jo zögerte. »Ich habe noch einiges zu tun.«

»Ich bin der Inhaber dieses Betriebs und möchte, dass meine Geschäftsführerin sich einen kurzen Augenblick für mich Zeit nimmt. Ist das zu viel verlangt?« Seine Stimme klang gefährlich ruhig.

Jo zog den Stuhl hervor und setzte sich hin. Jetzt wird es wohl fallen, das Henkersbeil. Doch sie würde kämpfen und nicht einfach so alles hinnehmen. Sie hob ihren Kopf und schaute Tom Hudson trotzig in die Augen. Lächelte er etwa?

»Sie sind eine verdammt gute Köchin, Marge«, begann er. »Und wenn es hier jeden Abend so voll ist, dann scheint das Hotel gut zu laufen.«

Jo atmete tief aus, ihr Plan schien zu funktionieren.

»Aber«, – Mist, was kam denn jetzt noch? –, »irgendwas stinkt hier zum Himmel. Es scheint, als wären Sie eine miserable Geschäftsführerin. Die Abrechnungen, die Sie mir vor einigen Monaten geschickt haben, weisen Fehler auf. Wenn ich im Internet nach unserem Betrieb Ausschau halte, dann finde ich nichts. Sie scheinen noch nicht mal einen Computer in diesem Haus zu haben. In der örtlichen Presse finde ich keine Werbung ... wie können Sie da überhaupt überleben?«

»Mundpropaganda?«, warf Jo spontan ein. »Hören Sie, Mr Hudson. In der Vergangenheit ist wirklich einiges schief gelaufen. Aber ich habe eingesehen, dass wir ohne moderne Technik nicht überleben können, auch wenn das eigentlich gar nicht zum Konzept dieses Hauses passt. Ich habe mir Heidi dazugeholt, weil sie mich in der Führung des Hotels unterstützen soll und wir sind dabei, auf Computer umzustellen. Aber wir brauchen einfach noch etwas Zeit.«

Tom schaute sie durchdringend an. »Ich frage mich, Marge, wieso Sie einen Schweizer Akzent haben und einen englischen Namen tragen? Irgendetwas stimmt hier einfach nicht, das sagt mir allein schon mein Instinkt.«

»Ich habe einen Briten geheiratet«, platzte es aus ihr heraus. Das Lügennetz wurde immer verhängnisvoller. Irgendwann würde sie sich darin verheddern, das war ihr klar. Aber sie musste diesen Hudson einfach noch etwas hinhalten. »Meinen Sohn haben Sie ja bereits kennengelernt.«

Tom fixierte sie nach wie vor, doch schließlich nickte er. »Wie Sie meinen. Morgen möchte ich aber die Buchhaltung sehen, verstanden?« Damit erhob er sich. »Gute Nacht, Marge.«

»Gute Nacht, Mr Hudson.«

Zurück in der Küche ließ Jo sich an der Tür matt auf den Boden gleiten.

»Nicht gut gelaufen?«, fragte Heidi mitfühlend.

»Er will morgen die Buchhaltung sehen. Und er ahnt, dass ich versuche, ihn hinters Licht zu führen.«

»Dann müssen wir ihn morgen einfach so beschäftigen, dass er nicht daran denkt, die Buchhaltung sehen zu wollen.«

»Wie denn das? Hier gibt es doch nicht wirklich was, das ihn längere Zeit beschäftigen könnte. Selbst wenn wir ihn wie geplant zum Golfspielen schicken, wird er nach ein paar Stunden wieder zurück sein.«

»Es wird uns schon etwas einfallen. Lass uns erst mal die Küche wieder aufräumen, danach koche ich uns eine Tasse Tee.«

Schweigend begannen sie, die Teller in die Spülmaschine einzufüllen, dann widmeten sie sich den Töpfen und dem Herd. Jede hing ihren Gedanken nach, es musste doch irgendeine Möglichkeit geben, diesen Typen zu beschäftigen. Plötzlich hielt Jo beim Schrubben inne und schaute Heidi verschmitzt lächelnd an.

»Ich hab's: Wir beziehen ihn einfach in die Geschäftsführung mit ein. Du gehst mit ihm in verschiedene Whisky-Destillerien, wo er den passenden Whisky für unseren Betrieb aussuchen soll, um mit dem Hersteller einen Vertrag auszuhandeln. Dabei achtest du darauf, dass er ordentlich degustiert und so einen in der Krone sitzen hat, dass er eine Null nicht mehr von einer Neun unterscheiden kann. Ist doch ganz einfach.«

Heidi ließ sich den Vorschlag kurz durch den Kopf gehen. »Könnte klappen.«

»Wird klappen, du wirst schon sehen. Männer ticken doch alle gleich.«

»Moralisch unbedenklich ist das aber nicht, das ist dir hoffentlich klar?«

»Ach komm schon, wir schütten den Whisky ja nicht direkt in ihn hinein, das wird er brav selbst tun.«

»Na, hoffen wir es mal. Wenn er sich bloß nicht im Wagen übergeben muss. Auf alle Fälle habe ich für diese Aktion dann etwas gut bei dir, Jo.«

»Du hast schon so viel gut bei mir, dass ich bezweifle, alles vor meinem Ableben erledigen zu können.«

Der nächste Tag begann sehr früh für Jo. Draußen war es noch dunkel, als sie bereits in der Küche Brötchen in den Ofen schob. Danach deckte sie die Frühstückstische, weil sie gestern Abend einfach zu müde dafür gewesen war. Als die Sonne schließlich aufging und einen herrlichen Tag versprach, ging sie mit einer Tasse Tee und ein paar Brötchen zu ihrer Patientin. Marge fühlte sich langsam besser und wurde ungeduldig. Trotzdem hatte der Arzt ihr noch nicht erlaubt, aufzustehen. Lange würde das vermutlich aber nicht mehr dauern und wenn dieser Tom Hudson dann noch da war, müsste Jo sich was einfallen lassen. Sie wollte eine Begegnung der beiden unbedingt vermeiden, Marge sollte sich nicht noch mehr Sorgen machen müssen.

Sie kam gerade wieder zurück in die Küche, als es heftig an der Hintertür klopfte. Jo öffnete sie und wurde dann gleich von einem wütenden Duncan zurück in die Küche gedrängt. Hinter ihm stand ein schuldbewusst dreinblickender und sehr blasser Nick.

»Wie konntest du es wagen, ihn für deine Zwecke einzuspannen? Das war genau der Grund, weshalb ich nicht wollte, dass er sich bei dir rumtreibt.«

»Wovon redest du? Und überhaupt, auch dir einen guten Morgen!«

»Hast du diesem Tom Hudson gesagt, du seist Nicks Mutter, oder nicht?!«

»Das hat sie nicht!« Nick drängte sich zwischen sie und schaute seinen Vater trotzig an. »Du hast mir nicht richtig zugehört, Dad.«

»Nick! Du gehst jetzt endlich und ohne Widerrede zurück zu Seamus!«

»Das tu ich nicht!«

»Nick!« Duncan schien die Beherrschung bald zu verlieren.

Jo lächelte Nick aufmunternd an. »Nun geh schon, Nick. Dein Vater wird mich schon nicht umbringen.«

»Da wäre ich mir nicht so sicher«, knurrte Duncan leise, so dass es sein Sohn nicht hören konnte. Nick trottete mit gesenktem Kopf zurück zum Haus seines Großonkels.

Als Duncan sich wieder ihr zuwandte, blickte sie verlegen zu Boden.

»Mr Hudson hat fälschlicherweise angenommen, dass Nick mein Sohn wäre, und ja, ich habe es nicht richtig gestellt. Aber was ist daran so schlimm?«

»Was daran schlimm ist?!«, Duncan schüttelte ungläubig den Kopf und starrte sie dann wieder grimmig an. »Du machst dem Kleinen was vor! Seit er seine richtige Mutter verloren hat, wünscht er sich doch nichts sehnlicher, als wieder eine Mum zu haben. Hast du auch nur einen Gedanken daran verschwendet? Nein, natürlich nicht, denn dabei geht es ja mal ausnahmsweise nicht um dich! Du lügst und betrügst dich durchs Leben, seit ich dich kenne!«

In diesem Moment ging die Küchentür auf und Tom streckte den Kopf hinein. »Gibt es hier ein Problem?«

Duncan schnaubte auf. »Nennen Sie es von mir aus ›familiäre Differenzen‹!«

Tom schaute von einem zum anderen und sah dann durch die offene Küchentür gerade noch, wie Nick auf das Nachbargrundstück verschwand. »Ah, dann müssen Sie Marges Mann sein. Mr Appleton, nicht wahr?«

Die Sache wurde immer vertrackter, ging es Jo noch durch den Kopf, als Duncan sie plötzlich mit einer schnellen Bewegung an sich zog und hart auf den Mund küsste. Er wollte sie vermutlich bestrafen, dachte sie, doch er fühlte sich so stark und so gut an, dass sie in seinen Armen dahinschmolz. Augenblicklich wurde der Kuss sanfter und ließ sie leise an seinen Lippen aufseufzen.

Tom räusperte sich diskret, woraufhin Duncan sie abrupt los ließ.

»Hab einen schönen Tag, *mein Schatz!*«, knurrte er und verschwand aus der Küche.

Verlegen schaute Jo zu Tom Hudson. »Er ist etwas temperamentvoll«, hauchte sie. »Hätten Sie gerne Tee oder Kaffee zum Frühstück?«

»Kaffee, und bitte möglichst stark.«

Als die Tür sich wieder hinter Tom Hudson schloss, ließ Jo ihren Kopf auf die Tischplatte fallen.

»Es tut mir leid, Josy«, erklang plötzlich eine Kinderstimme neben ihr. Nick hatte hinter Seamus' Hecke wieder kehrtgemacht und war zurück zur Küche geschlichen. Der Kuss hatte sie völlig aus dem Konzept gebracht, so dass sie ihn nur verwirrt anschaute.

»Ich wollte Dad das nicht erzählen, aber dann ist es mir doch irgendwie rausgerutscht.« Vorsichtig kam er näher und Jo zog ihn einfach an sich.

»Du hast nichts falsch gemacht, Nick. Dein Dad hat etwas überreagiert und ich«, sie seufzte, »bin manchmal einfach etwas bescheuert. Setz dich hin, ich mach dir gleich einen Kakao, aber zuerst muss ich diesem Hudson seinen Kaffee bringen.«

Als sie wieder zurück in die Küche kam, fiel ihr auf, wie blass Nick immer noch war.

»Geht's dir gut, Nick?«, fragte sie besorgt und legte eine Hand auf seine Stirn. »Du fühlst dich etwas warm an.«

»Ich bin nur müde und mein Kopf tut weh.«

»Hast du deinem Dad das gesagt?«

»Nein, sonst hätte er mich nicht zu Seamus und dir gelassen.«

Jo seufzte. »Warte, ich mache dir eine Tasse Tee.«

»Nein, danke. Mir ist etwas übel.«

In dem Moment kam Heidi in die Küche.

»Heidi, kann ich dich einen kurzen Moment allein lassen mit dem Frühstück für die Gäste? Nick geht's nicht so gut und ich würde ihn lieber rasch zu Seamus bringen.«

»Klar. Mach nur.«

Jo nahm Nick an der Hand und machte sich mit ihm auf den Weg zum Nachbargrundstück. Mit einer Tasse Tee in der Hand öffnete Seamus ihr die Tür.

»Ist Duncan noch da?«, fragte sie gleich ohne Umschweife.

»Nein, der ist ziemlich sauer zur Arbeit gefahren.«

»Typisch, regt sich wegen nichts und wieder nichts auf, aber dass sein Sohn krank ist, merkt er nicht mal!«

Besorgt blickte Seamus zu Nick. »Was ist denn los?«

»Mir ist nur etwas übel und ich habe Kopfschmerzen«, erklärte Nick kleinlaut.

»Ich glaube, er hat auch Fieber. Kann er sich bei dir hinlegen, Seamus? Sonst mach ich ihm bei uns ein Bett frei, aber ich dachte mir, das wäre Duncan nicht recht.«

»Klar. Er hat hier sein eigenes Zimmer. Komm mal mit, kleiner Mann.«

»Ich muss zurück, Heidi ist allein mit dem Frühstück für die Gäste. Aber ich schaue später nach dir, Nick.«

»Ist gut.« Nick schlurfte an der Hand von Seamus ins Haus.

Im Hotel hatten mittlerweile auch die falschen Gäste ihre Plätze am Frühstückstisch eingenommen und Heidi eilte flink mit Kaffee und Tee von einem zum anderen. Da Heidi im Gastraum alles im Griff zu haben schien, ging Jo in die Küche, um Speck mit Eiern in einer großen Pfanne anzubraten. Irgendwann war der größte Ansturm vorbei, so dass Jo an den Empfang gehen konnte, wo nun einige der Gäste bereits wieder auscheckten. Tom beobachtete sie aus der Ecke, seinem Blick schien nichts zu entgehen. Wenn sich bloß nicht noch einer der Gäste verplapperte, dachte Jo, doch es lief alles einwandfrei. Die Krönung war dann aber

Bob, der lauthals verkündete, wie gut es ihm in dem bezaubernden Hotel gefallen hätte und dass sie gerne die weite Reise wieder auf sich nehmen würden, um hier ein paar Tage auszuspannen. Jo musste sich auf die Zunge beißen, um nicht laut loszulachen.

»Es freut uns sehr, dass Sie sich bei uns wohlgefühlt haben«, sagte sie stattdessen und begleitete ihn und seine Frau zur Tür. Nachdem sie die beiden verabschiedet hatte, kam Tom zu ihr an den Schreibtisch. »So, dann hätten Sie ja nun Zeit für die Buchhaltung.«

»Nein, leider nicht. Heidi braucht mich in der Küche, danach muss ich auf den Markt, um für das Abendessen einzukaufen, und zwischendurch muss ich nach meinem Jungen sehen, der sich leider allem Anschein nach eine Grippe eingefangen hat.«

»Oh, das tut mir leid, aber heute früh schien es ihm doch noch gut zu gehen.«

»Das dachte ich zuerst auch, aber er war schon ziemlich blass und gestand mir etwas später, dass er sich schlecht fühlt. Sein Großonkel kümmert sich um ihn solange ich hier gebraucht werde, aber ich möchte trotzdem selbst noch mal ein Auge auf ihn werfen.« Jo schloss die Kasse weg und blickte dann, als wäre ihr gerade eine Idee gekommen, zu Tom auf. »Aber da Sie als Inhaber schon mal hier sind, könnten Sie uns auch etwas unter die Arme greifen. Ich wollte heute eigentlich ein paar Brennereien besuchen, um für unsere Bar eine Auswahl an Whisky-Sorten auszusuchen und eventuell mit einem Lieferanten einen Vertrag abzuschließen. Doch jetzt braucht Nick mich dringender. Könnten nicht Sie zusammen mit Heidi zu den Brennereien fahren?«

Welcher Mann könnte das Angebot, mit einer hübschen Frau Whisky zu degustieren und seine fachkundige Meinung dazu abzugeben, schon ausschlagen, dachte sich Jo. Doch Tom schaute sie skeptisch an und ließ sich Zeit mit der Antwort.

»Oder haben Sie andere Pläne, Mr Hudson?«

»Nein, ist schon gut. Ich springe für Sie ein.«

»Gut. Sie können auch gerne meinen Wagen benutzen.« Sie müsste nur noch Marge die Schlüssel abluchsen, die Seamus ihr nach der Fahrt zum Arzt auf den Schreibtisch im Zimmer gelegt hatte.

»Und wie gehen Sie dann einkaufen?«

»Mit dem Fahrrad, und was ich nicht transportieren kann, liefern mir die Geschäfte jeweils netterweise ins Hotel. Dann informiere ich jetzt Heidi. Seien Sie bitte um zehn Uhr wieder hier am Empfang.«

Er nickte und ging zurück auf sein Zimmer. Puh, das lief ja besser als erhofft.

»Er hat es geschluckt«, rief Jo, als sie zu Heidi in die Küche ging. »Du musst um zehn Uhr in der Lobby sein, dann fahrt ihr zu den Destillerien. Komm, lass uns nachschauen, wo ihr durchfahren müsst und anschließend kündige ich Euch bei den Betrieben an.« Sie ließen die Küche Küche sein, denn die konnten sie auch noch später aufräumen, und breiteten eine Karte auf dem Küchentisch aus. Jo kreiste die Brennereien ein, die möglichst weit weg waren, damit dieser Tom Hudson auch den ganzen Tag über beschäftigt sein würde.

»Mist, muss ich fahren? Ich bin doch noch nie auf der linken Straßenseite gefahren …«

»Keine Sorge, wie ich Hudson einschätze, wird er wohl das Steuer nicht aus der Hand geben. Ich gehe zu Marge und bitte sie um den Autoschlüssel und du, geh dich schon mal aufbrezeln.«

»Ich glaube nicht, dass das was bringt. Der scheint immun

gegen mich zu sein. Hast du nicht mitbekommen, wie er mich als Klappergestell betitelt hat?«

Jo lachte. »Du wirst ihn schon um deinen hübschen Finger wickeln. Der Mann, der dir widerstehen könnte, muss erst noch geboren werden.«

Heidi stöhnte. »Deine Zuversicht möchte ich haben.«

»Komm, nun mach schon, Heidi. Sobald ich den Schlüssel habe, gehe ich bei Seamus an den Computer und informiere die Destillerien. Sollte es eine Planänderung geben, würde ich dich auf dem Handy anrufen. Alles klar?«

Heidi ergab sich ihrem Schicksal und nickte etwas missmutig.

»Dann wünsche ich dir viel Spaß.«

»Als ob das Spaß machen würde, Jo!«

Marge rückte den Autoschlüssel gerne heraus, als Jo sie darum bat, damit sie Besorgungen für das Hotel erledigen konnte. Sie verstand sowieso nicht, dass Jo bisher immer mit dem Fahrrad einkaufen ging. Das war ihrer Meinung nach viel zu umständlich.

»Danke, Marge. Das hilft mir sehr. Ich bringe ihn dir dann später wieder zurück«, sagte Jo und machte sich gleich auf den Weg zu Heidis Zimmer, um ihr die Schlüssel zu bringen. Dann schlüpfte sie aus der Hintertür des Hotels und ging zu Seamus' Haus hinüber.

»Wie geht es Nick?«, erkundigte sie sich bei ihm.

»Er schläft wieder. Ich fürchte, dass er vermutlich nun doch auch die Masern bekommen hat.«

»So ein Mist! Hattest du sie schon?«

»Ja, ich glaube als Kind und du?«

»Ich habe keine Ahnung, meine aber, dass ich dagegen als

Kind geimpft wurde. Wenn ich darf, sehe ich nachher gleich mal nach ihm, aber zuerst müsste ich an deinen Computer.«

»Kein Problem. Komm rein.« Seamus trat etwas zur Seite und ließ Jo an sich vorbei eintreten.

Sie erzählte ihm von ihrem Plan, wie sie Tom heute von der Buchhaltung ablenken wollten.

»Der arme Junge hat keine Chance gegen euch zwei Weiber.« Seamus schmunzelte und führte Jo in sein Arbeitszimmer.

»Nicht den Hauch einer Chance«, bestätigte Jo grinsend und setzte sich an den Computer, um die Webseiten der drei Whisky-Destillerien zu öffnen, die sie sich zuvor herausgesucht hatten. Sie vereinbarte bei den dreien je einen Termin und gab diese dann per SMS an Heidi weiter. Zu guter Letzt checkte sie ihre E-Mails und nahm erfreut zur Kenntnis, dass die Webseite für das Brambleberry Cottage bereits aufgesetzt worden war. Sie musste sie nur noch durchsehen und dann könnte die Seite veröffentlicht werden. Sie überprüfte die wichtigsten Daten wie Adresse, Telefonnummern, E-Mail, Preise und den Anfahrtsweg, bevor sie ihr Okay gab, damit die Seite online gehen konnte. Die Details würde sie später genauer überprüfen, wichtig war, dass sie nun möglichst schnell im Web zu finden wären. Danach stellte sie den Computer aus und machte sich auf den Weg zu Nick. Er schlief, als sie das Zimmer leise betrat. Sanft legte sie ihm die Hand auf die Stirn, die nun mittlerweile ziemlich heiß war. Auch waren auf seinem blassen Gesicht die ersten Masernpusteln zu sehen. Armer kleiner Kerl. Er öffnete die Augen und wollte sich gerade am Arm kratzen.

»Das solltest du besser nicht tun, sonst juckt es nur noch mehr. Du hast die Masern anscheinend doch noch bekommen«, erklärte sie ihm mitfühlend. »Seamus hat bereits den Doktor informiert. Er wird später nach dir sehen.«

»Mir tut alles weh«, jammerte Nick.

»Soll ich dir eine Geschichte vorlesen? Vielleicht lenkt dich das ein bisschen ab.«

Nick schaute sie aus mitleidheischenden großen Augen an und nickte.

»Ich frage rasch bei Seamus nach einem Buch und hole dir etwas zu trinken. Bin gleich wieder da.« Nun musste halt die Hotelküche noch etwas länger warten, wen juckte das schon.

8. Kapitel

Tom Hudson schaute ungeduldig auf die Uhr, es war bereits eine Viertelstunde nach zehn. Endlich hörte er Schritte auf der Treppe. Er drehte sich um und sah, wie die blonde Schönheit des Hotels in einem blumigen Sommerkleid die Treppe hinunter geschwebt kam. Der azurblaue Stoff des Kleides ließ ihre blauen Augen noch intensiver leuchten.

»Sie sind zu spät«, knurrte er. »Können wir dann endlich los?«

Unbeirrt von seiner scheinbar miesen Laune lächelte Heidi ihn strahlend an. »Aber sicher doch.«

Ganz automatisch ging Tom zur Fahrerseite des einzigen Wagens, der auf dem Hotelparkplatz stand.

»Das ist Marges Wagen?«, fragte er skeptisch und blickte auf den alten Saab, der eindeutig schon bessere Tage gesehen hatte.

Heidi nickte und warf Tom die Schlüssel zu. »Ihr Hotel ist nicht so eine Goldgrube, dass Marge sich einen Bentley leisten könnte.« Sie setzte sich auf den Beifahrersitz und nahm die Straßenkarte aus ihrer Handtasche.

»Was? Haben Sie etwa kein Navigationssystem?«

»Mr Hudson, *ich* werde heute ihr Navigationssystem sein.«

Heidi hatte sich fest vorgenommen, sich von diesem Tom Hudson nicht ärgern zu lassen, aber es kostete sie schon jetzt einiges an Nerven. Jo würde sich wirklich etwas Außergewöhnliches einfallen lassen müssen, um das wiedergutzumachen.

Als er auf die Straße einbog, schrie Heidi entsetzt auf. »Links! Sie müssen hier auf der linken Seite fahren!«

»Nun schreien Sie nicht so rum, ist ja nichts passiert.« Schweigend fuhren sie ins Dorf hinein, wo Tom vor Alistairs Einkaufsladen anhielt.

»Was wollen Sie denn hier? Wir sind schon spät dran und sollten weiter«, meinte Heidi leicht nervös.

»Es ist nicht meine Schuld, dass wir nicht pünktlich losfahren konnten«, erinnerte er sie. »Ich brauche nur ein paar Kleinigkeiten. Sie können meinetwegen im Wagen warten.«

Das würde sie bestimmt nicht tun, wer weiß, wem Tom Hudson im Laden über den Weg laufen würde, und vielleicht konnte sie in dem Fall noch Schlimmeres verhindern.

Tom griff am Gestell nach der *London Times*, dann besorgte er sich eine Flasche Wasser und zu Heidis Erstaunen auch noch Schokolade. Als er ihren erstaunten Blick registrierte, zuckte er lediglich mit den Schultern. »Nervennahrung.«

»Etwa für mich?«, fragte sie zuckersüß.

»Nein, für mich.«

Eingeschnappt griff Heidi gleich nach zwei Tafeln Schokolade – was er konnte, konnte sie schon lange.

An der Kasse legte Tom seine Ware auf das Band. Skeptisch musterten seine Augen die Kassiererin, Alistairs Frau, während sie die Beträge in die Kasse eintippte. »Habe ich Sie nicht gestern im Brambleberry Cottage gesehen?«

Zu Heidis Entsetzen errötete die Frau. Doch Alistair trat rasch hinzu und gab seiner Frau einen liebevollen Kuss. »Ja, das kann gut sein. Wir haben gestern unseren Hochzeitstag gefeiert und da haben wir uns eine Nacht in dem bezaubernden Hotel gegönnt. Sind Sie auch ein Gast?«

Tom nickte und schien mit der Erklärung zufrieden zu sein. Heidi atmete leise hinter ihm aus. Das war ja gerade noch mal gut gegangen. Im Wagen riss sie gleich die erste Schokoladenpackung auf und biss hinein.

»Machen Sie bitte keine Schokoladenflecken auf die Bezüge.«

»Das ist nicht Ihr Wagen, wenn ich Sie daran erinnern darf.«

»Das mag sein, aber ich möchte den Wagen so abgeben, wie wir ihn entgegengenommen haben.«

»Sie sind unmöglich!«

Und Sie duften unwahrscheinlich gut, dachte Tom und schaute grimmig auf die Straße. Frauen wie Heidi kannte er nur zu gut. Geldgierige Modepüppchen, die nicht mehr im Kopf hatten als Prosecco, Kaviar und wie man den nächsten Sponsor ins Bett kriegen konnte. Doch er würde nicht noch mal auf so ein Miststück hereinfallen. Die Scheidung war ihm teuer zu stehen gekommen und er hatte seine Lektion gelernt. Heidi begann, an den Knöpfen des Radios zu drehen. Das war ihm nur recht, so musste er sich nicht mit ihr unterhalten.

Jo kam mit einem dicken Buch in der einen und einem Orangensaft in der anderen Hand zurück in Nicks Zimmer.

»Soll ich mich da auf den Stuhl setzen oder zu dir aufs Bett?«

»Aufs Bett«, Nick rutschte zur Seite, um ihr Platz zu machen. Sie setzte sich so hin, dass sich Nick an ihr anlehnen konnte. Er fühlte sich heiß an und sein Fieber schien gestiegen zu sein. Sie hoffte, dass der Arzt bald käme und ihm etwas dagegen verabreichen würde. Sie öffnete das Buch mit dem Titel »Die Schatzinsel« und begann zu lesen. Eigentlich sollte sie zurück ins Hotel und da klar Schiff machen, anstatt hier einem kleinen Jungen von Piraten vorzulesen. Die Zimmer mussten noch gereinigt werden, von der Küche ganz zu schweigen und der Einkauf wartete auch noch auf sie. Ihr wurde heiß bei dem Gedanken, was es noch alles zu erledigen gab, aber dann schaute sie auf Nick und wusste, dass er im Moment einfach wichtiger war. Sie las und las und irgendwann fielen beiden die Augen zu. So fand Duncan sie schließlich vor, als er gegen Mittag vorbeischaute. Seamus hatte ihn am Morgen verständigt, und er hatte nur noch alles Nötige in die Wege geleitet, damit er sich wenigstens den Nachmittag freinehmen und für sein Kind da sein konnte.

Der Anblick der beiden Schlafenden gab seinem Herzen einen kleinen Schubser. Sie sahen tatsächlich wie Mutter und Kind aus. Aber sie war nicht Nicks Mutter, rief er sich sofort in Erinnerung, und sie würde auch nicht ihren Platz einnehmen. Er wollte nicht, dass eine Lügnerin und Betrügerin für seinen Sohn eine solch wichtige Rolle einnahm. Gerade wollte er sie aufwecken, als sie seufzend die Augen öffnete und direkt in seine blickte. Ihre Augen erinnerten ihn an dunkles Moos, das im schattigen Wald wuchs. Es war erstaunlich, wie sich ihre Farbe je nach Lichteinwirkung und Gemütszustand verändern konnten. Sie erschrak und das Buch fiel aus ihren Händen. Durch die abrupte Bewegung wachte auch Nick auf.

»Dad!«

»Hallo, mein Kleiner!« Zärtlich strich er ihm über die heiße Stirn. »Was machst du bloß für Sachen?«

»Josy meint, ich hätte die Masern.«

»Wenn ich mir dich so ansehe, scheint sie wohl leider recht zu haben.« Sein Blick wanderte zurück zu Jo. »Danke, dass du dich um ihn gekümmert hast.«

»Sie hat mir aus der Schatzinsel vorgelesen. Kennst du die Geschichte? Sie ist total spannend.«

Jo rappelte sich hinter Nick hervor und stand auf. »Jetzt wo du da bist, kann ich ja zurück ins Hotel. Ich habe noch einiges zu tun.«

»Ich komme kurz mit raus.«

»Das ist nicht nötig.« Sie beugte sich über Nick und stupste ihn mit dem Zeigefinger auf die Nasenspitze. »Und du werde gesund, mein kleiner Held, ich brauche dich in der Küche.«

Nick grinste. »Mach ich.«

»Und Sie sind sicher, dass wir hier richtig sind?«, erkundigte sich Tom. Er fuhr nun schon seit einer halben Stunde durch eine bewaldete und völlig unbewohnte Gegend. Die einzigen Bewohner dieses Teils Schottlands schienen Schafe zu sein, die auf den wenigen Weiden zwischen den Wäldern zufrieden vor sich hin grasten.

»Denken Sie etwa, ich bin zu blond, um eine Straßenkarte zu lesen?« Heidi warf Tom einen wütenden Blick zu. Dieser Kerl war eine einzige Zumutung. »Da vorne müsste jetzt die Abzweigung kommen. Nehmen Sie die rechte Straße und dann sind wir gleich da.«

Zu seinem Erstaunen hatte sie wirklich recht. Wie konnte hier am Ende der Welt eine Whisky-Destillerie betrieben werden?

»Ich sollte mich wohl bei Ihnen entschuldigen«, stellte er trocken fest, als er aus dem Wagen ausstieg.

»Ja, das sollten Sie wirklich.«

»Aber wie hätte ich ahnen können, dass hier mitten im Nichts eine Destillerie sein könnte?!«

Heidi stellte sich vor ihn hin und funkelte ihn wütend an. »Indem Sie mal jemandem vertrauen?«

Er bewunderte Heidis Temperament. Normalerweise kuschten die Leute vor ihm, aber diese zierliche Blondine schien sich durch seine Launen nicht abschrecken zu lassen. Nur mit Mühe konnte er sich ein Grinsen verkneifen.

»Vertrauen muss man sich erst verdienen.« Damit drehte er sich um und ging Richtung Eingang. »Nun seien Sie nicht eingeschnappt und kommen Sie.«

Sie seufzte tief und folgte ihm. Wie konnte so ein gutaussehender Kerl wie Tom nur so ein Rüpel sein? Das war pure Verschwendung von Ressourcen, schalt Heidi die Natur.

Drinnen wurden sie bereits erwartet und die Sekretärin rief den Verkaufsleiter herbei. Wie durch Zauberhand verwandelte Tom sich in der Destillerie zum wahren Gentleman. Er behandelte sie respektvoll, hielt ihr die Türen auf und bezog sie ins Gespräch mit ein. Hin und wieder musste sie ihm einen ungläubigen Blick zuwerfen. Er konnte ja richtig charmant sein, wenn er wollte. Der Verkaufsleiter führte sie durch den Betrieb und erklärte ihnen die Herstellung von Whisky. Tom lauschte interessiert und stellte zwischendurch immer wieder Fragen. Dann wurden sie in den Degustationsraum geführt. Bereits nach dem ersten Schluck warf Heidi hustend das Handtuch. Das harte Getränk war einfach nichts für sie. Tom hingegen schenkte dem Verkaufsleiter einen bewundernden Blick. »Der ist wirklich ausgezeichnet.«

»Was riechen Sie?«, erkundigte sich dieser sichtlich stolz.

»Zuerst ein wenig Honig, dann Orange mit einer Spur Vanille und im Abgang wird er rauchig.«

Heidi blickte erstaunt zu Tom. »Das alles haben Sie rausgeschmeckt?«

Tom grinste. »Man muss den Whisky nicht inhalieren, sondern ihn sich auf dem Gaumen zergehen lassen, meine Liebe.«

»Nun probieren Sie diesen.« Der Verkaufsleiter reichte ihnen zwei neue Gläser, doch Heidi winkte gleich ab.

»Danke, aber das Testen überlasse ich lieber Mr Hudson.«

Nach vier weiteren Gläsern hatte Tom einen Favoriten auserkoren und begann mit den Verhandlungen. Er stellte sich ganz geschickt an, fand Heidi. Am Ende meinte Tom: »Gut, dann werde ich mir das alles noch mal durch den Kopf gehen lassen und meine Geschäftsführerin wird sich in den nächsten Tagen mit Ihnen in Verbindung setzen.« Vermutlich würde er nicht nur Brambleberry Cottage mit dem Whisky beliefern lassen, sondern auch einige seiner anderen Hotels. Der Abstecher nach Schottland könnte sich vielleicht für ihn am Ende doch noch gelohnt haben.

»Es würde uns sehr freuen, Mr Hudson, wenn wir Ihren Betrieb beliefern dürften, und wie gesagt, gerne organisieren wir für Ihre Gäste auch Führungen durch unsere Destillerie.«

»Sehr schön. Herzlichen Dank, dass Sie sich die Zeit für uns genommen haben.«

Draußen wollte er sich wieder ans Steuer des Wagens setzen, doch Heidi stellte sich gleich vor die Fahrertür. »Das kommt gar nicht in Frage! Sie haben getrunken. Ich fahre!«

»Ich habe nur am Whisky genippt und bin noch absolut fahrtüchtig.«

Heidi hielt die offene Hand vor ihm hin: »Die Schlüssel, bitte!«

Sie standen sich einen Moment trotzig gegenüber, keiner gewillt nachzugeben.

»Wir können gut und gerne noch eine Stunde hier stehenbleiben. Ich weiche nicht von der Tür des Wagens, bis Sie mir die

Schlüssel geben. Ich setze mich nicht in den Wagen eines Betrunkenen.«

»Herrgott noch mal, ich bin nicht betrunken, nicht mal angezwitschert! Aber bitte, bevor wir den nächsten Termin verpassen, hier sind die verdammten Schlüssel!«

Wütend setzte er sich auf die Beifahrerseite und knallte die Tür zu. Mit einem triumphierenden Lächeln setzte sich Heidi neben ihn ans Steuer. Da sie hier in der völligen Einöde waren, konnte sie sich in Ruhe an das Fahren auf der falschen Straßenseite gewöhnen, ohne das Gefühl zu haben, gedrängt zu werden. Die zweite Destillerie war in einem kleinen Dorf ganz in der Nähe. Wieder wurden sie durch den Betrieb geführt, dieses Mal allerdings von dem Geschäftsführer selbst. Wieder wurde ihnen die Geschichte des Whiskys erzählt und wieder standen am Ende Gläser vor ihnen. Dieses Mal winkte Heidi beim Probieren gleich von vornherein ab. Nach weiteren sechs Gläsern Whisky wirkte Toms Blick etwas glasig. Er bedankte sich am Ende beim Geschäftsführer und versicherte ihm, dass sie sich in den nächsten Tagen melden werden. Beim Hinausgehen musste Tom sich sehr konzentrieren, damit er nicht über seine eigenen Füße stolperte. Heidi kicherte leise in sich hinein, Jos Plan schien aufzugehen. Beim Wagen hielt Tom sich einen Moment am Dach fest. »Wir sollten zum Hotel zurückfahren. Die letzte Brennerei verschieben wir besser auf einen anderen Tag.«

Heidi grinste ihn frech an. »Sie sind also doch nicht so ein hartgesottener Kerl, wie Sie immer tun.«

»Denken Sie, was Sie wollen«, knurrte er und setzte sich in den Wagen.

Als sie die kurvenreiche Straße über einen kleinen Pass fuhren, rief er plötzlich: »Halten Sie an! Sofort!«

Heidi fuhr an den Straßenrand und sah zu, wie er aus dem Wagen torkelte und sich in die Büsche übergab. Beinahe hätte er ihr leidgetan. Er lehnte sich danach einen Moment an den Wagen und inhalierte die frische Luft der Highlands. Heidi, die mittlerweile auch ausgestiegen war, reichte ihm eine Flasche Wasser.

»Geht's wieder?«

Er nickte und griff nach der Flasche. »Der letzte Whisky war wohl einer zu viel gewesen.«

»Ach, und ich dachte schon, mein Fahrstil wäre daran schuld.«

Er schaute sie an, und zum ersten Mal sah sie so etwas wie ein Lächeln in seinem Gesicht. Es stand ihm sehr gut, denn es bildeten sich kleine Grübchen in seinen Wangen. Seine schokoladenbraunen Augen sahen noch etwas benommen in die Welt hinaus, aber die Lachfältchen darum gefielen ihr. »Sie sollten öfter lachen«, meinte sie. »Können wir weiter?«

»Gleich, ich muss mal noch für kleine Jungs.« Damit begab er sich in die Büsche.

Heidi setzte sich in den Wagen und wartete. Als er nach einigen Minuten nicht zurückkam, machte sie sich langsam Sorgen. Sie stieg wieder aus. »Tom?! Geht's Ihnen gut?«

Sollte sie ihn suchen gehen? Eigentlich hatte sie keine Lust, ihm in die Büsche zu folgen, schließlich war er betrunken und sie kannte ihn nicht wirklich. Vielleicht war er ja ein Vergewaltiger oder gar ein Massenmörder. Die wildesten Gedanken gingen ihr im Sekundentakt durch den Kopf, bis sie einen kurzen Aufschrei hörte. Dann rannte sie los, ohne einen weiteren Gedanken an die Untaten zu verschwenden, die er möglicherweise getan oder geplant haben könnte.

»Tom? Wo sind Sie?«

»Hier hinten ... autsch, verdammte Scheiße ... seien Sie vorsichtig, da geht es gleich steil abwärts!«

Gerade noch rechtzeitig blieb sie stehen. Tom war einen kleinen Abhang hinuntergestrauchelt und circa drei Meter nach unten gefallen.

»Haben Sie sich verletzt?«, erkundigte sie sich.

»Ein bisschen.«

»Ein bisschen? Was heißt ein bisschen?« Gott, konnte der Kerl sich nicht klarer ausdrücken? »Ich komme zu Ihnen. Bleiben Sie, wo Sie sind.« Heidi schaute sich um und entdeckte, dass sie etwas weiter links zu ihm hinuntergehen konnte, ohne über Felsen klettern zu müssen. Im Nu war sie bei ihm. Sie erschrak, denn über seiner Stirn klaffte eine wüste Wunde und Blut lief ihm übers Gesicht. Tom krempelte gerade seine Hose hoch, um zu sehen, was mit seinem Bein los war.

»Oh mein Gott!«, rief Heidi, als sie die langgezogene tiefe Wunde an der Seite seines Unterschenkels sah. Sie blutete heftig, und war das nicht der Knochen, der da rausschimmerte?

»Klappen Sie mir jetzt nicht zusammen!«, knurrte Tom und zog das Hosenbein wieder nach unten. Entsetzt griff sie nach ihrem Handy, um die Rettung zu alarmieren, obwohl sie hier noch nicht mal die Nummer kannte. »Wie lautet hier die Notrufnummer?«, fragte sie ihn daher und versuchte, ihre Stimme nicht hysterisch klingen zu lassen.

»Sie werden hier keinen Empfang haben«, stellte er nüchtern fest. Doch als sie ihn weiterhin eindringlich ansah, fuhr er kopfschüttelnd fort: »Ich habe keinen Schimmer.«

»Egal, dann rufe ich Jo an.«

Tom hatte keine Ahnung, wer Jo war, aber das war ihm in der momentanen Situation ziemlich egal.

Sie hielt das Handy in die Höhe und lief etwas umher, doch es half nichts, kein Empfang. »Mist, Mist, Mist!« Dann überlegte sie kurz. »Es gibt zwei Möglichkeiten: Die eine ist, Sie warten hier, bis ich Hilfe geholt habe, und die andere, wir schleppen Sie da wieder hoch und fahren zum nächsten Krankenhaus.«

»Die zweite Variante gefällt mir besser.«

»Okay, können Sie aufstehen?« Heidi versuchte, sich an ihre Zeit im Altenheim zu erinnern. Da hatte sie doch auch öfter zugesehen, wie man jemandem hochgeholfen hatte. Allerdings sind Zusehen und selbst Mitanpacken zwei komplett verschiedene Paar Schuhe. Tom biss die Zähne zusammen, sein Knöchel schmerzte beinahe noch mehr als das offene Bein und ihm war hundeelend, aber am Ende schaffte er es mit Heidis Hilfe, sich aufzurichten.

»Könnten Sie sich bitte mal umdrehen?« Als er ihren fragenden Blick sah, lächelte er verlegen. »Ich bin noch nicht dazu gekommen …«

»Ah, verstehe«, beeilte sie sich zu sagen und ging dann ein paar Schritte von ihm weg. »Was haben Sie denn zuvor nur so lange gemacht?«

»Den passenden Ort gesucht?«

Heidi biss sich auf die Zunge, um nicht laut zu lachen. »Tja, Toiletten sind hier draußen etwas rar gesät.«

Als er fertig war und sie wieder neben ihm stand, war ihm das sichtlich peinlich. »Tut mir leid.«

Sie nickte und schaute dann nach oben. Es waren nur gut fünfzig Meter bis zu ihrem Wagen. Tom blickte ebenfalls hoch und wusste, dass die kurze Strecke mit dem Knöchel kein Zuckerschlecken sein würde, aber er musste da irgendwie hoch. Sie griff ihm um die Taille, damit er sich auf sie stützen konnte. Der Weg schien unendlich lange und sie kamen nur langsam vorwärts. Tom gab kaum einen Ton von sich, doch die Schweißperlen auf seiner Stirn verrieten ihr, dass er ziemliche Schmerzen haben musste.

Als sie die Hälfte der Strecke geschafft hatten, sackte er in sich zusammen und Heidi konnte sein Gewicht nicht auffangen. So landeten sie beide auf dem Boden.

»Pause«, ächzte er völlig mitgenommen. Er zog die Hose erneut etwas hoch und sah, was er bereits vermutet hatte: Der Knöchel schwoll bereits dick an. Frustriert lehnte er sich zurück, Heidi würde es nie schaffen, ihn allein nach oben zu bringen.

»Bleiben Sie liegen. Ich versuche, oben einen Wagen anzuhalten, um jemanden um Hilfe zu bitten.«

Er schloss die Augen und hörte, wie sich ihre Schritte entfernten. An der Straße wartete Heidi auf ein entgegenkommendes Fahrzeug. Doch hier in den Highlands herrschte nicht gerade Stoßverkehr. Dann kam ihr in den Sinn, dass sie in ihrer Handtasche immer ein Schmerzmittel dabeihatte, da sie häufig an Kopfschmerzen litt. Vielleicht würde ihm das etwas helfen. Sie ging zum Wagen und durchwühlte ihre große Handtasche, bis sie schließlich fündig wurde. Mit der Flasche Wasser aus dem Dorfladen und einem Schal, den sie im Wagen gefunden hatte und der vermutlich Marge gehörte, ging sie zurück zu Tom. Er lag reglos da und sie befürchtete schon, er wäre ohnmächtig geworden. Aber als sie sich neben ihn niederkniete, öffnete er die Augen.

»Haben Sie jemanden anheuern können?«

»Sehen Sie denn jemanden neben mir?«, antwortete sie gereizt. Der Sturz schien seinem Kopf nicht bekommen zu sein. Etwas versöhnlicher fuhr sie fort: »Nein, wir befinden uns nicht gerade an der Oxford Street. Aber ich habe trotzdem was Gutes für Sie.«

Er schaute sie skeptisch an. Triumphierend hob sie ihre kleine Medikamententasche in die Höhe. »Trara!«

»Was soll das sein?« Skeptisch schaute er das eindeutig selbstgenähte Mädchenteil an und vermutete eher Schminksachen darin, als wirklich etwas Nützliches.

»Darin habe ich Schmerzmittel.«

»Echt jetzt?! Dafür könnte ich Sie küssen.«

»Ich muss ja echt furchtbar sein, wenn Sie mich nur im Gegenzug für ein Schmerzmittel küssen würden.« Grimmig öffnete sie das Täschchen und nahm eine Pille heraus.

»So war das doch nicht gemeint.«

»Ach nein? Sie sprühen über vor Komplimenten seit wir uns das erste Mal begegnet sind.«

»Das stimmt doch gar nicht.«

»Ich sage nur ›Klappergestell‹.« Sie hielt ihm die Pille und die Wasserflasche hin. Er nahm eines nach dem anderen entgegen und legte sich danach zurück ins Gras.

»Es tut mir leid.«

»Und das soll ich Ihnen glauben? Nun krempeln Sie mal Ihre Hose hoch, dann kann ich Ihr Bein verbinden, damit die Blutung etwas gestoppt wird.«

Misstrauisch schaute Tom den Schal an. »Keimfrei ist der nicht gerade.«

»Wollen Sie jetzt jammern oder abwarten, bis das letzte Tröpfchen Blut aus Ihnen herausgeflossen ist?«

Er gab keinen Laut mehr von sich, während sie den Schal möglichst fest um die Wunde herum band. Dann setzte sie sich neben ihn ins Gras, um zu warten, bis das Medikament seine Wirkung tat.

»Sie haben die schönsten Augen, die ich je gesehen hab'«,

sagte er schließlich leise und blickte zu den vorbeiziehenden Wolken am Himmel.

Heidi lachte lakonisch auf. »Für dieses Kompliment mussten Sie ja ziemlich lange überlegen. Außerdem sind Sie betrunken.«

»Aber Sie wissen schon, dass Kinder und Betrunkene immer die Wahrheit sagen?« Als sie nicht antwortete, fuhr er fort: »Ich mag keine hübschen Frauen. Mit schönen Frauen habe ich in der Vergangenheit nur schlechte Erfahrungen gemacht.«

»Dann haben Sie ja Glück, ich bin nämlich nicht schön. Haben Sie schon meine krumme Nase gesehen?«

Nun war es an ihm, zu lachen, auch wenn ihm alles andere als zum Lachen zumute war. »Mit Ihrer Nase ist alles in Ordnung.«

Heidi hörte, wie oben ein Wagen anhielt. Sie beeilte sich aufzustehen und zur Straße zurückzulaufen.

Ein Mann war gerade aus dem Auto ausgestiegen und rief ihr entgegen. »Alles in Ordnung mit Ihnen, brauchen Sie Hilfe?«

»Sie schickt der Himmel! Mein Beifahrer hatte leider einen Unfall und wir haben keinen Empfang auf dem Handy, um die Rettung zu rufen. Können Sie mir helfen, ihn nach oben ins Auto zu bringen?«

»Sicher.« Der Typ kam ohne zu zögern den Hang hinunter und Heidi registrierte dankbar seine große, kräftige Statur.

»Wir sind wirklich froh, dass Sie angehalten haben. Ich bin Heidi.«

Freundlich streckte er ihr die Hand entgegen. »Mac.«

Tom bemerkte, wie Mac Heidi dämlich anstrahlte und nur noch Augen für sie hatte. »Tom«, stellte er sich knapp vor und versuchte gar nicht erst, seinem Helfer die Hand zum Gruß hinzuhalten.

»Wie ist das denn passiert?«, erkundigte sich Mac und schaute dabei nach wie vor Heidi an.

»Es waren ein Whisky und ein Abhang zu viel, schätze ich«, Heidi setzte ihr charmantestes Lächeln ein und Tom hätte schwören können, bei Mac Herzchen in den Augen gesehen zu haben.

Der Typ lachte für seinen Geschmack etwas zu laut. »Ja, unser Whisky ist nur was für echte Kerle.«

Tom hätte ihm am liebsten eine reingehauen, aber da er auf die Hilfe dieses Holzklotzes angewiesen war, schwieg er wohlweislich.

»Na, dann wollen wir mal sehen, dass wir dich hochbekommen, Kumpel.« Tom unterdrückte eine bissige Bemerkung, als Mac ihn unsanft unter die Schultern fasste und hochzerrte. Heidi war da wesentlich sanfter vorgegangen. Doch mit seiner Hilfe schaffte er es schließlich zurück an die Straße und konnte sich stöhnend auf dem Sitz des Wagens niederlassen.

»Danke«, knurrte er widerwillig. Dann musste er auch noch zusehen, wie Heidi Mac ein Küsschen auf die Wange gab.

»Ich wüsste nicht, was wir ohne Sie getan hätten. Vielen Dank, Mac. Können Sie mir sagen, wo wir das nächste Krankenhaus finden?«

»Das Krankenhaus ist in Inverness, da müssen Sie noch ziemlich weit fahren. Aber wenn Sie hier der Straße folgen, kommen Sie irgendwann nach Little Cave, da gibt es einen Arzt.«

»Danke, Mac. Sie sind mein Held.«

Mit einem verlegenen Grinsen im Gesicht stieg Mac in seinen Wagen und brauste davon.

»Sie sind mein Held«, äffte Tom sie nach. »Haben Sie da nicht etwas dick aufgetragen?«

Heidi kicherte vergnügt und setzte sich wieder auf die Fahrerseite. »Na, immerhin hat er Ihnen in den Wagen geholfen. Und manche Männer mögen solche Komplimente.«

Tom brummelte irgendetwas vor sich hin, das sie nicht verstand, aber sich nicht besonders freundlich anhörte. Besorgt registrierte sie, dass Tom zu zittern begann. Heidi stieg noch mal aus dem Wagen aus und hoffte, dass es im Kofferraum eine Decke gab. Tatsächlich, das Teil hatte zwar schon bessere Tage gesehen, würde aber seinen Zweck erfüllen. Sie schüttelte die Decke kräftig, um zumindest den gröbsten Schmutz loszuwerden und breitete sie dann über Tom aus.

Sie zog sie ihm gerade zur Schulter hoch, als er mit der anderen Hand die ihre einen Moment über seinem Herzen festhielt und ihr tief in die Augen blickte. »Danke«, sagte er leise, aber dieses Mal aufrichtig. Heidi fühlte sein Herz unter ihrer Handfläche klopfen und ihr wurde auf einmal ziemlich heiß.

»Gern geschehen.« Sie befreite sich aus seinem lockeren Griff und setzte sich ans Steuer.

9. Kapitel

Jo wunderte sich, wo Heidi und Tom wohl steckten. Es war mittlerweile halb sieben Uhr abends und die beiden hätten eigentlich wieder zurück sein sollen. Sie brauchte doch Heidi in der Küche. Im Ofen brutzelte ein Filet im Teig und sie war gerade dabei, den Salat zuzubereiten. Mehrmals hatte sie versucht, Heidi auf dem Handy zu erreichen, doch immer ertönte die Meldung, dass der Teilnehmer vorübergehend nicht erreichbar sei. Um sieben Uhr füllte sich das Restaurant und sie begann, die Suppe zu servieren. Klar, hätte sie die Gäste, da es ja keine richtigen waren, einfach wegschicken können, aber das wäre ihr nicht recht gewesen. Schließlich konnten sie ja nichts dafür, dass Tom – für den das ganze Theater ja inszeniert wurde – nicht da war, und das Essen hatte sie ihnen versprochen. Kaum war die letzte Suppe serviert, eilte sie zurück in die Küche, um den Salat auf den Tellern anzurichten. In dem Moment klopfte es an die Hintertür. Mist, dafür hatte sie nun wirklich nicht auch noch Zeit. Daher rief sie genervt: »Einfach reinkommen!«

Duncan tat, wie ihm geheißen und traf in der Küche eine geradezu rotierende Jo an.

»Was willst du? Ich habe im Moment weder den Nerv noch Zeit

für dich. Heidi ist noch nicht zurück und das Restaurant ist voller Leute, die auf ihr Essen warten.«

»Kann ich helfen?«

Darauf war Jo nun wirklich nicht gefasst gewesen. Einen Moment sah sie ihn verblüfft an, doch dann packte sie die Gelegenheit beim Schopf. »Hast du schon mal gekellnert?«

»Ähm, nein«, gestand er.

»Egal, geh ins Restaurant und trag die leeren Suppenteller zurück in die Küche. Du kannst sie einfach neben der Spüle auftürmen. Ich werde sie später in die Maschine räumen.«

Duncan zog seine Jacke aus und ging sofort in den Speiseraum. Da er, wie gesagt, keine Übung in solchen Dingen hatte, trug er jeweils nur zwei Teller zusammen in die Küche hinaus. Die Gäste fanden es amüsant, Duncan mal in einer anderen Rolle zu sehen, und zogen ihn gutmütig auf.

Als er die ersten Teller zurück in die Küche brachte, war Jo bereits dabei, das Filet aufzuschneiden. »Da draußen sitzt ja das halbe Dorf! Machen die echt alle mit bei dem Theater?«

Jo hob ihren Blick für einen Moment vom Fleisch, um ihn vorwurfsvoll anzusehen. »Das Theater dient dazu, dass Marge ihr Hotel behalten kann, und ja, das liegt auch ihnen am Herzen.«

»Wo steckt er denn überhaupt, dieser reiche Schnösel?«

»Er ist mit Heidi unterwegs und hat Whisky-Destillerien besucht.«

Nun musste Duncan doch auch lachen. »Ihr wolltet ihn abfüllen, stimmt's?«

Jo konzentrierte sich auf das Schneiden des Filets. »Beeil dich, die Teller müssen rein und dann das Filet raus! Kaffeeklatsch können wir später halten.«

Irgendwann saß jeder Gast vor seinem Teller mit marktfrischem Salat und einem Kalbsfilet im Blätterteig. Es roch herrlich und Duncan merkte, wie ihm langsam der Magen knurrte. Als er zurück in die Küche kam, sah er, dass Jo ihm auch einen Teller angerichtet hatte.

»Für mich?«, fragte er überflüssigerweise.

»Nein, für das Christkind. Natürlich für dich.« Dann lächelte sie ihn aufrichtig an. »Ich hätte nicht gewusst, was ich ohne dich getan hätte. Danke!«

Duncan setzte sich und kostete gleich von dem Filet. »Gott, kochen kannst du wirklich!«

Jo grinste. »Ich nehme an, das war ein Kompliment.«

Für einen Augenblick senkte Duncan die Gabel. »Ja, das war es und ich habe zu danken. Du hast dich heute, obwohl du selbst genug um die Ohren hattest, auch noch um Nick gekümmert.«

»Wie geht es ihm?«, erkundigte sich Jo und wusch die Suppenteller unter dem laufenden Wasser ab, bevor sie sie in die Spülmaschine stellte.

»Er schläft. Der Arzt hat bestätigt, dass es die Masern sind und ihm Medikamente dagelassen. Ich werde mich hier um ihn kümmern, bis es ihm etwas besser geht, und Seamus springt für mich im Garten ein.«

»Ach schön. Dann kann ich ihn zwischendurch auch mal besuchen, wenn es dir recht ist.«

Duncan schob sich eine weitere Gabel des leckeren Gerichts in den Mund. »Er mag dich«, stellte er zwischen zwei Bissen fest.

»Und ich ihn. Er ist wirklich ein toller Junge.«

»Ein Junge, der schon sehr viel durchgemacht hat.« Duncan hatte Messer und Gabel einen Moment niedergelegt und schaute ernst zu Jo, die mit dem Rücken zu ihm stand und nach wie vor das Geschirr in die Maschine einräumte. »Ich möchte nicht, dass er verletzt wird, und ich fürchte, früher oder später wirst du ihm wehtun.«

Beinahe hätte Jo einen Teller fallen gelassen. Wütend drehte sie sich zu ihm um. Wenn Blicke töten könnten, würde er nicht mehr unter den Lebenden weilen. »Was unterstellst du mir eigentlich andauernd?!«, fauchte sie ihn an. »Ich würde Nick im Leben nie verletzen wollen! Wie ich schon sagte, ich mag ihn und ich bin nicht das Biest, das du irgendwie in mir siehst.«

Duncan stand auf und trat zu ihr an die Spüle heran. Er wollte ihr eine Haarsträhne aus dem Gesicht streichen, aber Jo schlug seine Hand wie eine lästige Fliege weg. Seine Augen hielten ihren Blick fest und ließen sich nicht so einfach abschütteln.

»Ich weiß doch, dass du das nicht mit Absicht tun würdest, Josy.« Ihre Knie wurden weich, als er ihren Namen so sanft aussprach. »Das Problem ist, dass du irgendwann in dein Heimatland zurückkehren wirst. Irgendwann wird Marge den Laden hier wieder übernehmen, irgendwann wird dein Schottlandjahr beendet sein und was dann? Ich will nicht, dass du sein Herz brichst, weil du zurück in dein Leben musst und er zu sehr an dir hängt.«

Unweigerlich spürte Jo das Knistern zwischen ihnen, Duncan stand nur wenige Zentimeter von ihr entfernt. So tat sie das einzige, was ihr in den Sinn kam und schubste ihn entschieden von sich weg. »Du bist so ein selbstherrlicher Idiot! Glaubst alles zu wissen und voraussehen zu können! Aber da habe ich für dich eine neue Erkenntnis, mein Lieber: Du bist nicht Gott! Du kannst die Zukunft nicht voraussehen und bestimmen, wie sie sein wird! Und wenn du Nick verbietest, mich zu sehen, dann brichst du ihm das Herz und nicht ich. Und jetzt iss dein verdammtes Filet, sonst wird es kalt!« Damit ließ sie ihn allein in der Küche und ging in den Gastraum, um zu sehen, ob irgendwer noch etwas brauchte, und um möglichst viel Distanz zwischen sich und Duncan zu bringen.

Nördlich von Brambleberry Cottage fuhr ein kleiner Saab durch die hereinbrechende Nacht. Erleichtert atmete Heidi auf, als sie endlich die ersten Häuser erblickte. »Jetzt haben wir es gleich geschafft.«

Tom bezweifelte das, da er sich nicht vorstellen konnte, wie ein Arzt in seiner Dorfpraxis die tiefe Wunde versorgen konnte, aber er schwieg.

Beim ersten Haus hielt Heidi an, stieg aus und erkundigte sich bei dessen Bewohner, wo der Arzt zu finden war. Mit der Wegbeschreibung im Kopf ging es dann ein paar Straßen weiter. Als sie dieses Mal an einem Haus klingelte, öffnete eine Frau die Tür. »Ja, bitte?«

»Guten Abend. Mein Freund im Auto braucht dringend ärztliche Versorgung, kann Ihr Mann ihn sich mal ansehen?«

»Mein Mann?« Die Frau schaute sie schmunzelnd an. »Wenn er einen Arzt braucht, dann sollte besser ich ihn mir ansehen und nicht mein Mann.«

»Oh, entschuldigen Sie!« Heidi errötete. »Das ist mir jetzt wirklich peinlich. Ich bin ansonsten wirklich nicht so ...«

»Schon gut«, beendete die Frau gutmütig Heidis Redeschwall und schaute an ihr vorbei ins Wageninnere, »aber ich sollte ihn wohl dazurufen, um Ihrem Freund ins Haus zu helfen.« Sie drehte sich um und rief die Treppe hoch. »Dave! Kannst du bitte mal kurz mit anpacken?«

Die Frau stellte sich kurze Zeit später als Anni McCloud vor. In ihrer Praxis zog sie Tom vorsichtig den Schuh vom verletzten Fuß, dann schnitt sie das Hosenbein oberhalb des Knies ab und löste den mit Blut verklebten Schal von der Wunde. Sie schaltete eine Spezialampe ein, um die Wunde genauer betrachten zu können. »Es tut mir leid, aber Sie müssen in ein Krankenhaus. Die Wunde ist zu tief, als dass ich sie hier versorgen könnte. Es sind auch ein paar Sehnen und Muskeln betroffen. Ich bin Internistin und das hier gehört eindeutig von einem Chirurgen versorgt. Der Knöchel scheint mir zudem gebrochen zu sein und muss gerichtet werden.«

»Das habe ich mir fast gedacht«, meinte Tom frustriert.

»Ich werde Ihnen aber etwas gegen die Schmerzen spritzen und eine Erstversorgung vornehmen, damit die Wunde nicht noch weiter infiziert wird. Die Platzwunde am Kopf kann ich auch gleich mit ein paar Stichen nähen, damit Sie nur eine kleine Narbe zurückbehalten. Dann gibt es zwei Varianten: Ich rufe den Krankenwagen aus Inverness herbei und Sie warten hier, bis er da ist. Oder aber Ihre Freundin fährt Sie mit dem Wagen weiter nach Inverness, was natürlich wesentlich schneller geht.«

Tom schaute Heidi an. »Ich denke, ich warte besser auf den Krankenwagen, ich habe Ihnen bereits zu viel zugemutet, Sie sehen erschöpft aus.«

»Unsinn! Wenn ich mich einen kurzen Moment irgendwo hinlegen könnte, während Sie ihn versorgen, bin ich danach wieder wie neu. Bis der Krankenwagen hier ist, dauert es bestimmt ewig und dann den ganzen Weg wieder zurück ... nein, da sind wir zigmal schneller wenn ich fahre.«

»Da haben Sie recht. Kommen Sie, nebenan ist ein Zimmer mit einem Gästebett.« Anni führte sie hinaus und kam kurz darauf wieder allein zurück, um ihren Patienten zu versorgen.

Sie spritzte ihm als erstes ein Schmerzmittel, dann reinigte sie die Wunde am Unterschenkel oberflächlich, klebte sie steril ab und legte einen Verband darüber an. Mit sanften Händen tupfte sie danach die Wunde am Kopf sauber.

»Ich könnte Ihren Knöchel schon auch hier röntgen, aber ich denke, es macht mehr Sinn, wenn die Kolleginnen und Kollegen das gleich im Krankenhaus machen.« Ihm war das egal, er war schon glücklich, ein Schmerzmittel erhalten zu haben, das etwas stärker war als Heidis Kopfschmerztablette.

Nachdem sie die Wunde am Kopf mit fünf kleinen Stichen genäht hatte, holte sie ihm ein paar Krücken und eine Tasse Tee. Als sie zurückkam, trat auch Heidi bereits wieder aus dem Nebenzimmer. »Das hat wirklich gutgetan, vielen Dank!«

»Ich mache Ihnen noch eine Tasse starken Kaffee. Möchten Sie ein Sandwich dazu?«

»Dagegen hätte ich nichts einzuwenden.«

»Ihrem Freund kann ich leider nichts anbieten, er sollte nüchtern bleiben, für den Fall, dass er eine Narkose braucht.«

Während Heidi in der gemütlichen Küche ihr Sandwich aß, verständigte Anni das Krankenhaus. Ihr Mann erschien mit einer großen Straßenkarte und erklärte den Weg, den sie am besten fahren sollten. Kurz darauf saßen sie wieder im Wagen und fuhren Richtung Inverness.

»Die Leute hier sind sehr freundlich und hilfsbereit«, stellte Heidi fest.

»Nicht nur die Leute hier, auch du«, sagte Tom. »Du hättest mich bei Anni und ihrem Mann auf den Krankenwagen warten lassen und zurück zum Brambleberry Cottage fahren können. Warum tust du das für mich?«

Sie schaute kurz zu ihm hinüber. »Das hätte jeder getan.«

»Nicht, nachdem man von demjenigen angeschnauzt worden ist.«

»Ich glaube einfach, dass unter deiner harten Schale irgendwo ein weicher Kern versteckt ist.«

»Und weshalb glaubst du das?«

»Ich seh's in deinen Augen.« Das Gespräch lief langsam in eine seltsame Richtung, sie sollten besser das Thema wechseln, fand Heidi. »Wie bist du eigentlich zum Brambleberry Cottage gekommen?«, fragte sie daher schnell.

»Mein Onkel hat es mir vor einiger Zeit vererbt. Ich wusste noch nicht einmal, dass er ein Hotel hier in Schottland besitzt. Er hat nie ein Wort darüber verloren.«

»Standet ihr euch sehr nahe?«

»Na ja, geht so. Wir haben uns zwei oder drei Mal im Jahr gesehen. Aber ich war sein einziger Verwandter. Er war der Bruder meiner Mutter. Meine Eltern starben, als ich achtzehn Jahre alt war, und da er keine eigenen Kinder hatte, ging sein Erbe an mich über.«

»Das muss hart gewesen sein, die Eltern so früh zu verlieren. Wie ist das passiert oder magst du nicht darüber sprechen?«

»Sie kamen bei einem Flugzeugabsturz ums Leben. Wir hatten aber nicht so eine enge Bindung. Sie waren viel auf Geschäftsreisen und hatten mich, als ich sieben Jahre alt war, auf ein Internat in England geschickt.«

Das erklärt einiges, dachte Heidi bei sich. »Mit sieben Jahren? Wie herzlos ist das denn?!«

Er lächelte. »Hätte ich mir denken können, dass dir das nicht gefällt. Aber sie wollten, dass ich eine gute Ausbildung und Erziehung erhalte. Kennst du die Hudson Bay Hotelkette? Das war ihr Erbe an mich.«

Heidi staunte nicht schlecht. Sie hatte von der luxuriösen Hotelkette schon gehört, selbst aber noch nie in einem dieser

Häuser übernachtet. »Die hast du dann mit achtzehn Jahren geleitet?«

Er lachte leise. »Nein, das ging natürlich nicht. Ich musste zuerst meine Ausbildung beenden. Meine Eltern hatten meinen Onkel so lange als Bevollmächtigten eingesetzt. Er hat mich danach in alles eingeführt. Das Brambleberry Cottage passt aber in das Ganze irgendwie nicht hinein. Er muss das Hotel schon einige Jahre besessen haben. In seinem Testament hatte er vermerkt, dass ihm dieses Hotel sehr am Herzen läge und ich die Mitarbeiter, vor allem die Geschäftsführerin, nicht feuern dürfte.«

»Bist du denn so ein Typ, der die Leute einfach aus ihren Jobs wirft?«

»Nur, wenn sie ihre Leistungen nicht bringen oder mich betrügen.«

Heidi schluckte nervös.

»Und irgendwas sagt mir, dass im Brambleberry Cottage etwas nicht stimmt und dass du und Marge versucht, mich hinters Licht zu führen.«

Heidi trat abrupt auf die Bremse, so dass er gegen die Scheibe geknallt wäre, hätte der Sicherheitsgurt ihn nicht gehalten. »Du bist unmöglich! Da fahre ich dich zig Kilometer übers Land ins Krankenhaus und du wirfst mir so was an den Kopf?!« Er mochte zwar recht haben, aber Himmel noch mal, tat sie denn nicht alles, um es wiedergutzumachen? Wütend drehte sie sich zu ihm, so dass ihre Köpfe nur wenige Zentimeter voneinander entfernt waren. Tom roch ihren herrlich frischen, blumigen Duft und konnte einfach nicht anders. Er zog sie an sich heran und nahm ihren Mund leidenschaftlich in Beschlag. Sie wollte ihn wirklich von sich schieben, aber ihre Arme gehorchten ihr nicht und legten sich wie von Zauberhand um seinen Nacken, um ihn noch näher an sich heranzuziehen. Ihre Hand fuhr durch sein dichtes Haar und ein kleiner Seufzer entwich ihr, doch dann fiel ihr schlagartig wieder ein, wer er eigentlich war und dass sie die Sache nicht noch verkomplizieren sollte. Sie zwang sich, sich von ihm zu lösen.

»Was sollte das jetzt?«, fragte sie etwas atemlos.

»Mir war gerade danach.«

»Ich dachte, du hättest Probleme mit hübschen Frauen?«

»Wer sagt denn, dass du hübsch bist?«, neckte er sie.

Obwohl er sie in der Dunkelheit der Nacht nur schlecht sehen konnte, ahnte er, dass ihre Augen Funken sprühten.

»Du hattest heute eindeutig zu viele Drogen, Tom Hudson!« Sie setzte sich wieder aufrecht hinters Steuer und ließ den Motor an, um weiterzufahren. »Wenn du mir noch einmal auf die Pelle rückst, kannst du zu Fuß zum Krankenhaus gehen!«

»Keine Sorge, so toll war dieser Kuss nun auch wieder nicht.« Die Lüge rutschte Tom problemlos über die Lippen. Nur unter Waffengewalt hätte er zugegeben, dass sein Innerstes gerade eben ziemlich durchgerüttelt worden war.

Heidi sog scharf die Luft ein. »Tu mir einen Gefallen und versuch zu schlafen, damit ich meine Ruhe hab‹.«

Von da an fuhren sie schweigend weiter. Nach einer gefühlten Ewigkeit fuhr Heidi endlich an der Notaufnahme vor. Sie half Tom beim Aussteigen und reichte ihm dann die Krücken.

»Geh schon mal rein. Ich suche nach einem Parkplatz und komme dann nach.«

»Das ist nicht nötig. Du musst mir nicht Händchen halten, ich bin schon ein großer Junge. Fahr zurück, ich melde mich dann, sobald ich kann.« Er beugte sich vor und küsste sie erneut. Als er sich zurückzog, grinste er sie frech an. »Die kurze Strecke ins Krankenhaus schaffe ich locker zu Fuß.«

Doch anstatt ihm eine wütende Antwort entgegenzuschleudern, wie er es erwartet hatte, umfasste Heidi sein Gesicht mit beiden Händen und zog ihn zielstrebig an sich. Ihre Lippen eroberten seinen Mund, seinen Verstand und sein Herz mit den hinreißenden Waffen einer Frau. Als sie von ihm abließ und ohne ein weiteres Wort zurück in den Wagen stieg, musste er zuerst einen Moment durchatmen, um einigermaßen geradeaus in die Notaufnahme humpeln zu können. Gott, die Frau konnte wirklich küssen!

Heidi parkte den Wagen auf dem offiziellen Krankenhausparkplatz und wühlte dann in ihrer Handtasche nach dem Handy, um endlich Jo anzurufen.

»Himmel, ich habe mir schon solche Sorgen gemacht! Wo steckt ihr, Heidi?!«

»Wir sind in Inverness. Tom hatte einen Unfall.« Heidi erzählte Jo von den Geschehnissen, verschwieg ihr aber, dass sie und Tom sich geküsst hatten. Sie wollte nicht darüber reden, es war einfach zu verwirrend, und sie wusste selbst noch nicht, was sie davon halten sollte.

»Blöd, jetzt tut mir der reiche Schnösel schon fast leid. Wir sind da wohl etwas zu weit gegangen.« Jo hatte wirklich ein schlechtes Gewissen und wünschte sich, sie hätte die beiden nicht auf die Whisky-Tour geschickt.

»Wieso? Den Whisky hat er ja selbst in sich hineingeschüttet und wir können ja auch nichts dafür, wenn er sich beim Pinkeln so ungeschickt anstellt, dass er einen Abhang hinunterfällt. Jetzt wirst du wohl die nötige Zeit haben, um Brambleberry Cottage wieder auf Kurs zu bringen.«

»Ja«, seufzte Jo. »Aber es ist mir wirklich nicht recht, dass er den Preis dafür bezahlen muss. Weißt du, wie lange er im Krankenhaus bleiben wird? Vielleicht könnte ich in der Zeit unsere falschen Gäste wieder ausquartieren.«

»Keine Ahnung, aber ich werde das noch herausfinden und dir Bescheid geben. Verflixt, du musstest ja heute Abend ganz allein mit allem fertig werden. Daran hatte ich gar nicht gedacht. Ging denn alles gut?«

»Ja, Duncan hat mir geholfen.«

»*Der* Duncan?!«

Jo lachte ins Telefon. »Ja, und stell dir vor, wir leben beide noch. Er ist jetzt wieder drüben bei Seamus, wo sein Sohn mit Masern im Bett liegt.«

»Auweia, hoffentlich hat er die Viren nicht auch noch im Hotel verteilt. Das wäre das letzte, was wir jetzt gebrauchen könnten.«

»Ich denke nicht, er war ja nur kurz bei mir in der Küche.«

»Wollen wir es hoffen. Ich werde im Auto ein Nickerchen machen und mich später mal nach Tom erkundigen. Ich rufe dich morgen früh wieder an.«

»Alles klar. Schlaf gut.«

»Du auch.« Damit beendeten sie das Gespräch. Heidi legte sich auf die Rückbank des Wagens, aber es war zu unbequem, um einschlafen zu können. Schließlich stieg sie wieder aus und ging ins Krankenhaus. An einem Automaten holte sie sich einen heißen Tee und setzte sich danach auf einen Sessel. Sie nippte nachdenklich an dem viel zu süßen Gebräu. Warum küsste Tom sie eigentlich andauernd, wenn er sie angeblich weder hübsch noch anziehend fand? Sie hingegen hielt ihn durchaus für attraktiv mit seinen schokoladenbraunen Augen, seiner sportlichen Figur und den Grübchen auf den Wangen. Wenn er sie küsste, kribbelte es herrlich in ihrem Bauch. Leise seufzend blickte sie auf die Uhr, es war ein Uhr morgens und er war erst seit circa einer halben Stunde in der Notaufnahme. Trotzdem rappelte sie sich auf und ging an den Empfang, um herauszufinden, wo er war und wie lange es dauern würde. Sie hatte nicht vor, Tom hier allein zu lassen, wie er es angeordnet hatte, immerhin waren sie und Jo nicht ganz unschuldig daran, dass er sich verletzt hatte. Die Dame am Empfang telefonierte kurz und informierte sie anschließend, dass Tom gerade eine Narkose erhalten hätte, damit die Wunde ordentlich versorgt werden könne. Es werde noch gut ein bis zwei Stunden dauern, bis er auf ein Zimmer gebracht würde.

»Sind Sie denn mit ihm verwandt?«

»So gut wie, ich bin seine Verlobte.« Sie errötete nicht mal bei der Lüge, obwohl sie so was für gewöhnlich nicht tat. Ihr war klar, dass sie ansonsten weggeschickt und auf die Besuchszeiten hingewiesen worden wäre. »Ich bin schon ziemlich lange unterwegs, da der Unfall an einem abgelegenen Ort in den Highlands passiert ist. Könnte ich vielleicht auf seinem Zimmer auf ihn warten?«

Die Frau schaute sie prüfend an. »Setzen Sie sich bitte einen Moment da drüben hin, ich schaue mal, was sich tun lässt.«

Etwas später saß Heidi bereits in einem bequemen Sessel eines großzügigen Privatzimmers. War ja klar, dass der an Luxus gewohnte Hotelerbe gut versichert war, dachte sie. Eine Schwester brachte ihr einen frisch aufgebrühten Tee, der kein Vergleich zu der widerlichen Brühe aus dem Automaten war. Nach einer Weile fielen ihr in dem gemütlichen Sessel die Augen zu. Sie wachte erst auf, als die Tür sich öffnete und Tom in einem Krankenhausbett hineingeschoben wurde. Die Schwester erklärte ihr, dass alles gut gegangen wäre und er jetzt einfach ausschlafen müsste.

»Kann ich den Arzt sprechen? Ich würde doch gerne wissen, wie es meinem Verlobten genau geht.«

»Ja, kommen Sie mit. Vielleicht erwischen wir ihn noch, bevor er sich hinlegt.«

Der Arzt wollte sich tatsächlich gerade für ein Nickerchen zurückziehen, als die Schwester Heidi zu ihm führte.

»Es ist alles gut gelaufen«, erklärte der Arzt sachlich. »Es mussten eine Sehne und ein Muskel genäht werden sowie die Hautschichten, danach haben wir den Knöchelbruch gerichtet und geschient. Soweit ich es beurteilen kann, wird er von dem Sturz keine bleibenden Schäden zurückbehalten.«

»Und wann kann ich Tom wieder mit nach Hause nehmen?«

»Sobald er aufgewacht ist und sich fit genug fühlt. Er muss nicht hier im Krankenhaus bleiben. Er soll sich aber zu Hause erst mal schonen und sich beim Hausarzt melden. Die Heilung der Wunde und des Bruches sollte im Auge behalten werden. Er darf das Bein in den ersten beiden Wochen nicht belasten und erst danach langsam wieder damit beginnen.«

»Das ist alles?«

»Ja, keine große Sache. Aber sagen Sie das Ihrem Verlobten nicht. Männer wollen doch etwas betüddelt werden, wenn sie krank sind.« Der Arzt zwinkerte ihr verschmitzt zu. »Die Schwester wird ihm für zu Hause noch ein paar Schmerzmittel und ein Antibiotikum einpacken. Achten Sie darauf, dass er diese einnimmt.« Dann reichte er ihr die Hand. »Nun muss ich sehen, dass ich noch ein paar Stunden Schlaf abbekomme, bevor ich zur Visite muss. Alles Gute wünsche ich Ihnen.«

»Danke, auch im Namen von Tom.«

»Gern geschehen.« Damit verschwand er gähnend in sein Dienstzimmer.

Tom schlief immer noch, als Heidi zurück ins Zimmer kam. Leise setzte sie sich wieder in den Sessel. Selbst jetzt, blass, schlafend, mit dem Pflaster an der Schläfe und dem hässlichen Krankenhaushemd, sah er unverschämt gut aus. Sie mahnte ihre Gedanken zur Ordnung und schloss kurzerhand die Augen, um ihn nicht mehr ansehen zu müssen.

Als Tom aufwachte, sah er einen Moment verwirrt um sich, bis sein Blick die schlafende Heidi im Sessel erreichte und ihm alles wieder einfiel. Er hatte sie doch heimgeschickt, was tat sie also noch hier? In dem Moment öffnete sie die Augen und sah ihn an. Er hatte nicht gelogen, als er gesagt hatte, er fände sie nicht hübsch. Sie war tatsächlich nicht hübsch, sondern wunderschön. Ihre hellblauen Augen sahen ihn unvermittelt an und ließen sein Herzschlag einen Moment außer Takt geraten. Nicht sicher, ob er einen vernünftigen Satz hervorbringen würde, begnügte er sich mit einem schlichten »Guten Morgen«.

»Guten Morgen.« Sie stand auf und trat zu ihm ans Bett heran. »Wie fühlst du dich?«

»Noch etwas bescheiden.« Er rutschte ein wenig zur Seite, so dass sie sich auf die Bettkante setzen konnte. »Aber was tust du noch hier? Ich dachte, du wärst längst zurückgefahren.«

»Und hätte dich deinem Schicksal überlassen?« Ihre Hand schien schon wieder ein Eigenleben zu entwickeln. Fast schon zärtlich strich sie ihm die Haare aus der Stirn. »Du scheinst wirklich eine seltsame Meinung von mir zu haben.«

In dem Moment ging die Tür auf und eine Schwester schaute ins Zimmer hinein. »Oh schön, Sie sind wach. Dann bringe ich Ihnen und Ihrer Verlobten das Frühstück.« Als die Schwester wieder verschwunden war, zog Tom eine Augenbraue hoch und schaute Heidi grinsend an.

»Soso, meine Verlobte.«

Zu seinem Vergnügen errötete Heidi leicht. »Was hätte ich denn sagen sollen? Die hätten mich ansonsten einfach abgespeist und auf die Besuchszeiten verwiesen.«

»Krieg ich denn von meiner Verlobten einen Kuss? Ich meine, wir müssen doch der Schwester etwas bieten, wenn sie gleich zurückkommt.«

»Nein, du kriegst keinen Kuss!«

Doch er griff einfach um ihre Taille und zog sie zu sich hinunter. Da sie nicht damit gerechnet hatte, schrie sie leise erschrocken auf, doch der Schrei verstummte augenblicklich, als sein Mund ihre Lippen berührte. Erstaunlich, wie schnell er sich erholt hatte, dachte sie noch, doch dann klinkte sich ihr Hirn aus und überließ den himmlischen Gefühlen, die er in ihr auslöste, das Feld.

Sie hatten gar nicht wahrgenommen, dass die Schwester wieder ins Zimmer getreten war. Diese räusperte sich nun lautstark. »Ich muss doch sehr bitten! Auch wenn Sie in einem Privatzimmer liegen, ist dies hier immer noch ein Krankenhaus!« Das Frühstückstablett stellte sie scheppernd auf dem dafür vorgesehenen kleinen Tisch ab. »In einer Stunde schaut ein Arzt nach Ihnen. Sollte alles gut sein, können Sie nach Hause, wo Sie tun und lassen können, was Sie wollen.«

»Wir haben verstanden«, grinste Tom. »Es ist halt nur ... wir sind noch nicht so lange verlobt.«

Heidi sog scharf die Luft ein. »Und werden es auch nicht lange sein, wenn du dich nicht endlich benimmst.« Damit schüttelte sie seinen Arm ab, der noch immer um ihre Taille lag.

Die Schwester lächelte sie verständnisvoll an und zog sich dann zurück.

Das Frühstück war zwar nicht überwältigend, aber Heidi hatte am Vortag kaum etwas gegessen, weshalb sie sich mit Heißhunger darüber her machte.

Tom schaute ihr amüsiert zu. »Ich hatte noch nie eine Freundin, die so viel in sich hineinstopfen konnte. Wie schaffst du es nur, trotzdem so dünn zu bleiben?«

»Erstens bin ich nicht deine Freundin, zweitens hatte ich gestern praktisch nichts gegessen und drittens bin ich nicht dünn ... schlank vielleicht«, fügte sie hinzu. Sie hatte inzwischen ein weiteres Brötchen mit Butter und Marmelade bestrichen und hielt es ihm nun hin. »Du solltest auch was essen.«

»Ich esse morgens selten was. Eine Tasse Kaffee reicht mir völlig aus.«

»Kein Wunder, dass du immer so griesgrämig bist.«

»Ich bin nicht griesgrämig.«

»Doch, ein richtiger Miesepeter, vor dem alle Angst haben.«

»Nur du nicht?«

»Warum sollte ich? Aber wenn du richtig frühstücken würdest, hättest du bestimmt bessere Laune. Das Frühstück ist die wichtigste Mahlzeit am Tag, das wusste schon meine Omi.« Damit hielt sie ihm das Brötchen erneut hin und dieses Mal nahm er es ihr aus der Hand und biss hinein.

Kauend sah er sie von der Seite an. »Du hast ja überhaupt keine Vorurteile, nicht wahr? Du kennst mich gerade mal etwas mehr als zwei Tage und steckst mich schon in eine Schublade.«

»Typen wie dich kenne ich eben.« Heidi griff zum Glas mit Orangensaft.

»Typen wie mich?«

»Ja, solche, die meinen, das Recht zu haben, alle herumkommandieren zu können, nur weil sie zufälligerweise den Chefposten besetzen. Aber ich sage dir jetzt mal was: Ohne uns fleißige Ameisen wärt ihr nichts, nada, niente.«

»Bin ich so schlimm?« Er schaute sie so treuherzig an, dass sie einfach lachen musste.

»Schlimmer ... aber wer weiß, vielleicht steckt hinter dieser harten Schale«, damit strich sie ihm sanft über die Wange, »doch noch ein ganz brauchbarer Kern.«

Während der Visite wartete Heidi draußen und nutzte die Gelegenheit, Jo vorzuwarnen, dass sie nun doch voraussichtlich am frühen Nachmittag wieder im Hotel eintreffen würden. Der Arzt war zufrieden mit seinen Werten und so verließen sie kurz darauf das Krankenhaus und machten sich auf den Rückweg.

Für die Fahrt zurück konnten sie die Schnellstraße benutzen und mussten nicht wie am Vortag über die kleinen Nebenstraßen der Highlands fahren, so kamen sie viel schneller voran. Im Dorf angekommen bat Tom Heidi, kurz vor dem einzigen Bekleidungsgeschäft in der Umgebung anzuhalten. Er wollte sich eine Jogginghose besorgen, da er so was nicht in seinem Gepäck führte. Wie hätte er auch ahnen können, dass er eine benötigen würde, schließlich war er davon ausgegangen, dass er, wie üblich, an Geschäftsmeetings und förmlichen Essen würde teilnehmen müssen.

»Du kannst im Wagen warten, es wird nicht lange dauern«, meinte er an Heidi gewandt. Dann stieg er aus und betrat mit den Krücken das Geschäft. Die Verkäuferin schaute ihn etwas seltsam an. Gut, vermutlich betrat nicht jeden Tag ein Typ mit unterschiedlichen Hosenlängen den Laden, wobei eines der Hosenbeine eindeutig mit der Schere massakriert worden war.

»Wie Sie sehen, brauche ich eine neue Hose und eine Jogginghose. Führen Sie hier so etwas?«

»Aber sicher doch.«

Er nannte ihr die Jeansmarke und Größe, die er wollte und schaute dann der Verkäuferin zu, wie sie ihm die Hose heraussuchte. Irgendwie kam sie ihm bekannt vor. Als sie ihm nebst der Jeans auch die gewünschte Jogginghose reichte, fiel es ihm wieder ein.

»Sie waren doch neulich auch Gast im Brambleberry Cottage, nicht?«

»Ich?« Die Frau errötete bis unter die Haarwurzeln. »Nein ... Sie müssen sich irren.«

»Ich irre mich in solchen Dingen nie. Sie saßen am Tisch neben meinem.«

Dann hatte die Verkäuferin eine Blitzidee und setzte ein leicht gekünsteltes Lächeln auf. »Sie müssen mich mit meiner Zwillingsschwester verwechseln. Sie ist zu Besuch hier und da meine Wohnung so klein ist, quartiert sie sich immer im Brambleberry ein. Wir sehen uns tatsächlich zum Verwechseln ähnlich.«

Tom schaute ihr in die Augen und nickte nur. Er kaufte die Hosen, ohne sie anzuprobieren. Mit der Schiene wäre es ohnehin zu umständlich gewesen. Mit seinen Einkäufen, die in einer Tasche an einer der Krücken baumelten, verließ er das Geschäft.

Toms Gesichtsausdruck war ziemlich ernst, als er sich zurück in den Wagen setzte, fand Heidi.

»Alles okay mit dir?«, fragte sie daher.

»Ja, ja. Die Verkäuferin war nur etwas seltsam.«

Heidi lächelte. »Vermutlich war ihr dein Outfit etwas unheimlich.«

Zurück im Hotel wollte er sich gleich in sein Zimmer zurückziehen.

»Brauchst du Hilfe?«, erkundigte sich Heidi.

»Nein, nein. Ich lege mich einfach für eine Weile hin.«

»Gut, dann schau ich mal, ob ich J... Marge helfen kann.«

Heidi fand Jo schließlich in der Küche. Sie half ihr beim Gemüseschneiden und erzählte ihr, was alles geschehen war.

»Ich hatte vorhin einen Anruf von Daisy, der Verkäuferin aus dem Kleidergeschäft im Dorf«, berichtete Jo besorgt, als Heidi ihre Geschichte beendet hatte.

»Tom hatte bei ihr auf der Rückfahrt ein paar Sachen gekauft, weil die Ärztin doch seine Hose aufschneiden musste. Mir war nicht klar, dass du sie gut kennst.«

»Sie war vorgestern Abend hier im Einsatz als gespielter Gast und Tom hat sie wiedererkannt.«

»Oh, Mist!«

»Sie hat ihm eine Geschichte aufgetischt, dass ihre Zwillingsschwester hier zu Besuch wäre, aber sie war sich nicht sicher, ob er es geschluckt hat.«

»Tom war ziemlich in Gedanken versunken, als er aus dem Laden kam.«

Jo fuhr sich nervös mit der Hand durch die Haare. »Wenn wir jetzt aufgeflogen sind, war alles umsonst. Er wird das Hotel schließen und Marge verliert ihr Zuhause.«

»Ich glaube nicht, dass er so was tun würde. Eigentlich ist er ganz nett, wenn er das Machtgehabe mal bleiben lässt.«

»Nett?« Jo schaute ihre Freundin prüfend an. »Der will uns zerreißen und fertig machen. Was findest du daran nett?«

»Vielleicht will er das gar nicht ...«, wandte Heidi zaghaft ein.

»Du hast dich doch nicht etwa in den Kerl verliebt?«

Als Heidi nicht gleich antwortete, griff Jo nach ihren Armen und schaute ihr direkt in die Augen. »Heidi, er ist ein Mistkerl! Ein Mistkerl, der zudem am anderen Ende der Welt wohnt!«

»Ich weiß, aber er küsst einfach himmlisch.«

»Ihr habt euch geküsst?! Ohhhhh Himmel! Was habe ich bloß angerichtet?« Bestürzt blickte Jo zum Fenster hinaus. »Du solltest dich doch nicht in ihn verlieben! Er ist der Feind und mit dem Feind verbündet man sich nicht!«

»Er ist nicht der Feind, Jo. Wenn du mit ihm offen und ehrlich reden würdest, bin ich sicher, dass ihr eine Lösung finden könntet, die für alle Beteiligten von Vorteil wäre. Bitte, rede mit ihm!«

Jo schüttelte den Kopf. »Dafür ist es zu spät, Heidi. Er würde nicht verstehen, dass wir ihm etwas vorgegaukelt haben.«

Es klopfte an die Küchentür und kurz darauf steckte Tom den Kopf herein. »Ich würde gerne auschecken.«

Verwirrt schauten Heidi und Jo sich an. »Aber wolltest du dich nicht erst ausruhen?«, fragte Heidi besorgt.

»Eigentlich schon, aber ich werde in London gebraucht und da ich am Montag sowieso ein Meeting dort habe, kann ich auch gleich aufbrechen.«

»Aber der Arzt hat gesagt, dass du dich noch schonen sollst!«

»Mir geht's gut, Heidi.«

Beinahe hätte sie noch ein ›Aber was ist mit uns?‹ hinzugefügt, doch sie konnte sich gerade noch beherrschen. Anscheinend hatten ihm die zärtlich ausgetauschten Küsse nicht so viel bedeutet wie ihr. Wie konnte sie sich nur so irren? Jo sah die Verwirrung und Enttäuschung in Heidis Gesicht und drückte ihr das Gemüsemesser wieder in die Hand. »Mach du hier weiter, ich übernehme den Check-out.«

Im Gegensatz zu ihrer Freundin war sie froh, den Typen vorzeitig loszuwerden.

»War denn alles zu Ihrer Zufriedenheit, Mr Hudson?«, erkundigte Jo sich, als sie den Zimmerschlüssel beim Empfang entgegennahm.

»Ja, durchaus. Aber die Buchhaltung will ich mir schon noch ansehen.« Er reichte ihr eine Karte, auf der die Adresse seines Hotels in London vermerkt war. »Schicken Sie mir die Unterlagen hierhin. Ich will sie noch vor meiner Rückkehr nach Amerika prüfen.«

Jo las die Adresse des Fünfsternehotels. »Wird gemacht.« Draußen fuhr bereits das Taxi vor, das er sich bestellt hatte. Sie begleitete Tom hinaus und reichte dem Fahrer sein Gepäck.

»Auf Wiedersehen, Mr Hudson.« Jo musste sich beherrschen, vor Erleichterung nicht zu jubeln, als sie ihm die Hand zum Abschied hinstreckte.

»Auf Wiedersehen, Mrs Appleton.«

Als Jo sicher war, dass das Taxi weg war, vollführte sie einen Luftsprung und jubelte laut. Sie würde vor dem Abendessen die falschen Gäste informieren, dass auch sie nun wieder zu Hause schlafen konnten.

»Freiheit, du hast mich wieder!«

Duncan kam gerade um die Ecke und sah, wie sie ein Freudentänzchen aufführte. Widerwillig musste er lachen.

»Ist er abgereist?«

»Ohhhhh ja!« Sie strahlte übers ganze Gesicht.

»Und er hat euch das Theater tatsächlich abgekauft?«

»Und wie! Er will nur noch die Buchhaltung prüfen, die ich ihm in seinen schicken Schuppen in London nachsenden soll. Natürlich wird sie unterwegs verloren gehen ...«

Duncan schüttelte den Kopf. »Wann wirst du damit aufhören?«

»Sobald Marges kleines Hotel gerettet ist.«

»Oder ganz verloren geht. Du treibst ein waghalsiges Spiel, Jo.«

»Wer nicht wagt, der nicht gewinnt. Aber sag, was willst du hier?«

»Nick jammert. Die blöden Pusteln jucken ihn ganz schrecklich. Er meinte, Schokoladenpudding könnte helfen, und da ich nicht so geschickt bin am Herd ...«

Jo lachte. »Das ist natürlich ein Notfall. Komm mit in die Küche, ich mache rasch welchen.«

Als sie durch die Tür traten, saß Heidi verheult am Küchentisch.

»Entschuldige, das sind die Zwiebeln«, schniefte sie, als sie Duncan hinter Jo entdeckte.

»Na klar«, knurrte Jo. »Hör mal, Duncan, ich bringe den Schokopudding gleich zu euch hinüber.«

»Alles klar, bin schon weg.« Dankbar, dass er den Tränen entwischen konnte, beeilte er sich, die Küche zu verlassen.

Jo nahm Heidi in den Arm und hielt sie einfach fest.

»Er hat sich nicht mal anständig von mir verabschiedet! Dabei hat er mich doch geküsst.«

Oh Gott, das klang wirklich nach einem gebrochenen Herzen. Jo fühlte sich mit einem Mal ziemlich schuldig, schließlich hatte sie ja Heidi darum gebeten, Tom von der Buchhaltung abzulenken. Dass sich ihre Freundin gleich verlieben würde, damit hatte sie ganz und gar nicht gerechnet.

»Er ist es nicht wert, Heidi.«

»Doch, Jo. Er ist wirklich sehr nett.«

Jo schnaubte. »Klar, daher haut er auch einfach ab.«

»Ich verstehe das wirklich nicht ...«, schniefte Heidi.

»Komm, geh nach oben in dein Zimmer, leg dich ein Weilchen hin und beruhige dich, bevor der Trubel hier unten losgeht.«

»Kommst du denn ohne mich klar?«

»Ja, ich mache nur noch schnell den Pudding für Nick und dann kümmere ich mich um das Abendessen. Keine große Sache.«

Nick strahlte sie mit leicht fiebrig glänzenden Augen an, als sie ihm etwas später den Schokoladenpudding vorbeibrachte. Auch für Duncan und Seamus hatte sie je ein kleines Schälchen im Korb.

»Wie geht's dir, Nick?«, erkundigte sich Jo und setzte sich neben ihn aufs Bett.

»Es juckt überall ganz fürchterlich.«

»Hm, vielleicht hilft da ja mein Pudding.« Sie zwinkerte ihm zu und reichte ihm das Schälchen und einen Löffel.

»Kannst du mir danach noch eine Geschichte vorlesen?«

»Das würde ich sehr gern tun, aber ich habe drüben noch Gäste. Morgen sollte ich mehr Zeit haben, dann sind alle wieder weg.«

»Der blöde Ami auch?«

Jo lachte. »Der blöde Ami ist heute schon abgereist.«

Duncan, der gerade das Zimmer betrat, schaute die beiden vorwurfsvoll an: »Ihr solltet euch schämen. Der Mann macht auch nur seinen Job. Du kennst ihn ja nicht einmal, Nick. Du kannst nicht wissen, ob er blöd ist oder nicht.«

»Er wollte Marge das Hotel wegnehmen, das ist blöd«, sagte Nick ernst.

Jo erhob sich vom Bett und schaute Duncan provozierend an:

»Bevor ich eine Standpauke kriege, gehe ich lieber wieder herüber. Die Küche wartet.«

»Ich bringe dich zu Tür«, meinte Duncan.

»Danke, aber ich finde allein raus. Lies deinem Jungen lieber eine Geschichte über Ehre und Tugenden vor.« Sie zwinkerte Nick zum Abschied zu und beeilte sich dann, an Duncan vorbeizuhuschen.

10. Kapitel

Vor dem Abendessen kam Heidi von ihrem Zimmer herunter, um Jo beim Servieren zu helfen. Sie sah noch etwas verheult aus, hatte sich aber so weit wieder einigermaßen gefasst. Jo hatte beschlossen, die falschen Gäste über die Abreise von Tom Hudson noch vor der Suppe, die es zur Vorspeise gab, zu informieren. Als mehr oder weniger alle bei Tisch saßen, ging sie in den Speisesaal und tippte kurz an ein Glas, um die Aufmerksamkeit zu erhalten. Sofort wurde es ruhig im Saal.

»Ich möchte euch allen danken, dass ihr bei dieser kleinen Inszenierung mitgemacht habt. Tom Hudson ist heute abgereist.« Ein kurzer Jubel brach aus.

»Heißt das, wir kriegen heute kein Abendessen mehr?«, erkundigte sich jemand aus der hinteren Tischreihe, als etwas Ruhe eingekehrt war.

Jo lachte. »Nein, natürlich nicht. Versprochen ist versprochen. Ihr könnt heute noch gemütlich hier essen, dürft dann aber wieder in euren eigenen Betten schlafen.«

»Ist das Hotel denn jetzt gerettet?«, fragte Daisy, die befürchtet hatte, dass alles ihretwegen aufgeflogen war, nachdem Tom sie im Geschäft erkannt hatte.

»Ich glaube schon ...« Doch da öffnete sich die Tür zum Speisesaal, und Tom trat ein. Jo schnappte nach Luft und schaute verzweifelt zu Heidi.

»Wohl eher nicht! Nach dieser Glanzleistung hier werde ich den Laden ganz bestimmt dicht machen.« Wütend humpelte er an den Krücken durch den Saal, bis er vor Jo stand. »Für wie blöd müssen Sie mich halten, dass Sie glauben, ich würde es nicht merken, wenn das halbe Dorf in dem von Ihnen inszenierten Schmierentheater mitspielt?!« Er drehte sich um. »Ein Ladenbesitzer, der seiner Frau hier eine Hochzeitsnacht schenkt, oder Sie«, damit zeigte er auf Daisy, »die mir vorgaukelt, eine Zwillingsschwester hier nächtigen zu lassen.« Dann drehte er sich zu Heidi um. »Aber die Krönung warst du, Süße. Hat es dir Spaß gemacht, mich an der Nase herumzuführen? Und sag mir nicht, dass du nicht auf mich angesetzt worden bist, um mich von hier wegzulotsen und abzulenken.«

»Das war am Anfang so, aber ...«

Doch Tom hielt die Hand hoch und fiel ihr einfach ins Wort. »Ich will es gar nicht hören. Wie weit wärst du noch gegangen? Hättest du mich sogar in dein Bett gelockt? Weißt du, wie wir Frauen wie dich bei uns in Amerika nennen?«

Jo, die ahnte, was als Nächstes kommen würde, stellte sich schützend vor ihre Freundin. »Nein, hören Sie, Heidi kann wirklich nichts für all das. Sie wollte mir nur helfen, das Hotel zu retten. Doch dann hat sie sich in Sie verliebt ...«

»Jo!!!!« Heidi errötete.

»Ach, hören Sie doch auf! Das Spiel ist aus. Sie haben doch mit allen Mitteln versucht zu verhindern, dass ich die Buchhaltung zu Gesicht bekomme.« Tom wandte sich wieder zu Heidi. »Aber dass du da mitgemacht hast, bestätigt eigentlich nur die Meinung, die ich von Anfang an von dir hatte.«

Wieder ging die Tür auf. »Was geht hier eigentlich vor?« Marge kam im Morgenrock, ebenfalls an Krücken, in den Raum gehumpelt. Wäre es nicht so tragisch gewesen, wäre die Situation einfach nur zum Lachen gewesen. Doch Jo war eher zum Heulen zumute.

»Marge, wie geht es dir?«, fragte jemand aus der Gästeschar.

Verwirrt schaute Tom von Marge zu Jo. »Dann sind Sie nicht mal Marge? Die Geschichte wird immer besser. Wer zum Teufel sind Sie?«

»Und wer sind Sie?«, fragte Marge mit Nachdruck.

»Marge, das ist Tom Hudson, der Eigentümer deines Hotels«, begann Jo und blickte dann wieder zu Tom. »Ich bin Jo Müller und habe mich um das Hotel gekümmert, während Marge krank war.«

»Und was tut ihr alle hier? Bob, Daisy, Mitch ...«, erkundigte sich Marge und schaute verwirrt in die Runde.

»Jo hat uns gebeten, hier als Gäste einzuchecken, damit du dein Hotel nicht verlierst, nachdem du doch all dein Erspartes diesem reichen Schnösel in den Hintern geschoben hast.« Daisys Stimme war voller Mitgefühl.

»Wie bitte?!«

»Marge ...«, wollte Jo ansetzen.

Marges Gesicht war puterrot angelaufen. »Das hast du herumerzählt? Wie konntest du nur?! Das habe ich Seamus und dir im Vertrauen gesagt!«

»Aber Marge, das ist doch nicht schlimm. Wir alle haben schon mal eine Dummheit gemacht.« Daisy war aufgestanden und wollte Marge tröstend einen Arm um die Schulter legen. Doch Marge schob sie von sich und stapfte wütend zu Jo.

»Du kommst hierher, aus einem anderen Land, hast keine Ahnung von den Menschen hier, denkst aber, alle Weisheit der

Welt für dich gepachtet zu haben, alles besser zu können und zu wissen! Du denkst, mein Hotel, das ich seit mehreren Jahrzehnten geführt habe, einfach so mit dem kleinen Finger aus dem Schlamassel ziehen zu können. Du glaubst, du könntest es wieder auf Vordermann bringen, nur weil du ein bisschen kochen kannst. Dann schwärzt du mich im Dorf noch als alte Närrin an, die ihr Geld aus dem Fenster hinauswirft und nicht fähig ist, ihren Betrieb aufrechtzuerhalten. Ich frage mich nur, was du damit bezweckst? Wolltest du am Ende gar meinen Platz einnehmen und das Hotel selbst führen?«

»Aber das habe ich doch nicht für mich getan, Marge«, verteidigte sich Jo.

»Wer's glaubt. Tu mir einen Gefallen, Jo. Geh mir einfach aus den Augen!« Dann wandte sie sich an die Gäste. »Und ihr geht jetzt bitte ebenfalls alle.«

Am Ende standen nur noch Heidi, Tom und Marge in dem Raum.

»Marge, Jo wollte Ihnen wirklich nichts Böses«, verteidigte Heidi ihre Freundin, doch weder Tom noch Marge nahmen sie zur Kenntnis.

Tom streckte Marge die Hand hin. »Freut mich, Sie endlich kennenzulernen, Marge. Mein Onkel hat große Stücke auf Sie gehalten.«

Marge nahm die angebotene Hand in die ihre. »Es tat mir sehr leid, als ich hörte, dass er verstorben ist. Und ich muss mich wirklich bei Ihnen entschuldigen für den ganzen Wirbel.«

»Stimmt es, dass Sie mir Ihr privates Geld überwiesen haben und nicht, wie ich geglaubt habe, die tatsächlichen Einnahmen vom Hotel?«

Marge blickte etwas verschämt zu Boden. »Ja. Ich dachte

immer, es würde mit dem Hotel wieder aufwärtsgehen und dass es nur eine Durststrecke wäre. Es tut mir leid, dass auch ich Sie hinters Licht geführt habe, aber es ging um mein Zuhause.«

»Tom«, unterbrach Heidi die beiden.

»Nicht jetzt, Heidi!«

»Aber wir müssen reden.«

Mit kaltem Blick drehte er sich zu ihr um. »Ich wüsste nicht, was wir beide noch zu bereden hätten.«

»Hör zu, es stimmt, dass Jo mich am Anfang auf dich angesetzt hat, um dich von der Buchhaltung fernzuhalten. Aber wenn ich so ein kaltes Biest wäre und du mir nichts bedeuten würdest, dann wäre ich doch, als du im Krankenhaus warst, hierher zurückgefahren. Schließlich hättest du dann mehr Zeit gebraucht, um wieder ins Hotel zu kommen, und wärst so länger aus dem Weg gewesen.« Heidi schaute ihn flehend an. »Aber du warst und bist mir nicht gleichgültig!«

Tom sah sie einen Moment nachdenklich an. »Wir reden später, Heidi«, willigte er am Ende ein. »Zuerst muss ich ein paar Dinge mit Marge klären. Können wir in Ihr Büro gehen, Marge, oder sind Sie zu erschöpft und möchten sich lieber wieder hinlegen?«

»Nein, nein. Es wird wohl Zeit, dass ich die Karten auf den Tisch lege. Kommen Sie mit.«

Damit humpelten die beiden aus dem Raum und ließen eine verzweifelte Heidi zurück.

Der Speiseraum war leer und es gab hier nichts mehr für sie zu tun. Niedergeschlagen ging Heidi in die Küche, um das Essen vom Herd zu nehmen. Jo und sie hatten es so gut gemeint, und nun war alles völlig verkehrt herausgekommen. Jo! Sie musste nach Jo suchen. Bestimmt fühlte sie sich noch schrecklicher als sie selbst. Heidi stieg die Treppe nach oben in Jos Zimmer, doch es war leer. Auch im Garten konnte sie sie nicht finden. Vermutlich war sie zu Seamus herüber- oder spazieren gegangen, um den Kopf wieder freizubekommen. So entschied sie sich, die Suche vorläufig abzubrechen und zurück in die Küche zu gehen, um mit dem Aufräumen zu beginnen, damit Jo, wenn sie zurückkam, sich nicht auch noch um dieses Chaos kümmern musste.

Im Büro erklärte Marge Tom, wie es zu dem ganzen Durcheinander gekommen war. Die Buchhaltung konnte sie aber nicht finden und vermutete, dass Jo sie noch bei sich im Zimmer hatte. Marge beschönigte dennoch nichts vor Tom und zeigte ihm die Bankbelege, die sie in einem Ordner aufbewahrte.

»Werden Sie Brambleberry Cottage nun schließen und verkaufen?«, fragte Marge kleinlaut, als sie mit ihren Ausführungen endete.

Tom sah sie ernst an. »Ich muss Ihnen ganz ehrlich sagen, dass, wenn Sie jetzt irgendeine Geschäftsführerin meiner anderen Hotels wären, ich Sie feuern und den Betrieb wirklich einstellen würde. Wenn ich eines auf den Tod nicht ausstehen kann, ist es, wenn man mich belügt oder mir was vorspielt. Mein Onkel hat mich aber in seinem Testament gebeten, Sie nicht zu entlassen, er muss große Stücke auf Sie gehalten haben.« Er legte eine Pause ein und schaute in Marges trauriges Gesicht. »Ich bin kein Unmensch, und ich sehe durchaus das Potenzial hier im Brambleberry Cottage. Ich werde es daher nicht dicht machen.« Marge atmete hörbar auf.

»Freuen Sie sich nicht zu früh, Marge. Es wird eine Menge Arbeit auf Sie zukommen, wenn Sie wieder gesund sind. Ich werde Ihnen auch eine Assistentin oder einen Assistenten zur Seite stellen, der Ihnen helfen wird, die Neuerungen einzuführen. Ich habe das Hotel bereits am ersten Tag genau unter die Lupe genommen. Es müssen einige Reparaturen und Renovierungen vorgenommen werden. Diese Jo hat anscheinend veranlasst, dass unser Hotel endlich im Internet zu finden ist. In der heutigen Zeit ist das einfach ein absolutes Muss. Auch wenn Jo Sie und mich hinters Licht geführt hat, muss man ihr zugestehen, dass sie eine vorzügliche Köchin ist. Sie bringt zwar keine Sterneküche auf den Tisch, aber einfache und ausgezeichnete Hausmannskost. Wir sollten sie behalten.«

Marge nickte. »Ich war vielleicht etwas zu hart mit ihr. Jo hat mich in der ganzen Zeit auch gepflegt, müssen Sie wissen. Es war einfach ein riesiger Schock für mich zu erfahren, dass sie meine privaten Probleme vor dem ganzen Dorf ausgeplaudert hat.«

»Ja, das ist verständlich. Andererseits ist es auch gut zu wissen, dass das Dorf hinter Ihnen steht und das Hotel unterstützt.«

Marge nickte, auch wenn ihr die ganze Geschichte sehr unangenehm war.

»Sie hätten zu mir kommen sollen, Marge. Wir hätten das Problem viel früher an den Hörnern packen können.«

»Ich kannte Sie nicht und fürchtete, mein einziges Zuhause zu verlieren.«

»Tatsächlich haben die Leute Angst vor mir«, gab er unumwunden mit einem angedeuteten Lächeln zu. »Aber so strengen sie sich an und tun, was ich will. Für kleine Hotels wie dieses hier habe ich genauso eine Schwäche wie mein Onkel. Und es ist so abgelegen, dass niemand erfahren wird, wenn ich einmal etwas Milde walten lasse. Selbstverständlich werde ich Ihnen Ihr Geld zurückerstatten. Ich möchte mich nicht an Ihnen bereichern. Und es war ja auch ein wenig mein Fehler, da ich mich nicht mehr um dieses Hotel gekümmert habe.«

Marges Wangen röteten sich vor Verlegenheit. »Ich kann nur noch mal betonen, wie leid mir alles tut.«

»Schon gut, jetzt sollten wir uns wohl etwas Ruhe gönnen, damit wir beide gesund werden und das Ruder wieder in die Hand nehmen können.« Tom erhob sich und humpelte zur Tür, dann drehte er sich mit einem Lächeln im Gesicht zu ihr um. »Wir werden aus unserem kleinen Hotel wieder ein richtiges Schmuckstück machen.«

Eigentlich wäre er jetzt am liebsten in sein Zimmer gegangen und hätte sich hingelegt. Sein Bein schmerzte, und er war hundemüde, aber ein Gespräch stand noch aus. Er humpelte Richtung Speisesaal und fand dort bereits wieder alles aufgeräumt vor, aber Heidi war nirgends zu sehen. Schließlich fand er sie in der Küche.

Sie schrubbte gerade den Herd und blickte auf, als er die Küche betrat. Er sah blass und völlig fertig aus, fand sie.

Eine Weile stand er einfach da und sagte nichts. Ihre Blicke hielten sich aneinander fest, und am liebsten wäre er einfach zu ihr gegangen und hätte sie in seine Arme geschlossen, aber sie hatte ihn hintergangen, und er war sich nicht sicher, woran er mit ihr war.

»Was mache ich bloß mit dir?«, beinahe hätte er nicht bemerkt, dass er diesen Gedanken laut ausgesprochen hatte.

Heidi legte den Schwamm beiseite und kam langsam auf ihn zu. »Ich habe nichts Unrechtes getan, Tom.«

Als sie vor ihm stand, sah sie die kleinen Schweißperlen auf seiner Stirn. »Dir geht's nicht gut. Du solltest dich hinlegen.«

»Du kannst aufhören mit dem Theater, Heidi! Ich werde das Hotel nicht verkaufen. Deine Heuchelei ist also überflüssig.«

Sie schnappte nach Luft. »Du bist so ein arroganter Schnösel! Wenn du mal von deinem hohen Ross runterkommst, solltest du dich fragen, warum ich letzte Nacht an deinem Krankenhausbett gesessen habe und nicht einfach hierher zurückgefahren bin. Ich weiß echt nicht mehr, was ich gestern in dir gesehen habe.«

Er ließ seine Krücken fallen und zog sie mit einer einzigen schnellen Bewegung an sich. Sein Kuss war leidenschaftlich und raubte ihr den Atem.

»Du solltest dich langsam entscheiden, was du von mir willst, Tom Hudson«, sagte sie leise, als er sie wieder losließ. Dann hob sie die beiden Gehhilfen hoch und reichte sie ihm. »Leg dich hin, ich bringe dir gleich eine Tasse Tee aufs Zimmer.«

Er nickte nur und humpelte aus der Küche. Heidi lehnte sich erst mal an den Geschirrschrank, um ihre Gefühle wieder in den Griff zu bekommen. Als ihr klar wurde, was er über das Hotel gesagt hatte, suchte sie das ganze Haus erneut nach Jo ab, damit sie ihr die gute Neuigkeit mitteilen konnte. Aber sie fand sie nicht, und auf dem Handy konnte sie sie ebenfalls nicht erreichen. Wo sie wohl steckte? Sie ging zurück in die Küche und setzte den Tee für Tom auf. Als sie wenig später damit vor seinem Zimmer stand und anklopfte, bekam sie keine Antwort. Sie beschloss, einfach hineinzugehen, und öffnete die Tür. Er lag völlig bekleidet auf dem Bett und schien eingeschlafen zu sein. Leise zog sie die Tür hinter sich zu und stellte die Tasse auf den Nachttisch neben dem Bett. Eigentlich sollte sie jetzt kehrtmachen und das Zimmer wieder verlassen, ja, das sollte sie definitiv tun. Aber konnte sie ihn wirklich einfach so liegen lassen? Das war doch nicht bequem, und bestimmt würde er bald frieren. Sie ging ans Bettende, schnürte seinen Schuh auf und zog ihn vorsichtig von Toms unverletztem Fuß. Ein Blick zu seinem Kopf verriet ihr, dass er dadurch nicht aufgewacht war. Der Tag war wohl wirklich ein bisschen viel für ihn gewesen so kurz nach dem gestrigen Unfall. Sie sollte jetzt einfach eine Decke über ihn legen und wieder gehen. Doch ihre Hände wanderten zum ersten Hemdknopf und öffneten ihn geschickt, dann den nächsten und so weiter, bis Heidi schließlich beim Bund seiner Jeans angelangt war. Der Ledergurt ließ sich noch einigermaßen leicht öffnen, doch als sie an den Knopf der Hose gelangte, legte sich plötzlich eine Hand über die ihre.

»Keine gute Idee, Blondie«, Toms Stimme war belegt. »Ich glaube nicht, dass ich dir heute Nacht das geben kann, was du zu brauchen scheinst.«

»Das hast du missverstanden. Ich wollte dich lediglich …«

»… ausziehen?«, lächelte er müde und nahm zufrieden ihr Erröten war. Vielleicht hätte er mit der Einnahme der Schmerzmittel, die ihn so schläfrig gemacht hatten, doch noch warten sollen, stellte er mit einem leichten Bedauern fest.

»Den Tee habe ich dir neben das Bett gestellt. Da du mich nun ja nicht mehr brauchst, gehe ich wohl besser!«

Seine Hand griff blitzschnell nach ihrem Arm und hielt sie fest.

»Bleib, bitte. Leg dich einfach ein bisschen zu mir.«

Unsicher sah sie ihn an.

»Das heißt, nur wenn du es schaffst, deine Finger von mir zu lassen«, fügte er nicht ohne ein Grinsen hinzu.

»Du bist so ein eingebildeter Idiot!« Doch dann setzte sie sich zu ihrem eigenen Erstaunen tatsächlich aufs Bett und legte sich neben ihn hin. Sie lagen beide auf dem Rücken und starrten an die Decke.

»Es war ein anstrengender Tag, wir sollten jetzt etwas schlafen.«

»Ja, das sollten wir«, wisperte sie.

»Ich glaube, ich könnte besser schlafen, wenn du in meinem Arm liegst.«

»Ach ja?«

»Hm.«

»Ich bin aber kein Teddybär.«

»Stimmt, der hat mehr Rundungen.«

Empört versetzte sie ihm einen Klaps in die Seite, doch dann drehte sie sich so zu ihm um, dass ihr Kopf an seiner Schulter und ihre Hand auf seiner Brust lag. Er seufzte zufrieden und legte seine Hand auf ihre Finger. Sie spürte, wie sein Herz zuerst heftig klopfte, aber bald schon langsamer wurde, genau wie sein Atem. Das gleichmäßige Pochen ließ auch sie schließlich sanft einschlummern.

Irgendwann wurde Heidi von einem leisen, aber hartnäckigen Klopfen an der Tür geweckt. Draußen war es bereits dunkel, und sie suchte nach dem Lichtschalter. Als sie ihn endlich gefunden hatte und es plötzlich hell wurde im Raum, stöhnte Tom unwillig. Heidi stand auf und fand eine besorgte Marge vor der Zimmertür stehen.

»Hast du eine Ahnung, wo Jo steckt? Ich kann sie nirgendwo finden!«

»Ich dachte, sie hätte einen Spaziergang gemacht, um den Kopf freizubekommen. Wie spät ist es denn?«

»Es ist kurz vor elf. Wenn sie spazieren gegangen wäre, wäre sie doch längst wieder hier. Ich mache mir wirklich Sorgen.«

Heidi kam zu Marge auf den Korridor hinaus und schloss die

Tür hinter sich. »Ich versuche noch mal, sie von meinem Handy aus zu erreichen. Es liegt, glaube ich, noch in der Küche.«

»Ich bin viel zu hart mit ihr gewesen. Sie hatte es doch nur gut gemeint«, schimpfte Marge mit sich selbst, als sie mit Heidi hinunter in die Küche humpelte, wo die Katze Lizzie zufrieden auf einem Stuhl schlief. Heidi griff nach ihrem Handy auf dem Küchentisch und tippte erneut die Nummer ihrer Freundin ein. Gleich darauf ertönte die Stimme des Automaten. »Der Empfänger kann im Moment nicht erreicht werden.«

»Sie hat es noch immer ausgeschaltet. Und sie ist wirklich nicht in ihrem Zimmer?«

»Nein, aber ihre Sachen sind alle noch da.«

»Ich werde mal bei Seamus drüben klopfen und fragen, ob sie eventuell da Zuflucht gesucht hat. Bleib du hier, falls sie doch zurückkommt. Ich nehme mein Handy mit, damit du mir Bescheid geben kannst, falls sie auftauchen sollte.«

Heidi schnappte sich eine Taschenlampe und machte sich auf den Weg zu Seamus' Haus. Es brannte noch Licht im Wohnzimmer. Um Nick nicht zu wecken, der vermutlich bereits schlief, klopfte sie nur an das Fenster. Zu ihrem Erstaunen öffnete Duncan es.

»Was tun Sie denn hier?«, fragte sie.

»Nick ist krank, daher bleiben wir bei meinem Onkel, bis es ihm besser geht. Und was machen Sie hier?«

»Ich bin auf der Suche nach Jo, ist sie etwa bei Ihnen?«

»Nein, warum sollte sie?«

Heidi seufzte. »Das ist eine lange, sehr lange Geschichte.«

»Als ob es bei Jo jemals kurze Geschichten gäbe«, grinste er. »Ist das Lügenkonstrukt etwa doch zusammengekracht?«

»Mit Pauken und Trompeten sozusagen«, bestätigte Heidi seinen Verdacht.« »Marge und sie hatten eine Auseinandersetzung, und Tom hatte verkündet, das Hotel zu schließen. Seither haben wir sie nicht mehr gesehen.«

»Aber dieser Tom war doch heute Nachmittag abgereist?«

»Ja, um dann heimlich wieder zurückzukommen und uns auffliegen zu lassen.«

»Ich hatte sie gewarnt«, seufzte Duncan und schaute dann auf seine Uhr: Viertel nach elf.

»Haben Sie noch eine Idee, wo sie stecken könnte?«, fragte Heidi hoffnungsvoll.

»Nein. Ich glaube nicht, dass sie hier viele Leute kennt.« Doch plötzlich kam ihm ein Gedanke. »Das heißt, vielleicht ist sie bei ihren früheren Kolleginnen in der WG untergekommen.«

»Wo?«

Er hatte vergessen, dass Heidi gar nicht wusste, wo genau Jo zuvor gearbeitet hatte. »Hören Sie, ich gebe nur rasch Seamus Bescheid, damit er ein Auge auf meinen Jungen hat, dann können wir los.«

Wenig später saß sie neben ihm in seinem Land Rover.

»Sie ist kein schlechter Mensch«, unterbrach Heidi die Stille.

»Das ist mir klar. Nur die Lügerei geht mir gewaltig auf den Sack.«

»Wenn man es genau nimmt, hat sie nie wirklich gelogen«, nahm Heidi ihre Freundin in Schutz. »Geben Sie mir nur ein Beispiel, wo sie Ihnen wirklich ins Gesicht gelogen hat.«

Duncan überlegte einen Moment.

»Ist es nicht viel eher so, dass Sie etwas angenommen haben und Jo Sie einfach in dem Glauben gelassen hat?«

Duncan knurrte. »Das ist Haarspalterei und kommt am Ende auf das Gleiche heraus.«

Sie fuhren auf die Hotelanlage und hielten kurz darauf auf dem Parkplatz vor der Personalunterkunft an.

»Ich finde nicht«, fuhr Heidi energisch fort. »Und sie hat in den meisten Fällen nicht für sich den Mund gehalten, sondern versucht, andere zu schützen. Das sollten Sie auch in die Waagschale werfen, wenn Sie schon das Gefühl haben, Richter spielen zu müssen.«

Im Haus brannte Licht, also schien noch jemand wach zu sein. Duncan warf Heidi einen mürrischen Blick zu und klopfte an die Tür. Sie hörten Schritte, und gleich darauf wurde die Tür einen Spaltweit geöffnet. Marie streckte ihren Lockenkopf heraus. »Duncan? Ist was passiert?«

»Ist Jo bei euch, oder hat sie sich bei euch gemeldet?«

Nun öffnete Marie die Tür ganz. »Nein. Weshalb sollte sie?«

Hinter ihr erschien der Typ, mit dem Duncan Jo im Gewächshaus erwischt hatte.

»Wenn der hier ist, ist Jo doch auch da! Kommt, erzählt mir keinen Mist!«, herrschte Duncan sie genervt an.

Marie schaute von Duncan zu Phil und wieder zurück. »Hä?«

»Du bist doch Jos Freund. Wo steckt sie?«

»Welche Jo?«, fragte Phil begriffsstutzig.

»Jo, Josy, Josephine ... was weiß denn ich, wie du sie nennst?«

»Duncan, das ist Audreys Freund«, berichtigte Marie leicht verwirrt.

Duncan schnaubte. »Ach ja? Und warum hat er dann mit Jo im Gewächshaus rumgeknutscht?«

Jetzt tauchte auch Audrey auf, sie hatte das laute Gespräch aus dem Wohnzimmer gehört. »Weil sie mich damals geschützt hat«, erklärte sie kleinlaut.

»Was?«

»Sie hatte uns ertappt, wie wir im Gewächshaus zugange waren. Ich wurde ja bereits zuvor von Jane verwarnt, dass ich rausfliegen würde, wenn ich noch mal mit einem Gast erwischt werde. Wir hörten plötzlich jemanden kommen, und da meinte Phil, es wäre besser, ich würde mich verstecken und Jo würde meinen Platz einnehmen.«

»Ist hier eigentlich noch irgendetwas so, wie es scheint?!« Duncan fuhr sich genervt mit der Hand durchs Haar.

»Es ging um meine Lehrstelle. Sie werden mich doch jetzt nicht rauswerfen, oder? Immerhin ist Phil kein Gast mehr, und ich kann tun und lassen, was ich will.«

»Jo ist also nicht hier?«, fragte er Marie und ignorierte Audrey vollkommen.

»Nein, Duncan, wirklich nicht.«

Er nickte, drehte sich um und stapfte zum Wagen zurück. Heidi lächelte den Trupp entschuldigend an. »Danke und gute Nacht.«

»Gute Nacht.« Marie schloss die Tür wieder hinter ihnen.

Kaum saß Heidi im Auto, fuhr er los.

»Wohin fahren wir?«

»Zu mir.«

»Vielleicht sollten wir die Polizei einschalten.«

»Das bringt doch nichts. Die suchen erst, wenn jemand länger als vierundzwanzig Stunden vermisst ist. Nein, ich hole meinen Hund und versuche, eine Spur zu finden.«

»Kann er denn so was?«

»Als er noch jünger war, haben wir nur so zum Spaß bei einem Kurs für Spürhunde mitgemacht. Er schien Freude daran zu haben, nur hatte ich dann zu wenig Zeit, um das mit ihm weiterzuverfolgen. Einen Versuch ist es trotzdem wert. Ich muss zuvor allerdings noch ein paar Dinge aus meinem Haus holen.« Als er vor dem Gebäude hielt, drehte er sich zu Heidi um. »Sie können hier warten oder mit hineinkommen, wie Sie wollen.«

Heidi blieb im Wagen sitzen und versuchte erneut, Jos Handy anzuwählen.

11. Kapitel

Nach dem Streit mit Marge war Jo aus dem Haus gelaufen. Sie war so verstört gewesen, dass sie noch nicht mal daran gedacht hatte, eine Jacke anzuziehen. Einmal mehr hatte sie es geschafft, alles in den Sand zu setzen, obwohl sie nur hatte helfen wollen. Das Hotel würde geschlossen werden, Marge ihr Zuhause verlieren, und Heidi, die sich in diesen Schnösel verliebt hatte, wurde das Herz gebrochen, und daran war nur sie allein schuld. »Gut gemacht, Jo!«, schimpfte sie vor sich hin. Sie war so wütend auf sich selbst, dass sie nicht darauf achtete, wohin sie lief. Es musste doch einen Ausweg geben aus diesem ganzen Schlamassel. Irgendeine Möglichkeit, wie sie zumindest dafür sorgen könnte, dass Marge ihr Zuhause nicht verlöre. Das Tempo, in dem sie sich fortbewegte, war so hoch, dass sie ins Keuchen und Schwitzen kam. Aber das schien ihr nur die gerechte Strafe für das, was sie angestellt hatte. Warum musste eigentlich immer alles schiefgehen, was sie anpackte? Die Stelle im Altenheim, ihr Ex, dann die Anstellung im Garten, Duncan, der auch nichts mehr von ihr wissen wollte. Duncan ... nein, an ihn und an seinen Kuss wollte sie definitiv nicht mehr denken. Sie lenkte ihre Gedanken zu Nick. Ja, das war viel besser. Die Freundschaft zu Nick würde sie nicht versieben. Der Junge war einfach zu goldig, und er verstand sie. Ein Lächeln huschte über ihr Gesicht. Schon verrückt: Ein geistig leicht zurückgebliebenes Kind verstand sie besser als alle Erwachsenen. Was sagte das bloß über sie aus? Sie wusste nicht, wie lange sie umhergelaufen war, aber plötzlich endete der Weg, der durch lichten Wald geführt hatte, in einer Sackgasse. Super, genau wie ihr Leben! Sie würde wohl umkehren müssen. Sie setzte sich auf einen gefällten Baum und gestattete sich ein paar Tränen des Selbstmitleids. Vermutlich wäre es wirklich das Beste, wenn sie einfach in die Schweiz zurückkehren würde. Heim zu Mutti und Vati. Ja, ihr Ex würde das bestimmt sehr amüsant finden. Sie stand auf und schrie so laut sie konnte in den Wald hinein. »Aaaaaaaaaaaaaaaaahhhhhrrrggg!« Doch das Einzige, was sie damit erreichte, war, dass ihr nun auch noch die Kehle brannte. Mit Tränen in den Augen machte sie sich auf den Rückweg. Sie würde sich ins Hotel hineinstehlen und eine Notiz für Marge und Heidi zurücklassen, in der sie sich entschuldigte. Dann würde sie den Bus nach Glasgow nehmen und von da heimfliegen. Jawohl. Plötzlich stand sie vor einer Weggabelung. War die vorhin auch schon da gewesen? Musste sie nun nach links oder rechts gehen? Sie hatte keinen Schimmer, aus welcher Richtung sie gekommen war. »Ich werde den rechten Weg nehmen. Von heute an nehme ich nur noch den rechten Weg, Duncan! Hast du gehört?! Ich werde nichts Linkes mehr tun oder drehen.« Laut hatte sie das in den Wald hineingerufen, als ob er sie hören könnte. Pah, der Ignorant würde sie noch nicht mal hören, wenn sie es ihm ins Ohr schreien würde. Er sah einfach nicht, dass sie nichts Böses im Sinn hatte, sondern nur helfen wollte. Sie wusste bereits, was er sagen würde, wenn er hörte, dass das Hotel geschlossen wurde. »Hab ich es dir nicht gesagt?«

»Du bist so ein verdammter Idiot, Mr Scare Man. Ich fürchte

mich aber nicht mehr vor dir, und du kannst mich mal!« Warum schreie ich eigentlich die Bäume an, die können doch gar nichts dafür, ging es ihr durch den Kopf. Vermutlich war sie verrückt geworden, komplett durchgedreht. Mist, da vorne gab es schon wieder eine Verzweigung. Sie entschied sich erneut für den rechten Weg. Nach drei weiteren Wegkreuzungen stand sie wieder in einer Sackgasse, und sie musste sich widerwillig eingestehen, dass sie sich komplett verlaufen hatte. Super! Sie beschloss, dieses Mal nicht umzukehren, sondern den Berg hinaufzugehen. Irgendwann würde sie vielleicht von oben erkennen, wo das Dorf lag und in welche Richtung sie gehen musste. Das Tageslicht wurde langsam schwächer, und ihr wurde klar, dass sie es vermutlich nicht mehr zurück ins Brambleberry Cottage schaffen würde, bevor die Nacht einbrach. Sie beschloss, solange sie noch etwas erkennen konnte, weiterzugehen. Doch irgendwann war es einfach zu dunkel, und sie stolperte nur noch vor sich hin. Besser, sie setzte sich und wartete auf den Morgen. Eine Nacht im Freien und dazu noch im Wald! Schicksal, was hast du noch auf Lager? Gut, vielleicht hatte das weniger mit Schicksal, sondern mehr mit Dummheit zu tun. Warum hatte sie bloß nicht auf den Weg geachtet? Ihr knurrte der Magen, denn sie hatte seit dem Mittag nichts mehr gegessen, und die Kälte kroch auch langsam in ihr hoch. Sie hatte zuvor so geschwitzt, dass ihre Wäsche feucht geworden war und sich nun bei den sinkenden Temperaturen eiskalt auf ihrer Haut anfühlte. Hätte sie doch nur daran gedacht, eine Jacke mitzunehmen, aber nein, sie hatte ja kopflos aus dem Haus stürmen müssen. Nicht mal ihr Handy hatte sie dabei, toll. Gab es eigentlich gefährliche Tiere in Schottland? Es raschelte irgendwo rechts von ihr. Jo schlang die Arme um ihre Knie und senkte den Kopf darauf. Wölfe und Bären gab es hier nicht … aber Spinnen … beinahe wäre sie aufgesprungen, aber das brachte ja nichts. Sie versuchte, sich abzulenken. Ihre Gedanken flogen zu ihrem ersten Tag auf dem Landgut des Hotels, wo sie Duncan zum ersten Mal begegnet war. Sie sah ihn wieder vor sich, wie er an den Baumstamm gelehnt genüsslich in den Apfel gebissen hatte. Und als er sie dann wahrgenommen und seine tiefblauen Augen auf sie gerichtet hatte … Gott, die Schmetterlinge tanzten allein bei der Erinnerung schon Rumba in ihrem Bauch. Sie seufzte und stellte sich vor, was alles hätte passieren können, wenn er etwas weniger er und sie ein bisschen weniger sie gewesen wäre. Sie sah es vor sich, wie sie in seinen Armen auf einer Wiese lag, dicht aneinandergekuschelt. Über ihnen thronte ein großer alter Apfelbaum. Ein verträumtes Lächeln stahl sich auf ihr Gesicht. Klar, und dann wäre ein Apfel runtergefallen, hätte ihn mitten am Kopf erwischt, und natürlich wäre sie wieder schuld daran gewesen. Bei ihr endeten die Geschichten einfach nie wie im Märchen: Und sie lebten glücklich bis an ihr Lebensende, pah, von wegen. Jo wurde irgendwann so müde, dass ihr die Spinnen so was von egal waren und sie sich einfach auf den Boden legte. Auf eine rasche Morgendämmerung hoffend, schloss sie die Augen und zog die Beine ganz dicht an sich heran, um die Körperwärme nicht entweichen zu lassen.

Duncan holte seinen großen Rucksack vom Dachboden und füllte ihn mit allem, was wichtig sein könnte: Essen, Notfallapotheke, Futter für den Hund, GPS, Taschenlampe und einer Thermoskanne, die er bei Seamus noch mit heißem Tee auffüllen würde. Auch die beiden Funkgeräte, die er mal für sich und Nick angeschafft hatte, nahm er mit. Da für den kommenden Tag die Wetterprognose nicht gut war, griff er zudem zu seinem Hut und der warmen und wasserdichten Jacke. Schließlich zog er die Haustür wieder hinter sich zu und legte den Rucksack in den Kofferraum.

»Ich kann sie noch immer nicht erreichen«, sagte Heidi besorgt.

Duncan nickte grimmig: »Wir werden sie schon finden.«

Als sie vor Seamus' Haus geparkt hatten, reichte Duncan Heidi eines der Funkgeräte aus dem Kofferraum. »Hier, wissen Sie, wie so was funktioniert?«

Natürlich nicht, wie sollte sie auch, schließlich konnte man in der Schweiz praktisch jede und jeden per Handy erreichen. Heidi schüttelte den Kopf.

»Okay, dann erkläre ich es Ihnen gleich, während ich Tee koche.«

»Wollen Sie schon heute Nacht aufbrechen?«, fragte sie einerseits erstaunt, aber doch etwas erleichtert. Duncan nickte nur und griff nach seinem Rucksack.

»Macht das denn Sinn? Sie werden ja kaum die Hand vor Ihren Augen sehen können.«

»Der Hund sieht mit seiner Nase. Die Wetterprognose ist für den morgigen Tag schlecht, und ich fürchte, dass, wenn wir Jo nicht schnell finden, der Regen ihre Spur auch für den Hund verwischt. Kommen Sie mit!«

Sie folgte ihm in Seamus' Küche, wo er einen Topf voll Wasser aufsetzte. Anschließend erklärte er ihr am Küchentisch, wie das Funkgerät zu bedienen war: »Sie können damit ins Brambleberry zurückgehen, aber ich wäre froh, wenn Sie morgen Seamus darüber informieren, dass ich losgezogen bin. Ich werde Ihnen spätestens bei Sonnenaufgang Bescheid geben, wo ich stecke. Falls wir keine Spur finden oder sie verlieren, wird es nötig sein, einen

Suchtrupp zusammenzustellen. Seamus weiß dann, was zu tun ist.«

Er gab ein paar Kräuter in das mittlerweile heiß gewordene Wasser und siebte es kurz darauf in die Thermosflasche ab. Seinem Ungetüm von Hund hatte er eine zusätzliche Portion Futter gegeben, das in Windeseile in dessen Magen verschwand, sodass Heidi allein beim Zusehen schon übel wurde. Danach gingen sie zusammen mit dem Hund an der Leine zurück ins Hotel.

»Ich brauche noch ein getragenes Kleidungsstück von Jo, damit Bandit ihren Geruch aufnehmen kann.«

»Klar.«

Duncan wartete vor dem Hotel, bis Heidi mit einem von Jo getragenen T-Shirt zurückkam.

Er hielt es Bandit vor die Nase, ließ ihn in Ruhe daran schnüffeln und gab schließlich den Befehl: »Such!« Unter Heidis skeptischem Blick führte er den Hund zuerst um das Hotel herum. Beim Haupteingang schien der Hund tatsächlich ihre Witterung aufzunehmen, auf alle Fälle schlug er plötzlich eine andere Richtung ein.

»Ich gebe Ihnen Bescheid, sobald wir sie gefunden haben.« Damit verschwand Duncan mit Bandit in der Dunkelheit, und Heidi ging zurück ins Hotel, wo sie sich ebenfalls einen Tee aufsetzte. Marge, die gehört hatte, dass Heidi zurückgekehrt war, humpelte zu ihr in die Küche. Sie machte sich große Vorwürfe und hatte es in ihrem Zimmer nicht mehr ausgehalten. »Ich hätte wirklich nicht so grob zu ihr sein dürfen. Schließlich wollte sie ja nur helfen«, jammerte sie.

Heidi strich ihr tröstend über die Hand. »Sie brauchte wohl einfach etwas Zeit für sich, um ihre Gedanken zu sortieren. Jo kann ganz gut auf sich selbst aufpassen, ihr wird nichts zustoßen.« Ihr war klar, dass sie nicht nur versuchte, Marge zu überzeugen, sondern auch sich selbst.

Der Hund führte ihn zügig vom Dorf weg in Richtung Wald. Duncan hoffte inständig, dass sein Hund tatsächlich die Spur von Jo aufgenommen hatte und nicht die eines Kaninchens. Doch da Bandit immer auf dem Weg blieb und nie ins Gebüsch abzweigte, war Duncan sich ziemlich sicher, dass sein Hund seinen Job gut machte.

»Bist ein feiner Hund. Such weiter, such!«

An einer Weggabelung schien sich Bandit nicht ganz sicher zu sein, doch dann führte er ihn weiter den Weg geradeaus, bis sie vor einer Sackgasse landeten. Der Hund schnüffelte überall herum und führte ihn dann wieder zurück zu dieser Weggabelung, wo er dieses Mal den anderen Weg einschlug. Irgendwann standen sie wieder vor einer Sackgasse. Duncan legte eine kurze Rast ein und gab Bandit etwas Wasser. Nach wenigen Minuten gab er den Befehl weiterzusuchen. Jetzt schien Jo gemerkt zu haben, dass sie sich verirrt hatte, dachte er, denn sie hatte den Weg verlassen und sich wohl entschieden, bergauf zu gehen. Er verstand, was sie sich dabei überlegt hatte, aber besser wäre es gewesen, sie wäre einfach auf dem Weg geblieben und hätte darauf gewartet, bis man sie fand. Es war etwas umständlich, dass er in diesem Gebiet den Hund an der Leine behalten musste, aber in der Dunkelheit hätte er ihn ansonsten nicht mehr erkennen können. Bei Tageslicht würde er ihn ableinen. Er schaute kurz auf die Uhr, sie waren mittlerweile drei Stunden unterwegs, und es ging gegen halb fünf. Noch gut eineinhalb Stunden, dann würde die Sonne aufgehen. Jo, wo steckst du nur!? Er fragte sich, ob wohl alles anders gekommen wäre, wenn er damals im Gewächshaus nicht sie, sondern tatsächlich Audrey mit Phil erwischt hätte. Diese Situation hatte für ihn alles verändert. Wenn das nicht passiert wäre oder er ihr einfach vertraut hätte, dann wären sie vermutlich zusammengekommen, und Jo hätte seine Gartenanlage nie verlassen. Doch so war er einfach nur verbittert gewesen, dass sie sich dem Nächstbesten an den Hals geworfen hatte, obwohl sie sich davor geküsst hatten. Nick hatte in Jo immer etwas gesehen, was er selbst aufgrund seines verletzten Stolzes nicht mehr hatte erkennen können. Hätte er bloß auf den Instinkt seines Sohnes gehört. Aber nein, stattdessen hatte er dafür gesorgt, dass sie eine Nacht in Untersuchungshaft verbringen musste. Obwohl er das Gegenteil behauptet hatte, war ihm natürlich schon klar gewesen, dass, wenn er die Schweine einfach mit zur Chelsea Show nahm, sie automatisch verdächtig würde. Aber wenn er ehrlich war, war es ihm damals egal gewesen. Sollte sie ruhig auch ein bisschen leiden. Die Notiz an Jane hätte ja dann alles aufgeklärt. Er konnte ja nicht ahnen, dass Jane seine Nachricht verschwinden lassen würde. Aber Jos Schwindeleien gingen ihm derart gegen den Strich. Warum konnte sie nicht einfach die Karten offen und ehrlich auf den Tisch legen? Heidis Worte kamen ihm in den Sinn. Eigentlich hatte sie schon recht, Jo hatte ihn nie direkt oder böswillig belogen. Nur, machte es das besser, wenn man den anderen einfach in einem falschen Glauben ließ?

Irgendwann in den frühen Morgenstunden hatte Regen eingesetzt. Jo war so entsetzlich kalt, dass sie sich, obwohl sie kaum etwas erkennen konnte, bereits wieder auf den Weg machte. Ihr Körper fühlte sich steif an und schmerzte aufgrund der ungewohnten Schlafhaltung auf dem feuchtkalten Boden. Sie musste es schaffen, irgendwie aus dieser misslichen Lage herauszukommen. Endlich mischten sich in die schwarze Nacht ein paar graue Andeutungen von Tageslicht. Doch das verbesserte ihre Situation nicht sonderlich, denn wie sie frustriert feststellen musste, hatte sich überflüssigerweise ein dicker Nebel dazu entschieden, ihr das Leben schwer zu machen. Wenn sie jetzt die Spitze des Berges erreichte, würde sie wohl warten müssen, bis er sich verzogen hätte. Super! Obwohl es nicht heftig vom Himmel prasselte, sondern nur ein feiner Nieselregen sie umgab, war Jo innerhalb kürzester Zeit nass bis auf die Haut. Sie kam nur noch schleppend vorwärts, ihre Glieder fühlten sich so klamm an, und an ihrer Ferse hatte sich eine Blase gebildet. Der Tag verdrängte schließlich endgültig die Nacht, und sie konnte die Dinge um sich herum wieder deutlicher sehen. Trotzdem betrug die Sicht kaum mehr als fünfzig Meter. Jo hoffte inständig darauf, dass sich der Nebel wenigstens etwas verzöge, bis sie oben ankäme. Sie hatte keine Lust, eine weitere Nacht im Freien zu verbringen. Keuchend ging sie weiter, Schritt um Schritt, einen Fuß vor den anderen, immer weiter den Berg hinauf. Dann hatte sie endlich die Waldgrenze erreicht und kam auf ein freies Gelände. Jetzt würde es wohl nicht mehr weit sein, bis sie ins Tal blicken konnte, sobald das Wetter sich verbesserte. Sie entdeckte einen kleinen Bach und ging hin, um ihren Durst zu löschen. Doch das Wasser war so eisig kalt, dass sie nur eine Handvoll davon trank. Erschöpft legte sie sich in das nasse Gras, dann lachte sie hysterisch. Sie musste ja nur den Mund öffnen, um zu trinken. Vermutlich verlor sie langsam den Verstand. Zitternd rappelte sie sich wieder auf und ging weiter. Ob es wohl kalt genug wäre, um an Unterkühlung zu sterben? Angeblich soll das ein angenehmer Tod sein. Man würde einfach einschlafen, hatte sie mal irgendwo gelesen oder gehört. Doch wer wusste das schon? Die, die das erzählten, lebten ja noch und waren nicht wirklich gestorben. Das Brennen an ihrer Ferse wurde immer schlimmer, und schließlich setzte sie sich erneut ins Gras, um sich eine Pause zu gönnen.

Als Duncan und Bandit die Waldgrenze erreicht hatten, ließ er seinen Hund von der Leine. Er fürchtete, dass aufgrund des Regens Jos Spur bald auch für Bandit nicht mehr zu lesen wäre. Eile war angesagt, und das musste man Bandit nicht zweimal sagen. Der Hund jagte los, und Duncan konnte ihn bald nicht mehr sehen, da er vom dichten Nebel verschluckt wurde. Hin und wieder pfiff er ihn zurück, und Bandit folgte dem Befehl nur, um gleich wieder loszusprinten. Ihm schien die Suche richtig Spaß zu machen. Na, wenigstens hatte einer seine Freude daran, dachte Duncan genervt.

Jo wollte sich gerade wieder aufrappeln, als aus dem Nebel ein Hund auf sie zugeschossen kam. Da sie ihn zuerst nicht erkannte, geriet sie in Panik. Sie hatte nichts, womit sie sich gegen das riesige Vieh hätte verteidigen können. Doch dann erkannte sie erleichtert das durchnässte und zerzauste Ungetüm. »Bandit!«, rief sie freudig und kniete sich hin, um ihn zu knuddeln und sich von ihm ein paar feuchte Hundeküsschen geben zu lassen. »Wo kommst du denn her?«

In dem Moment ertönte ein Pfiff, und Bandit schaute zurück in den Nebel und dann wieder zu ihr. Er entschied sich zu bleiben und bellte stattdessen laut. Kurz darauf tauchte Duncan aus dem Nebel auf. Jo liefen Tränen der Erleichterung über die Wangen. »Duncan …«

In wenigen großen Schritten war er bei den beiden. »Das hast du fein gemacht, Bandit, guter Hund!« Sofort nahm er Bandits

Spielzeug aus seiner Jackentasche und warf es für den Hund auf die Wiese, damit er seine wohlverdiente Belohnung bekam. Dann wandte er sich der total verdreckten und verheulten Jo zu und kniete sich zu ihr hinunter. »Bist du verletzt?«, fragte er besorgt.

Sie schüttelte den Kopf, konnte aber vor lauter Zittern und Tränen nicht sprechen. Ebenfalls froh, sie gefunden zu haben, wischte er ihr mit der Hand eine feuchte Haarsträhne aus dem Gesicht und zog sie dann zu sich hoch, um sie in die Arme zu schließen. »Ich hab dich, es ist alles gut.«

Er hielt sie eine Weile einfach fest, bis das Schluchzen verebbte.

»Tut mir leid«, schniefte sie. »Ich bin so froh, dass du zufällig hier vorbeigekommen bist mit Bandit.«

Verwirrt schaute er sie an. »Ich bin nicht einfach so vorbeigekommen. Wir haben dich gesucht, zum Donnerwetter! Im Hotel sind sie halb verrückt vor Sorge um dich.« Er zog seine Jacke aus und hielt sie ihr hin. »Los, schlüpf rein.«

»Nein, es bringt doch nichts, wenn wir beide nass werden.«

»Du bist völlig unterkühlt, und wir müssen dafür sorgen, dass du nicht noch mehr Körperwärme verlierst. Ich habe keine Lust, dich den ganzen Weg zu tragen, weil du zusammenklappst. Los, anziehen!« Als er sah, dass sie ihm schließlich gehorchte, öffnete er den Rucksack und nahm die Thermoskanne heraus. Dankbar nahm sie den Becher an, den er gleich mit dampfend heißem Tee auffüllte. Während sie in kleinen Schlucken trank, um sich den Mund nicht zu verbrennen, funkte Duncan Heidi an. »Duncan an Heidi, bitte melden.«

»Hast du sie?!«, erklang gleich die bange Frage aus dem Gerät.

Er schmunzelte, als er Richtung Jo blickte. »Ja, und sie ist unverletzt, nur etwas unterkühlt. Wir werden zur Schutzhütte am

Loch McNamara gehen und warten, bis der Regen vorbeizieht und Jo wieder bei Kräften ist. Kannst du das bitte auch Seamus ausrichten?«

»Gott sei Dank! Wir haben uns solche Sorgen gemacht.«

»Heidi, bringst du nun bitte das Funkgerät zu Seamus herüber? Ich will später von der Hütte aus mit ihm reden und fragen, wie's Nick geht.«

»Mach ich. Und Duncan, sag Jo bitte, dass wir hier auf sie warten.«

Er lächelte. »Sie hat dich gehört, Heidi. *Over and out.*«

»Ich habe so einen riesigen Mist gebaut«, hörte er Jo wispern, als er das Funkgerät und den Tee wieder im Rucksack verstaute.

»Ja, das hast du. Es weiß doch jedes Kind, das man hier in den Highlands nicht ohne Jacke und Ausrüstung einfach losmarschiert! Dir hätte weiß Gott was passieren können!«

Erstaunt sah sie ihn an. »Das meine ich nicht. Aber meinetwegen verliert nun Marge ihr Zuhause, und Heidi hätte endlich jemanden gefunden, dem sie ihr Herz schenken wollte, und auch das habe ich vermasselt. Warum läuft bei mir nur immer alles schief?!«

»Lass uns im Trockenen darüber reden.« Er blickte auf sein GPS, pfiff seinen Hund wieder zu sich und griff nach ihrer klammen Hand. »Komm, es ist nicht mehr weit.«

Seine Hand fühlte sich kräftig und sicher an. Sie ging neben ihm her, und er drosselte sein Tempo, weil er merkte, dass sie wirklich völlig erschöpft war. Er redete absichtlich nicht, damit sie sich auf den Weg konzentrieren und ihren Atem für das Gehen sparen konnte. Irgendwann bemerkte er ihr leichtes Hinken. »Du bist doch verletzt! Schaffst du's noch bis zur Hütte? Es wird vermutlich noch eine Viertelstunde dauern.«

»Es ist nur eine blöde Blase. Du musst mich schon nicht tragen!«

»Ich schau mir das dann in der Hütte an«, knurrte er.

»Musst du nicht, das kann ich selbst.«

Schweigend gingen sie weiter, doch Duncan gab sich Mühe, noch etwas langsamer zu gehen. Als Jo glaubte, wirklich keinen Schritt mehr weiterlaufen zu können, erreichten sie eine Anhöhe, und vor ihr lag auf einmal ein dunkler See. Der Nebel hatte sich etwas gelichtet, und so konnte sie durch den Nieselregen auf der anderen Seite des Sees eine kleine Hütte ausmachen.

Duncan schaute sie lächelnd an. »Das ist sie. Wir müssen nur noch um den See gehen, kriegst du das hin?«

Jo nickte und ging tapfer weiter. Bandit war vorausgeeilt, er schien den Ort gut zu kennen und wartete auf der trockenen Veranda, bis sie es endlich auch geschafft hatten. Duncan griff über den Türrahmen, um den dort deponierten Schlüssel an sich zu nehmen.

»Superversteck«, schnaufte Jo erledigt.

»Es ist kein Versteck. Schließlich sollen ja Wanderer, die in Not geraten sind, hier Zuflucht finden können.«

»Warum wird dann überhaupt abgeschlossen?«

»Damit nicht aus Versehen ein Tier mit seiner Schnauze die Tür öffnen und ein Chaos im Inneren anrichten kann.« Mittlerweile hatte er den Schlüssel im Schloss herumgedreht, und die Tür ließ sich quietschend öffnen. »Schuhe ausziehen, Mylady, dann dürfen Sie eintreten.«

Sie setzte sich auf die Stufe der Veranda und kämpfte mit klammen Fingern gegen die Schnürsenkel. Duncan hatte sich bereits beider Schuhe entledigt, als sie gerade mal den ersten vom Fuß streifen konnte. Er kniete sich vor sie hin und übernahm das

Aufbinden des zweiten Schuhs. Als er ihn von ihrem Fuß streifen wollte, schob sie seine Hand bestimmt beiseite.

»Ich möchte selbst«, sagte sie nur, denn es war der Fuß mit der Blase. Er schaute ihr zu, wie sie den Schuh möglichst weit öffnete und dann ganz vorsichtig abstreifte. Trotzdem musste sie an sich halten, um nicht zu wimmern. Duncan zog es das Herz zusammen, als er die blutgetränkte Socke sah. Und damit war sie, ohne zu jammern, den ganzen Weg hier hinauf zur Hütte gelaufen.

»Hättest du doch bloß etwas gesagt.«

»Und dann? Du hättest mich nicht den ganzen Weg hier hochtragen können«, erinnerte sie ihn und stand auf, um in die Hütte zu humpeln. Sie bestand aus zwei spartanisch eingerichteten Räumen, aber es schien alles da zu sein, was man brauchte.

»Du solltest aus deinen nassen Klamotten raus.« Er ging in den dahinterliegenden Raum und deutete ihr an, ihm zu folgen. »Hier hinten gibt es Decken, in die du dich einwickeln kannst, bis deine Kleider wieder trocken sind.«

Jo humpelte hinter ihm her in einen etwas kleineren Raum, in dem sich zwei Hochbetten befanden. Er griff nach einer der Matratzen und zog sie hinaus in den Hauptraum vor den Kamin. Ohne zu zögern, schälte sie sich aus ihren widerlich feuchten Kleidern, während Duncan sich vorne darum kümmerte, das Feuer im Kamin und im Küchenherd anzufachen. Danach holte er draußen Wasser und setzte es in einem großen Topf auf den Herd. Jo hatte sich mittlerweile in eine Decke eingemummelt und fragte sich, ob sie nicht einfach im Schlafzimmer bleiben sollte. Irgendwie fühlte sie sich etwas befangen bei der Vorstellung, ihm so gegenüberzutreten.

»Brauchst du Hilfe?«, fragte Duncan, der sich wunderte, wo sie so lange blieb.

Die Decke fest umklammernd, ging sie schließlich doch nach nebenan. Duncan war gerade dabei, etwas lauwarmes Wasser vom Herd in zwei Schüsseln zu gießen und den Topf erneut mit Wasser aufzufüllen. Sein Hund lag auf dem alten Flickenteppich in der Ecke neben dem Kamin.

»Du scheinst dich in der Hütte gut auszukennen«, stellte Jo fest. Er drehte sich zu ihr um, und ein Lächeln stahl sich in sein Gesicht. Sie sah zum Niederknien aus. Die große Decke schien sie beinahe zu verschlucken. Ihre Wangen waren gerötet und ließen ihre grünen Augen wie zwei dunkle Waldseen im Sonnenlicht funkeln. Allem Anschein nach hatte sie die letzte Nacht auf dem Waldboden verbracht, ihre Haare enthielten noch Spuren von Fichtennadeln und waren ziemlich zerzaust. Sie sah irgendwie süß und sexy zugleich aus.

Etwas unsicher stand sie da, die sonst so energische und um kein Wort verlegene Jo. Duncan zog einen Stuhl vom Tisch hervor. »Komm, setz dich, und lass mich deinen Fuß ansehen.« Er hatte bereits die Reiseapotheke aus dem Rucksack geholt und auf den Tisch gelegt und stellte nun die beiden Schüsseln mit Wasser daneben. Aus einem kleinen Schrank unter der Spüle holte er zwei Lappen hervor. Jo hatte sich auf dem Stuhl niedergelassen, behielt aber ihren Fuß unter der Decke zurück. Duncan kniete sich vor ihr auf den Boden. In der einen Hand hielt er den Lappen, den er zuvor in der Schüssel mit lauwarmem Wasser getränkt hatte, und die andere hielt er wartend zu ihr hin. Trotzig schaute sie ihn an und wollte ihrerseits nach dem Lappen greifen.

»Ich kann das wirklich allein.«

»Du hast Marge versorgt, dich um Liz gekümmert, Audrey in Schutz genommen und meinen Sohn betüddelt, als er krank war.

Jetzt lass bitte zu, dass sich endlich mal jemand um dich kümmert, Josy.«

Ihr Herz klopfte wie verrückt, und sie fürchtete, dass er, wenn er ein Stück von ihr in seiner Hand hielt, fühlen würde, was für einen Tumult er in ihr anrichtete. Trotzdem streckte sie ihren Fuß nun langsam unter der Decke hervor. Duncan sah, dass sie den Strumpf noch nicht ausgezogen hatte. Er legte den Lappen noch mal zur Seite und griff zuerst zur Schere, die sich zum Zuschneiden von Wundverbänden ebenfalls in der kleinen Apotheke befand.

»Du willst ihn doch nicht etwa aufschneiden?«, rief sie empört aus und hielt schützend ihre Hand vor den Fuß.

»Doch, das tut weniger weh«, meinte er bestimmt. »Zudem kostet so ein Strumpf nicht die Welt.«

»Das ist es nicht, aber irgendwann muss ich den Berg wieder runtergehen ...«

»Seamus wird uns mit dem Wagen entgegenkommen, wenn ich ihn darum bitte. Du wirst nur ein kurzes Stück gehen müssen, und das geht auch ohne Strumpf im Schuh.« Damit schob er ihre Hand, die ihn aufhalten wollte, beiseite und begann, den Strumpf aufzuschneiden und ganz vorsichtig von der Wunde zu lösen. Ihr Fuß fühlte sich eiskalt an. Mit dem in lauwarmem Wasser getränkten Lappen tupfte er die Wunde sauber. Er ging dabei wirklich sehr behutsam vor.

Danach griff er zum Desinfektionsmittel. »Jetzt musst du wohl kurz die Zähne zusammenbeißen, Josy.«

Sie nickte und sog scharf die Luft ein, als die Flüssigkeit feurig brennend auf die Wunde traf. Duncan legte das Mittel zur Seite und schnitt ein großes Pflaster zurecht, das er straff über die Wunde klebte. Kaum ließ er ihren Fuß wieder frei, zog sie ihn schnell unter die Decke zurück. Als er zum zweiten Lappen griff und den im sauberen Wasser tränkte, schaute Jo ihn misstrauisch an. »Was wird das jetzt?«, fragte sie.

Duncan griff in ihr zerzaustes Haar und entwirrte daraus eine Fichtennadel, die er ihr unter die Nase hielt. »Ich versuche nur, die Überreste der letzten Nacht aus deinem Gesicht zu bekommen. Die muss ja echt wild gewesen sein.«

Jo errötete, was sein Herz kurz mal zum Stolpern brachte. Er wrang den Lappen aus und wusch ihr sanft den Schmutz aus dem Gesicht. Es kam ihr seltsam und sehr intim vor, aber sie fühlte sich dennoch geborgen und behütet. Einen Teufel würde sie tun und sich dagegen wehren. Ihre Augen hielten sich aneinander fest. Und in ihrem Bauch schien plötzlich eine ganze Armee von Schmetterlingen einmarschiert zu sein. Wie in Zeitlupe beugte er sich vor und legte seine Lippen auf die ihre. Sein Kuss war am Anfang ganz leicht, fast wie der Flügelschlag eines aus ihrem Bauch entwischten Schmetterlings. Als sie aber begann, seinen Kuss zu erwidern, verlor er seine Zurückhaltung, und der Schmetterling schien in einen Sturm zu geraten. Sie streckte einen Arm aus ihrer Decke, um ihn näher an sich heranzuziehen, und dabei fühlte sie, dass auch sein Körper eiskalt war. Noch immer trug er die vom Regen nassen Kleider.

»Du solltest auch aus deinen nassen Sachen raus«, flüsterte sie und löste sich etwas von ihm, um sein Hemd aufzuknöpfen. Währenddessen liebkoste sein Mund ihren Hals und lenkte sie immer wieder von ihrem Tun ab. Aber irgendwann war das Hemd offen, und sie zog es ihm aus seiner Jeans und streifte es von seinen Schultern. Darunter trug er noch ein T-Shirt, und auch das zog sie ihm aus der Hose. Um es ihm aber über den Kopf zu streifen, hätte sie ihre zweite Hand benötigt und hätte somit den

Schutz ihrer Decke verloren. Bevor sie den Gedanken zu Ende verfolgen konnte, wurde sie auf einmal mitsamt der Decke von ihrem Stuhl hochgehoben. In wenigen Schritten war er mit ihr vor dem Kamin, wo er sie vorsichtig auf der Matratze niederließ.

»Hier ist es wärmer«, meinte er mit belegter Stimme. Dann zog er sich in einer einzigen fließenden Bewegung das T-Shirt über den Kopf. Beinahe hätte Jo aufgeseufzt, als sie seinen von der täglichen Gartenarbeit gestählten Oberkörper sah. Im Gegensatz dazu stand sein kleiner Bauchansatz. Doch diese Kombination fand sie irgendwie bezaubernd. Er setzte sich neben sie auf die Matratze und wollte sie gerade wieder an sich ziehen, als sie ihn unterbrach. »Du hast gesagt, das sei eine Schutzhütte. Kann da nicht jederzeit jemand hereinplatzen?«

Seine Mundwinkel zuckten verräterisch. »Theoretisch ja, aber bei diesem Wetter laufen nur verrückte Weiber draußen herum, und die habe ich alle eingesammelt.« Erneut beugte er sich zu ihr vor, doch sie hielt ihn mit ihrer Hand an seiner Brust von sich.

»Mir wäre es lieber, du würdest abschließen.«

Seufzend stand er auf und ging unter Jos bewunderndem Blick zur Tür und verschloss sie. Als er sich umdrehte, wandte sie ihre Augen rasch ab. Allerdings zu wenig schnell, wie sich herausstellte, denn Duncan hatte belustigt bemerkt, dass sie ihn gemustert hatte. Er fühlte sich in seinem Körper normalerweise sehr wohl, nur war ihm im Moment ziemlich kalt. Er holte aus dem Nebenraum zwei weitere Decken und Kopfkissen. Dann setzte er sich neben Jo auf die Matratze. Seine nasse Jeans fühlte sich auf der Haut ziemlich unangenehm an, trotzdem wollte er Jo nicht das Gefühl geben, sie zu bedrängen, und behielt sie daher an.

»Willst du die nicht auch ausziehen?«, fragte Jo unschuldig, und ihre Hand wanderte bereits zu seinem Gürtel.

»Himmel, Frau, du nutzt die Situation aber ziemlich schamlos aus.« Er nahm ihre Hand vom Gürtel und führte sie an seinen Mund. Unter seinen Lippen fühlte er an ihrem Handgelenk, wie sich ihr Puls beschleunigte. Schließlich entledigte er sich auch seiner Jeans und trug nur noch seine Unterwäsche, die sich durchaus sehen lassen konnte. Als er sich wieder zu Jo umdrehte, hob sie ihre Decke etwas hoch, damit er sich zu ihr ins Warme kuscheln konnte. Er nahm die Einladung gerne an und breitete die anderen Decken ebenfalls über sie beide aus. Dann zog er Jo einfach und ganz selbstverständlich in seine Arme. Nicht nur das knisternde Feuer verbreitete nun eine angenehme Wärme. Neugierig erkundete Jos Hand seinen Körper, während er genüsslich und ganz langsam jeden Zentimeter ihrer Haut mit seinem Mund erforschte. Gott, er fand Stellen, von denen Jo selbst nicht wusste, wie prickelnd sie auf zärtliche Liebkosungen reagierten. Etwas atemlos versuchte sie, ihm seine Unterwäsche abzustreifen, doch er lenkte sie gerade wieder so gekonnt ab, dass ihre Muskeln und Knochen sich anfühlten wie Pudding. Irgendwann flog das letzte Kleidungsstück doch noch aus dem kuscheligen Liebesnest. Sie seufzte und flehte ihn schon beinahe an, doch endlich zu ihr zu kommen, sie war mehr als bereit und wollte ihn einfach ganz und gar spüren.

»Langsam, Süße«, raunte er. »Wir haben alle Zeit der Welt.«

Jo hatte nicht gewusst, dass Warten so genussvoll sein konnte, schließlich gehörte sie nicht gerade zu der geduldigen Sorte von Mensch. Aber manchmal war ein langsameres Tempo tatsächlich pures, erwartungsvolles Vergnügen. Sie glaubte, sie würde sich demnächst von diesem Leben verabschieden, als er endlich in sie eindrang. Er hob sie in seinen Armen zu sich hoch. Begierig eroberte sein Mund ihre Lippen und flüsterte dabei ihren Namen.

Ihre Hände fuhren durch sein Haar und zogen ihn noch enger an sich heran. Als er sich ganz langsam zu bewegen begann, öffnete sie ihre Augen, nur um sich in seinen wiederzufinden. Sie passte sich seinem Rhythmus an und wurde hineingezogen in das dunkle Meer seiner tiefblauen Augen. Ihr Seufzen ging in seinem Kuss unter, und sie meinte, die Wellen über ihrem Kopf schlagen zu hören. Er stand vor dem Abgrund und wartete nur noch auf sie. Zusammen nahmen sie den letzten Schritt in die tosende Tiefe. Geist und Körper schienen sich von ihr zu lösen, und sie wurde in eine sinnliche Parallelwelt katapultiert. Als ihr Verstand wieder einigermaßen funktionierte, hielt er sie nach wie vor fest in seinen Armen. Auf einmal schien ihr alles so klar und logisch. Hier gehörte sie hin, zu ihm und nirgendwo sonst.

»Wow, was war das denn?«, grinste er und legte sich mit ihr zurück auf die Matratze, wo sie mit dem Kopf an seiner Brust zum Liegen kam. Sein Herz klopfte immer noch wie verrückt und entlockte ihr ein Lächeln. Was sie eben erlebt hatten, war wirklich etwas Besonderes gewesen. Jo hatte noch nicht mit vielen Männern geschlafen, aber dennoch hatte sie geglaubt zu wissen, was Liebe ist. Nun wurde ihr aber klar, dass sie sich kläglich geirrt hatte. Es schien, als hätten sich gerade eben nicht nur ihre Körper vereint, sondern ihre Seelen, ihr Wesen, ihr ganzes Sein. Ihr war, als hätte ihr Herz das von Duncan umarmt mit den Worten: »Da bist du ja endlich.«

Sie lauschten dem Regen, der heftiger geworden war und nun kräftig ans Fenster prasselte. »Können wir nicht einfach für immer hier bleiben, Duncan?«

Er schmunzelte und drückte ihr einen Kuss auf das zerzauste, aber langsam trocknende Haar. »Hm, ich fürchte, das geht nicht, Josy. Wir würden verhungern, und mein Kind würde ein Waise werden. Aber für ein Weilchen gehört dieser Fleck nur uns beiden.«

Sie verbrachten den ganzen Tag in ihrem Liebesnest, zwischendurch legte Duncan Holz nach, damit das Feuer nicht ausging, und Jo kochte aus den Lebensmitteln, die in der Hütte waren, ein karges Mahl. Sie erzählte ihm beim Essen, was zuvor im Hotel vorgefallen war und dass sie nicht vorgehabt hatte abzuhauen, sondern lediglich die Gedanken in ihrem Kopf ordnen wollte und sich dabei verlaufen hatte. Jo hatte so ein schlechtes Gewissen Marge und Heidi gegenüber. Doch Duncan konnte sie etwas beruhigen, denn immerhin war es ja Heidi, die ihn aufgesucht hatte, um Jo zu finden, und ihr ausrichten ließ, dass Marge und sie im Hotel auf sie warteten.

Am Nachmittag meldete sich Duncan über Funk bei Seamus, um zu hören, wie es Nick ging, und um Bescheid zu geben, dass alles in Ordnung war bei ihnen. Nick hatte endlich kein Fieber mehr und schien den Höhepunkt der Masern überstanden zu haben. Es ging ihm bereits wesentlich besser. Obwohl er es vom Internat gewohnt war, ohne Vater zu sein, vermisste er ihn, und Duncan versprach, am nächsten Tag zurückzukehren. Mit Seamus vereinbarte er einen Treffpunkt, zu dem er mit dem Geländewagen fahren und auf sie warten würde. Der Alltag schlich sich ganz langsam, aber bestimmt zurück in die Hütte und machte Jo bewusst, dass es nicht nur Duncan und sie auf dieser Welt gab. Doch als er das Funkgerät beiseitelegte und sich wieder ihr zuwandte, vertrieb er diese Gedanken rasch wieder aus ihrem verwuschelten Kopf.

Jo erwachte am nächsten Tag bereits in der Früh. Die Sonne schien gerade erst aufzugehen. Vorsichtig schälte sie sich unter

Duncans Arm hervor, um, ohne ihn aufzuwecken, aus dem provisorischen Bett zu krabbeln. Sie schnappte sich eine der Decken, die sie sich umlegte, und ging leise zur Tür. Bandit stand ebenfalls auf und tappte hinter ihr her ins Freie. Was sie vor sich sah, war atemberaubend. Der Regen und der Nebel waren verschwunden und hatten nur ihren frischen Duft zurückgelassen. Spiegelglatt lag der See neben der Hütte, und nur hin und wieder bildete sich ein kleiner Kreis, wenn ein Fisch prüfte, ob nicht doch schon eine Mücke zum Frühstück zu erwischen war. Die Sonne begann, glühend hinter einem der zahlreichen Hügel der Highlands ihr leuchtend gelb-rotes Licht zu verbreiten. In diesem Moment dachte sie an Dougie MacDonalds Lied »Caledonia«. Sie konnte es förmlich hören und fühlte die tiefe Liebe zu diesem einmaligen Land, die hinter den Worten steckte. Eine Träne rann ihr über die Wange. Sie hörte, wie die Tür der Hütte sich hinter ihr öffnete, und spürte gleich darauf zwei starke Arme, die sich um sie legten. Duncan küsste zärtlich ihren Nacken. »Morgen, mein Herz«, raunte er, während sein Mund weiter hoch zu ihrer Wange wanderte, wo er das Salz ihrer Tränen schmeckte. Sanft drehte er sie zu sich herum, damit er in ihre Augen blicken konnte. »Habe ich was falsch gemacht? Tut dir etwas weh?«

»Nein. Es ist nur ... mir ist klar geworden, dass ich mich in dieses Land verliebt habe. Ich will hier nicht mehr weg.«

Er atmete erleichtert auf. »Ich lasse dich hier auch nicht mehr weggehen, Josy. Ich liebe dich.«

Ihr Herzschlag setzte für einen Moment aus. Dann umfasste sie sein Gesicht mit ihren Händen und küsste ihn mit all der Leidenschaft, die in ihr brannte. »Ich liebe dich auch, Duncan Scarman«, gestand sie tief bewegt.

»Wenn ich bedenke, wie viel Zeit wir vergeudet haben, weil ich so ein Idiot war.«

Sie lachte.

»Nein, wirklich. Dies alles wäre schon viel früher passiert, wenn ich nicht so verdammt eifersüchtig gewesen wäre.«

Jo sah ihn erstaunt an. »Du? Eifersüchtig? Auf wen denn?«

»Im Gewächshaus, als ich dich mit diesem Typen erwischt habe. Ich dachte echt, du hättest was mit dem Kerl und es hätte dir nichts bedeutet, als wir uns am Loch geküsst hatten.«

»Ich glaube, da bin ich dir noch eine Erklärung schuldig.«

»Nein. Mittlerweile weiß ich, dass du nur Audrey geschützt hast.«

»Hättest du sie wirklich rausgeworfen?«

»Eher nicht, aber eine tüchtige Standpauke hätte sie wohl schon bekommen. Ich weiß, wie rar in dieser Gegend Lehrstellen sind und wie wichtig die Ausbildung bei uns für sie ist, zu wichtig, um sie für eine Affäre aufs Spiel zu setzen. Wenn Jane sie gesehen hätte, wäre sie wohl heute nicht mehr auf dem Gut.«

»Ja, das war mir klar, deswegen habe ich versucht zu helfen. Es tut mir leid.« Jo schaute ihm aufrichtig in die Augen. Zärtlich strich er ihr mit den Fingern über die Wange.

»Du musst dich nicht entschuldigen. Audrey und der Typ sind übrigens immer noch zusammen. Da er aber nicht länger Gast ist, kann auch Jane keine Einwände haben.«

»Gut. Soll ich uns Frühstück machen?«

Er drückte sie noch einmal liebevoll an sich, dann ließ er sie los, damit sie zurück in die Hütte gehen konnten. »Also nun bin ich echt gespannt, was du aus den restlichen Lebensmitteln hier zaubern willst, denn es ist nichts da außer ein paar Dosen. Und in meinem Rucksack sind nur noch ein paar Energieriegel. Ich fürchte, dass selbst Bandit ein besseres Frühstück haben wird als wir.«

Jo legte ihm ihre Arme um den Hals und sah ihn verschmitzt an. »Hm, mag sein, dass ich mich in diesem Fall am Herd geschlagen geben muss. Aber ich glaube, das wird das beste Frühstück im Bett, das du je hattest, und die Energieriegel wirst du danach dringend brauchen.«

»Okay, aber lass mich zuvor noch den Hund füttern, damit wenigstens er was Anständiges in den Magen bekommt«, schmunzelte er.

Viel, viel später knabberte Jo, an Duncan angelehnt, einen Müsliriegel. »Darf ich dich was fragen, Duncan?«

Er lächelte: »So wie ich dich kenne, machst du das sowieso, egal, was ich antworte. Was willst du wissen?«

»Du weißt, Nick bedeutet mir sehr viel. Daher interessiert es mich auch, wie das alles damals passiert ist. Ich weiß, dass er einen Unfall hatte und seine Mutter dabei ums Leben gekommen ist.«

Duncan atmete tief aus und sagte eine Weile nichts, sodass Jo schon dachte, er wollte nicht darüber reden.

»Es war eine lange und harte Zeit«, begann er schließlich. »Ich muss etwas ausholen, damit du verstehst. Ich war damals etwas über dreißig und hatte meine Karriere als Landschaftsgärtner erst begonnen. Ich war in einem Garten in London beschäftigt, als ich Alice in einem Pub kennenlernte.«

Jo spürte einen kleinen Stachel der Eifersucht, auch wenn sie wusste, dass diese Liebe kein Glück gefunden hatte. Er fuhr fort und erzählte, wie sie sich Hals über Kopf ineinander verliebt hatten.

»Was hat dich zu ihr hingezogen?«, unterbrach Jo ihn neugierig.

»Keine Ahnung, ich weiß es ehrlich gesagt nicht mehr so genau. Sie war zwar bildschön mit ihrer blonden Lockenpracht und ihren bernsteinfarbenen Augen. Aber erst später erkannte ich, dass ihr Lächeln niemals diese wunderschönen Augen erreichte. Wir hatten völlig andere Erwartungen an das Leben, aber wie gesagt, ich habe das alles viel zu spät gemerkt. Irgendwann stellte sie mich ihren Eltern vor, die alles andere als begeistert waren, ihre Tochter an einen schottischen Gärtner zu verlieren. Du musst wissen, dass sie zur Adelsgesellschaft Englands gehören. Doch das Schicksal griff ein, und Alice wurde mit Nick schwanger. Ihre Eltern wurden fuchsteufelswild und verlangten, dass wir sofort heirateten. Nicht, dass wir das nicht sowieso vorgehabt hätten, aber nun wurde es sozusagen angeordnet. Sie wollten uns ein Haus in ihrer Nähe kaufen, das ließ aber mein Stolz nicht zu. Wir nahmen also einen Kredit auf, den wir dank Alices Namen auch erhielten, und kauften ein Haus in Schottland auf dem Land, möglichst weit weg von ihren Eltern. Ich nahm jeden Job an, den ich kriegen konnte, schließlich hatte ich einen Kredit abzubezahlen und bald eine Familie zu ernähren. Das bedeutete aber auch, dass ich viel unterwegs war. Alice lud Freunde ein, die gerne mal aufs Land kamen, weil es hip war. Doch mit der Zeit wurden ihre Freunde der weiten Fahrt müde, und Alice blieb immer öfter allein. Die Streitereien zwischen uns nahmen zu. Dann kam Nick auf die Welt, und es wurde für ein paar Wochen wieder besser, weil ich mir Urlaub genommen hatte, um für die beiden da zu sein. Ich versuchte anschließend, Jobs in der Nähe zu bekommen, aber ich musste noch so viel lernen und war noch nicht bereit für eine permanente Anstellung unter einem Chefgärtner. Ich wollte mehr erreichen und ihr, ihren Eltern und auch mir beweisen, dass ich das konnte. Alice wurde das Landleben leid, sie wollte zurück nach London, wo ihre Freunde waren, wo sie shoppen und ausgehen konnte. Sie warf mir vor, sie auf dem Land gefangen zu halten, aber sie gab sich auch keine Mühe, mit den Leuten im Dorf zurechtzukommen und zu ihnen zu gehören. Es hätte so vieles gegeben, das sie hätte tun können, auch im Haus und in unserem Garten, aber es war ihr nicht genug. Auch ich war ihr nicht genug, sie meinte, sie hätte besser auf ihre Eltern gehört und mich abserviert, solange sie noch nicht schwanger gewesen war. Als ich an einem Freitagabend nach Hause kam, stand sie mit gepackten Koffern und Nick an der Hand an der Tür. Sie wollte mich mit Nick verlassen und hatte so viel Anstand besessen, mir das persönlich zu sagen und nicht einfach einen Brief zu hinterlassen. Wir hatten einen heftigen Streit, weil ich nicht zulassen wollte, dass sie Nick mitnahm. Unsere Liebe war damals schon längst Geschichte, aber Nick ...«, er unterbrach sich kurz. Die Geschichte nahm ihn immer noch ziemlich mit, wenn er davon erzählte. »Er war mein Ein und Alles. Bereits als ich ihn das erste Mal in den Armen gehalten hatte, wusste ich, dass ich für ihn durchs Feuer gehen würde. Er war ein Teil von mir, und ich war nicht bereit, diesen Teil einfach loszulassen. Sie hatte ihre Koffer ins Auto geschleudert, Nick im Kindersitz festgeschnallt und sich noch mal zu mir umgedreht. Ihr wütendes Gesicht sehe ich noch heute vor mir. Sie schrie mir entgegen, dass sie dafür sorgen würde, dass ich Nick nie wieder zu Gesicht bekäme. Ich bat sie, nicht zu fahren, solange sie so aufgebracht war, und ich bat sie außerdem, uns noch eine Chance zu geben, obwohl ich wusste, dass es keinen Sinn hatte, aber ich tat es für Nick. Sie brauste davon, und ich setzte mich in meinen Wagen, um ihr zu folgen.

Doch sie fuhr wie eine Irre, sodass ich den Anschluss irgendwann verlor. Ein paar Minuten später fuhr ich an einen Unfall heran. An einer Kreuzung hatte ein Wagen sie übersehen und ist ungebremst in sie hineingekracht. Zu Nicks Glück – sofern man dabei überhaupt von Glück reden kann – ist der andere Wagen auf Alices Seite in ihr Auto gerast. Es passierte mitten in einer kleinen Ortschaft, weshalb auch bereits Leute herbeieilten, als ich ankam. Ich rannte zum Wagen und sah, wie Alice leblos über dem Lenkrad lag. Dann sah ich Nick, wie er in seinem Kindersitz hing und das Blut von seinem Kopf tropfte. Aber er lebte! Ein Passant hielt mich davon ab, ihn aus dem Sitz zu zerren und an mich zu reißen. Vielleicht hätte ich die Verletzungen so nur noch schlimmer gemacht.«

Jo hörte betroffen zu und verstand die Gefühle, die er damals durchlebt haben musste.

»Du kannst dir nicht vorstellen, wie schwer es ist, in so einer Situation auf den Krankenwagen zu warten. Ich redete beruhigend auf meinen kleinen Jungen ein, kontrollierte immer wieder seinen Puls und seine Atmung. Irgendwer sagte mir, dass Alice tot war, aber mein Hass auf sie war in dem Moment so groß, dass die Nachricht irgendwie an mir abprallte. In der Situation, dort draußen am völlig zerstörten Auto, machte ich Alice verantwortlich für das, was Nick zugestoßen war. Ich wollte meine eigene Schuld an dem Geschehen noch nicht wahrhaben. Irgendwann kam der Arzt aus dem Dorf zur Unfallstelle und kümmerte sich um Nick, bis der Krankenwagen da war. Ich ließ meinen Jungen keinen Moment aus den Augen, bis man ihn in den OP schob und ich nur draußen auf ihn warten konnte. Er hatte ein Schädelhirntrauma und lag mehrere Wochen im Koma. Sein Leben hing lange an einem seidenen Faden, und ich flehte Gott an, ihn mir zu lassen. Ich würde alles wiedergutmachen, für ihn sorgen und der beste Vater der Welt werden, wenn er mich nur lassen würde. Ich verließ ihn nur, um an Alices Beerdigung teilzunehmen. Es glich einem Staatsbegräbnis, aber obwohl ich ihr Mann gewesen war, ließ man mich spüren, dass ich eigentlich unerwünscht war. Ihre Eltern gaben mir die Schuld für ihren Tod, und irgendwie hatten sie damit wohl auch recht.«

Jo wollte ihm widersprechen, aber er küsste sie, um sie zum Schweigen zu bringen. »Schscht ... schon gut, sie hatten zum Teil wirklich recht damit. Hätte ich sie mit Nick nicht so oft allein gelassen, wäre vielleicht alles anders gekommen. Glaub mir, an Nicks Krankenbett habe ich mich das mehr als einmal gefragt.«

»Aber du musstest doch für deine Familie aufkommen und Geld verdienen.«

»Ich hätte auch das Geld meiner Schwiegereltern annehmen können, aber dazu war ich zu stolz.«

»Duncan, du weißt, dass das Unsinn ist. Du wärst damit nicht glücklich geworden, und es hätte eure Ehe ebenfalls zerstört.«

Liebevoll strich er ihr über die Wange. »Wie gut du mich schon kennst, Josy. Vielleicht hätte ich es aber trotzdem wenigstens versuchen müssen.«

»Aber irgendwann scheinen sich ihre Eltern mit dir trotzdem versöhnt zu haben«, nahm Jo den Faden wieder auf.

»Ja. Doch es gab zuvor noch einen wüsten Sorgerechtsstreit. Aber eins nach dem anderen: Nick lag mehrere Wochen im Koma, und als er schließlich aufwachte, war es wie ein Wunder, dass sein Gehirn keine größeren Schäden erlitten zu haben schien. Das Einzige, was zurückgeblieben ist, sind diese Lernschwäche und sein verlangsamtes Sprachzentrum. Als er endlich nach Hause durfte, habe ich eine Nanny angestellt, die sich tagsüber um ihn kümmerte. Ich nahm nur noch Arbeiten in der Umgebung an und bekam schließlich eine Festanstellung im Lochcarron Garden Estate. Als der Chefgärtner in Pension ging, boten die Douglas mir seine Nachfolge an und stellten mir das Haus zur Verfügung, in dem ich seither mit Nick wohne. Meine Schwiegereltern zogen vor Gericht und versuchten, dem Richter weiszumachen, dass ich nicht in der Lage wäre, mich um meinen Sohn zu kümmern. Ich weiß nicht, wen sie mit ihrem Namen alles dazu gebracht haben, Partei zu ergreifen, aber als Nick fünf Jahre alt war, haben sie es geschafft, und er wurde mir weggenommen.«

Jo schnappte nach Luft. »Das darf doch nicht wahr sein!«

»Ja, das meinte ich damals auch. Nick hat geheult und war nicht zu beruhigen, als man ihn von mir wegholte. Ich versprach ihm, nicht aufzugeben und immer in seiner Nähe zu sein. Mit einem alten Wohnwagen bezog ich vor dem Haus meiner Schwiegereltern Stellung. Die Polizei kam und holte mich weg. Doch ich kehrte immer wieder zurück. Nick haute ab, sooft er konnte. Am liebsten wäre ich mit ihm irgendwohin geflohen, aber mir war klar, dass ich ihn nicht in so was hineinziehen durfte. Also blieb ich immer in der Nähe der Schwiegereltern, damit sie sahen, dass ich nicht aufgeben würde und Nick zu mir gehörte. Schließlich mischte sich die Jugend- und Familienbehörde erneut ein. Sie meinten, dass ich es meinem Sohn nicht einfacher machen würde, wenn ich ständig in der Nähe wäre, da er sich so nicht richtig einleben könnte. Ich hatte Glück, an jemanden geraten zu sein, der selbst Kinder hatte, die seine Frau ihm weggenommen hatte. Er wusste, um was es für Nick und mich ging. Er versuchte, meine Schwiegereltern zur Vernunft zu bringen – mit Gesprächen und nicht mit behördlichem Vorgehen. Zu einem dieser Gespräche holte er Nick dazu und bat ihn, seinen Großeltern gegenüber seine Wünsche zu äußern. Es war ihnen natürlich bewusst gewesen, dass er zu mir wollte, aber es vor anderen laut gesagt zu bekommen und so als Bösewichte hingestellt zu werden, schien sie dann wohl irgendwie zur Vernunft gebracht zu haben. Sie willigten am Ende ein, sodass der Junge bei mir leben durfte. Aber sie bestanden darauf, dass er einmal im Monat ein Wochenende bei ihnen verbringt. Diese Regelung wurde vorerst außergerichtlich getroffen, und erst vor circa drei Jahren waren sie bereit, das Sorgerecht, das ihnen vor Jahren zugesprochen worden war, abzutreten.«

»Erstaunlich, dass ihr nach dieser Vorgeschichte wieder einen Weg gefunden habt, miteinander umzugehen.«

»Ja, aber wir tun es wohl alle Nick zuliebe. Er mag seine Großeltern, und die will ich ihm auch nicht nehmen. So«, er schlug die Decke zurück und machte sich daran aufzustehen. »Genug von der Vergangenheit! Jetzt sollten wir hier wieder klar Schiff machen und dann langsam an die Rückkehr in die Zivilisation denken.«

Jo stöhnte, sie war alles andere als bereit dazu. Sie rappelte sich zu ihm hoch und zog ihn dann wieder zurück auf die Matratze. »Was hat die Zivilisation schon zu bieten?«, flüsterte sie zwischen zwei Küssen.

»Eine Badewanne ... Lebensmittel«, sein Atem ging bereits wieder schneller unter ihren Liebkosungen.

»Das wird alles völlig überbewertet, Liebster.«

»Na, dann ...« Er knabberte an ihrer Unterlippe, während seine Hände tiefer wanderten.

12. Kapitel

Duncan schloss die Tür der Schutzhütte wieder ab und legte den Schlüssel zurück an seinen Platz. Ihre Kleider waren trocken, rochen aber ziemlich stark nach Rauch. Er zog den Rucksack wieder auf und blickte dann zu Jo. »Können wir?«

Sie hatte den Fuß mit der Blase in den übrig gebliebenen Strumpf gesteckt, während der andere barfuß im Schuh steckte. Duncan hatte ihr versprochen, dass sie nicht weit würden gehen müssen. Er hatte Seamus zuvor per Funk verständigt, und dieser war nun mit dem Wagen unterwegs zu ihnen.

Jo nickte und blickte noch einmal sehnsüchtig zurück. »Tschüss, du kleine Oase des Friedens.«

Duncan lächelte und nahm ihre Hand in die seine. »Komm, Seamus ist sicher bereits am Treffpunkt, und die anderen warten bestimmt auch auf dich im Hotel.«

Jo stöhnte. »Ich mag gar nicht daran denken. Marge hasst mich, und Tom wird mich sicherlich gleich aus seinem Hotel werfen lassen.«

»Ach, wart erst mal ab. Marge ist nicht nachtragend und bestimmt froh, dass du wieder mitanpackst. Aber du könntest ja vorerst auch das Wochenende mit mir und Nick verbringen.

Ich werde ihn nachher bei Seamus abholen und heimfahren. Was hältst du davon?«

»Das kann ich Heidi nicht antun. Sie ist gerade erst hier in Schottland angekommen und das eigentlich nur wegen mir.« Sie stöhnte auf. »Und ich dumme Kuh verbandle sie mit diesem Tom, der sie dann in die Wüste schickt! Ich meine, wie kann er nur?! Noch nie hat ein Kerl Heidi abserviert. Schau sie dir doch nur mal an, so eine Frau lässt man nicht einfach stehen.«

Duncan grinste. »Jetzt, wo du's sagst. Vielleicht sollte ich doch besser sie zu einem Wochenende mit Nick und mir einladen.«

Jo knuffte ihn in die Seite. »Ich kann besser kochen als sie.«

Er zog sie an sich und gab ihr einen letzten sehnsuchtsvollen Kuss, denn er wusste, wenn sie um die nächste Biegung kämen, erreichten sie die Stelle, wo Seamus auf sie wartete. »Und küssen kannst du auch ganz ordentlich«, neckte er sie. »Vielleicht behalte ich dich doch.«

Als sie um die Ecke kamen, stand Seamus tatsächlich bereits vor dem Wagen und hielt nach ihnen Ausschau.

»Da seid ihr ja endlich!«, begrüßte er sie.

»Entschuldige die Verspätung, Seamus.« Duncan legte seinen Rucksack in den Kofferraum des Wagens und klopfte dann seinem Onkel kurz zur Begrüßung auf die Schulter. »Du weißt ja, wie Frauen sind: brauchen immer etwas länger im Bad.«

Die beiden lachten.

»Ha, ha, sehr witzig.« Jo kletterte auf den Rücksitz.

Auf der Fahrt war sie sehr still, während Duncan und Seamus sich lebhaft unterhielten. Wenn sie an die bevorstehende Begegnung mit Marge dachte, wurde ihr ganz flau im Magen. Vielleicht würde Marge sie und Heidi auch einfach rauswerfen und was dann? Sie hatte die Arbeit in dem kleinen Hotel geliebt. Natürlich konnte sie für ein paar Tage bei Duncan unterkommen, aber ihre Liebe war noch so frisch, woher sollte sie wissen, ob sie von Bestand war? Zudem hatte sie auch die Verantwortung für Heidi, immerhin war sie nur wegen ihr nach Schottland gekommen. Auch für sie musste eine Lösung gefunden werden. Vielleicht wäre es doch am besten, sie würden beide wieder zurück in die Schweiz fliegen, auch wenn ihr Herz wohl für immer hierbleiben würde. Für ihren Geschmack erreichten sie viel zu schnell Seamus' Haus.

»Soll ich mit rüberkommen?«, erkundigte sich Duncan, als sie ausgestiegen waren.

»Nein, nein, das muss ich selbst mit Marge in Ordnung bringen.«

Seamus, der von dem Streit zwischen ihr und Marge nichts mitbekommen hatte, sah sie etwas verwirrt an. Er wusste zwar, dass ihre Rettungsaktion für das Brambleberry Cottage aufgeflogen war, dachte aber eher, dass Tom wütend auf Jo wäre.

»Du weißt, du kannst jederzeit zu uns kommen.« Er zog sie an sich und hielt sie einen Moment einfach fest. »Melde dich, wenn du alles geklärt hast. Ich warte so lange mit Nick bei Seamus.«

»Mach ich.« Sie löste sich nur widerwillig von ihm und ging den steinigen Weg, der vor ihr lag.

»Hab ich was verpasst?«, fragte Seamus schmunzelnd. Es schien, als hätte er nicht nur den Streit mit Marge nicht mitbekommen.

Doch Duncan grinste nur und griff nach seinem Rucksack, um ihn in seinen Wagen zu werfen.

»Du wirst mir doch keine Schande gemacht und die Situation schamlos ausgenutzt haben, Junge.«

»Ein Gentleman schweigt und genießt«, meinte Duncan mit einem Augenzwinkern.

Als Jo vom Nachbargrundstück auf das Hotel zuging, riss Heidi die Terrassentür auf und lief ihr entgegen.

»Jo, meine Güte, ich habe mir solche Sorgen gemacht. Bist du okay?«

Jo lächelte und umarmte ihre Freundin. »Es tut mir leid. Ich hatte nicht vor abzuhauen. Ich wollte nur meine Gedanken ordnen, und plötzlich hatte ich mich komplett verlaufen. Es war einfach nur dämlich. Ist Marge noch sehr sauer auf mich?«

»Nein, sie hat sich eher Vorwürfe gemacht. Nun komm aber rein, ich mache dir eine Tasse Tee.«

Jo hielt ihre Freundin am Arm zurück. »Und du? Bist du gar nicht wütend auf mich? Schließlich habe ich dir das mit Tom vermasselt.«

Heidi lächelte verschmitzt. »Vermasselt? Nicht doch, Jo. Ja, er war wütend, sogar stinkwütend, aber am Ende hat er verstanden, dass meine Gefühle für ihn echt sind und er gar nichts dagegen tun kann.«

»Wie jetzt? Ihr seid zusammen?«

Sie strahlte übers ganze Gesicht. »Nicht nur das. Ich soll nächste Woche mit ihm nach London reisen, um ihn zu seinen Meetings zu begleiten.«

Jo kreischte auf und umarmte Heidi freudig. In dem Tumult hatten sie gar nicht bemerkt, dass Tom und Marge mittlerweile auch auf die Terrasse hinausgetreten waren.

»Du hast hoffentlich nichts dagegen, dass ich dir deine Freundin entwende, aber schließlich bist auch du nicht ganz unschuldig, dass ich auf Hilfe angewiesen bin«, meinte Tom und humpelte zu ihnen hin.

»Na hör mal, den Whisky haben weder ich noch Heidi in dich hineingeschüttet. Für alles können wir nun aber nicht zur Verantwortung gezogen werden.« Als sie seinen finsteren Blick sah, fuhr sie rasch fort: »Natürlich habe ich nichts dagegen, wenn Heidi mitfährt. Wie könnte ich?« Dann wäre Heidi vorerst auch versorgt, dachte sie erleichtert.

Jo ging auf Marge zu, die mit Tränen in den Augen an ihren Krücken auf der Terrasse stand.

»Marge, ich werde gleich meine Sachen packen, du musst mich hier nicht länger ertragen. Ich kann dir nur noch mal sagen, wie leid mir alles tut. Ich hatte nicht vor …«

Marge ließ die Krücken fallen und zog Jo schniefend in eine dicke Umarmung. »Mir tut es leid, Mädchen. Du hast so viel für mich getan, und wenn dir etwas passiert wäre, das hätte ich mir nie verziehen. Ich war so in meiner Eitelkeit verletzt und …«

»Ich hatte mir nichts dabei gedacht, als ich die anderen um Hilfe bat, damit du dein Zuhause nicht verlierst. Es war gedankenlos von mir. Es ist unverzeihlich, dass du wegen mir jetzt tatsächlich das Hotel verlierst, das wollte ich wirklich nicht.«

Auch bei Jo flossen mittlerweile die Tränen. Doch Marge hielt sie mit einem Mal fest von sich weg und schaute ihr lächelnd in die Augen. »Ich werde das Hotel nicht verlieren.«

Verwirrt schaute Jo von Marge zu Tom. »Aber du hast doch gesagt …«

»Ja, ich war wütend«, gestand Tom. »Aber sie hat recht. So ein Schmuckstück werde ich bestimmt nicht einfach schließen. Marge hat hier selbstverständlich weiterhin Wohnrecht und wird das Hotel auch leiten, allerdings erhält sie dabei Unterstützung von jemandem, der das Hotel in die Neuzeit führen soll.«

Marge hielt Jos Hände. »Wir haben dabei an dich gedacht. Würdest du gegen ordentliche Bezahlung weiterhin die Küche übernehmen und mir mit den Neuerungen helfen?«

»Ich stelle euch noch zwei Hausmädchen zur Verfügung, und Heidi wird die Buchhaltung übernehmen, da sie wirklich ein Faible für Zahlen hat«, fügte Tom stolz hinzu.

»Was sagst du?«, fragte Marge.

Jo musste sich erst mal auf die Terrassentreppe setzen. »Wow, hier ist ja einiges passiert! Wie lange war ich weg? Einen Monat?«

Heidi ging vor ihr in die Hocke. »Was sagst du jetzt? So was war doch schon immer dein Traum.«

Jo blickte abermals zu Marge. »Und du möchtest das wirklich? Ich möchte mich hier nicht aufdrängen oder dir etwas wegnehmen.«

»Das weiß ich doch, Liebes. Ich schäme mich wirklich sehr, dass ich dich so angefahren habe. Es war einfach nur der Schock darüber, dass alle im Dorf über meine Dummheit Bescheid wussten.«

»Das hat doch nichts mit Dummheit zu tun, du hast nur um dein Zuhause gekämpft. Wer hätte das in deiner Situation nicht getan?«

Marge lachte lakonisch. »Vermutlich hätte man sich geschickter anstellen können als ich. Ich möchte wirklich, dass wir beide das Hotel wieder in Schwung bringen.«

»Gut, dann bin ich mit dabei.«

Heidi kreischte und klatschte in die Hände. »Champagner!«

»Bevor wir feiern, würde ich gerne noch duschen. Ich habe das Gefühl, ganze Erdschichten von mir runterwaschen zu müssen.«

»Oh ja, natürlich. Und bestimmt hast du auch Hunger.«

Unter der Dusche seufzte Jo genüsslich. Die Zivilisation hatte doch ihre Vorteile. In ein Badetuch gehüllt, klebte sie anschließend ein neues Pflaster über ihre Blase, die bereits viel besser aussah. Leise vor sich hin summend, zog sie sich danach das einzige sommerliche Kleid über, das sie aus der Schweiz mitgebracht hatte, und sprühte sich noch etwas von ihrem Lieblingsduft auf, bevor sie fast eine Stunde später ihr Zimmer wieder verließ. Sie folgte dem Gelächter auf der Terrasse und fand nicht nur Heidi, Tom und Marge draußen sitzend vor, sondern auch Seamus, Nick und Duncan.

»Ah, jetzt sind wir komplett«, Heidi reichte Tom den Champagner und Gläser.

Nick rannte ihr entgegen und schlang seine Arme um ihre Taille, um sie zu drücken. »Ich bin so froh, dass dich Bandit und Dad gefunden haben.«

Jo erwiderte die Umarmung und wuschelte ihm dann durch seine Haare. »Und ich erst. Aber noch glücklicher bin ich darüber, dass du kein Fieber mehr hast und schon wieder rumrennen magst.« Als sie ihren Blick hob, sah sie direkt in Duncans Augen. Sie sah darin so viel Liebe und Wärme, dass ihr Herz einen kleinen Satz machte.

Heidi reichte Gläser herum, und auch Nick bekam eines, allerdings mit Limonade gefüllt. Alle erhoben sich zu dem feierlichen Moment, und Tom räusperte sich. »Lasst uns darauf anstoßen, dass alle hier wieder mehr oder weniger gesund und munter sind, dass wir Brambleberry Cottage wieder zu dem machen, was es mal war, und auf die Freundschaft«, dann sah er Heidi mit einem Zwinkern an und fügte hinzu, »und natürlich auf die Liebe.«

Ein Kichern ging durch die Runde, und man stieß an.

»Du solltest öfter Kleider tragen, Jo, du siehst darin zum Anbeißen aus«, raunte Duncan ihr leise zu, was prompt ihre Wangen zum Glühen brachte.

»Jo, hilfst du mir, das Essen rauszubringen?«, fragte Heidi.

Als sie in der Küche waren, drehte sich Heidi zu ihr um. »So, und nun raus mit der Sprache: Was ist da oben auf dem Berg zwischen dir und Duncan passiert?«

»Was meinst du?«

»Stell dich nicht dumm, Jo. Ich dachte, das Thema Duncan sei erledigt, und nun schau sich einer euch beide an! Es sieht ein Blinder, dass ihr völlig ineinander verschossen seid.«

Jos Wangen wurden noch eine Spur röter. Heidi zog sie lachend an sich und drückte sie herzlich. »War's schön?«

»Unbeschreiblich. Ich wäre am liebsten gar nicht mehr runtergekommen von dem Berg. Er hat mich gefragt, ob ich noch ein paar Tage mit ihm und Nick verbringen möchte. Hättest du was dagegen?«

Heidi lächelte. »Nein, überhaupt nicht. Ich werde am Dienstag mit Tom nach London fliegen, aber bis dahin macht euch einfach eine schöne Zeit. Buchungen haben wir für nächste Woche noch keine erhalten, und Marge geht's auch so weit so gut, dass sie wieder selbst für sich sorgen kann. Genieße also die paar Tage, du hast sie dir mehr als verdient.«

Sie aßen und tranken, lachten und schwatzen bis in die Nacht hinein. Es war der erste Abend, den man lange draußen bleiben konnte. Irgendwann holte Nick die Musikanlage heraus und spielte ein paar alte Kassetten ab. Es machte ihm Spaß, zu Musik aus den Achtzigern herumzuhüpfen. Als ein rockiges Stück begann, gab es für Heidi und Jo kein Halten mehr. Zu dritt tanzten sie wie wild herum, bis ihnen die Puste ausging. Dann folgte ein langsames Stück, und Heidi machte Jo eine lange Nase und zog den kleinen kichernden Nick zu sich. Jo drehte sich lachend um, um zurück an den Tisch zu den anderen zu gehen, und hätte dabei beinahe Duncan angerempelt, der plötzlich hinter ihr stand. Ohne ein Wort zog er sie einfach in seine Arme und begann, sich im Takt zur Musik mit ihr zu bewegen. Sie fühlte seine warmen Hände auf ihrem Rücken und legte seufzend ihren Kopf an seine Brust. Ihr Glück war perfekt.

Gegen halb zehn Uhr abends war Nick auf der Gartenbank eingeschlafen. »Ich glaube, ich sollte den Kurzen langsam nach Hause bringen. Begleitest du uns?«, fragte Duncan.

»Ja, warte, ich hole nur noch rasch meine Sachen.«

Mit einer kleinen Tasche, in der sie das Nötigste verstaut hatte, verabschiedete sie sich von den anderen. Mit Tom vereinbarte sie, dass sie sich am Dienstag vor der Abreise nach London zu einer Besprechung trafen, damit sie den Anstellungsvertrag unterzeichnen konnte.

Als sie in Duncans Wagen saß, lächelte sie still vor sich hin.

Duncan schaute grinsend zu ihr herüber. »Glücklich?«

»Ja«, antwortete sie aus tiefstem Herzen.

Sie verbrachte drei wundervolle Tage bei den beiden, bevor sie in das Hotel zurückmusste. Tom hatte bereits einiges in die Wege geleitet, damit es mit den Neuerungen vorwärtsging. Ende der Woche sollte der Anschluss gelegt und die Geräte geliefert werden. Dann hatte er ein Stellenangebot für Zimmermädchen aufgegeben – die Auswahl sollten Jo und Marge zusammen treffen – sowie ein Inserat, das die gute Küche des Hotels und die gemütlichen Zimmer hervorhob. Auch neue Fenster hatte er geordert, weil die alten nicht dicht waren und im Winter zu viel Wärme verloren ging.

»Heidi und ich werden in London neue Möbel für die Gästezimmer aussuchen«, informierte er Marge und Jo. »Wenn alles neu eingerichtet ist, werden wir einen Fotografen engagieren, der Fotos von den Zimmern macht, die wir ins Internet stellen können.«

»Stell dir vor«, sagte Heidi, »wir haben bereits die ersten Buchungen für Herbst, dank der neuen Webseite. Es geht aufwärts.«

Marge lächelte zufrieden, ja, es ging aufwärts. Aber das war eben der Vorteil, wenn man Geld hatte. Da konnte man einiges investieren und verschönern. Brambleberry Cottage würde sich verändern, es wäre nicht mehr so, wie sie es gekannt hatte, aber vielleicht war das ja auch gut so. Es sollte sich wieder mit Menschen füllen, mit ihren Träumen und ihrem Lachen.

Tom und Heidi reisten am Nachmittag nach London ab und überließen das Zepter Marge und Jo. Die Woche war turbulent, und es gab so viel zu tun, dass Jo gar keine Zeit fand, sich mit Duncan zu treffen. Aber auch er war ziemlich eingespannt im Garten, da neue Praktikanten angekommen waren und eingearbeitet werden mussten. Am Freitagabend stand er dennoch plötzlich in der Küchentür von Brambleberry Cottage und fing die freudestrahlende Jo in seinen Armen auf. Sie kochte gerade ein Menü für eine Handvoll von Gästen, die den Aushang im Dorfladen gelesen hatten und hergekommen waren, um ein Sommernachtsmenü zu genießen.

»Die gute Küche von Brambleberry Cottage scheint sich langsam herumzusprechen«, meinte er und bezog sich auf die Autos, die er auf dem Parkplatz gesehen hatte.

»Ja, ich glaube, es war gar nicht so schlecht, dass wir das halbe Dorf zum Essen hier hatten, während wir Tom vorspielten, wie gut der Laden läuft. Soll ich dir und Nick etwas zum Abendessen einpacken?«

»Gerne, meine Mitleidsnummer als alleinerziehender, schwer arbeitender Gärtner scheint zu funktionieren.«

»Bilde dir ja nicht ein, dass das jeden Abend so läuft. Aber solange Nick hier ist, werde ich dafür sorgen, dass er etwas Anständiges in den Magen bekommt.«

»Schade.« Er folgte ihr zurück in die Küche und schaute zu, wie sie ihm Bratkartoffeln, Bohnen mit Speck ummantelt, und ein paar Spareribs einpackte. »Ich werde mir schon noch etwas einfallen lassen, um dich dazu zu kriegen, dass du auch für mich kochst.«

Er legte seine Hände um ihre Taille und zog sie zu sich herum. Doch bevor er sie küssen konnte, steckte sie den Kochlöffel vor seinen Mund. »Das wird nicht funktionieren, Mr Scarman.«

Er ließ sie los und grinste dabei wie ein Schuljunge. »Ein Versuch war's wert. Hast du am Wochenende frei?«

»Ja, wir haben noch keine Gäste. Erst ab nächster Woche ist Schluss mit dem Lotterleben.«

»Ich habe mich gefragt, ob du Lust hättest, mich zu begleiten. Ich muss Nick zu seinen Großeltern bringen, danach könnten wir uns ein schönes Wochenende irgendwo am Meer machen. Am Sonntagabend holen wir Nick wieder ab und fahren ihn ins Internat zurück. Die Masernepidemie scheint vorbei zu sein, sie haben die Schule wieder geöffnet.«

Ein Wochenende mit Duncan am Meer! Allein die Vorstellung zauberte ein Lächeln auf ihr Gesicht.

»Darf ich das als ein Ja verstehen?«, fragte er schmunzelnd.

»Du darfst. Wann soll ich bereitstehen?«

»Sagen wir um neun Uhr?«

Den Rest des Abends hatte sie das Gefühl zu schweben. Ein ganzes Wochenende, am Meer, mit Duncan! Lange Spaziergänge am Strand, den Möwen beim Fliegen zusehen, ihrem Gekreische lauschen, in Duncans Armen liegen und einfach nur das Beisammensein genießen. Gab es irgendetwas Schöneres?

Die Fahrt nach England zu Nicks Großeltern dauerte fast drei Stunden, aber sie legten zwischendurch eine Pause ein, als sie an einen großen See gelangten. Am frühen Nachmittag fuhren sie schließlich eine lange, mit Eichen gesäumte Auffahrt entlang und hielten vor einem noblen Anwesen. Der Garten war eher formal und akkurat angelegt. »Nicht von dir, oder?«, flüsterte Jo Duncan zu.

»Bestimmt nicht«, raunte er mit einem Lächeln zurück.

Als sich die Tür öffnete, geschah dies durch einen Bediensteten. »Hallo, Gustav«, grüßte Nick und stürmte damit gleich an ihm vorbei ins Haus.

»Treten Sie bitte ein. Die Herrschaften sind im Salon und erwarten Sie, Mr Scarman.«

»Danke, Gustav.«

Jo kam sich an diesem Ort völlig fehl am Platz vor und folgte Duncan leicht eingeschüchtert durch das Haus, das ihr fast wie ein Museum vorkam. Überall hingen Bilder von irgendwelchen Männern und Frauen, die ziemlich steif aussahen und bestimmt schon lange das Zeitliche gesegnet hatten. Alte Möbel standen protzig und von jeglichen Staubkörnern befreit herum. Gustav schritt mit geradem Rücken durch die Tür in den Salon, wo eine leicht ergraute Dame in dunkelblauem Kostüm und ein älterer Herr im Anzug mit Krawatte beim Tee saßen. Nick stand neben seinem Großvater und hielt bereits einen Keks in der Hand.

Duncan begrüßte die beiden förmlich, es gab weder eine Umarmung noch ein Küsschen auf die Wange. Dann stellte er sie als Josephine Müller vor, doch die Hand, die sie Lady Thornton hinhalten wollte, nahm Duncan rasch in die seine. Ein leichtes Kopfnicken war alles, was ihr an Begrüßung zugedacht war.

»Nicholas, geh schon mal nach oben und zieh deine Reitsachen an. Wir gehen nachher direkt zu den Pferden. Ich habe dir einen neuen Reitlehrer besorgt.«

»Okay, Grandpa«, Nick schnappte sich noch einen Keks und rannte dann aus dem Raum.

»Setzt euch. Gustav bringt euch gleich noch ein Teegedeck«, wies Katherine Thornton sie an.

»Eigentlich wollten wir gleich wieder gehen«, wandte Duncan ein.

»Für eine Tasse Tee muss immer Zeit sein, mein Guter«, meinte Katherine bestimmt. Jo hätte beinahe geschmunzelt über die Anrede, konnte sich aber gerade noch beherrschen. »Zudem muss ich noch etwas mit dir besprechen«, fuhr Katherine fort.

Gustav kam bereits mit dem Teegedeck und legte es auf dem Salontisch für sie bereit. Jo setzte sich auf den für sie zugedachten Stuhl, nachdem der Butler den Tee vorsichtig eingeschenkt hatte. Wie konnte Nick sich nur in einer solch starren Atmosphäre wohlfühlen?

»Um was geht es?«, erkundigte sich Duncan vorsichtig.

»Ich habe dir einen Auftrag besorgt. Meine Freundin möchte

einen Scarman-Garten, und ich habe ihr gesagt, dass du dich bei ihr melden würdest.«

»Ich nehme keine Aufträge mehr an, das weißt du doch, Katherine. Meine Arbeit auf dem Gut nimmt mich gerade in dieser Jahreszeit genug in Anspruch.«

»Lady Ashcroft hat sehr gute Beziehungen, es würde nur deinem Ruf dienen, wenn du ihren Garten gestaltest.«

»Lady Ashcroft?! Ihr Landsitz liegt doch in Devon! Ich werde ihren Garten ganz bestimmt nicht übernehmen! Wie du vielleicht weißt, habe ich einen Jungen …«

»… der das Internat besucht. Die Wochenenden könnte er in dieser Zeit ja bei uns verbringen.«

»Auf gar keinen Fall!«

»Duncan, der Garten von Lady Ashcroft ist nicht groß, und ich habe ihr bereits versprochen, dass du dich darum kümmern wirst.«

»Das ist nicht mein Problem, Katherine! Ich lasse Nick nicht allein.« Duncan stellte seine Tasse scheppernd auf den Untertasse zurück.

»Nick könnte in dieser Zeit auch bei mir sein«, wandte Jo wohlmeinend ein, um Frieden zu stiften.

»Halten Sie sich bitte raus, das ist eine Familienangelegenheit!«, fuhr ihr Katherine spitz über den Mund.

Aufgebracht stand Duncan auf. »Du vergreifst dich im Ton, Katherine! Wenn du nicht augenblicklich …«

In dem Moment kam Nick in den Salon zurück. Er sah hinreißend aus in seinem Reitkostüm, fand Jo. Doch er blickte besorgt von seinem Vater zu seiner Großmutter. Schnell stand Jo auf und ging zu ihm hin.

»Du schaust ja toll aus. Willst du mir dein Pferd zeigen, während dein Dad und deine Großmutter noch etwas zu klären haben?«

»Okay«, er nahm ihre Hand und führte sie aus dem Haus. »Die streiten sich immer«, erklärte er ihr mit ernster Stimme auf dem Weg.

»Tja, so etwas soll es geben. Aber das ist nicht dein Problem.«

»Ist es doch, denn meistens geht es um mich.«

Sie blieb stehen und kniete sich zu ihm hinunter. »Wieso glaubst du das?«

»Sie verstummen immer, wenn ich dazukomme, aber ich sehe es an ihren Blicken.«

»Hm, ich denke eher, dass sie, weil sie dich beide lieb haben, vor dir nicht streiten wollen. Bist du denn gerne hier?«

»Geht so. Ich bin lieber bei Dad, aber ich weiß, wenn ich das Wochenende nicht hier verbringe, dann werden sie wieder versuchen, mich Dad wegzunehmen, und das will ich nicht. Ich kann hier aber reiten, und das finde ich toll«, erzählte er mit einem Strahlen im Gesicht. »Allerdings würde ich das lieber in meinen Jeans machen als in diesen blöden Klamotten.«

Jo lachte und drückte ihn an sich. Ihr war nicht aufgefallen, dass sie vom Haus aus beobachtet worden war. Katherine stand am Fenster des Salons und schaute ihnen missbilligend zu. »Wo hast du diese Person überhaupt aufgegabelt? Ihr Akzent ist ganz fürchterlich.«

Duncan trat neben sie und sah, wie sein Sohn sich an Jo festhielt. »Diese Person hat einen Namen, und es wäre nur höflich, wenn du den auch benutzen würdest. Jo ist Schweizerin und spricht vielleicht kein perfektes Englisch, aber sie hat mehr Herz und Wärme zu geben, als du dir überhaupt vorstellen kannst. Doch was rede ich da, so was ist dir ja gänzlich unbekannt.«

»Sagt der Mann, der meine Tochter auf dem Gewissen hat, weil er nicht für sie und ihr Kind da war.«

»Katherine!«, mischte sich nun ihr Mann ein.

»Ist schon gut, William. Ich weiß ja, dass ihr so denkt.« Damit verließ Duncan den Raum und machte sich auf den Weg zu Jo und Nick.

In der Zwischenzeit hatten die beiden den Stall erreicht, und Nick ging zielstrebig zu einer ganz bestimmten Box. Ein, wie Jo es schien, riesiges schwarzes Pferd hielt seinen großen Kopf neugierig heraus.

»Das ist mein Vesuv.« Jo konnte den Stolz aus Nicks Stimme heraushören. Sie hätte eher erwartet, dass er ein Pony ritt und nicht so ein riesiges Monster.

»Er ist ein Friese und ganz lieb!« Er hielt Vesuv einen Apfel hin, den er zuvor aus dem Korb beim Eingang genommen hatte. Ganz vorsichtig nahm das Pferd den Apfel aus der Hand des Jungen. »Du kannst ihn auch streicheln, Josy.«

»Okay.« Vorsichtig fuhr sie dem sanften Riesen über die Nüstern. Als er schnaubte, fuhr sie erschrocken zurück, was Nick zum Lachen brachte.

»Und du reitest dieses riesige Tier wirklich?«, fragte sie ungläubig und entlockte Nick damit noch weiteres Gelächter.

»Die großen sind meistens viel sanfter und gemütlicher als die kleinen Pferde. Das hat mir mein Großvater gesagt.«

»Aber wie kommst du denn da überhaupt hoch?«

»Es gibt draußen eine Treppe, von der ich auf ihn klettern kann, und manchmal hebt mich mein Großvater einfach hoch. Ich darf sowieso nicht ohne ihn reiten gehen.«

Duncan war nun ebenfalls zu ihnen gestoßen. »Das ist auch

gut so, Nick. Auch wenn Vesuv wirklich ein Lamm ist.« Liebevoll strich er dem Pferd über den Hals. »Jo und ich werden nun gehen und dich morgen pünktlich wieder abholen. Ist das okay für dich?«

Nick legte die Arme um seinen Vater und drückte sich an ihn. »Klaro.«

William stand draußen am Stall, als Duncan und Jo herauskamen.

»Duncan, ich muss mich für Katherines Verhalten entschuldigen. Sie hat nur so heftig reagiert, weil ihr sehr viel daran liegt, ihrer Freundin den Gefallen zu erweisen. Könntest du dir das bitte nicht doch noch mal durch den Kopf gehen lassen?«

Duncan wollte schon Nein sagen, spürte aber, wie Jo sanft seine Hand drückte, und er wusste, was sie sagen wollte. »Okay, ich denke darüber nach, aber versprechen kann ich dir nichts.«

Der alte Mann nickte. »Das ist doch schon mal was, und nun kümmere ich mich um den kleinen Reiter da drinnen.« Damit ging er ohne ein Wort des Abschieds an ihnen vorbei.

Sie fuhren im Auto eine Weile schweigend dahin, und Jo sah die Anspannung in Duncans Gesicht.

»Halt mal an«, bat sie ihn plötzlich, als sie auf der Landstraße an Feldern entlangfuhren.

»Du kannst hier nirgendwo pinkeln«, meinte er.

»Das muss ich auch nicht. Ich brauche nur mal frische Luft.« Er stellte den Land Rover am Straßenrand ab, und sie stiegen beide aus. Jo trat zu Duncan hin und zog ihn einfach an sich. Sie fühlte, wie sich seine Anspannung in ihren Armen langsam löste.

»Es tut mir leid, ich hätte dich da nicht mit hineinziehen sollen. Wie Katherine mit dir gesprochen hat, das war völlig unmöglich.«

»Schhht. Es ist alles okay. Ich habe das nicht persönlich genommen. Euch sollte nur klar sein, dass euer angespanntes Verhältnis Nick nicht glücklich macht. Er denkt, es sei seine Schuld, wenn ihr streitet.«

»Hat er dir das gesagt?«

»So ähnlich.«

Duncan drückte sie enger an sich und schloss die Augen. »Ich bin ein Idiot, aber diese Frau treibt mich in den Wahnsinn.«

»Ihr solltet Nick zuliebe einen Weg finden, friedlich miteinander umzugehen, und vielleicht ist dieser Garten dieser Lady Sowieso ein Anfang.«

»Ich weiß, dass du recht hast. Aber die Idee gefällt mir trotzdem nicht.«

»Schon klar. Aber du weißt auch, dass Seamus und ich für Nick da wären, und wir könnten dich auch an einem Wochenende in Devon besuchen kommen. Nick fände das bestimmt spannend. Er müsste deswegen keinen Tag mehr als sonst bei den Großeltern verbringen, wenn ihr das beide nicht wollt.«

Duncan hob ihr Kinn an und blickte in ihre tiefgrünen Augen. »Du bist zu gut. Ich habe dich eigentlich nicht verdient, aber ich werde dich nie wieder loslassen.«

Ein kleiner Schauer des Glücks lief ihr über den Rücken. Sie umfasste sein Gesicht mit ihren Händen und küsste ihn mit all der Liebe, die in ihr steckte.

Duncan brachte sie später in ein kleines Hotel am Meer, das er meistens bezog, wenn er Nick bei den Großeltern abgeliefert hatte. Dieses Kleinod hatte ihm schon öfter kurze Auszeiten vom Alltag beschert. Es hatte lediglich sieben Gästezimmer und stand hoch über den Klippen. Ein schmaler Pfad führte hinunter zu der sandigen Bucht, an der man kilometerweit entlanggehen konnte. Die Besitzerin kannte Duncan gut und freute sich sichtlich, ihn wiederzusehen. Nachdem er Jo vorgestellt hatte, schüttelte sie ihr herzlich die Hand und zwinkerte dann Duncan zu. »Es ist schön, dass Sie endlich mal zu zweit herkommen, Duncan.« Dann reichte sie ihnen die Schlüssel zu dem Zimmer, das er immer bewohnte, wenn er da war. Jo verschlug es schier die Sprache, als sie oben im Zimmer auf den kleinen Balkon hinaustrat. Die Aussicht war phänomenal, und die Luft roch herrlich nach Meer. Er trat hinter sie und legte seine Arme um sie. »Schön, nicht?«

»Schön? Das trifft es nicht annähernd. ›Unglaublich, einzigartig, atemberaubend‹ kommt der Sache schon näher. Ich kann mich gar nicht sattsehen.«

Er begann, ihren Nacken sanft mit seinen Lippen zu liebkosen. »Das ist schade, denn vom Bett aus ist die Aussicht anbetungswürdig.«

Sie kicherte und ließ sich von ihm ins Zimmer zurücklocken. Die Kleider flogen im hohen Bogen durch den Raum, und sie stellte kurz darauf fest, dass Duncan nicht gelogen hatte. Der Ausblick vom Bett war wirklich toll. Zärtliche Stunden später seufzte sie glücklich und lehnte sich an seine Brust. »Herrlich! Es ist Nachmittag, nach fünf Uhr, und wir liegen im Bett. Wie verrucht ist das denn?!«

»Hm, ich könnte dich wieder zu einer ehrbaren Frau machen, indem wir uns anziehen und einen Spaziergang am Strand machen. Was hältst du davon?«

»Ich weiß nicht, ob ich das noch schaffe mit dem Aufstehen. Meine Muskeln und Knochen versuchen, sich gerade daran zu erinnern, wie sie heißen und wo sie eigentlich hingehören.«

»Och, dabei kann ich dir gerne helfen.« Ohne Vorwarnung

begann er, sie zu kitzeln, sodass sie mit einem Aufschrei aus dem Bett sprang und mit dem Kissen nach ihm warf. »Das sind unerlaubte Methoden, Mr Scarman.«

Er lachte und stand dann selbst auf. Ein kleiner Seufzer entfuhr ihr, als sie ihm nachblickte. Grinsend warf er ihr einen Blick zu. »Ich bin kein Lustobjekt, Frau Müller.«

»Hm, da bin ich mir nicht so sicher«, neckte sie ihn. Mit nur einem Handgriff zog er sie mit sich ins Badezimmer und unter die Dusche.

Als sie endlich an den Strand gelangten, ging die Sonne bereits langsam unter. Auf einem Stein sitzend sahen sie zu, wie die Nacht den Tag ablöste.

»Den Spaziergang verschieben wir wohl besser auf morgen.«

Jo nickte. »Danke, Duncan, dass du mich hierhergebracht hast. Ich weiß nicht, wann ich mich das letzte Mal so unbeschwert gefühlt habe, so frei und einfach glücklich.« Sie kuschelte sich an ihn, und das nicht nur, weil es langsam kühler wurde.

»Das geht mir auch so. Lass uns zurückgehen und zu Abend essen.«

Bei Tisch unterhielten sie sich leise. Es gab noch so viel über den jeweils anderen zu erfahren, dass ihnen der Gesprächsstoff nie ausging. Sie erzählten sich von ihrer Jugend, wo sie aufgewachsen waren und witzige Anekdoten aus ihren Jobs und Ansichten zum Leben. Schließlich sah Duncan sie ruhig an. »Sag mal, hattest du eigentlich viele Männer vor mir?«

Beinahe hätte Jo sich an ihrem Wein verschluckt. »Wie bitte?«

»Na, ich habe dir von meiner Frau erzählt, aber von deinem früheren Liebesleben weiß ich so gut wie nichts.«

»Da gibt es auch nicht viel zu erzählen. Es war eher tragisch als ereignisreich«, sie lächelte leicht. »Für die Männerwelt habe ich praktisch nicht existiert. Keine Ahnung, woran das lag. Irgendwie habe ich mir immer die Falschen ausgesucht und mich in sie verliebt. Meistens waren es Männer, für die ich Luft war, aber nicht die Luft, die sie zum Atmen brauchten. Einmal habe ich mich sogar in einen Typen verliebt, der sich mehr für Männer interessierte als für Frauen. Naiv, wie ich war, hatte ich das selbst nicht bemerkt. Erst als er meine Gefühle für ihn erahnte, hat er es mir erzählt.« Ihre Wangen röteten sich, als sie an diesen peinlichen Augenblick dachte. »Aber der Knaller war der letzte Typ, Markus. Als er sich in mich verliebte, war ich wohl so froh, endlich jemanden gefunden zu haben, dass ich die Augen vor seinen Macken einfach verschloss.«

Duncan schüttelte ungläubig den Kopf. »Ich kann mir das beim besten Willen kaum vorstellen. Du bist doch so selbstsicher, so liebenswert und einfach wunderwunderschön. Die Männer in der Schweiz scheinen ziemliche Dummköpfe sein! Nicht, dass ich darüber nicht froh wäre.«

Jo schluckte den Kloß in ihrer Kehle hinunter. Er hatte das Kompliment so selbstverständlich und überzeugt geäußert, dass er zu glauben schien, was er da sagte. Leise sagte sie: »Du musst das nicht sagen, Duncan ...«

Er nahm ihre Hand und führte sie an seine Lippen, um einen leichten Kuss darauf zu platzieren. »Josy, ich weiß, dass ich das nicht sagen muss, aber es ist die Wahrheit. Erzähl mir nun von den Macken deines Ex, das klingt spannend«, brachte er schließlich das Thema wieder auf sicheres Terrain.

»Wir waren etwa zehn Jahre zusammen. Eine lange Zeit, um sich blind und taub zu stellen. Aber am Anfang benahm er sich auch noch anständig. Nach circa zwei oder drei Jahren sind wir zusammengezogen. Vor zwei Jahren verlor er dann seinen Job. Ich dachte immer, es wäre schwer, auf seinem Gebiet etwas Neues zu finden.«

»Was hat er denn gemacht?«, erkundigte sich Duncan interessiert.

»Er war bei einem Fernsehsender als Szenenbildner angestellt gewesen, und so viele Fernsehsender gibt es in der Schweiz nicht. Er hätte auch als Dekorateur arbeiten können, aber er erzählte mir immer, dass er eine Absage nach der anderen bekommen hätte. Und so wurde ich zur Ernährerin unseres kleinen Haushalts. Als ich dann von meinem Job im Altenheim gefeuert wurde und früher nach Hause kam, erwischte ich ihn und meine Nachbarin im Schlafzimmer ...«

»Was für ein Idiot«, entfuhr es Duncan. »Das muss wehgetan haben.«

Zu seinem Erstaunen verzogen sich Jos Mundwinkel nach oben, und sie schien ein Lachen zu unterdrücken. »Am Anfang ja, aber das Bild hättest du sehen müssen. Sie trieben gerade Sadomasospielchen, und Susi saß in einem absolut lächerlichen Kostüm mit der Peitsche auf ihm drauf.«

Beinahe hätte er sich an seinem Rotwein verschluckt, von dem er gerade getrunken hatte. »Das ist nicht dein Ernst?!«

Sie warf ihm einen verschwörerischen Blick zu und nickte leicht. »Eigentlich war's ganz gut, dass das passiert ist. Es hat mir endlich die Augen geöffnet. Leid tat mir nur Susis Mann, der von alldem sicherlich auch nichts gewusst hatte, vermute ich jetzt mal. Weißt du, mir hätte schon früher klar werden müssen, dass er mich nur ausgenutzt hat, aber die Beziehung war irgendwie auch bequem für mich. Ich habe dann also meine Sachen gepackt und bin erst mal zu meinen Eltern geflüchtet. Peinlich nicht? Da bin ich nun schon fast vierzig Jahre alt und renne immer noch zu Muttis Rockzipfel zurück.«

Er sah sie ernst an. »Finde ich nicht, Josy. Familien sollten immer füreinander da sein, egal, wie alt man ist. Und wie ging es dann weiter?«

»Dann habe ich per Zufall in einem Gartenheft einen Bericht über deinen unglaublich schönen Garten entdeckt. Leider habe ich dabei etwas Kaffee über den Artikel geschüttet, sodass der wesentliche Teil des Inserats nicht mehr lesbar war. Ich konnte da nur noch lesen, dass ihr Leute aufnehmen wolltet, die ein Zwischenjahr einlegen möchten. Das war für mich die Chance! Ich hatte keinen Job und keinen Freund und somit keine Verpflichtungen mehr. Ich war frei, endlich etwas in meinem Leben zu wagen.«

Er schmunzelte: »Du ahnst gar nicht, wie froh ich bin, dass das Schicksal oder der Zufall keinen Kaffee zu mögen scheint.«

Am nächsten Morgen kitzelte ein Sonnenstrahl Jo wach. Sie wusste zuerst gar nicht, wo sie war. Erst als sie das Kreischen einer Möwe und die Brandung des Meeres durch das offene Fenster hörte, erinnerte sie sich an das Hotel. Sie drehte sich um und sah in das schlafende Gesicht von Duncan. Am liebsten hätte sie vor Glück laut geseufzt. Er öffnete noch etwas verschlafen die Augen, und da war es wieder, dieses dunkle, tiefdunkle Meer, indem sie nur zu gerne unterging.

»Morgen«, murmelte er und zog sie träge an sich heran. Genüsslich begann er, an ihrem Hals zu knabbern, und sog dabei ihren Duft tief in sich ein. Ihre Hände fuhren durch sein Haar, und er fühlte ihr leises Seufzen an ihrer Kehle, noch bevor es ihrem Mund entwichen war. Seine Lippen wanderten tiefer und hinterließen eine heiße Spur zwischen ihren Brüsten bis hinunter zu ihrem Bauch. Plötzlich knurrte ihr Magen so laut, dass er lachend zu ihr hochblickte.

»Da hat wohl jemand Hunger?«

»Ignorieren, einfach ignorieren«, meinte sie. Ihre Hände begaben sich auf Wanderschaft, um ihn wieder auf andere Gedanken zu bringen. Doch er fing sie geschickt ab und schaute Jo schmunzelnd an. »Süße, selbst Engel müssen zwischendurch was essen, um fliegen zu können. Komm, lass uns ökologisch duschen und dann nach unten gehen.«

»Ökologisch duschen? Wie soll das gehen?«

Er lachte, zog sie vom Bett hoch und mit sich unter die Dusche.

Gut, theoretisch würde man schon Wasser sparen, wenn nicht jeder einzeln duschte, aber zu zweit dauerte es einige genussvolle Momente länger. Ob das dem ökologischen Gedanken entsprach, wagte Jo leise zu bezweifeln.

Nach einem reichhaltigen Frühstück spazierten sie den herrlichen Sandstrand entlang.

»Sag mal«, meinte Duncan plötzlich, »musst du eigentlich für deinen Job im Hotel wohnen, oder könntest du nicht auch zu Nick und mir ziehen?«

Jo blieb stehen und schaute ihn verblüfft an. »Meinst du das jetzt im Ernst? Geht das alles nicht ein bisschen schnell?«

Schmunzelnd strich er ihr eine Haarsträhne aus dem Gesicht, die der Wind gleich wieder zurückpustete. »Ich weiß, was ich will, Josy. Ich muss nicht erst lange warten und darüber nachdenken. Nick vergöttert dich und ich, ich will genau das, was wir hier haben. Mit dir einschlafen, mit dir aufwachen, dich so oft wie möglich lieben, mit dir reden, lachen und genießen. Ich will dich!«

Sie blinzelte die aufkommenden Tränen der Rührung weg und zog seinen Kopf zu sich, um ihn hingebungsvoll zu küssen.

»Ist das ein Ja?«, fragte er etwas atemlos, als sie ihn wieder freigab.

»Ja. Aber nicht gleich. Heidi und Tom sind noch nicht zurück aus London, und Marge würde wieder allein sein, da wir noch keine Hausmädchen eingestellt haben. Sie ist noch nicht so fit, dass ich sie sich selbst überlassen möchte.«

»Das verstehe ich. Aber sobald es ihr besser geht, ziehst du zu uns in die Männer-WG.«

Sie kicherte. »Falls du denkst, ich räume dann hinter euch auf, mache sauber und koche auch noch, dann bist du auf dem Holzweg.«

»So etwas würde ich nie von dir verlangen«, tat er entrüstet. »Es reicht, wenn du den Einkauf übernimmst, die Betten machst, bügelst ...«

Er rannte von ihr weg, um ihren empörten Schlägen auszuweichen, und sie verfolgte ihn lachend.

Als sie Nick am Nachmittag von den Großeltern abholten, informierte Duncan Katherine darüber, dass er den Garten ihrer Freundin übernehmen würde, allerdings erst im Spätherbst, wenn er etwas mehr Zeit hätte.

»Das freut mich zu hören, Duncan. Wie schon gesagt, es ist ja auch zu deinem Nutzen. Nicholas kann dann natürlich an den Wochenenden bei uns bleiben.«

»Das werden wir sehen, wenn es so weit ist. Im Übrigen kannst du dich bei Jo bedanken, sie hat mich davon überzeugt, den Auftrag anzunehmen.«

Katherine schaute Jo abschätzend an. »Ach ja? Hat sie das?«

Jo blickte verlegen weg. Die Frau war ihr alles andere als sympathisch. Natürlich kam auch kein Wort des Dankes über Katherines dünne Lippen. Egal, Jo hatte es für Nick und Duncan getan und nicht für diese überhebliche und arrogante alte Schachtel.

Im Auto berichtete Nick aufgeregt von seinen Reitfortschritten. »Grandpa hat gemeint, wenn ich so weitermache, könnte ich in einem Jahr an Turnieren teilnehmen.«

»Wow, du scheinst ja richtig gut zu sein«, bemerkte Jo bewundernd und drehte sich mit einem Lächeln zu ihm um. »Hast du denn überhaupt keine Angst herunterzufallen?«

»Nö. Vesuv ist ganz vorsichtig mit mir. Er ist das beste Pferd überhaupt!«

»Darauf wette ich«, schmunzelte Jo.

»Und was habt ihr gemacht?«, fragte Nick neugierig.

»Och, wir haben faul herumgelegen und gewartet, bis das langweilige Wochenende ohne dich vorbeigeht.«

Duncan sah sie schräg von der Seite an und verkniff sich ein Lachen.

»Echt jetzt? Das klingt ätzend.«

»Ja, absolut. Es war ganz fürchterlich. Dein Vater ließ mich hungern und kilometerweit den Sandstrand entlanggehen.«

»Glaub ihr kein Wort, Nick.«

Sie lachten und alberten herum, bis sie schließlich vor dem Internat ankamen. Jo verabschiedete sich zuerst von Nick und beobachtete dann die beiden. Es tat ihr im Herzen weh zu sehen, wie ungern Nick sich von seinem Vater löste und dann in die Schule zurückkehrte. Auf der restlichen Fahrt war Duncan ziemlich still.

»Er hat mir mal erzählt, dass er gerne da zur Schule geht«, versuchte Jo, ihn aufzumuntern.

Duncan nickte. »Die Schule ist auch gut und auf Kinder mit Lernbehinderungen ausgerichtet. Trotzdem ... ich gäbe viel darum, wenn er zu Hause bei mir und nicht in diesem Internat leben könnte. Ich habe das Gefühl, wir verlieren so viel Zeit, die wir zusammen verbringen könnten.«

Jo strich ihm mitfühlend über den Arm.

»Im Moment ist es aber die beste Lösung für ihn.«

Der Hotelbetrieb lief dank der Werbung und der neuen Webseite, die endlich online war, gut an. Aufgrund der beiden jungen Frauen aus der Umgebung, die sie jetzt als Hausmädchen eingestellt hatten, konnte Jo sich mehr auf ihre Arbeit in der Küche konzentrieren. Es machte ihr richtig Spaß, sich neue Menüs auszudenken, ohne dass ihr irgendwer Vorschriften machte. Natürlich musste sie die Kosten im Auge behalten, aber das verstand sich von selbst. Nach zwei Wochen kamen Heidi und Tom aus London zurück. Heidi bestaunte die Computer, während für Tom eher die neuen Fenster von Interesse waren. Er ging noch immer an Krücken, auf die er erst in ein bis zwei Wochen würde verzichten können. Marge hingegen ging es schon so viel besser, dass sie ganz ohne Hilfe gehen und wieder leichtere Arbeiten übernehmen konnte. Dabei zuzusehen, wie ihr Hotel wieder zum Leben erwachte, schien Marge einen richtigen Energieschub zu geben. Tom und sie verzogen sich ins Büro, damit sie ihn über die vergangenen Wochen informieren konnte. Währenddessen machten es sich Heidi und Jo im Garten bei einem Gläschen Prosecco gemütlich.

Jo seufzte glücklich. »Wer hätte das noch vor ein paar Monaten gedacht, dass wir zwei hier sitzen würden, beide mit einem neuen Job und tollen Kerlen an der Hand.«

Heidi lächelte. »Na ja, Tom ist schon toll, aber ich weiß nicht wirklich, woran ich bei ihm bin.«

»Wie meinst du das? Hattet ihr denn keine schöne Zeit in London?«

»Doch schon, aber ich weiß nicht, was ich ihm tatsächlich bedeute. Vielleicht bin ich nur eine kurze Affäre für ihn, bevor er zurück nach Amerika geht ... ach, keine Ahnung.« Heidi griff zu ihrem Glas und gönnte sich einen kräftigen Schluck.

»So wie der dich ansieht? Nee, das glaub ich nicht.«

»Er fliegt übermorgen nach Hause und hat mit keinem Wort erwähnt, was aus uns werden wird und ob ich mitkommen soll. Ich weiß nicht, ob so eine Fernbeziehung überhaupt funktionieren kann.«

»Du musst mit ihm reden, Heidi. Sag ihm, was er dir bedeutet! Männer haben eine längere Leitung als wir, vielleicht hat er gar nicht kapiert, was in dir vorgeht.«

»Also wenn er das nicht von selbst merkt ...«

»Willst du etwa das Risiko eingehen, deinen Traumtypen zu verlieren, nur weil du zu stolz bist?«

»Ach, lass uns von etwas anderem reden. Wie steht es zwischen dir und Duncan? Ich habe das Gefühl, du schwebst auf Wölkchen.«

Jo lächelte. »Er hat mich gefragt, ob ich zu ihm und Nick ziehen möchte.«

Heidi kreischte auf. »Was? Und da sitzt du noch da?!«

»Ich wollte nur warten, bis du zurück bist oder bis es Marge besser geht. Ich werde ihn nachher noch anrufen und fragen, ob er mich immer noch bei sich haben will. Wenn ja, werde ich morgen zu ihm ziehen.«

»Ich freue mich so für dich. Wenn ich da an diesen Idioten Markus denke ...« Heidi verdrehte die Augen und schnaubte, um ihre Abneigung gegenüber diesem Kerl zu verdeutlichen. »Duncan scheint viel netter zu sein.«

Jo grinste. »Nicht nur netter, auch sonst einfach besser. Himmel, ich muss echt verzweifelt gewesen sein, um mich mit einem Versager wie Markus einzulassen.«

Sie kicherten wie die Hühner über alte Geschichten, bis auch Marge und Tom sich zu ihnen gesellten. Schließlich musste Jo in die Küche, weil am Abend noch eine Handvoll Gäste zum Essen angemeldet war. Doch davor rief sie Duncan an.

»Hallo, du«, meldete er sich, weil er ihre Nummer gleich auf seinem Handy erkannte.

Allein seine Stimme verursachte ein Kribbeln auf ihrer Haut. »Hallo, Duncan. Bist du gerade beschäftigt?«

»Hm, extrem. Ich bin gerade dabei, mir vorzustellen, dich heute Abend in mein Bett zu locken und ziemlich unanständige Dinge mit dir zu machen.«

Sie kicherte. »Heute Abend geht nicht, aber spar dir diesen Gedanken für morgen auf. Könntest du mich nach der Arbeit abholen? Ich hätte dann auch ziemlich viel Gepäck dabei.«

»Heißt das, du ziehst endlich zu mir?«

»Hm, lass mich überlegen«, neckte sie ihn. »Nein, ich glaub, ich zieh lieber zu Nick.«

Ein Jauchzer schallte durch den Hörer, sodass sie ihn etwas vom Ohr halten musste. »Heidi und Tom sind zurück, und Marge geht es auch besser. Das heißt, dass ich hier nun nicht mehr so gebraucht werde.«

»Ich freue mich.«

»Ach nein!? Das hätte ich jetzt beinahe überhört. Dann darf ich also morgen mit einer Mitfahrgelegenheit rechnen?«

»Ich werde pünktlich auf der Matte stehen, Süße. Und bis dahin: Träum schön von mir.«

»Eingebildet bist du wohl gar nicht«, lächelte sie.

Als die letzten Gäste gegangen waren und sie Jo noch geholfen hatte, die Küche wieder sauber zu machen, zog Heidi sich in ihr Zimmer zurück. Zum ersten Mal seit drei Wochen war sie wieder allein. Es fühlte sich seltsam an. Gut, sie könnte jetzt einfach zu Tom herübergehen, aber vielleicht war es ganz gut, wenn sie sich daran gewöhnte, dass er bald nicht mehr da sein würde. Sie hatte sich gerade die Zähne geputzt, als es leise an ihre Zimmertür klopfte.

Heidi öffnete die Tür einen Spalt und fand Tom davorstehen. »Lässt du mich rein?«, fragte er leise, woraufhin sie die Tür ganz öffnete. Er trat ein und lehnte die Krücken an die Wand, um sich freier bewegen zu können. Dann drehte er sich zu ihr um und wollte sie in die Arme schließen, doch sie wich ihm aus und trat ans Fenster.

»Heidi, was ist los mit dir?«, fragte er sanft und humpelte etwas unbeholfen hinter sie. »Seit ich dir gesagt habe, dass ich nach Amerika zurückfliegen muss, bist du so distanziert.«

Sie kämpfte gegen die Tränen an und starrte weiter aus dem Fenster hinaus, damit sie ihn nicht ansehen musste.

»Heidi, nun rede mit mir.« Er legte seine Hände auf ihre Arme und drehte sie zu sich herum. Als er es verräterisch in ihren Augen schimmern sah, schluckte er schwer. »Nicht weinen, bitte nur nicht weinen.« Doch das löste die Tränen erst recht aus. Er zog sie zu sich heran und hielt sie fest, während sie sein Hemd befeuchtete. »Könntest du mir nicht stattdessen eine reinhauen?«, bat er.

Sanft fuhr er ihr über das Haar. »Habe ich irgendwas falsch gemacht oder was Blödes gesagt?«

Sie hob einen Moment den Kopf und schaute ihn aus verheulten Augen an. »Ich habe gedacht, ich bedeute dir was, und ... und ... und nun fliegst du einfach zurück nach Amerika und lässt mich hier zurück«, schniefte sie. Selbst in Heidis Ohren klang sie wie ein verzogenes Kind, und sie hasste es, vor ihm die Haltung zu verlieren.

Verblüfft schaute er sie an. »Natürlich bedeutest du mir was, sogar sehr viel! Ich muss halt zu Hause noch ein paar Dinge regeln, und dann komme ich zurück. Es gibt Probleme in einem meiner Hotels drüben.«

»Und warum nimmst du mich nicht mit?«

»Weil ich dir hier einen neuen Job gegeben habe. Ich dachte eigentlich, du nimmst das ernst. Marge und Jo brauchen dich hier.« Er humpelte zum Bett und setzte sich hin. »Hör mal, Heidi, es wird immer wieder vorkommen, dass ich geschäftlich verreisen muss. Ich habe Hotels auf der ganzen Welt verstreut, und da kann ich dich nicht jedes Mal mitnehmen. Du hast hier für mich einen Job zu machen. Zudem muss ich drüben in Amerika noch ein paar Dinge erledigen, damit ich künftig von hier aus alles im Griff haben kann.«

Sie setzte sich neben ihn aufs Bett. »Ich dachte, du würdest einfach abhauen und nicht mehr zurückkommen.«

Er nahm ihr Gesicht in seine Hände und küsste ihre wundervollen Lippen. »Wie könnte ich? Du hast doch mein Herz als Geisel, was willst du noch mehr?«

Sie drückte ihn sanft zurück in die Kissen. »Ach, ich wüsste da schon was.« Quälend langsam öffnete sie sein Hemd Knopf für Knopf und fuhr mit ihrer Hand zärtlich über seinen gut trainierten Körper. Ihr Mund folgte ihrer Hand und erkundete jeden Zentimeter seiner Haut. Während sie an seiner Kehle knabberte, streifte sie ihm sein Hemd endgültig von den Schultern und ließ es neben dem Bett zu Boden gleiten. Am liebsten hätte er sie auf den Rücken gedreht und sie mit Haut und Haaren verspeist, aber sein dummes Gipsbein war ihm im Weg, und es blieb ihm nichts anderes übrig, als ihr die Führung zu überlassen.

»Wenn ich zurückkomme, ist dieses blöde Teil hier weg, und dann gehörst du mir«, knurrte er.

Sie kicherte. »Aber bis dahin tu ich mit dir, was ich will.«

Tom setzte sich auf und zog ihr behände das T-Shirt über den Kopf. Es landete mit Schwung neben seinem Hemd auf dem Boden. Ihr BH leistete den beiden kurze Zeit darauf Gesellschaft. Zärtliche Worte und genüssliche Seufzer erfüllten das Zimmer, während sie sich einander hingaben.

Als er schließlich seine Koffer in das Taxi lud, kämpfte Heidi tapfer gegen die Tränen an. Er würde ja wiederkommen, und sie wollte nicht, dass er sie so verheult in Erinnerung behielt. Er schüttelte Marge und Jo die Hand, bevor die beiden das Pärchen allein ließen, um sich voneinander zu verabschieden.

»Komm her, du«, sagte er mit belegter Stimme und zog sie in seine Arme.

Ihre Lippen hielten sich aneinander fest, als könnten sie verhindern, dass der Körper den jeweils anderen verlässt. Der Taxifahrer räusperte sich. »Können wir nun los?«

Zärtlich strich Tom mit seiner Hand über ihre Wange und

schaute ihr tief in die Augen. »Ich bin so schnell wie möglich wieder hier, versprochen.«

Sie nickte, mehr traute sie sich nicht zu, um nicht gleich losheulen zu müssen. Dann stieg er in den Wagen, und das Taxi brauste davon. Jo trat aus dem Hotel hinaus und kam auf Heidi zugeeilt, um sie in die Arme zu nehmen. Sie stand einfach da und hielt ihre Freundin fest, die nun ihren Tränen freien Lauf ließ.

»Er wird zurückkommen, Heidi. Du wirst sehen, es wird ganz schnell gehen.«

»Ich weiß«, schluchzte sie. »Ich bin so eine dumme Kuh. Flenn hier rum wie ein Teenager! Es ist nur, wir waren die letzten Wochen über nie getrennt. Was ist, wenn er in Amerika auf jemanden trifft, der ihm besser gefällt? Wir kennen uns doch noch nicht so lange.«

Jo lachte. »Eine Bessere als dich wird er nirgendwo finden, Heidi. Er ist verrückt nach dir, das sieht ein Blinder. Und nun komm rein, ich habe Schokoladenmousse gemacht. Das hilft immer.«

Schniefend folgte sie ihrer Freundin ins Haus. »Weißt du, er hat nicht einmal gesagt, dass er mich liebt.«

»Ich denke, Männer haben mit diesem Wörtchen grundsätzlich ein Problem. Aber wer euch beide zusammen sieht, erkennt schon, dass da Liebe mit im Spiel ist.«

»Ja?«

»Oh ja. Ich habe doch recht, Marge?«, fragte sie die Dritte im Bunde, die bereits in der Küche den Tee in die Tassen goss, während Jo die Schokoladenmousse aus dem Kühlschrank holte.

»Das hast du, meine Liebe. Der arme Mann ist dir mit Haut und Haaren verfallen, Heidi. Er hat doch gar keine Wahl mehr.«

Sie lachten, und auch um Heidis Mundwinkel zuckte es verdächtig.

»Wisst ihr, es ist das erste Mal, dass mir ein Kerl wirklich etwas bedeutet.«

»Ach ja?«, scherzte Jo, »da wäre ich jetzt wirklich nie draufgekommen. Mein Typ holt mich übrigens heute Abend ab und schleppt mich in seine Höhle. Kommt ihr beiden ohne mich zurecht?«

Marge und Heidi sahen sich grinsend an. »Endlich sind wir sie los, nicht?«

13. Kapitel

Das Leben konnte so schön sein, stellte Jo am nächsten Sonntagmorgen fest. Sie hatte frei und wachte neben dem unwiderstehlichsten Mann der Welt auf. Leise öffnete sich die Tür des Schlafzimmers einen Spalt, und Nick streckte den Kopf herein. Jo war froh, dass sie sich T-Shirt und Shorts wieder übergezogen hatte, nachdem sie sich geliebt hatten.

»Seid ihr wach?«, fragte Nick flüsternd.

»Ja, komm nur rein«, flüsterte Jo zurück, und Duncan brummelte unwirsch. Zu ihrem Erstaunen verschwand Nick noch mal von dem Türspalt, um kurz darauf mit einem großen Tablett wiederzukommen.

»Ich hab Frühstück gemacht«, sagte er dann ganz stolz und trug das Tablett neben sie ans Bett. Sie nahm es ihm ab, und er verschwand noch einmal, um den Kakao zu holen, den er auch noch angerührt hatte. Erst als Nick zu ihnen ins Bett krabbelte, wurde Duncan richtig wach.

»Frühstück, Dad«, sagte Nick stolz.

Duncan blinzelte ihn an und schaute dann zu Jo: »Wer ist das da neben mir, und wo ist mein Junge geblieben?«

Nick strahlte stolz. »Ich hätte auch noch Omeletts gemacht, so wie du es mir gezeigt hast, Josy. Aber es gab keine Eier mehr.«

Duncan atmete innerlich auf, denn im Geiste sah er seine Küche schon abgebrannt vor sich. Es reichte, wenn sie nach diesem Frühstück im Bett die Laken frisch beziehen mussten. Aber es tat gut zu sehen, wie sein Sohn aufblühte und Jos Anwesenheit ebenso genoss wie er. Okay, nicht ganz so intensiv wie er, grinste er still vor sich hin.

»Ich hab noch nie im Bett gefrühstückt, außer wenn ich krank war«, erklärte Nick Jo.

»Aha, dann wird es ja höchste Zeit, damit anzufangen. Reich mir mal bitte das Nutella, Duncan.«

Als sie zu Ende gefrühstückt hatten, sahen die Laken wirklich katastrophal aus. Aber Duncan schickte sie einfach unter die Dusche, während er und Nick sich um die Beseitigung der Spuren kümmerten, indem sie das Bett neu bezogen. Da es draußen regnete, beschlossen sie, den Rest des Tages im Haus mit Spielen und Lesen zu verbringen. Nachdem sie Nick am Abend wieder ins Internat gebracht hatten, kuschelten sie sich auf das gemütliche Sofa vor dem Kamin. Jo seufzte wohlig, als Duncan ein kleines Küsschen auf ihrer Schläfe platzierte. »Schade, dass nicht jeder Tag Sonntag ist«, meinte sie.

»Du hast den Familientag wirklich genossen, nicht? Als Nick unser Zimmer am Morgen mit dem Frühstück stürmte, hatte ich befürchtet, du könntest etwas dagegen haben.«

»Bist du irre? Gegen Nutella-Brote im Bett ist nie etwas einzuwenden.«

Er grinste. »Na, dann weiß ich ja, womit ich dich künftig bestechen kann. Nein, im Ernst, es macht mich glücklich zu sehen, wie ihr beiden miteinander zurechtkommt. Nick ist ein Teil von mir ...«

»Ich weiß«, unterbrach sie ihn und drehte sich so zu ihm, dass sie seine Lippen erreichen konnte. »Es gibt nichts an dir, was ich nicht liebe, Mr Scarman.«

Am nächsten Morgen kam sie etwas übermüdet zur Arbeit, da sie nicht gerade viel Schlaf abbekommen hatte. Aber manchmal musste man einfach Prioritäten setzen. Heidi ging es auch wieder besser, denn Tom meldete sich jeden Tag bei ihr, und sie führten lange Telefongespräche. Ihre Befürchtung, er würde sie vergessen und in den Wind schießen, wenn er erst mal weg wäre, war vom Tisch. Allerdings waren die Probleme in seinem Hotel größer, als er erwartet hatte, und es würde eine Weile dauern, bis er wieder zurückkommen konnte. Ein Manager hatte nicht nur Geld unterschlagen, sondern auch das Personal so aufgehetzt und so unmöglich zusammengestellt, dass ein echtes Chaos ausgebrochen war. Tom musste einigen Leuten kündigen und die Teams neu zusammenstellen. Auch musste er rechtliche Schritte gegen den Manager einleiten. Dafür begann das Brambleberry Cottage, richtig gut zu laufen. Buchungen trudelten nun laufend ein, und seit einer Woche hatten sie mehrere Zimmer belegt. Es war einfach nur schön zu sehen, wie das Haus, aber auch Marge aufblühte. Dank der zusätzlichen Hilfskräfte hatte Marge nun auch mehr Zeit, die sie meistens mit Seamus verbrachte.

Es waren nun schon vier Wochen vergangen seit Toms Abreise, aber wie er Heidi versichert hatte, würde er spätestens in zwei Wochen wieder bei ihr sein. Sie betrat gerade die Küche, als Jo Speck für das Frühstück der Gäste anbriet. Auf einmal wurde Heidi kreidebleich und rannte in den angrenzenden Waschraum. Als sie wieder zurückkam, sah Jo sie besorgt an. »Alles okay mit dir?«

»Nein, ich lege mich wieder hin, mir ist speiübel.«

»Mach das, ich bringe dir gleich einen Kamillentee hoch.«

Heidi schaffte es gerade noch ins Zimmer, bevor sie sich erneut übergeben musste. Matt legte sie sich danach auf das Bett und überlegte krampfhaft, was sie gestern Falsches gegessen haben könnte.

Zuvor leise anklopfend, betrat Jo ihr Zimmer und stellte den Tee auf das Tischchen neben ihrem Bett. Dann holte sie einen Waschlappen und befeuchtete ihn unter einem kalten Wasserstrahl. Fürsorglich legte sie ihn auf den Kopf der Freundin. »Ich prüfe gleich noch, ob sonst noch jemand betroffen ist. Obwohl, ich kann mir nicht vorstellen, dass es am Essen lag. Mir geht es ja gut, und ich habe das Gleiche gegessen wie du.«

Heidi nickte mitgenommen.

»Ruh dich aus, ich schaue später noch mal nach dir.«

Gegen Mittag hatte sich ihr Magen beruhigt, und sie konnte wieder hinunter in ihr Büro, um noch ein bisschen zu arbeiten. Jo brachte ihr ein paar Knäckebrote und einen Tee. »Geht's dir besser?«

»Ja, ein wenig. Hat sonst noch jemand von den Gästen Beschwerden?«

»Nein, bisher sind alle zum Essen erschienen. Vielleicht hast du nur irgendwo einen blöden Magen-Darm-Virus aufgelesen.«

»Das wird es sein.«

»Oder du bist schwanger«, witzelte Jo.

Heidi ließ das Knäckebrot aus ihrer Hand fallen. Mist, daran hatte sie nicht gedacht. Wann hatte sie ihre letzte Periode gehabt?

»Heidi? Alles in Ordnung?«

»Ich brauche sofort einen Schwangerschaftstest!«, rief sie, sprang auf und griff nach ihrer Jacke und Handtasche.

»Ich habe doch nur einen Witz ... okay, ich fahre dich. Warte, ich gebe nur rasch Marge Bescheid, dass wir kurz weg sind.«

Später saßen sie zusammen in Heidis Zimmer, starrten auf die fünf verschiedenen Stäbchen, die vor ihnen lagen, und warteten auf das Ergebnis. Heidi wollte sichergehen und vertraute nicht nur auf einen Test.

»Wäre es schlimm, wenn sie positiv ausfallen?«, fragte Jo leise.

»Ich weiß nicht«, Heidi sah Jo etwas unsicher an. »Ein Kind von Tom wäre schon schön, aber könnte ich so was überhaupt?«

Sie blickten wieder auf die Teststäbchen, die langsam nacheinander die Wahrheit aufzuzeigen begannen.

»Ich glaube, diese Frage wirst du dir in neun Monaten selbst beantworten können«, lächelte Jo und nahm Heidis Hände. »Gratuliere, Heidi, du wirst Mutti.«

Heidi kreischte auf, einerseits aus Freude, andererseits aus Schock. »Himmel, und was mache ich, wenn ich das wirklich nicht kann, wenn ich die schrecklichste aller Mütter sein werde?«

»Dann werde ich da sein und dir einen Tritt in den Hintern geben. Gott, ich freue mich so für dich und Tom!«

»Tom, meine Güte, ich muss es ihm unbedingt sagen! Was ist, wenn er gar keine Kinder will?! Wenn er mich sitzenlässt?!« Heidi sah sie geschockt an. »Wir kennen uns ja erst seit ein paar Wochen. Wir haben noch nie über Kinder geredet.«

»Ähm, und dann habt ihr nicht verhütet? Entschuldige, das sollte jetzt nicht wie ein Vorwurf klingen.«

»Schon gut. Doch, natürlich haben wir ... Mist«, stöhnte Heidi, als sie sich erinnerte, »stimmt, einmal hatte ich die Pille vergessen. Er wird mich umbringen.«

Jo lachte und umarmte ihre Freundin. »Das wird er nicht. Sein

Kind braucht schließlich eine Mutter. Es gibt nur einen Weg herauszufinden, was er von Kindern hält: Sag es ihm.«

»So was kann ich nicht am Telefon tun. Ich muss warten, bis er wieder hier ist. Gott, Jo, ich kriege ein Kind!«

Jo schmunzelte und drückte Heidi noch mal an sich. »Und du wirst eine ganz prima Mami werden, ganz bestimmt.«

Als Jo die Neuigkeiten am Abend Duncan erzählte, musste auch er grinsen. Allein schon die Vorstellung, wie der geschniegelte Tom Spucke von seiner Designerjacke wischt, brachte sie zum Lachen. Doch später schaute Duncan sie ernst an. »Und wie geht es dir bei dem Gedanken? Hättest du nicht auch gern selbst Kinder?«

Jo lächelte, er war wirklich einfühlsam. »Früher ja, aber ich denke, der Zug ist für mich abgefahren, und das sage ich jetzt nicht verbittert. Weißt du, ich bin nun schon fast vierzig Jahre alt. Ich weiß, dass es theoretisch noch möglich wäre, und ich könnte es mir mit dem richtigen Mann an meiner Seite auch durchaus vorstellen. Aber wenn ich dann daran denke, dass ich sechzig Jahre alt wäre, wenn mein Kind gerade mal zwanzig würde, dann möchte ich das weder ihm noch mir antun. Ein Kind braucht eine junge Mutter wie Heidi.«

»Nun ja, es gibt auch viele junge Mütter, die besser keine Kinder bekommen hätten. Aber wenn ich dich mit Nick erlebe, finde ich, dass du wirklich gut mit Kindern umgehen kannst.«

»Er ist ja auch ein toller Junge ...«

»... von einem tollen Vater, wolltest du jetzt bestimmt noch sagen.«

Sie schlug grinsend mit einem kleinen Kissen nach ihm. »Du bist so was von eingebildet!«

Der Arzt bestätigte Heidis Schwangerschaft und meinte, dass das mit der Übelkeit in ein paar Wochen vorbei wäre und sie sich jetzt einfach etwas schonen sollte. Super. Jo und Marge beglückerten sie jetzt schon. Wenn sie sich vorstellte, dass da so ein kleines Wesen in ihrem Bauch heranwuchs, für das sie verantwortlich war, machte es ihr eine Heidenangst. Auch war Heidi sich nicht sicher, wie Tom reagieren würde. Es kostete sie einiges, nicht gleich damit herauszurücken, wenn sie mit ihm telefonierte. Aber sie wollte ihm in die Augen schauen, wenn sie es ihm sagte. Sie wollte es sofort erkennen, wenn er ihr nur etwas vormachte. Immerhin kannten sie sich erst seit ein paar Wochen, und nun kam sie ihm schon mit einem Kind! Gut, ganz unbeteiligt war er an der Geschichte ja auch nicht. Sie wäre so froh, wenn er die Freude und Angst mit ihr teilen würde, war sich aber seiner Reaktion gar nicht sicher.

»Geht's dir gut?«, fragte er sie am Abend am Telefon. »Du klingst irgendwie bedrückt und anders.«

»Du fehlst mir einfach, Tom. Wann kommst du zurück?«

»Ende nächster Woche. Ich denke, den Rest kann ich auch von Schottland regeln.«

»Hast du diesen Typen gefeuert, der solchen Ärger verursacht hat?«

»Ja, und auch wegen Veruntreuung angezeigt. Sein Assistent wird gegen ihn aussagen. Ich habe eine Weile gebraucht, bis ich ihn so weit hatte, anscheinend wollte er niemanden verpetzen. Aber ein Job auf Antigua hat ihn dann überzeugt.«

»Oh«, lächelte Heidi. »Meinst du nicht, die Polizei wertet das als Bestechung, und die Aussage wäre dann ungültig?«

»Nur wenn sie es rausbekommt. Aber der Assistent bekommt den Posten erst, wenn die Sache ausgestanden ist. Er weiß, dass auf mein Wort Verlass ist. Und wenn es eben doch vorher rauskommt, habe ich einfach Pech gehabt. Mein Geld werde ich sowieso nie wiedersehen. Es wäre einfach schön, wenn dieser Mistkerl dafür ein paar Jährchen Knast aufgebrummt bekäme. Aber kommen wir doch auf das Wesentliche zurück: Du vermisst mich?«

Heidi lachte: »Bilde dir darauf bloß nichts ein.«

»Du fehlst mir auch, Blondie. Es sind nur noch ein paar Tage, nächste Woche bin ich wieder bei dir.«

Doch diese paar Tage schienen sich endlos in die Länge zu ziehen. Obwohl sie die Küche nun mied, war ihr morgens immer noch speiübel, und sie kämpfte zwischendurch auch schon mal gegen Schwindelanfälle. »Du willst mich wohl darauf vorbereiten, was in den nächsten zwanzig Jahren noch alles auf mich zukommen wird, Kleines. Aber ich sage dir was: Ich lasse mich nicht so schnell unterkriegen. Ich bin nicht nur deine Mami, ich bin auch deine Chefin, und ich sage, wo's langgeht.«

Jo, die gerade an ihr vorbeigegangen war, hatte es gehört und drehte sich grinsend zu ihr um. »Du machst dem Kleinen ja Angst. So wird es wohl nie rauskommen wollen.«

»Es soll gleich von Anfang an wissen, wer hier das Sagen hat. Du, kann ich morgen früh den Hotelwagen nehmen, um Tom vom Flughafen in Glasgow abzuholen?«

»Na klar. Ich brauche ihn erst am Nachmittag zum Einkaufen.«

Endlich war es so weit, der Tag, an dem Tom zu ihr zurückkommen würde, war angebrochen, und Heidi hatte sich besonders hübsch zurechtgemacht. Obwohl bereits die ersten kühlen Herbstmorgen ins Land gezogen waren, trug sie ein sommerliches Kleid mit Blümchenmuster. Jo pfiff durch die Zähne, als Heidi vom Zimmer herunterkam. Doch bevor sie aus dem Haus konnte, drückte Jo ihr noch eine wärmende Strickjacke in die Hand. »Du willst ja nicht, das Tom einer Frostbeule gegenübersteht, oder?«

»Ja, Mutti.« Sie nahm die Jacke dankbar an und zog sie über. »Damit sehe ich bestimmt aus wie die Vogelscheuche draußen auf dem Feld.«

»Klar, und Tom wird gleich auf dem Absatz wieder kehrtmachen und zurückfliegen. Nun mach schon, dass du rauskommst.«

Heidis Magen hüpfte wieder auf und ab auf der Fahrt. Dieses Mal nicht nur wegen der Schwangerschaft: Sie war so nervös, Tom wiederzusehen. Würde zwischen ihnen immer noch dasselbe Band bestehen, oder wäre er wieder das alte Ekelpaket? Sie schaltete das Radio ein und sang lauthals mit, um sich abzulenken. Zwei Stunden später stand sie in der Ankunftshalle des Flughafens und las, auf der Unterlippe kauend, die Anzeigetafel der ankommenden Flüge. Toms Flieger war vor wenigen Minuten gelandet. Aufgeregt trippelte sie von einem Fuß auf den anderen. Der Duft von frischgebackenen Hörnchen ließ ihren Magen wieder aufmüpfig grummeln. Sie versuchte, die aufsteigende Übelkeit zu ignorieren, doch der schwere orientalische Geruch von indischem Essen am Stand neben ihr gesellte sich zu dem Hörnchenduft und gab ihr den Rest. Heidi merkte noch, wie ihr schwindelig wurde, und hätte ein freundlicher Herr nicht bemerkt, dass sie dabei war umzukippen, dann läge sie wohl jetzt am Boden. Er hatte glücklicherweise schnell reagiert und sie zu einer Bank geführt, wo sie sich hinsetzen konnte.

»Soll ich Ihnen ein Wasser bringen, Miss?«, fragte der Mann hilfsbereit.

»Nein, nein, es wird gleich wieder gehen. Vielen Dank.«

»Halten Sie besser ein Weilchen den Kopf zwischen die Beine, und atmen Sie ruhig durch.«

»Heidi?!«

Sie hob den Kopf, der sich immer noch drehte, und sah Tom mit besorgtem Blick vor ihr stehen.

»Kennen Sie die Frau? Sie wäre beinahe zusammengeklappt.«

»Ja, danke, dass Sie sich um sie gekümmert haben.«

»Gern geschehen. Passen Sie auf sich auf, meine Liebe«, sagte der Mann und verschwand dann wieder in der Menge.

Tom ging vor ihr in die Hocke. »Was ist denn los? Bist du krank?«

Sie lächelte ihn an. »Nein, nein ... es ist nur der Kreislauf. Ich hatte noch nichts gefrühstückt heute Morgen und dann dieser Geruch hier drin ...« Vorsichtig stand sie auf und stellte erleichtert fest, dass sich nicht mehr alles um sie drehte. »Aber jetzt bist du ja da.« Sie schlang ihre Arme um ihn und küsste ihn, als wäre er gerade aus dem Krieg zurückgekehrt. Er fühlte sich unglaublich gut an, und sie vergaß völlig, dass da noch andere Menschen in der Ankunftshalle waren.

Irgendwann löste er sich ein wenig von ihr und strich ihr liebevoll das Haar aus dem Gesicht.

»Ich hab dich so vermisst«, gestand er. »Komm, lass uns ein ruhigeres Plätzchen suchen.«

Da er ziemlich erschöpft von der Reise war, überließ er ihr beim Wagen ohne Widerrede das Steuer. Er war froh, dass sie ihn nicht gleich mit zig Fragen löcherte, sondern ihn erst mal zur Ruhe kommen ließ. Als Heidi während der Fahrt zu ihm herüberblickte, sah sie, dass er eingeschlafen war. Etwas außerhalb von Glasgow erfasste sie erneut eine Welle der Übelkeit. Tapfer kämpfte sie gegen sie an, aber plötzlich trat sie hart auf die

Bremse, schnallte sich eiligst ab und stürmte aus dem Wagen. Sie schaffte es gerade noch an den Straßenrand, bevor sie sich übergeben musste. Obwohl sie noch nichts gegessen hatte, würgte und würgte sie. Tom, der durch das harte Bremsmanöver wach geworden war, streckte ihr, nachdem sich ihr Magen wieder etwas beruhigt hatte, eine kleine Wasserflasche hin, die er aus dem Flieger mitgenommen hatte.

»Du bist doch krank. Trink einen Schluck, dann fahre ich dich gleich zum Arzt.«

Heidi, die ihre Hände auf den Knien aufgestützt hatte und vornübergebeugt dastand, ignorierte die Flasche. Sie befürchtete, dass, was immer sie ihrem Magen zuführte, umgehend den Weg zurückfinden würde. »Das ist nicht nötig, Tom. Ich bin nicht krank.«

Er griff nach ihrem Arm und drehte sie so zu sich um, dass sie ihn ansehen musste. »Du wurdest im Flughafen fast ohnmächtig, kotzt dir dann hier die Seele aus dem Leib und willst mir weismachen, dass du völlig okay bist? Heidi, du musst dich durchchecken lassen. Und jetzt steig in den verdammten Wagen, ich fahre dich zum Arzt!«

»Ich bin nicht krank, Tom. Ich bin schwanger, Herrgott noch mal!« Eigentlich hatte sie es ihm schonender beibringen wollen. Sein Gesichtsausdruck veränderte sich von besorgt zu verblüfft, zu fragend und schließlich zu sauer. Es war, als hätte man ihm einen kalten Waschlappen mitten ins Gesicht geworfen. Sie hätte viel darum gegeben, eine Kamera dabeigehabt zu haben.

»Wer ist der glückliche Vater?«

Bevor sie wusste, was sie tat, hatte sie die Hand gehoben und ihm mit aller Kraft eine gescheuert. Sie hatte noch nie jemanden geschlagen und war erstaunt, dass ihre eigene Hand danach auch schmerzte. Allerdings nicht so sehr wie ihr Herz, das er gerade zerrissen hatte.

»Ich schätze mal, dass ich diese Ohrfeige verdient habe«, meinte er kleinlaut. »Aber wir haben doch immer verhütet?«

»Ist das alles, was dir dazu in den Sinn kommt?«

»Himmel, Heidi, gib mir doch wenigstens ein paar Minuten Zeit, mit dem Gedanken klarzukommen. Ich habe die ganze Nacht nicht geschlafen, steige aus dem Flieger, sehe meine Freundin fast zusammenbrechen, und am Straßenrand kotzend sagt sie mir dann, dass sie mein Kind erwartet?! Ich bin kein Übermensch, lass mir kurz Zeit!«

Nach wie vor verletzt, funkelte sie ihn wütend an. »Das Kind wächst immerhin in mir und nicht in dir, und ich hatte auch keine Zeit, mich daran zu gewöhnen. Jeden Morgen erinnert es mich daran, dass es da ist, indem ich mir die Kacheln im Badezimmer von unten ansehen darf. Und trotzdem freue ich mich auf das kleine Würmchen, denn es ist ein Teil von dir, der in mir wächst.«

Er hob den Zeigefinger vor ihr Gesicht. »Warte! Nur einen kurzen Moment, bitte!« Damit drehte er sich um und ging zurück zum Wagen. Sie warf genervt die Arme in die Luft, wohin hätte sie denn auch schon gehen sollen. Er durchwühlte sein Handgepäck und schimpfte leise vor sich hin. Na toll! Heidi drehte sich enttäuscht um und starrte über die herbstliche Landschaft. Es wäre ja zu schön gewesen, wenn er sich einfach mit ihr hätte freuen können. Aber er konnte sie mal! Sie würde das Kind auch allein großziehen.

»Heidi?«, er war wieder hinter sie getreten und klang immer noch etwas nervös. Sie drehte sich zu ihm um und sah, wie er vor ihr auf die Knie ging, mit einem kleinen Kästchen in der Hand. Ihr blieb die Luft weg.

»Eigentlich wollte ich ihn dir erst heute Abend geben, wenn wir meine Rückkehr gefeiert hätten, aber jetzt scheint mir der Augenblick passender. Hör zu, ich weiß, dass wir uns noch nicht so lange kennen, aber wenn's passt, dann passt's. Werde meine Frau ... ähm, bitte!«

Heidi schaute ihn einen Moment verdutzt an, dann prustete sie los. Die Szene war einfach zu absurd. »Verstehst du das etwa unter einem Heiratsantrag: Wenn's passt, dann passt's?« Sie musste so lachen, dass sie gar nicht mehr aufhören konnte.

Er erhob sich mit einem verlegenen Grinsen im Gesicht. »Entschuldige, es hätte wirklich romantischer sein sollen, aber du hast mich mit deiner Neuigkeit wirklich gerade ziemlich überrumpelt. Ich meine es aber wirklich ernst. Heirate mich, Heidi, werde meine Frau! Ich werde für dich und das Kleine immer sorgen. Was sagst du?«

Sie schaute ihm wieder ernst in die Augen. »Tom, ich weiß nicht. Ich kriege ein Kind, und heute heiratet man nicht mehr nur deswegen.«

Er wollte sie an sich ziehen, doch sie hielt ihn zurück. »Ich habe mich gerade übergeben, Tom. Du willst mich jetzt wirklich nicht küssen, glaub mir.«

Doch er zog sie trotzdem an sich und hielt sie einfach fest in seinen Armen. »Es tut mir leid, dass du glaubst, ich wolle dich nur wegen des Babys heiraten. Aber wenn du einen Moment darüber nachdenkst, wirst du vielleicht bemerken, dass ich den Ring besorgt habe, ohne zu wissen, dass wir bereits Nachwuchs bekommen. Ich liebe dich, und die sechs Wochen ohne dich waren eine einzige Qual. Ich will dich an meiner Seite wissen und das für immer und ewig. Und wenn unsere Kinder mich mal fragen, wann ich ihre Mutter gefragt habe, ob sie mich heiraten will, dann werde ich mit Hochgenuss erzählen, dass es zu dem Zeitpunkt war, als du dich gerade wegen einem von ihnen übergeben hast. Also, was meinst du nun? Heiratest du mich?«

Sie löste sich etwas von ihm, damit sie ihm direkt in die Augen schauen konnte. »Hm, ich denke, unter diesen Umständen ... okay. Ja, doch, ich denke, ich werde dich zu meinem Mann nehmen.«

Er lachte und hob sie einfach hoch, um sie durch die Luft zu wirbeln. Sie kreischte und bat ihn, sie runterzulassen, bevor sie sich erneut übergeben musste.

Sie beschlossen, es den anderen erst beim Abendessen zu erzählen und Duncan und Jo zu bitten, ihre Trauzeugen zu sein.

Wenn sein Junge nicht zu Hause war, kam Duncan auch immer ins Hotel, um gemeinsam mit Jo, Marge, Heidi und manchmal auch Seamus zu Abend zu essen. Irgendwie waren sie eine richtige Großfamilie geworden. Tom schaute in die Runde und dankte im Stillen seinem Onkel, der ihm das alles möglich gemacht hatte. Ob er wohl damals etwas Ähnliches erlebt und deshalb so an dem kleinen Hotel gehangen hatte? Als alle endlich am großen Küchentisch saßen, platzte Heidi mit der Neuigkeit heraus, und es gab ein freudiges Gejohle. Marge ging in den Keller, um eine Flasche Champagner zu holen, während sich die Frauen umarmten und die Jungs sich auf die Schulter klopften. »Wir möchten, dass du und Jo unsere Trauzeugen seid. Würdet ihr das für uns tun?«, erkundigte sich Tom.

Und Heidi ergänzte: »Es wird auch nur ein ganz kleines Fest geben. Ich werde meine Eltern einfliegen lassen, und ansonsten seid nur ihr mit dabei.«

»Und dein Bruder?«, fragte Jo nach.

»Nein, wir haben kaum noch Kontakt und standen uns nie

sehr nahe. Ich möchte, dass an diesem Fest nur Leute dabei sind, die wir wirklich gernhaben.«

»Was ist, dürfen wir auf euch zählen?«, hakte Tom nach.

Duncan und Jo sahen sich an und grinsten. »Natürlich. Wann wollt ihr denn heiraten?«

»In zwei Wochen.«

»In zwei Wochen?!« Jo glaubte, sich verhört zu haben.

»Ja, ich möchte noch in ein Kleid passen, und wie gesagt, es soll ja nur ein klitzekleines Fest geben.«

Jo sah ihre Freundin mit einem verschmitzten Lächeln an. »Das kriegen wir hin, und du wirst, auch wenn es nur ein kleines Fest sein soll, eine Märchenhochzeit kriegen, versprochen.«

»Versprich mir einfach, dass du nicht übertreibst, Jo. Ich bin nicht ganz so kitschig wie du.«

»Kitschig? Ich doch nicht! Habt ihr ein Budget, das wir nicht sprengen sollten?«

Tom grinste Jo an. »Nein, und ich möchte, dass meine zukünftige Frau die traumhafteste Hochzeit aller Zeiten erhält. Hör ja nicht auf Heidi, denn zu einer Hochzeit gehört Kitsch nun mal dazu.«

»Okay«, mischte sich Duncan nun ein, »ich wüsste da auch schon eine perfekte Location und werde mich morgen gleich darum kümmern.«

Die nächsten Tage waren vollgestopft mit der Betreuung des Hotels und der Organisation der Hochzeit. Während Tom und Marge die Frühstücksversorgung der Gäste übernahmen, fuhren Heidi und Jo nach Glasgow, um passende Kleider für den besonderen Tag zu kaufen. Da sie am späteren Nachmittag wieder zurück sein mussten, damit sich Jo um das Abendessen kümmern konnte, mussten sie ein ziemliches Tempo vorlegen. Aber am

Ende schafften sie es, ein zauberhaftes Hochzeitskleid zu finden. Es war ganz schlicht, ohne Tüll und Firlefanz. Der Stoff war ein sanftes Schneeweiß, es war gerade geschnitten und wurde am Nacken zusammengebunden. Da es Anfang Herbst schon ein bisschen kühl sein konnte, kauften sie noch eine kuschelige Stola aus Straußenfedern dazu, und natürlich durften auch Glacéhandschuhe nicht fehlen. Kleine Stofffröschen, die dann in ihr hochgestecktes Haar geflochten werden sollten, landeten auch noch im Einkaufskorb.

»Wow!« Jo stand hinter Heidi vor dem Spiegel. »Tom wird aus den Schuhen kippen, wenn er dich so sieht.«

»Meinst du? Ist das nicht zu viel?«

»Zu viel? Schlichter geht es doch gar nicht. Aber es passt zu dir, und du schaust in dem Kleid einfach hinreißend aus. Obwohl du vermutlich auch einen Kartoffelsack tragen könntest und dabei immer noch super aussehen würdest.« Jo seufzte gespielt, dann wandte sie sich zu der Verkäuferin um. »Hätten Sie für die Trauzeugin auch noch ein passendes Kleid, das sie neben dieser Frau nicht ganz so erbärmlich aussehen lässt?«

Die Verkäuferin schmunzelte und führte sie in die angrenzende Abteilung der festlichen Kleider, während Heidi sich in die Umkleidekabine zurückzog. Jo entschied sich schließlich für ein lindgrünes und mit schneeweißen Blumenornamenten verziertes Satinkleid. Auch sie leistete sich dazu Glacéhandschuhe, fror aber schon allein beim Gedanken an das schottische Wetter. Was tat man doch nicht alles für die Schönheit. Eine Stunde und mehrere Gläser Prosecco und Orangensaft später verließen sie schwer bepackt das Brautkleidergeschäft.

Als Jo nach der Schließung der Hotelküche endlich auf Duncans Sofa seufzend zusammensank, setzte er sich lächelnd neben sie, hob ihre Füße auf seinen Schoß und begann mit einer wohligen Fußmassage. »Wart ihr erfolgreich in Glasgow?«

»Hm«, seufzte sie zufrieden.

»Ich übrigens auch.«

Schlagartig öffnete sie die Augen. »Du hast die Location klargemacht?«

»Oh ja«, grinste er etwas selbstgefällig. »Und wenn du hörst, wo, habe ich mir mindestens einen Kuss verdient.«

Er erzählte ihr von einem kleinen Schloss mit noch kleinerer, angrenzender Familienkapelle. Eigentlich war das Anwesen in Familienbesitz und nicht für Besucher oder gar Festlichkeiten geöffnet. Aber Duncan hatte der Familie den Rosengarten restauriert, und da sie so zufrieden gewesen waren, hatte er einfach mal nachgefragt, ob sie eine Ausnahme machen würden. Als die Familie hörte, dass es wirklich nur eine kleine Gruppe von Leuten sein würde, stimmten sie zu und stellten sogar den kleinen Bankettsaal für das festliche Mahl zur Verfügung. »Da ich angenommen habe, dass du dich um das Essen kümmern möchtest, habe ich auch gleich gefragt, ob du die Küche dort benutzen darfst. Und auch das geht in Ordnung.«

»Du bist ein Genie!« Jo beugte sich zu ihm vor und küsste ihn liebevoll.

»Ich weiß«, murmelte er genüsslich. »Und weil das so ist, habe ich gleich noch zwei Oldtimer organisiert, die Braut und Bräutigam abholen und zum Schloss fahren werden.«

»Ich hatte ja keine Ahnung, wie romantisch du sein kannst.«

»Du weißt vieles noch nicht von mir, Darling«, sagte er, hob sie schwungvoll hoch und trug sie ins Schlafzimmer.

14. Kapitel

Tom hatte für Jo eine Küchenhilfe organisiert, damit sie mehr Zeit hatte, sich um das Menü für die Hochzeit und um die Torte zu kümmern. Am Freitag vor dem Fest trafen Heidis Eltern ein. Duncan war unterwegs, um Nick vom Internat abzuholen, und so schauten nur Jo und Marge hin und wieder von der Küchentür aus zu dem Tisch, an dem sich Schwiegersohn und Schwiegereltern zum ersten Mal trafen.

»Meinst du, sie sind zufrieden mit der Wahl ihrer Tochter?«, fragte Marge leise, die ebenso neugierig wie Jo zu sein schien.

»Keine Ahnung. Wenn er seine arrogante Art, die er am ersten Tag bei uns hier gezeigt hat, oben im Zimmer gelassen hat, werden sie begeistert von ihm sein. Ich meine, hallo? Er schaut gut aus, hat reichlich Geld, ist der Vater ihres künftigen Enkels und trägt ihre Tochter auf Händen. Was kann man mehr wollen?« Endlich fiel der erste Lacher am Tisch, und Jo und Marge sahen sich erleichtert an.

»Die bekommen das schon hin«, meinte Marge und drehte sich wieder um, um die Spülmaschine einzuräumen.

Der nächste Tag war voller Hektik. Jo fuhr bereits am frühen Morgen in die Schlossküche, um alles für das Menü vorzubereiten und das angeheuerte Personal zu instruieren, wie alles abzulaufen hätte. Auch die Hochzeitstorte, die sie in der Hotelküche vorbereitet hatte, vollendete sie hier. Den Bankettraum hatte sie von einem Blumengeschäft aus dem angrenzenden Ort herrichten lassen. Zufrieden schaute sie sich in dem mit weißen und hellrosafarbenen Rosen und Gartenwicken dekorierten Raum um. Die beiden älteren Herrschaften, denen das Schloss gehörte, würden mitessen, darauf hatte das Brautpaar bestanden, als sie gehört hatten, welche Ehre ihnen hier ausnahmsweise zuteilwurde. Selbst das schlosseigene Geschirr durften sie benutzen. Duncan hatte zudem noch einen Dudelsackbläser organisiert, der bei der Ankunft der Braut und auch nach der Zeremonie spielen würde. Sie hatte gerade die letzten Handgriffe erledigt, als Jo auch schon zwei Autos die Auffahrt hinauffahren hörte. Tom war mit Nick und Duncan in dem ersten Oldtimer vom Hotel zum Schloss gefahren worden. In dem anderen – normalen – Wagen saßen Seamus und Marge. Später würde Heidi mit ihren Eltern im zweiten Oldtimer folgen. Doch bis dahin reichte Jo schon mal Sektgläser herum, und Nick bekam die Kinderversion davon. Tom war absolut begeistert von dem Schloss und bedankte sich bei den Besitzern, dass sie hier sein durften. Schließlich betraten alle außer Jo die kleine Kirche. Es war ziemlich kühl, und sie fröstelte etwas in ihrem dünnen Kleid. Endlich hörte sie den zweiten Oldtimer heranfahren. Heidi stieg aus und drehte sich freudestrahlend um sich selbst.

»Wow! Ihr beide habt euch echt übertroffen«, meinte sie an Jo gewandt. »Es ist traumhaft hier!«

»Das war Duncans Idee. Aber du solltest dich besser beeilen und reingehen. Wenn ich mir den Himmel so anschaue, werden sich wohl gleich die Schleusen öffnen.« Heidis Mutter sah aus, als hätten sich ihre eigenen Schleusen bereits längst geöffnet, und Jo reichte ihr ein Taschentuch. »Ihre Tochter schaut ganz zauberhaft aus, finden Sie nicht?«

»Oh ja!« Tapfer kämpfte sie gegen einen erneuten Tränenschwall an. Dann betrat Heidi am Arm ihres Vaters die Kirche, gefolgt von Jo und ihrer Mutter. Der Dudelsackbläser begann draußen, sein Lied zu spielen, und als Jo zu Tom aufschaute und seinen verklärten Blick sah, wusste sie, dass sie alles richtig gemacht hatten. Lächelnd wanderten ihre Augen weiter zu Duncan, der Tom gerade etwas zuflüsterte. Nick stand neben seinem Vater und schaute in dem Kinderfrack einfach zu niedlich aus. Er hielt ein kleines tiefrotes Samtkissen, auf dem die Ringe lagen. Als Heidi bei Tom angekommen war, machte er Anstalten, sie zu küssen, doch Duncan hielt ihn zurück. »So weit sind wir noch nicht, Kumpel.«

In dem Moment betrat der Geistliche den Raum, und die Zeremonie begann. Duncan griff währenddessen nach Jos Hand und schaffte es, dass sie dadurch nicht mehr viel von den Worten des Pfarrers mitbekam. Als die Zeit für die Ringe gekommen war, gab Duncan Nick durch ein leises Räuspern das Zeichen, dass er vortreten musste.

»Und somit erkläre ich euch nun zu Mann und Frau. Du darfst deine Braut jetzt küssen.« Das musste man Tom nicht zweimal sagen. Draußen erklang wieder die Dudelsackmelodie, und Jo kämpfte gegen ihre Tränen der Rührung, während Duncan sie grinsend ansah und ihre Hand drückte.

»Und, wann wirst du mich heiraten?«, raunte er ihr ins Ohr.

Jo tupfte sich ein entwischtes Tränchen weg und grinste ihn dann frech an. »Hm, darüber muss ich noch schwer nachdenken. Auf alle Fälle erst dann, wenn ich einen ordentlichen Antrag bekommen habe, und du wirst dich unterstehen, das hier und jetzt zu machen, denn das ist Toms und Heidis Tag.«

Er lachte leise.

Es war eine schöne Feier im Schloss, und die beiden schienen es in vollen Zügen zu genießen. Als der letzte Krümel der aufwendig mit Marzipanblüten verzierten Torte verdrückt war, stand Duncan auf und klopfte kurz an sein Glas. »Keine Angst, es wird keine Rede geben.« Dann wandte er sich dem frischverheirateten Pärchen zu. »Heidi, Tom, ich weiß, ihr habt euch kein großes Fest gewünscht. Doch in Schottland ist es so Brauch, dass man die Feste richtig feiert, und eure neuen Nachbarn und Freunde aus dem Dorf wollten es sich nicht nehmen lassen, euch zu eurem Glück zu gratulieren. Daher bitte ich euch jetzt, dass ihr wieder in den Oldtimer steigt. Wir fahren nun zu O'Reillys Pub, wo gefeiert wird, bis sich die Balken biegen. Auf geht's!«

Im Pub wartete nicht nur das halbe Dorf, sondern auch eine schottische Musikband.

»Sobald ihr genug habt, könnt ihr euch durch den Hinterausgang verdrücken«, raunte Duncan Tom zu und drückte ihm seinen Wagenschlüssel in die Hand. »Meine Karre steht an der Rückseite des Hauses.«

»Danke, Kumpel, auch für die Organisation von alldem hier. Das ist genau der richtige Abschluss für einen perfekten Tag.«

Er klopfte Duncan auf die Schulter und schaute grinsend seiner Frau nach, die bereits mit Jo auf der kleinen, provisorisch eingerichteten Tanzfläche herumhüpfte. »Wir sind schon zwei Glückspilze, nicht?«

»In der Tat. Holen wir uns ein Bier und lassen die beiden sich ein bisschen austoben.«

Nick durfte ebenfalls etwas mitfeiern, bevor Marge und Seamus ihn nach Hause brachten.

15. Kapitel

Während im Pub gefeiert wurde, beugte sich in Lochcarron Garden Estate eine besorgte Jane Douglas über die Zahlen des letzten Monats. Was ging hier vor? Die Buchungen der Zimmer im Resort zeigten einen leichten Aufwärtstrend, und dennoch gingen die Einnahmen des Restaurants seit einigen Wochen deutlich zurück. Genervt griff sie zum Telefon und orderte Adrian, den Chefkoch, zu sich ins Büro.

»Kann das nicht warten, Chefin? Wir sind gerade dabei, den heutigen Desserts den letzten Schliff zu geben.«

»Gut, aber danach kommen Sie umgehend in mein Büro, verstanden?«

Eine halbe Stunde später klopfte es an ihre Tür, und ein leicht nervös dreinschauender Küchenchef trat ein.

Jane hob die Papiere mit den Statistiken hoch und schaute Adrian vorwurfsvoll an. »Was ist in Ihrer Küche los? In den letzten Wochen sind die Zahlen der verkauften Menüs rückläufig, obwohl wir mehr Gäste haben. Wo liegt das Problem?«

Adrian sah seine Chefin leicht verlegen an. »Brambleberry Cottage.«

»Wie?«

»Brambleberry Cottage ist das Problem, respektive die neue

Köchin. Die Leute aus dem Dorf kommen nicht mehr zu uns, wenn sie etwas zu feiern haben, sondern gehen im Brambleberry essen. Auch unsere Hotelgäste essen häufig da. Es ist eine günstige, einfache Küche, aber es scheint den Leuten zu schmecken.«

Jane funkelte Adrian wütend an. »Dann tun Sie gefälligst etwas dagegen. Lassen Sie sich irgendwas einfallen!«

»Soll ich etwa die Preise senken oder nur noch Hausmannskost kochen? Sie wollten doch Gourmetküche! Und zu einem Fünfsternehotel passt nun mal diese einfache Küche nicht.«

»Wer ist die Köchin dort?«, zischte Jane.

»Sie kennen sie. Es ist Jo Müller, die Schweizerin, die mal in Duncans Truppe gearbeitet hat. Man sagt, sie sei mittlerweile auch Duncans Freundin, und die beiden leben zusammen. Bleibt zu hoffen, dass Duncan sie möglichst bald heiratet und schwängert, dann müsste sie zu Hause nach dem Balg schauen und könnte nicht mehr kochen.«

Jane sah ihren Sternekoch an, als wäre er nicht ganz bei Trost. »Raus hier! Und wenn Sie nicht wollen, dass ich mir einen neuen Koch suche, lassen Sie sich besser etwas Außergewöhnliches einfallen, das unsere Gäste hier behält. Wenn ich Sie wäre, würde ich mich schämen, dass eine einfache Kantinenköchin mir die Kundschaft streitig macht.«

»Blöde Kuh«, brummelte Adrian leise vor sich hin, nachdem er Janes Bürotür hinter sich geschlossen hatte.

Drinnen starrte Jane grimmig vor sich hin. Ihr Küchenchef war zwar ein Idiot, aber er hatte sie auf eine Idee gebracht. Sie würde gleich morgen eine alte Freundin der Familie anrufen.

»Jane, wie schön, mal wieder von dir zu hören. Wie geht es deinen

Eltern?«, erkundigte sich Katherine am nächsten Tag liebenswürdig.

»Danke, gut. Sie sind gerade auf Mauritius und erholen sich etwas vom Tumult in London. Und dir und William, geht es euch gut?«

»Oh ja, danke der Nachfrage, Liebes.«

Jane betrieb etwas Small Talk, bevor sie zum eigentlichen Thema überging: »Habt ihr die neue Freundin von Duncan schon kennengelernt?«

»Oh ja, eine ganz ordinäre Person! Eigentlich hatten William und ich gehofft, dass aus dir und Duncan ein Paar werden würde, Jane. Geht da denn gar nichts?«, fragte Katherine erwartungsvoll.

Jane musste lachen. »Nein, leider nicht. Nicht, dass ich es nicht versucht hätte, aber wir beide, das passt nicht. Wir würden uns wohl die Köpfe abreißen, noch bevor wir vor dem Altar stünden. Aber zurück zu dieser Jo. Hast du schon gehört, dass sie mittlerweile bei Duncan eingezogen ist? Man munkelt schon von Heirat, und da seid ihr mir in den Sinn gekommen. Habt ihr nicht Angst, dass sie euch Nick wegnehmen könnte? Ich weiß, wie sehr ihr an ihm hängt, schließlich soll er mal der Erbe von Thornton Enterprises und eurem Gut werden, nicht? Ich meine, sie ist Köchin ...« Sie legte so viel Abscheu in das Wort, wie sie nur konnte. »Was kann sie dem Jungen da schon beibringen? Etwa, wie man einen Schweinebraten zubereitet? Und was ist, wenn sie Duncan dazu überredet, mit ihr zurück in die Schweiz zu ziehen? Dann seht ihr Nick kaum noch.«

Katherine war nicht dumm, auch wenn sie die Wahrheit in Janes Worten erkannte. »Und was, meine Liebe, hättest du für einen Nutzen, wenn diese Jo weg wäre? Ich meine, einfach nur so erzählst du mir das alles ja nicht, nicht wahr?«

»Für mich?« Jane tat überrascht.

»Jane, tu nicht so. Ich kenne dich und deine Eltern und weiß genau, dass du mich nicht informiert hättest, wenn dabei nicht auch für dich etwas herausspringen würde.«

»Sie kocht im Brambleberry Cottage«, gestand Jane widerwillig ein. »Ihre billige Hausfrauenküche lockt mir die Gäste weg, und mein idiotischer Küchenchef scheint nicht in der Lage zu sein, das Problem in den Griff zu bekommen. Aber wenn du und ich uns zusammentäten, hätten wir beide etwas davon.«

Katherines Mundwinkel umspielte ein boshaftes Lächeln. »Mag sein, meine Liebe. Und wie stellst du dir unsere Zusammenarbeit vor?«

Duncan und Jo winkten am nächsten Morgen den Frischvermählten hinterher. Sie hatten lange Flitterwochen in der Karibik vor sich, drei Wochen Ruhe, Strand und Meer. Jo lehnte sich seufzend an Duncan. »Man könnte schon etwas neidisch werden, wenn man Zeit hätte, aber ich muss ja zurück in meine Küche.«

Duncan grinste. »Und ich zurück auf den Acker. Aber, mein Mädchen, irgendwann sind wir an der Reihe.«

»Ach ja?«

»Ach ja! Doch vorher muss ich noch in den tiefen Süden und den Garten dieser Freundin von Katherine in Angriff nehmen.«

Jo legte die Arme um seine Taille. »Mist, ist es schon so weit? Wann hast du vor zu fahren?«

»Am kommenden Mittwoch.« Er beugte sich vor, um ihren süßen Mund besser küssen zu können.

»Und wenn ich dich nicht gehen lasse?«, murmelte sie an seinen Lippen.

»Hm, dann wird Katherine wohl alle Wölfe, die sie kennt, auf dich hetzen. Das könnte ein Blutbad geben.«

Jo grinste und gab sich seinem Kuss hin. »Das ist mir doch etwas zu gefährlich. Scheint so, als müsstest du dich opfern.«

»Für dich tue ich doch alles, mein Herz. Sie hat angeboten, in dieser Zeit Nick zu nehmen. Aber mir wär's lieber, wenn er zu Hause bei dir wäre, und ihm bestimmt auch. Meinst du, du könntest dir im Hotel an den Wochenenden ein bisschen freinehmen?«

»Ja, das sollte schon gehen. Die Küchenhilfe, die Tom eingestellt hat, ist super, und wenn ich alles gut vorbereite, muss ich nicht so lange in der Küche sein. Ich werde ihn aber an diesem Wochenende erst am Samstagmorgen abholen können, da am Freitagabend das Haus noch voll ist.«

»Das ist für ihn bestimmt okay. Er wird begeistert sein, wenn ich ihm erzähle, dass er bei dir bleiben darf.«

Doch als Jo am Samstag zur vereinbarten Zeit mit dem Wagen vor der Schule stand, wartete sie vergebens. Nick kam nicht fröhlich herausgerannt. Nachdem sie eine Viertelstunde gewartet hatte, ging sie in das Gebäude hinein, das ziemlich verlassen wirkte. Im Büro fand sie schließlich die Hausverantwortliche, die sie erstaunt ansah.

»Sie wollen Nick abholen? Aber der wurde doch vom Butler der Thorntons bereits gestern nach dem Unterricht abgeholt. Er musste früher aus dem Unterricht raus, weil seine Großmutter einen wichtigen Anlass habe, sagte zumindest der Butler.«

»Ähm, danke. Da muss wohl ein Missverständnis vorliegen. Sie haben nicht zufällig die Telefonnummer von Mrs Thornton?«

»Tut mir leid. Wir dürfen keine Angaben der Kinder herausgeben, und Sie sind ja keine Familienangehörige, nicht wahr?«

Jo nickte und bedankte sich trotzdem. Im Wagen überlegte sie sich, ob sie Duncan anrufen sollte. Eigentlich müsste sie das tun, andererseits würde ihn das nur wieder gegen die Thorntons aufbringen und ihm unnötig Sorgen bereiten. Es war besser, wenn sie versuchte, die Sache friedlich zu klären. Sie rief Marge an, um ihr mitzuteilen, dass sie länger wegbleiben würde als geplant, da sie noch bei Nicks Großeltern vorbeifahren müsste. Leider erreichte sie nur den Anrufbeantworter, auf dem sie die Nachricht hinterließ. Es ärgerte sie, dass sie nun mindestens einen halben Tag verlieren würde, nur weil die Thorntons sich nicht an die Abmachung gehalten hatten. Jo konnte sich noch gerade so an den Weg erinnern und fuhr nach der etwas über zweistündigen Fahrt die breite und Ehrfurcht einflößende Auffahrt zum Haus hoch. Man schien sie erwartet zu haben, denn der Butler öffnete ihr bereits die Tür. Dieses Mal wurde sie aber nicht in den Salon geführt, sondern musste in der Eingangshalle warten. Nach einer gefühlten Ewigkeit erschien Katherine. Wie beim letzten Mal sah sie aus, als käme sie gerade von einer vornehmen Gesellschaft.

»Ich nehme an, Sie sind wegen Nicholas hier?«, begann sie und blickte Jo herablassend an.

»Genau. Duncan hat mich gebeten, ihn über das Wochenende nach Hause zu holen, und ich denke, es wäre ihm nicht recht, wenn Sie seinen Wunsch nicht respektieren.«

»Und wir sollen unseren Enkel einfach einer Kantinenköchin überlassen? Ganz bestimmt nicht! Der Junge bleibt hier. Im Gegensatz dazu werden Sie, meine Gute, allerdings eine Reise tätigen: Sie werden augenblicklich zurück in die Schweiz reisen und dieses Land nie wieder betreten.«

Jo glaubte, sich verhört zu haben. »Wie bitte?«

»Sie haben mich schon richtig verstanden.« Sie zeigte auf den kleinen Salontisch neben der Treppe, auf dem ein Brief lag. »Doch zuvor werden Sie noch dieses Schreiben unterzeichnen.«

»Wie käme ich dazu?«

»Ganz einfach. Wenn Sie es nicht tun, werde ich alle Hebel in Bewegung setzen und das Sorgerecht für Nicholas für mich und meinen Mann einfordern.«

»Damit kommen Sie nicht durch! Duncan würde niemals das Sorgerecht weggenommen. Er ist ein vorbildlicher Vater.«

»Meine Liebe, Sie wissen genau, dass ich das kann. Mein Mann und ich haben Beziehungen in die höchsten Kreise der Macht, und wie Sie bestimmt auch von Duncan erfahren haben, hat es schon einmal funktioniert. Wollen Sie wirklich riskieren, dass Nicholas wegen Ihnen seinen Vater noch einmal verliert? Können Sie es verantworten, dass allein Ihretwegen die beiden einander nie wiedersehen werden?«

Katherine sah so selbstgefällig und herablassend aus. Jo glaubte ihr sofort, dass sie es tatsächlich erneut erreichen konnte, das Sorgerecht zu erhalten. Allein bei dem Gedanken daran, dass Nick von Duncan weggeholt werden könnte, zerriss es ihr das Herz. Wie konnte Katherine nur so kaltherzig sein?

»Was sind Sie nur für ein Mensch? Habe ich Ihnen irgendetwas getan? Ich bin sicher, wenn Duncan davon erfährt ...«

»Das wird er bestimmt nicht«, unterbrach Katherine sie bestimmt. »Diese Abmachung erfolgt zwischen uns beiden. Und sollten Sie zu Duncan oder zu Nicholas noch einmal Kontakt aufnehmen, werde ich das Sorgerechtsverfahren umgehend in die Wege leiten. Bestimmt ist es dabei auch hilfreich, wenn ich dem Gericht dieses Foto zeige.« Sie machte die kleine Schublade des Tischchens auf und zog ein Foto hervor, dass sie Jo ohne eine Miene zu verziehen unter die Nase hielt. Jo traute ihren Augen kaum, als sie auf dem Bild Duncan zusammen mit Audrey in einer eindeutigen Pose sah.

»Sie wissen, dass das Mädchen seine Auszubildende ist, nicht wahr? Man würde es so auslegen, dass er seine Machtstellung ihr gegenüber ausgenutzt hat. Wer so einen Lebenswandel führt, ist als Vater nicht geeignet.«

»Das ist nicht wahr«, flüsterte Jo und wollte nach dem Foto greifen, doch Katherine entzog es ihr schnell.

»Fotos lügen nicht, Herzchen. Wie auch immer, Sie unterschreiben nun diesen Brief da drüben, setzen sich in den Wagen, und mein Chauffeur bringt Sie umgehend zum Flughafen.«

»Das geht nicht. Ich muss zurück ins Brambleberry, Marge ...«

»Sollten Sie sich weigern oder jemals wieder einen Fuß auf die Britische Insel setzen«, fiel ihr Katherine ins Wort, »sehe ich das als Verstoß gegen unsere Abmachung an, und ich werde meine Drohung wahr machen und Nicholas zu uns holen. Das gilt auch für den Fall, dass Sie irgendwem hiervon berichten.«

Wie im Traum nahm Jo den Stift, der neben dem Brief auf dem kleinen Tisch lag, an sich. Sie zögerte noch einen kurzen Moment, doch als sie an Nick dachte, konnte sie nicht anders, als das Schriftstück zu unterzeichnen, ohne es genau gelesen zu haben. Die Worte verschwammen sowieso vor ihren Augen zu einem einzigen Brei und sie konnte keinen klaren Gedanken fassen.

Bevor sie das Haus verließ, drehte sie sich ein letztes Mal zu Katherine um. »Sie mögen zum englischen Adel gehören, doch für mich sind Sie das herzloseste Miststück, das ich je kennenlernen musste. Möge Gott Ihnen verzeihen, für das was Sie hier tun ... ich werde es bestimmt nicht.«

»Damit kann ich leben, Frau Müller, und nun verlassen Sie bitte mein Anwesen.«

Als Jo sich umwandte, stand da bereits der Chauffeur der Thorntons, der sie zu ihrem Wagen begleitete und dann um ihre Autoschlüssel bat.

Jos Herz klopfte wie verrückt, als sie sich hinten in den Wagen setzte und sich das Geschehene erneut durch den Kopf gehen ließ. Es wirkte alles so unrealistisch, und sie kam sich vor wie in einem schlechten Film.

Das Foto von Duncan zwischen Audreys nackten Beinen hatte ihr einen kräftigen Schlag in die Magengrube verpasst. Wie konnte er nur?! War es vor ihrer gemeinsamen Zeit gewesen, oder hatte er sie tatsächlich betrogen? Wundern würde sie es nicht, denn bereits bei Markus hatte sie ja nicht bemerkt, dass er es hinter ihrem Rücken mit Susi trieb. Wie naiv und dumm war sie eigentlich? Zu gerne hätte sie Duncan zur Rede gestellt, aber unter diesen Umständen waren ihr die Hände gebunden. Sie glaubte Katherine, dass sie ihre Drohung, Vater und Sohn zu trennen, wahr machen würde. Mit ihren Verbindungen würde dieses Biest das hinbekommen, da war sich Jo sicher, immerhin hatte es schon mal funktioniert. Jo liebte Nick und wollte ihm nach allem, was er in seinem jungen Leben bereits durchmachen musste, nicht noch mehr Kummer und Schmerzen bereiten, auch wenn sie Duncan gerade sehr gern ein Messer in den Leib gestoßen hätte. Sollte er ruhig leiden, so wie sie es tat. Doch Nick konnte nichts dafür, dass die Erwachsenen so hinterhältig und gemein waren. In erster Linie galt es, ihn zu schützen. Marge, Heidi und Tom kamen ihr in den Sinn. Es tat ihr so leid, die drei mit dem Hotel im Stich lassen zu müssen, aber sie durfte Nicks Glück auf keinen Fall aufs Spiel setzen.

Am Flughafen reichte der Chauffeur ihr einen Briefumschlag. »Darin befindet sich Ihr provisorischer Pass und das Ticket.« Ja, natürlich, Katherine konnte so etwas in die Wege leiten. Bestimmt hatte sie im Konsulat vorgegeben, ihre ausländische Freundin hätte ihren Reisepass verloren, und dank ihrer Beziehungen wurden die provisorischen Papiere auch ohne Weiteres ausgestellt. Sie nahm den Umschlag an sich und bemerkte den Scheck darin erst, als sie durch die Passkontrolle ging. Fünftausend Pfund war sie dem Drachen wert gewesen. Noch auf britischem Boden zerriss sie das Stück Papier und warf es in den nächsten Abfalleimer.

Als sie vor dem Haus ihrer Eltern aus dem Taxi stieg, kam es ihr wie ein unschönes Déjà-vu vor. Sie drückte die Klingel, doch niemand öffnete. So setzte sie sich auf die Treppe und wartete. Ihr Handy klingelte, und als sie auf das Display blickte, erkannte sie die Nummer des Brambleberry Cottage. Mit zitternden Händen drückte sie auf den Knopf, um das Gespräch anzunehmen.

»Hallo?«

»Jo. Wo steckst du?«, Marge klang sehr besorgt.

»Marge ... es tut mir so leid«, begann Jo und kämpfte mit den Tränen. »Marge ... du musst Tom anrufen. Ich kann nicht mehr zurückkommen, du brauchst sofort eine neue Köchin.«

Marge lachte. »Der ist gut.«

»Nein, Marge. Das meine ich ernst. Ich kann nicht mehr zurückkommen, aber ich kann dir die Gründe dafür auch nicht nennen. Es tut mir wirklich sehr, sehr leid. Bitte verzeih mir.« Damit beendete sie das Gespräch und schaltete ihr Handy aus, um das Klingeln weiterer Anrufe gar nicht erst hören zu müssen. Sie zog die Knie an sich heran, legte den Kopf darauf und heulte endlich ihren Schmerz heraus. Keine Ahnung, wie lange sie so dagesessen hatte, aber irgendwann riss sie sich am Riemen. Sie wollte nicht schon wieder verheult vor ihren Eltern stehen. Nein, sie feierte schließlich im nächsten Monat ihren vierzigsten Geburtstag und sollte mittlerweile durchaus in der Lage sein, ihr Leben endlich selbst zu meistern. Sie wischte sich mit dem Handrücken die Tränen aus dem Gesicht und grub dann in den Untiefen ihrer Handtasche nach Taschentüchern. Die Rückkehr in ihr Elternhaus sollte nur vorübergehend sein – nur so lange, bis sie etwas für sich selbst gefunden hatte. Kaum hatte sie diesen Entschluss gefasst, fuhren ihre Eltern auch schon vor. Ihre Mutter kreischte erfreut auf, als sie Jo auf der Treppe sitzen sah, und ließ ihre Einkäufe im Wagen liegen, um ihre Tochter so schnell wie möglich in die Arme zu schließen.

»Warum hast du nicht angerufen und uns erzählt, dass du kommst? Oh, ich freu mich so. Wie ist Schottland, und du musst mir unbedingt mehr von diesem Duncan und Nick erzählen. Hast du Fotos von den beiden dabei?«

Ihr Vater, der bereits gemerkt hatte, dass da etwas nicht stimmte, griff schmunzelnd ein. »Nun lass sie doch erst mal heimkommen, Liebes.« Er schloss seine Tochter in die Arme, und sie sog den altvertrauten Duft nach Old Spice tief in sich ein. Es war so tröstlich, und sie hätte sich am liebsten aus dieser Umarmung nie wieder gelöst.

»Komm rein, ich mache uns mal einen Kaffee, oder magst du neuerdings lieber Tee?«, fragte ihre Mutter neckend.

»Kaffee ist gut.«

Sie gingen ins Haus, während ihr Vater die Einkäufe aus dem Wagen holte.

Jo setzte sich erschöpft an den Küchentisch, sie fühlte sich so leer, und ihr Körper schmerzte, als hätte man ihn innerlich zerrissen.

»Wie lange kannst du bleiben, bevor du zurück in das bezaubernde Hotel musst? Weißt du, dein Vater und ich haben es uns im Internet angesehen und uns schon überlegt, im nächsten Sommer ein paar Tage Urlaub bei euch zu buchen.«

»Ich werde nicht zurückgehen«, sagte Jo leise und versuchte, selbst zu verstehen, was das wirklich bedeutete.

Ihr Vater, der gerade die Einkaufstüten neben dem Kühlschrank abgestellt hatte, setzte sich neben sie und legte seinen Arm um ihre Schultern. »Was ist passiert? Mir schien es, als hättest du da oben dein Glück gefunden.«

»Das hatte ich auch. Aber das Glück und ich scheinen irgendwie nicht kompatibel zu sein.«

»So ein Unsinn«, sagte ihre Mutter und stellt eine Tasse Kaffee vor ihre Tochter. Dann erzählte Jo ihren Eltern, was an diesem Morgen passiert war. Als sie fertig war, schauten die beiden sie betroffen an.

»Und du meinst wirklich, diese Person würde es schaffen, das Sorgerecht für Nick zu bekommen?«, hakte ihr Vater nach.

Jo nickte. »Das hat sie schon mal erreicht, und wie mir Duncan erzählt hat, war es sowohl für Nick als auch für ihn die Hölle. Nick hängt so sehr an seinem Vater, ich kann ihm das nicht antun. Ich will nicht, dass er Angst haben muss, seinen Vater erneut zu verlieren. Und Angst hätte er allein dann schon, wenn das Verfahren anlaufen würde.«

»Und dieses Foto? Nach allem, was du mir bisher von diesem Mann berichtet hast, Jo, kann ich mir einfach nicht vorstellen, dass er sich mit einem ihm unterstellten Teenager einlassen würde. Er scheint doch ein anständiger Kerl zu sein.«

Jo warf die Hände in die Luft. »Ach, was weiß ich denn schon!?« Entnervt stand sie auf und ging zum Fenster. »Vielleicht habe ich einfach nur das gesehen, was ich sehen wollte? Ich habe ja ein Händchen für Idioten. Bei Markus habe ich schließlich auch nicht gemerkt, was da hinter meinem Rücken ablief, oder?«

»Apropos Markus ...«, begann ihr Vater, wurde aber gleich von seiner Frau zurückgehalten, indem sie ihm sanft die Hand auf den Arm legte und den Kopf schüttelte.

Jo drehte sich fragend zu den beiden um. »Was ist mit ihm?«

»Nichts. Es ist alles in Ordnung«, versuchte ihre Mutter zu versichern, aber der Blick, den sie ihrem Vater zuwarf, strafte ihre Worte Lügen.

»Ach, kommt schon. Ich sehe euch doch an, dass da etwas im Busch ist. Sagt es mir lieber gleich, ich verkrafte das schon.«

»Dieser Dummdödel hat, bevor er ausgezogen ist, eure Wohnung zerlegt, und da er ja arbeitslos ist und somit bei ihm kein Geld zu holen ist, hat die Verwaltung einen Brief mit den Rechnungen für die Wiederinstandsetzung an dich geschickt.«

Ungläubig schaute Jo ihren Vater an.

»Eine Versicherung kommt für den Schaden leider nicht auf, da es Eigenverschulden war«, erklärte er unnötigerweise.

»Ja, aber doch nicht mein Verschulden!«

»Das spielt in diesem Fall keine Rolle, weil ihr beide den Mietvertrag unterschrieben habt und solidarisch haftet.«

»Aber ... « Jo suchte in dem Durcheinander in ihrem Kopf nach einem Ausweg.

»Der Schaden ist während eures Mietverhältnisses entstanden, das ist leider eine Tatsache«, sagte ihr Vater leise.

»Und wie kommt es, dass ich von alldem nichts weiß?«

»Du hast der Verwaltung unsere Adresse als Nachfolge-

Adresse angegeben, und ich gestehe, dass ich diese Briefe geöffnet habe, da ich Ärger befürchtet hatte.«

»Und warum hast du mich dann nicht gleich informiert?«

»Wir wollten dir nicht unnötig Sorgen bereiten. Du schienst so glücklich in Schottland«, fügte ihre Mutter an und legte die Hand auf die ihrer Tochter. »Dein Vater war der festen Überzeugung, dass wir das Problem aus der Welt schaffen könnten, ohne dich damit behelligen zu müssen.«

»Seit wann wisst ihr davon?«

»Seit ein paar Wochen. Die Agentur hat zuerst versucht, über Markus zu dem Geld zu kommen. Erst als das erfolglos blieb, haben sie dich hier angeschrieben. Ich habe versucht, mit ihnen zu reden, und sie waren am Anfang auch sehr verständnisvoll, drohten dann aber schon ziemlich bald mit rechtlichen Schritten. Deine Mutter und ich haben uns überlegt, einen Anwalt einzuschalten, aber das würde die Sache noch mal verteuern, und wie uns die Gratis-Rechtsberatung der Gemeinde erklärt hat, könnte der Schuss nach hinten losgehen.«

»Über welchen Betrag reden wir hier eigentlich?«, fragte Jo angespannt.

»Achtzigtausend Franken.«

»Wie viel?!« Jo musste sich wieder hinsetzen, während ihr Vater den Betrag leise wiederholte.

»Wie kann man in einer Wohnung einen solchen Schaden anrichten?«

Ihr Vater stand auf und verließ kurz die Küche. Als er zurückkam, hielt er einige Fotos in der Hand, die er nun vor Jo auf den Küchentisch legte. Was sie darauf sah, war ein einziges Bild der Verwüstung. Markus hatte Fenster eingeschlagen, Tapeten heruntergerissen, auf eine weiß verputzte Wand mit einer Spraydose

»Miststück« und andere Nettigkeiten geschrieben. Den wunderschönen Parkettboden hatte er anscheinend mit einem Hammer demoliert, während er den Teppichboden im Schlafzimmer mit einem Messer bearbeitet hatte. Im Badezimmer und in der Küche waren Kacheln zertrümmert worden, und zur Krönung hatte er auch noch am Waschbecken die Armaturen weggeschlagen, sodass das Wasser nur so rausgespritzt war und eine Überschwemmung hinterlassen hatte.

»Wie kann jemand so was tun?« Jo war völlig geschockt.

»Wir haben Markus angezeigt, das Problem ist nur, dass es nicht bewiesen werden kann, dass er das war. Er …«, ihr Vater schaute sie zögernd an, »er behauptet, du seist das gewesen, weil du ihn mit jemandem im Bett erwischt hättest.«

»Was?!!! Wo versteckt sich dieser Scheißkerl?!« Sie war so wütend aufgestanden, dass ihr Stuhl nach hinten weggekippt war.

Ihre Mutter hielt sie am Arm zurück. »Dein Vater hat schon versucht, ihn zu finden. Er ist aber untergetaucht.«

»Hör mal, Josy, natürlich werden wir dir helfen …«

»Das kommt gar nicht infrage. Ihr habt selbst nicht viel. Ich kriege das schon hin. Gleich am Montag werde ich zur Verwaltung gehen, um mit ihnen eine Lösung zu finden. In der Zwischenzeit suche ich mir einen Job.«

»Bist du denn sicher, dass du nicht zurück nach Schottland willst?«

Jo seufzte. »Es geht nicht. Was ich will, spielt dabei keine Rolle. Seid mir bitte nicht böse, aber ich würde mich nun gerne etwas zurückziehen. Es ist gerade alles ein bisschen viel.«

»Geh nur nach oben in dein Zimmer, Liebes. Soll ich dir noch eine Tasse Tee bringen?«

»Nein danke, ich versuche, ein bisschen zu schlafen.«

In ihrem Zimmer legte Jo sich angekleidet auf das Bett. Sie hatte nicht mal mehr die Energie, sich auszuziehen, und trotzdem fand sie keinen Schlaf. Krampfhaft suchte sie nach einem Ausweg. Das einzig Positive an der Geschichte war, dass das Problem mit der Hausverwaltung sie von ihrem Herzschmerz ablenkte.

Als Jo die Küche verlassen hatte, schauten sich ihre Eltern besorgt an.

»Es tut mir so leid für sie. Dieser Duncan und sein Sohn haben ihr so viel bedeutet, und nun auch noch das mit der Wohnung. Meinst du, sie packt das?« Maria schaute ihren Mann besorgt an.

Er nahm ihre Hand und drückte sie liebevoll. »Natürlich, sie hat deine Zuversicht und meine Sturheit in ihren Genen, und zudem sind wir ja auch noch für sie da. Ich frage mich nur, warum sie immer wieder an die falschen Männer gerät. Dieser Duncan schien doch eigentlich ein anständiger Kerl zu sein.«

16. Kapitel

In Schottland hatte Marge mittlerweile mehrmals mit Tom und Heidi telefoniert. Heidi wollte ihre Flitterwochen abbrechen, um Marge zu helfen und um herauszufinden, was mit ihrer Freundin los war. Auch hatte sie versucht, Duncan ausfindig zu machen, aber da sie seine Handynummer nicht hatte und die Angestellten vom Lochcarron Garden Estate sich stur stellten und die Nummer nicht herausgeben wollten, blieb auch das erfolglos. Marge versprach aber, die Nummer bei Seamus ausfindig zu machen.

»Ihr bleibt, wo ihr seid, und versucht, die restlichen Flitterwochen zu genießen. Ich wollte nur wissen, ob du, Tom, jemanden kennst, der kurzfristig einspringen könnte.«

»Ich werde ein paar Telefonate erledigen, Marge, und mich anschließend wieder bei dir melden.« Als Tom auflegte, sah er in das besorgte Gesicht seiner Frau.

»Das passt überhaupt nicht zu Jo. Sie ist sehr pflichtbewusst und würde nicht einfach so alles hinschmeißen. Ich mache mir wirklich Sorgen um sie.« Bereits während Tom noch mit Marge gesprochen hatte, hatte Heidi versucht, ihre Freundin auf dem Handy zu erreichen. Doch ohne Erfolg, Jo schien es ausgeschaltet zu haben. »Irgendetwas Schlimmes muss passiert sein.«

»Vielleicht ist was mit ihren Eltern, und sie musste daher plötzlich zurück in die Schweiz.«

»Aber dann hätte sie mir Bescheid gegeben.«

»Hast du die Telefonnummer ihrer Eltern? Wenn Jo nicht dort ist, wissen sie vielleicht trotzdem etwas, was uns weiterhelfen könnte.«

»Nein, leider nicht.«

»Aber man könnte sie doch über das Telefonverzeichnis ausfindig machen.«

Heidi schaute ihren frischangetrauten Ehemann schräg von der Seite an. »Hast du eine Ahnung, wie viele Müllers es in der Schweiz gibt? Dieser Name kommt etwa so häufig vor wie bei euch Smith.«

»Was können wir dann tun?«

Heidi zuckte mit den Schultern. »Nichts, außer warten und hoffen, dass sie doch irgendwann an ihr Handy geht. Und natürlich können wir für Marge eine Köchin oder einen Koch organisieren. Die Hilfsköchin, die Jo noch eingearbeitet hat, ist ja schön und gut, aber das reicht nicht. Sobald wir wieder zurück sind, kann ich einspringen, bis Jo wieder da ist.«

»Denkst du denn, sie kommt zurück?«

»Keine Ahnung, aber sie muss einfach. Dieses Land und das Hotel, das ist so sehr Jo, sie gehört hierher, und mit Duncan werde ich noch ein Wörtchen reden. Irgendwas muss er angestellt haben, sonst wäre sie nicht weg, da bin ich mir ziemlich sicher.«

»Okay, dann telefoniere ich mal ein bisschen herum, um eine Aushilfe zu finden.«

Im Süden Englands wunderte sich Duncan ebenfalls, dass er Jo nicht ans Handy bekam. Normalerweise nahm sie seine Anrufe immer schon beim zweiten Klingeln entgegen. Er hatte es jetzt schon unzählige Male erfolglos versucht. Dann hatte er seinen Sohn angerufen und erfahren, dass er bei den Großeltern war. Anschließend hatte er Katherine angerufen, die ihm kühl mitteilte, dass Jo sie gebeten hätte, an diesem Wochenende auf Nick aufzupassen. Das alles war äußerst seltsam, und es machte für ihn keinen Sinn. Als er dann im Hotel anrief und von Marge hörte, dass Jo ihr gesagt hätte, sie käme nicht zurück ins Hotel, und niemanden über die Gründe informiert hatte, machte er sich noch größere Sorgen. Was war hier los? Am liebsten wäre er gleich zurück nach Schottland gefahren, aber das würde nichts helfen, denn Jo war ja nicht da, und laut Marge wusste nicht mal ihre Freundin Heidi etwas über ihr Verschwinden. Daher entschied er sich, erst mal zu bleiben und weiter zu versuchen, Jo auf dem Handy zu erreichen.

Als Erstes besorgte sich Jo am Montagmorgen eine neue SIM-Karte für ihr Handy. Die alte warf sie in den Abfalleimer, damit sie gar nicht erst in Versuchung kam, die Anrufe aus Schottland abzuhören. Es würde nicht helfen, dem Vergangenen nachzutrauern. Sie musste es irgendwie schaffen, darüber hinwegzukommen, auch wenn sie keine Ahnung hatte, wie das gehen sollte. Sie vermisste nicht nur die Menschen und das Hotel, sie vermisste auch die klare Luft, die Highlands und die Ruhe, die dieses Land umgab. Natürlich vermisste sie aber vor allem Duncan und Nick, doch sie gestattete es sich nicht, an die beiden zu denken, denn jedes Mal, wenn sie es doch tat, schien ihr Herz einen weiteren Riss zu bekommen. Es tat so verflucht weh.

Sie betrat die Hausverwaltung ihrer früheren Wohnung und verlangte nach Herrn Kunz, der für ihren Fall zuständig war. Die

Frau am Empfang musterte sie gleich neugierig, als sie ihren Namen erfahren hatte. Jo errötete leicht. »Sie brauchen mich nicht so anzusehen, ich habe die Wohnung nicht zerlegt.«

»Ähm, ja, natürlich nicht. Kommen Sie bitte mit.« Die junge Frau führte sie in ein angrenzendes Sitzungszimmer und verständigte dann Herrn Kunz.

Dieser zeigte sich sehr verständnisvoll, gab aber keinen Zentimeter nach. »Es tut mir sehr leid für Sie, Frau Müller. Aber Sie haben nun mal den Vertrag mitunterzeichnet, und die Wohnung wurde in einem völlig desaströsen Zustand abgegeben. Herr Bär behauptete bei der Befragung, dass Sie die Wohnung so zugerichtet hätten, und nun steht Aussage gegen Aussage. Wie gesagt, Sie haften ebenfalls für den Betrag, und da Herr Bär nun abgetaucht ist, richten wir uns mit der ganzen Forderung an Sie.«

Jo nickte und zog einen kurzen Moment lang den verlockenden Gedanken in Betracht, auch einfach irgendwohin ins Ausland zu verschwinden. Doch das ließ ihr Anstand nicht zu.

»Gut«, sagte sie schließlich gottergeben. »Es scheint so, als käme ich aus der Sache im Moment nicht heraus. Allerdings kann ich Ihnen nicht gleich die volle Summe bezahlen, so viel Geld habe ich nicht. Wie wär's, wenn ich eine Teilzahlung leiste und den Rest in Raten abstottere? Ginge das?«

Am Ende einigte sie sich mit Herrn Kunz darauf, dass sie bis Ende der Woche zwanzigtausend Schweizer Franken überwies und dann in monatlichen Raten den Rest abbezahlte. Damit wäre sie dann blank, aber immerhin in etwa vier bis fünf Jahren wieder schuldenfrei. Nachdem sie die Vereinbarung unterzeichnet hatte, verließ sie niedergeschlagen das Gebäude. Am Kiosk um die Ecke kaufte sie sich zwei Zeitungen mit Stellenanzeigen und setzte sich damit ins nächste Café. Es gab reichlich freie Stellen als Köchin, aber nichts, was sie wirklich interessiert hätte. Sie konnte sich nicht mehr vorstellen, in der Stadt zu arbeiten, doch hatte sie überhaupt eine Wahl? Musste sie jetzt nicht einfach die Stelle annehmen, die sie bekam? Sie bezahlte ihren Kaffee und ging mit den Zeitungen nach Hause. Sie würde sich wohl oder übel auf eines der Inserate melden müssen. Zu Hause setzte sie sich erst mal an den Computer ihrer Eltern, um auch das Internet nach offenen Stellen zu durchforsten. Ihr flimmerte es schon vor den Augen, als sie schließlich ein kleines einfaches Inserat fand:

Bergrestaurant in einem Bündner Skigebiet sucht für die Wintersaison einen Koch / eine Köchin. Bitte melden Sie sich bei Herrn Capaul.

Dann waren da noch eine Adresse und eine Handynummer angegeben. Sie rief die Nummer gleich an, doch die Leitung war andauernd besetzt. Na toll, da würde sie wohl keine Chance haben. Das Inserat schien auf großes Interesse gestoßen zu sein.

Am nächsten Tag verschickte sie an einige mögliche Arbeitgeber ihre Bewerbungsunterlagen, und obwohl sie dachte, bei dem Bergrestaurant keine Chance zu haben, hatte sie auch ein Kuvert an Herrn Capaul adressiert.

Etwas über tausend Kilometer entfernt hielt Duncan ebenfalls einen Brief in den Händen. Und obwohl er ihn bereits mehrmals gelesen hatte, verstand er einfach nicht, was er da las:

Lieber Duncan,

ein dringender Notfall in der Schweiz hat meine sofortige Anwesenheit erfordert, daher konnte ich mich nicht mehr persönlich von Dir verabschieden. Doch ich werde nicht mehr zurückkommen, denn ich habe mich entschieden, in meinem Heimatland zu bleiben. In den letzten Wochen habe ich herausgefunden, dass ich nicht nach Schottland gehöre. Du und ich, wir passen einfach nicht zusammen, und ich möchte auch nicht das Kind einer anderen Frau großziehen. Ich gehe zurück in mein altes Leben und zu dem Mann, den ich einfach nicht vergessen kann. Es tut mir leid, falls ich Dir irgendwelche Hoffnungen gemacht haben sollte. Bitte respektiere meine Entscheidung und versuche nicht, Kontakt mit mir aufzunehmen.

Jo

Jo hatte den Brief unterzeichnet, aber er konnte einfach nicht glauben, dass sie ihn auch geschrieben hatte. Es klang überhaupt nicht nach ihr, und trotzdem war sie weg. Warum hatte sie bloß diesen Brief geschrieben? Sie hätte ihn doch auch anrufen können. Hatte er sich wirklich so in ihr getäuscht? War sie wirklich ein solcher Feigling? Und wie sollte er das Nick beibringen? Sein Sohn mochte Jo, und bisher hatte er geglaubt, dass diese Zuneigung gegenseitig wäre. So ein Mist! Wie konnte sie nur!? Wütend zerknüllte er den Brief und warf ihn in die Ecke seines Hotelzimmers. Jane hatte ihm die Post nachgesendet, und der Brief war mindestens schon eine Woche alt. Am liebsten hätte er den Job hier hingeschmissen und sich auf die Suche nach Jo gemacht, aber sie wollte ja keinen Kontakt mehr zu ihm. Er hätte ihr den Hals umdrehen können für das, was sie Nick damit antat. Und überhaupt, wie konnte sie zu diesem perversen Schwein zurückkehren? Wutschnaubend stand er auf und verließ sein Hotelzimmer, indem er laut die Tür hinter sich zuknallen ließ. Er brauchte dringend frische Luft, und dabei war es ihm völlig egal, dass draußen gerade die nächste Sintflut stattfand. Das passte perfekt zu seinem Gemütszustand.

Als er später durchnässt und halb durchgefroren wieder in sein Zimmer zurückkehrte, musste er feststellen, dass der Spaziergang nicht geholfen hatte. Er wusste weder, was er machen sollte, noch hatte seine Wut sich gelegt. Zum Teufel mit dem Weib!

In Lochcarron packte Marge schimpfend die Sachen von Jo zusammen, um sie auf dem Dachboden zu verstauen, damit die Vertretung morgen das Zimmer beziehen konnte. »Die jungen Leute von heute haben einfach kein Verantwortungsgefühl mehr«, knurrte sie gehässig, ohne Seamus anzusehen, der ihr bei der Arbeit half.

»Ach komm, du weißt doch gar nicht, was da los war. Ich kann mir einfach nicht vorstellen, dass Jo hier ohne Grund alles im Stich lässt und nicht mal ihre Sachen mitnimmt. Das alles passt einfach nicht zusammen.«

»Bestimmt hat sie sich mit deinem Neffen gestritten.« Vorwurfsvoll blickte sie Seamus an, als könnte er dafür verantwortlich gemacht werden.

»Hat sie nicht! Denn selbst er wusste nicht Bescheid.«

»Ihr Männer bekommt ja auch nicht immer alles mit!«

»Warum bist du eigentlich wütend auf mich? Ich kann doch nichts dafür, dass Jo nicht mehr da ist.«

Schuldbewusst hielt Marge einen Moment inne. »Ich weiß, es tut mir leid. Es macht mich nur so zornig und traurig. Wir haben uns doch gut verstanden, und sie hat in mein kleines Hotel wieder so viel Leben und Freude gebracht.« Tränen traten ihr in die Augen. »Sie fehlt mir, und ich verkrafte es nicht, wenn alles noch mal zusammenfällt.«

Er trat zu ihr und schloss sie in seine Arme. »Das wird es nicht, Marge. Heidi und Tom sind doch auch noch da.«

Er legte eine kleine Pause ein und strich ihr liebevoll über den Rücken. »Und vielleicht wird es für dich Zeit loszulassen, mich zu heiraten und dich zur Ruhe zu setzen.«

Verblüfft schaute sie ihn an. »War das etwa ein Heiratsantrag, Seamus?«

Er grinste schief. »Natürlich. Wir beide werden auch nicht jünger, und du weißt schon längst, dass ich dich liebe, nicht wahr?«

Sie lächelte etwas verlegen.

»Und? Wie lautet deine Antwort?«

»Ja. Ich werde dich heiraten, Seamus, aber«, fügte sie gleich an, »erst wenn Tom und Heidi hier das Hotel wieder im Griff haben. Jetzt, wo Jo weg ist, möchte ich sie nicht auch noch im Stich lassen.«

Seamus strahlte, nahm ihr Gesicht in seine Hände und küsste sie zärtlich. »Gut, so lange kann ich auch noch warten, aber keine Sekunde länger. Und nun lass uns diese Sachen zusammenräumen, damit wir anschließend feiern können.«

17. Kapitel

Eine Woche später stand Duncan mit seinem Wagen vor Nicks Internat. Er war für das Wochenende zurückgekehrt, um Nick Jos Verschwinden zu erklären, obwohl er keine Ahnung hatte, wie er das anstellen sollte, denn er konnte es sich ja selbst nicht erklären. Am Montag müsste er wieder zurück in Südengland sein.

Nick kam zusammen mit den anderen Kindern aus dem Internat gelaufen, doch er wirkte nicht so fröhlich und ausgelassen wie sonst. Duncan stieg aus dem Wagen und winkte ihm zu. Da kam er angerannt und ließ sich von seinem Vater umarmen. »Du bist schon zurück? Ich dachte, du wärst noch eine Woche weg.«

»Ich hatte einfach mal wieder Lust auf ein Vater-Sohn-Wochenende. Was hältst du davon?«

Nick sah ihm ernst in die Augen. »Du bist wegen Josy hier, nicht? Ist sie für immer weg?«

Es zerriss Duncan das Herz, als er die traurigen Augen seines Kindes sah. »Ich weiß es nicht«, gestand er schließlich. »Ehrlich gesagt, weiß ich noch nicht einmal, wo sie ist und was der Grund dafür ist, dass sie nicht mehr hier ist.«

Nicks Augen füllten sich mit Tränen. »Es ist meine Schuld …«

Duncan zog Nick an sich und hielt ihn ganz fest in seinen Armen. »Nein, nein, das ist es nicht, Nick! Vergiss das sofort wieder. Wenn jemand Schuld hat, dann ich und Josy. Du kannst absolut nichts dafür, und ich will so was nie, nie wieder hören.«

Nick schniefte. »Kannst du mich loslassen, Dad? Ich muss mir die Nase putzen.«

»Okay.« Wäre Jo jetzt hier gewesen, hätte er ihr gehörig die Meinung gesagt. Es war eine Sache, dass sie ihm das Herz gebrochen hatte. Dass sie aber auch seinem Jungen derart wehtat, war ein fataler Fehler. Würde er sie jemals wiedersehen, könnte er für nichts garantieren.

Er legte Nick seine Hand auf die Schulter. »Und was machen wir zwei Männer jetzt?«

»Wir gehen in den Pub und lassen uns volllaufen«, schlug Nick vor. Duncan sah ihn perplex an.

»Das war ein Scherz, Dad.«

»Ah, ja.« Er wollte lieber nicht wissen, wo sein Sohn so was aufschnappte.

»Können wir zu unserer Hütte gehen und fischen?«

»Es liegt möglicherweise schon Schnee da oben«, begann er, doch als er den enttäuschten Blick seines Sohnes sah, nickte er. »Also gut, gehen wir heim und packen, und dann ab in die Berge.«

Duncan hätte wissen müssen, dass ihn, sobald er die Türklinke der Hütte in der Hand hielt, alle Erinnerungen an ihre erste gemeinsame Nacht überfallen würden. Am liebsten hätte er gleich wieder kehrtgemacht und wäre nach Hause gefahren, doch Nick stürmte bereits an ihm vorbei in die Hütte. Es war schon dunkel, als sie angekommen waren, und so machte Duncan lediglich noch ein Feuer und kochte für sie beide eine schnelle Mahlzeit, bevor sie sich in die Betten zurückzogen. Doch Jo spukte ihm zu sehr im Kopf herum, als dass er zur Ruhe gekommen wäre. Er erinnerte sich daran, wie sie sich hier vor wenigen Wochen aneinandergekuschelt hatten. Er dachte an ihr Lachen, ihre Hingabe und daran, wie sie in seinen Armen gelegen hatte. Es war, als könnte er ihren Duft noch riechen. Als er nach England gefahren war, war doch noch alles in Ordnung gewesen, oder hatte er sich etwa getäuscht? Wie konnte sich innerhalb einer Woche alles verändern?

Er hörte, wie Nick sich im Bett über ihm hin- und herwälzte, und seine Gefühle des Vermissens verwandelten sich in pure Verachtung.

»Kannst du auch nicht schlafen, Nick?«

»Ja. Darf ich zu dir runterkommen? Ich weiß, dass das nicht erwachsen ist ...«

Duncan lächelte. »Es sieht ja niemand. Komm schon her.« Es brauchte keine zweite Aufforderung. Nick kuschelte sich mit dem Kopf an seine Brust. »Du wirst doch immer bei mir bleiben, oder? Du hast mir das versprochen, als du mich damals von Grandma und Grandpa zurückgeholt hast.«

Duncan legte seinen Arm um Nick. »Aber sicher, du bist mein Sohn, uns kann nichts und niemand trennen.« Kurze Zeit später hörte er den gleichmäßige Atem seines Sohnes, er war endlich eingeschlafen.

Als sie am übernächsten Tag gegen Abend nach Hause fuhren, hatten sie ein paar dicke Fische gefangen, die Duncan unter Nicks faszinierten Blicken ausgenommen hatte. Es war trotz allem ein schönes Wochenende gewesen. Vor dem Internat sah Nick seinen Dad ernst an. »Ich würde gerne wieder die normale Schule besuchen und bei dir wohnen, Dad.«

Damit hätte Duncan jetzt nicht gerechnet. Er hatte geglaubt, seinem Sohn ginge es in diesem Internat gut. »Gefällt es dir denn hier nicht mehr? Hast du Probleme?«

»Nein, es ist alles okay, ich würde nur gerne wieder zu Hause wohnen. Und ich hab doch auch schon Fortschritte gemacht in der Schule.«

»Hör zu, Nick, lass uns das am nächsten Wochenende besprechen, ja?«

»Okay.« Damit stieg er aus und winkte Duncan noch mal zu.

Jo hätte nicht gedacht, dass es doch so schwierig werden würde, einen Job als Köchin zu bekommen. Sie hatte mittlerweile einige Absagen erhalten. Nun war sie gerade unterwegs nach Davos, wo sie Herrn Capaul treffen sollte. Er war der Chef einiger Bergrestaurants im Skigebiet von Parsenn. Endlich hatte sie es wenigstens zu einem Vorstellungsgespräch geschafft, das war mehr, als sie bei den anderen Bewerbungen erreicht hatte. Sie betrat das Restaurant, in dem sie sich verabredet hatten, und erkundigte sich bei der Bedienung, die sie gleich nach hinten in ein kleines Büro führte. Herr Capaul war in ihrem Alter und lächelte sie aufmunternd an, als sie den Raum betrat. Er bat sie, sich zu setzen, und tat es ihr dann gleich. »Also, bevor wir das eigentliche Gespräch beginnen, möchte ich noch eines wissen: In Ihrem Lebenslauf fehlen einige Monate, und von Ihrer letzten Stelle sind Sie gefeuert worden. Was war der Grund?«

Okay, der fackelte nicht lange und kam gleich zum Thema. Sie erzählte ihm offen und ehrlich, wie es zur Kündigung kam, und berichtete dann von ihrem Aufenthalt in Schottland. Er hörte amüsiert zu, wie sie ihr Glück als Gärtnerin versucht hatte. »Und dann haben Sie in dem Hotel allein gekocht und es wieder auf die Beine gebracht?«

»Also gekocht habe ich schon allein, aber dass es wieder lief, dazu hatte ich dann Hilfe von meiner Freundin und ihrem jetzigen Mann.«

»Und warum sind Sie in die Schweiz zurückgekehrt, wenn alles so gut lief?«

Jo schluckte und sagte dann leise: »Es waren persönliche Umstände.«

»Sie hatten aber in dem Hotel kein Techtelmechtel oder so was Ähnliches.«

»Nein, natürlich nicht! Das wäre alles andere als professionell.«

»Gut, Frau Müller. Der Job, den ich Ihnen anbiete, wäre vorerst nur für die Wintersaison, und nach dem, was ich von Ihnen gehört habe, wären Sie die geeignete Person dafür. Es geht um die Küche in einem Bergrestaurant, das auch ein paar wenige Gästebetten für Tourenskifahrer und Wanderer hat. Das heißt, Sie müssten dort übernachten, damit die Gäste nicht allein sind und Unsinn anstellen können. Tagsüber helfen Ihnen vier Serviceangestellte, denn der Andrang während der Skisaison ist sehr groß. Eigentlich wollte ich einen Mann anstellen, aber bei den anderen Bewerbern war nichts Passendes dabei. Könnten Sie sich vorstellen, nachts allein mit den Gästen in der Hütte zu sein, oder macht Ihnen der Gedanke Angst?«

»Nein, das würde mir nichts ausmachen, ich kann gut auf mich selbst aufpassen.«

»An manchen Schlechtwettertagen werden Sie ganz allein sein, ohne Gäste, und vielleicht sogar eingeschneit. Können Sie mit Einsamkeit umgehen?«

Sie lächelte. »Im Moment könnte ich mir nichts Schöneres vorstellen.«

Er lächelte zurück und streckte ihr die Hand hin. »Gut, wenn es nach mir geht, können wir es miteinander versuchen.«

Sie ergriff die angebotene Hand und schlug ein. Danach verhandelten sie die Details zum Lohn und zum Arbeitsbeginn.

Ihre Eltern waren weniger begeistert, als sie von dem Job hörten, vor allem ihr Vater hatte Bedenken, dass sie allein mit Fremden im Haus übernachten sollte.

»Okay, wenn es dich beruhigt, werde ich mir einen Hund anschaffen. Herr Capaul hatte bereits gemeint, dass ich einen mitbringen könnte, das würde sich auf solchen Berghütten gut machen.«

»Wann fängst du an?«, erkundigte sich ihre Mutter.

»In zwei Wochen.«

Obwohl Jo nicht wirklich vorhatte, einen Hund mitzunehmen, besuchte sie ihrem Vater zuliebe am nächsten Tag ein Tierheim. Sie schilderte der Leiterin die Umstände, unter denen der Hund leben würde und was seine Aufgabe wäre.

»Ich denke nicht, dass wir da den richtigen Hund für Sie haben. Wir haben hier sehr selten Bernhardiner, und das ist es doch, was Ihnen vorschwebt, oder?«

Jo lachte bei der Vorstellung, dass so ein großer Hund mit Fässchen um den Hals von Gast zu Gast lief. »Nein, ganz so klischeehaft stelle ich es mir nicht vor.«

»Wissen Sie was? Ich führe Sie jetzt einfach mal herum, und dann sehen wir weiter.«

Sie liefen von Gehege zu Gehege, und die Hunde, die Jo sah, waren zwar alle ganz hübsch, aber sie waren viel zu aufgedreht für eine Gastwirtschaft. Doch dann sah sie ihn. Er saß in einem Gehege mit vier anderen Hunden, die sich wie wild vor dem Gitter aufführten, nur er nicht. Er saß wie ein Häuflein Elend auf seiner Decke und nahm sie nicht mal wahr.

»Der da hinten, was ist das für eine Rasse und was ist seine Geschichte?«

Die Leiterin seufzte. »Er ist unser Sorgenkind. Busters Herrchen ist vor zwei Monaten gestorben. Er trauert sehr und fühlt sich hier im Heim alles andere als wohl. Daher ist er auch so dünn, er mag einfach nicht fressen, und wir haben nicht die Zeit, ihn zu betüddeln.«

»Wie alt ist er?«

»Sechs Jahre. Wollen Sie mal zu ihm rein?«

»Mir wäre es lieber, er käme zu mir raus, wenn ich mir da die anderen Hunde ansehe.«

Die Leiterin lächelte und griff nach einer Leine. Sie wurde regelrecht bestürmt, als sie das Gehege betrat, nur Buster blieb ruhig und verfolgte sie lediglich mit seinen Augen. Ohne Weiteres ließ er sich anleinen und hinausführen. Jo kniete sich vor ihn hin und hielt ihre Hand vor seine Nase, damit er sie beschnüffeln konnte.

»Was ist das für eine Rasse?«

»Von allem nur das Beste, würde ich sagen«, lächelte die Leiterin. »Aber der Basset drückt wohl am ehesten durch.«

Der Hund schaute sie aus tieftraurigen Augen an und ließ sich von ihr über das kurze schwarzbraune Fell streicheln. »Gehen Sie doch mal eine Runde mit ihm spazieren, und lernen Sie sich kennen.«

Unsicher übernahm sie die Leine, doch der Hund folgte ihr ohne Probleme. Als sie außer Sichtweite des Tierheimes waren, kniete Jo sich zu dem Hund hinunter.

»Hör mal, ich kann dich da wirklich rausholen, nur habe ich absolut keine Hundeerfahrung. Ich weiß nicht, ob wir beide das hinbekommen würden.«

Der Hund schaute sie an und hob zu ihrer Verwunderung das Pfötchen. Sie nahm es in ihre Hand und streichelte sanft darüber. »Okay, darf ich das als Zustimmung werten?«

Der Hund schaute sie unverwandt an. Es war verrückt, sie wusste doch, dass man es sich gut überlegen musste, wenn man sich einen Hund anschaffen wollte. Aber Buster sah sie so ruhig und sicher an, und sie konnte es sich bestens vorstellen, mit ihm die einsamen Abende in den Bergen zu verbringen.

»Ich bin eigentlich eher ein Katzenmensch«, begann Jo erneut. Buster legte den Kopf schief, als wollte er sagen: »Das kann man doch ändern.«

Sie spazierte mit ihm weiter und begegnete auch anderen Hunden, die Buster aber völlig kaltließen. Als sie zurück im Tierheim war, übergab sie den Hund wieder der Leiterin. »Ich nehme ihn.«

Die Leiterin lachte. »Nun aber langsam, so schnell geht das nicht. Sie müssen mindestens noch zweimal herkommen und mehr Zeit mit ihm verbringen. Sie können aber schon mal das Bewerbungsformular für ihn ausfüllen.«

Als sie Buster dann nach einer Woche endlich mit nach Hause nehmen durfte, grinste ihr Dad. »Also ehrlich gesagt, hätte ich mir etwas anderes als Wachhund für dich vorgestellt.« Er streichelte Buster über den Kopf, der sich gleich gemütlich hinlegte.

Jo kicherte. »Ja, ein gefährlicher Hund ist das wohl nicht. Aber er wird mir Gesellschaft leisten und mich vor dem Durchdrehen bewahren. Zudem werden die Gäste ihn bestimmt auch mögen. Auf mich aufpassen kann ich allein.«

Der Hund war wirklich ein Seelchen, und es war schön zu sehen, wie er bereits vom ersten Tag an seinen gut gefüllten Napf leer fraß. Seine Augen begannen wieder zu leuchten, und er betete Jo an. Buster schaffte es auch, sie wieder zum Lächeln zu bringen und ihre trüben Gedanken an Duncan zur Seite zu schieben. Und wenn die Trauer sie doch wieder überkam, war Buster da, ließ sich knuddeln und drücken, bis es ihr wieder besser ging.

»Wir zwei, wir haben uns wohl gebraucht, nicht wahr, Buster?«, flüsterte sie ihm in sein großes Schlappohr, und er drückte ihr seine lange Nase in die Halsbeuge und seufzte tief.

Buster war die Gelassenheit in Person, und somit kümmerte es ihn auch nicht weiter, als Jo ihn wenige Tage später in das Pistenfahrzeug setzte, nachdem sie all ihr Gepäck schon eingeladen hatte. Danach hievte sie sich neben ihn auf den Sitz und gab dem kernig braun gebrannten Typen namens Vincent, der am Steuer saß, das Zeichen, dass er losfahren konnte. Da keine Straße zu dem Gasthof hochführte und man ansonsten nur mit Skiern dahin kam, wurde alles mit diesen Fahrzeugen transportiert, erklärte ihr Vincent, während er im langsamen Tempo über die Piste den Berg hinaufsteuerte. Sie könne ihm aber einfach über Funk mitteilen, wenn er sie wieder abholen sollte oder sie sonst etwas bräuchte.

Der Gasthof sah von außen ganz gemütlich aus. Auf der Terrasse tummelten sich einige Gäste. Vincent half ihr, die Sachen auszuladen, als Herr Capaul aus dem Gasthof heraustrat. Dieses Mal trug er einen Skianzug und ein breites Grinsen im Gesicht.

»Aha, also doch mit Hund«, lächelte er und beugte sich zu Buster hinunter, der sich gerne streicheln ließ.

»Mein Vater bestand darauf, obwohl Buster offensichtlich wohl eher zur Gattung des Couch-Potatos gehört. Als Wachhund wird er nicht besonders geeignet sein, befürchte ich. Aber hallo erst mal!« Sie streckte ihm die Hand entgegen, die er zur Begrüßung kräftig drückte.

»Schön, dass Sie da sind, Frau Müller. Der bisherige Koch ist ebenfalls noch hier und wird Sie heute einweisen. Ab morgen sind Sie dann für all das verantwortlich.« Mit einer ausladenden Geste drehte er sich zur Terrasse und zum Restaurant um.

»Oh, so schnell schon?«

»Haben Sie Bedenken?«

»Ein wenig Muffensausen, aber ich werde das schon hinkriegen.« Sie versuchte, selbstsicherer zu klingen, als sie eigentlich war.

»Keine Sorge, Sie haben ja noch das Servicepersonal, das Ihnen bei Fragen weiterhelfen kann. Nur Kochen, das können die nicht.«

Obwohl es ein altes Haus war, war die Küche top eingerichtet, sauber und auf dem neuesten Stand. Der Koch war ein sympathischer junger Mann, der den Gasthof nur ungern verließ, aber seine Frau bekam ihr erstes Kind, und da war dieser Job nicht gerade ideal. Kaum hatte er sie dem Team vorgestellt, musste Herr Capaul auch schon wieder los und verabschiedete sich von ihr: »Ich wünsche Ihnen viel Erfolg, aber auch Spaß.«

»Danke. Ich werde Sie nicht enttäuschen.«

»Da mache ich mir keine Sorgen«, meinte er und machte sich auf den Weg zurück ins Tal.

Mit dem Team ging sie gleich zum lockeren Du über. Barbara, die im Service arbeitete, zeigte ihr das Zimmer, das der Koch Martin bereits geräumt hatte. Sie stellte ihre Sachen hinein, zog ihre Arbeitskleidung an und ging dann mit Buster wieder nach unten. Sie hatte für ihn ein Hundebett mitgebracht, das sie jetzt in einer ruhigeren Ecke des Restaurants platzierte.

»Der ist wirklich ganz allerliebst mit seinem traurigen Blick«, meinte Barbara, die gerade ein volles Tablett schmutziger Gläser auf dem Tresen abstellte. »Wie heißt er denn?«

»Buster. Er ist eine gemütliche Socke und wird bestimmt keinen Ärger machen.«

»So schaut er auch aus. Die Gäste werden ihn lieben.«

Jo streichelte ihn noch mal, gab ihm einen Keks und das Kommando »Bleib!«

»Du kannst ruhig in die Küche gehen, wir werden hier ein Auge auf ihn haben.«

»Danke.«

Martin schmeckte am Herd gerade die Sauce des Tagesgerichts ab, während Claudia, ebenfalls eine Serviceangestellte, Suppe in Schüsseln goss.

»Ah, da bist du ja. Wir müssen nur noch die letzten Griffe fürs Mittagessen erledigen, dann zeige ich dir hier alles. Du bist übrigens wirklich nur fürs Kochen zuständig. Die Mädels übernehmen dann das Anrichten und Servieren.«

Im Berggasthof wurde einfache und traditionelle Küche angeboten, erklärte ihr Martin. »Mit Haute Cuisine kannst du bei den Skifahrern nicht punkten. Rösti mit Bratwurst, Pommes und Schnitzel, Spaghetti Bolognese, das sind hier die Renner.«

»Hm, das sollte ich hinbekommen. Für wie viele Leute kochst du normalerweise?«

»Kommt drauf an. Bei prächtigem Wetter wie heute für ein- bis zweihundert, bei Schnee oder Regen für circa fünfzig Personen.«

»Wie schaut es aus mit Übernachtungsgästen?«

»Die hast du hauptsächlich an den Wochenenden, an Feiertagen oder wenn es Richtung Skiferien geht, also so ab Ende Januar. Aber mehr als zehn hat man praktisch nie. Jetzt im Frühwinter bist du während der Woche am Abend oftmals allein. Ach ja, Handyempfang hast du hier oben übrigens nicht. Ich zeige dir nachher noch, wie das mit dem Funk funktioniert.«

»Wie machst du denn die Bestellungen, wenn nicht übers Telefon?«

»Per E-Mail. Das funktioniert bestens.«

Gegen Abend brummte ihr der Schädel von all dem Gelernten, aber sie war nun etwas beruhigt, denn das Ganze würde keine allzu große Herausforderung für sie darstellen. Es war ein guter, einfacher, aber bestimmt auch anstrengender Job.

Sobald die Skilifte nicht mehr fuhren, nahm auch die Zahl der Gäste ab, und um halb sechs verließ das Servicepersonal den Gasthof. Etwas später kam Vincent mit seinem Pistenfahrzeug angefahren, um auch Martin mit seinem Gepäck ins Tal zu bringen. Martin reichte ihr zum Abschied die Hand und gab ihr noch seine E-Mail-Adresse, falls sie weitere Fragen hätte.

»Vielen Dank, Martin. Auch für die gute Einführung, das ist nicht selbstverständlich.«

»Gern geschehen. Ich bin sicher, es wird dir gefallen. Das Team ist wirklich gut, und ein herrlicheres Panorama als hier oben findest du kaum.« Sie lächelte und dachte wehmütig an die Highlands.

Dann fuhren Vincent und Martin ins Tal und ließen sie mit Buster allein zurück. Der kleine Kerl hatte am Nachmittag bereits die Gäste bezirzt. Als sie kurz aus der Küche getreten war, hatte sie gesehen, wie er auf der Terrasse herumtapste und von den Kindern gestreichelt wurde.

»Ich glaube, Buster, so schlecht haben wir beide es nicht getroffen. Was meinst du?«

Er hechelte sie an, und sie hätte schwören können, dass er

grinste. Sie machte sich einen Tee in der Küche und ging das Menü für den nächsten Tag durch. Für diese Woche waren noch genügend Vorräte da, und alles war bestens geplant. Sie würde erst gegen Ende der Woche eine Bestellung aufgeben müssen. Sie packte sich warm ein und ging dann mit ihrem Tee und Buster hinaus auf die Terrasse, die bereits im Dunkeln lag. Die Sterne funkelten in der klaren, aber ziemlich kalten Nacht. Ihre Gedanken wanderten heute zum ersten Mal zu Duncan. Was er wohl gerade tat? Bestimmt war er gerade auf dem Kontrollgang, um zu sehen, ob seine Praktikanten auch alle Geräte wieder ordentlich weggeräumt hatten. Sie lächelte bei dieser Vorstellung. Doch dann tauchte vor ihrem Auge wieder das Foto von ihm und Audrey auf. Viel wahrscheinlicher war es demnach, dass er den Kontrollgang unterbrochen hatte und mit ihr zugange war, vielleicht auch gerade im Gewächshaus. Verärgert schob sie den Gedanken beiseite. Sie vermisste nicht nur ihre gemeinsame Zeit mit Duncan, sie vermisste auch ihre Freundin Heidi. Aber sie wagte es nicht, mit ihr Kontakt aufzunehmen. Bestimmt würde sie Duncan ansonsten verraten, wo sie war, und sie wollte weder mit ihm sprechen, noch wollte sie riskieren, dass Nick am Ende der Leidtragende war. Seufzend ging sie wieder in den warmen Gasthof hinein und zog sich mit Buster zurück in ihr Zimmer.

Duncan war schneller mit dem Garten von Katherines Freundin fertig geworden als geplant. Er hatte seinem Ärger mit der Gartenhacke Luft gemacht und sich mit Arbeit von den düsteren Gedanken abgelenkt. Froh, wieder zu Hause zu sein, ging er gleich nach der Ankunft mit Bandit durch den Garten des Lochcarron Estate, um zu sehen, wie die Arbeiten vorangekommen waren. Unterwegs begegnete er Seamus, der ihn gleich auf den neuesten Stand brachte.

»Und? Wie läuft es bei deinen Nachbarn im Brambleberry Cottage?«

Seamus wusste, worauf Duncan hinauswollte. »Sie kommen zurecht, aber es läuft nicht mehr so gut wie zu der Zeit, als Jo noch da war. Die Aushilfsköchin tut, was sie kann, doch ihr fehlt das gewisse Etwas, das Herzblut, das Jo immer hineingesteckt hat. Am Wochenende kommen Heidi und Tom zurück, dann wird es hoffentlich wieder besser. Marge macht sich große Sorgen.« Prüfend sah Seamus seinen Neffen an: »Sag mal ehrlich, was hast du angestellt, dass Jo von heute auf morgen verschwunden ist?«

»Nichts, zur Hölle!«, brach es aus Duncan heraus. »Ich hab keinen Schimmer, was in sie gefahren ist. Sie hat mir im einen Moment noch erzählt, was für ein Idiot ihr Exfreund gewesen ist, und im nächsten haut sie ab, zurück zu ihm. Ich verstehe das alles nicht. Wie konnte sie uns und vor allem Nick das antun?! Ich könnte ihr echt den Hals umdrehen!«

Seamus sah ihn besorgt an. »Nimmt Nick es so schwer?«

»Du solltest ihn sehen! Wir waren am letzten Wochenende in der Hütte oben zum Fischen. Er wirkte völlig geknickt und gab sich die Schuld für ihr Verschwinden.«

»Du musst mit ihr reden.«

»Wie denn, wenn niemand weiß, wo sie steckt?! Sie geht ja noch nicht einmal an ihr verfluchtes Handy!«

»Heidi muss doch mehr über sie wissen.«

»Ja, das habe ich mir auch gedacht. Ich werde mit ihr sprechen, wenn sie aus den Flitterwochen zurück ist.«

Doch Heidi wusste wirklich nicht mehr als das, was sie bereits am Telefon gesagt hatte.

»Aber ihr habt doch zusammengearbeitet und seid befreundet? Wie kommt es, dass du da nicht mehr über sie weißt?!«, wetterte er.

»Hey!«, fuhr ihn Tom an. »Wenn Heidi sagt, dass sie nicht mehr weiß, dann ist das so! Sie kann nichts dafür, dass Jo nicht mehr hier ist. Du solltest dich eher fragen, was du getan hast, dass meine einzige und beste Köchin verschwunden ist.«

»Warum zum Teufel geben alle mir die Schuld?«

Heidi ging zwischen die beiden Streithähne. »Hör zu, Duncan, ich verstehe dich, mir geht es genauso wie dir. Ich möchte auch wissen, wo sie steckt, um mit ihr ein Hühnchen zu rupfen. Sie holt mich erst hierher und lässt mich dann mit der Küche allein! Natürlich kenne ich ihre frühere Adresse, wo sie mit ihrem Freund gewohnt hat, aber ich habe da bereits nachgefragt. Die beiden wohnen da seit Längerem nicht mehr, und Adressen dürfen die aus Gründen des Datenschutzes nicht herausgeben. Wo ihre Eltern genau wohnen, weiß ich leider auch nicht. Wir haben uns damals, als sie ihren Freund verlassen hat und wieder bei den Eltern eingezogen ist, nur ein einziges Mal getroffen und das in einem Restaurant. Aber ob das in der Nähe ihrer Eltern lag, kann ich nicht sagen.«

»Das müsste man doch herausfinden. Heißen ihre Eltern auch Müller?«

»Ja schon, aber das ist ein Name, den gibt es hundertfach in der Schweiz.«

Wütend schlug Duncan mit der Faust auf den Tisch.

Heidi legte ihm besänftigend die Hand auf den Arm. »Duncan, wir müssen warten, bis sie sich meldet.«

»Und wenn sie es nicht tut?«

Sie sah die Verzweiflung in seinen Augen.

»Glaubst du wirklich, sie wird mit diesem Idioten glücklich?«

Es berührte Heidi, dass er sich, obschon Jo ihn verlassen hatte, noch Gedanken um ihr Glück machte. Er schien sie nach wie vor zu lieben, obwohl sie ihm und seinem Sohn das Herz gebrochen hatte.

»Ich weiß es nicht, Duncan. Aber wir haben im Moment keine andere Wahl.«

Mit Nick hatte Duncan sich geeinigt, dass er das Schuljahr in dem Internat beendete. In der Zwischenzeit würde er mit den Lehrern die Möglichkeiten besprechen, die es gäbe, damit Nick die öffentliche Schule besuchen könnte. Es zeigte sich, dass sein Sohn wirklich enorme Fortschritte gemacht hatte und die Lehrer der Ansicht waren, er könnte es in der öffentlichen Schule schaffen, wenn er mit der Lerntherapie fortführe und sich weiterhin so anstrengte wie bisher. Allerdings sollte er nicht in die Schule zurückkehren, die er vor dem Internat besucht hatte, weil da zu viel Konfliktpotenzial vorhanden wäre. Besser wäre es, an einer anderen Schule neu zu beginnen. Daher machte Duncan sich auf die Suche nach einer passenden Schule in der Umgebung. In einer Nachbargemeinde wurde er schließlich fündig. Nachdem Nick ein paar Tage schnuppern durfte, waren beide Seiten bereit, es miteinander zu versuchen. Für den Schulweg würde Nick den öffentlichen Bus benutzen müssen, aber auch das war eine Herausforderung, die einerseits zu meistern war und Nick andererseits wieder ein bisschen mehr Eigenständigkeit und Freiheit verschaffte.

Jo hatte sich gut eingelebt in der neuen Umgebung. Sie verstand sich mit den Serviceangestellten ebenso gut wie mit den Fahrern der Pistenfahrzeuge, die inzwischen gerne ihre Mittagspause in ihrem Gasthof verbrachten. Sie kochte zwar die allseits beliebten Menüs, versuchte aber nebenbei auch immer wieder, etwas Neues einzuflechten. Und es zeigte sich, dass dies bei einigen Gästen ganz gut ankam. Ihren vierzigsten Geburtstag feierte Jo allein mit Buster. Sie hatte niemandem etwas davon erzählt, da ihr nicht nach Gratulationen oder gar nach einer Feier zumute war. Ihre Eltern gratulierten ihr via E-Mail, nachdem sie sich einige Tage davor von ihr versichern ließen, dass sie nicht auf die Alp kommen sollten, da sie zu arbeiten und nicht wirklich Zeit zum Feiern hätte.

Weihnachten stand vor der Tür, und Vincent hatte ihr angeboten, sie am Abend mit dem Pistenfahrzeug abzuholen, damit sie mit ihm und seiner Familie feiern konnte und nicht allein im Gasthof bleiben musste. Aber ihr machte das nichts aus. Sie genoss die Ruhe in den Bergen. Doch für Silvester hatte sie eine Idee, ebenso wie für die beginnende Hochsaison. Sie wollte immer freitags das Restaurant und die Bar länger öffnen, es sollte gemütliche und romantische Abende geben. Abendessen bei Kerzenschein und Fackeln draußen im Schnee, Musik, die auch zum Tanzen einladen würde. Die Leute könnten dann mit den Pistenfahrzeugen gegen halb elf Uhr wieder heruntergefahren werden. Vincent und sein Trupp wären bereit, diese Fahrten gegen Extra-Bezahlung zu übernehmen, und auch das Servicepersonal würde mitmachen. Es galt also nur noch, Herrn Capaul zu überzeugen.

»Ich stelle mir kleine Häppchen, Musik zum Tanzen, vielleicht auch mal ein kleines Livekonzert vor.«

»Ich weiß nicht«, zögerte Herr Capaul. »Das klingt nach Lärm in den Bergen, und ich fürchte, damit könnten wir die Tourenskifahrer vertreiben.«

»Mir schwebt nicht Ballermann in den Bergen im Kopf herum,

Herr Capaul. Ich dachte an kleine, gepflegte Anlässe, keine Technoparty, sondern sanfte Musik, die zum Tanzen einlädt. Etwas für Romantiker. Wir könnten auch ein kleines romantisches Dinner anbieten bei Kerzenschein.«

»Hm, und Sie meinen, wir würden die Kosten für den Transport und das Personal wieder hereinbekommen?«

»Nach meinen Berechnungen sollte das klappen.«

»Gut, ich gebe Ihnen einen Testmonat, danach sehen wir weiter.«

18. Kapitel

Nick hatte zusammen mit seinem Dad, Marge, Heidi und Tom Weihnachten bei Onkel Seamus gefeiert. Es war schön gewesen, aber irgendwie auch traurig. Seit Josy weg war, hatte sein Dad nicht mehr glücklich ausgesehen. Und auch ihm selbst war nicht wirklich zum Lachen zumute. Er vermisste sie sehr und wusste, dass alles nur seine Schuld war. Sein Dad hatte ihn vor einer Weile ins Bett gebracht, aber sein schlechtes Gewissen hielt ihn noch immer wach. Zudem hatte er zu viel von dem Schokoladenpudding gegessen, den Marge gemacht hatte, und der lag ihm nun ebenso schwer im Magen wie seine Sorgen. Leise öffnete er seine Zimmertür, um in das Schlafzimmer seines Dads zu gehen und bei ihm unter die Decke zu kriechen. Aber das Zimmer war leer. So ging er weiter den Flur entlang und sah von der Treppe aus in das Wohnzimmer hinunter, in dem ein großer Weihnachtsbaum stand, den sie beide vor ein paar Tagen aus dem Wald geholt und geschmückt hatten. Sein Vater saß in dem Sessel davor und hatte das Gesicht in den Händen vergraben. Er sah so einsam und traurig aus, dass Nick die Tränen in die Augen schossen. »Es ist meine Schuld, Dad!«, schniefte er. Duncan drehte sich erstaunt um, während sein Junge die Treppe hinuntergerannt kam und sich in seine Arme warf. Nick schluchzte herzzerreißend, und er konnte nichts anderes tun, als ihn ganz fest an sich zu drücken. Beruhigend fuhr er ihm über den Rücken und murmelte tröstende Worte. Als Nick nur noch leise wimmerte, setzte er ihn vor sich auf den Sessel und ging vor ihm in die Hocke. »Was soll deine Schuld sein, Kumpel?«

»Dass du so traurig bist und Josy nicht mehr da ist.«

Duncan strich Nick über die tränennasse Wange. »Nick«, begann er leise, aber eindringlich, »ich habe es dir doch schon mal erklärt: Damit hast du absolut nichts zu tun, das ist Erwachsenenkram ...«

»Doch!«, unterbrach Nick ihn vehement. »Grandma hat Josy gesagt, dass sie dafür sorgen würde, dass du und ich getrennt werden. Wenn Josy nicht sofort verschwinden würde, würden sie das Sorgerecht zurückbekommen, und du und ich, wir würden uns nie wiedersehen.«

Duncan sah seinen Sohn entgeistert an. »Was hat sie?« Langsam dämmerte ihm, was in Nick vorging. Er zog ihn ganz dicht in seine Arme. »Nick, niemand, hörst du, absolut niemand wird es je wieder schaffen, dich von mir fernzuhalten. Du bist mein Sohn, und du gehörst zu mir, daran wird sich nie was ändern. Wie lange schleppst du das schon mit dir herum?«

»Seit dem Wochenende, als Josy mich eigentlich abholen sollte. Grandma hatte einen Fahrer geschickt. Sie meinte, dass Josy was dazwischengekommen ist. Als ich mich dann bei Grandma und Grandpa zum Reiten umgezogen habe, kam gerade ein Auto in der Auffahrt an. Ich wollte runterrennen, weil ich gehofft habe, dass das Josy war. Als Grandma und Josy aber unten geredet haben, habe ich mich oben versteckt und zugehört.«

Wäre Katherine anwesend gewesen, hätte Duncan sie eigenhändig erwürgt. »Und Josy hat ihr das geglaubt?«

»Zuerst nicht, aber dann meinte Grandma, es hätte schon mal geklappt, da sie mächtige Leute kenne. Sie hat ein Foto hervorgeholt und Josy gezeigt. Grandma sagte, dass das ihr vor Gericht helfen werde. Dann hat Josy einen Brief unterschrieben und ist mit Omas Fahrer hinausgegangen.«

»Hast du eine Ahnung, was auf dem Foto zu sehen war?«

Nick nickte und rannte noch mal die Treppe hinauf, zurück in sein Zimmer. Duncan fuhr sich mit der Hand durch sein Haar. Nun begann die ganze Geschichte langsam Sinn zu machen. Als Nick zurückkam, hielt er ein Foto in den Händen.

»Da es so wichtig schien, habe ich es am nächsten Tag in ihrem Büro gesucht und mitgehen lassen. Ich weiß, das macht man nicht, aber ich hatte Angst, dass sie mich dir wegnimmt.«

»Das hast du gut gemacht, Nick. Zeig her.«

Was er auf dem Bild sah, ließ ihn beinahe das Weihnachtsessen wieder hochkommen.

»Warum hast du das mit Audrey gemacht?«, fragte Nick anklagend. »Und was tut ihr da überhaupt?«

Duncan schaute sich das Foto genauer an, und da er nie mit Audrey geschlafen hatte, erkannte er auch schnell die Anzeichen einer Fotomontage.

»Dad?!«

Duncan schaute zu seinem Sohn und überlegte sich kurz, ob er die Bienchen-und-Blümchen-Variante aus dem Ärmel schütteln sollte, entschied sich dann aber für die nackten Tatsachen. »Hör zu, Nick, wenn ein Mann und eine Frau sich nahe sein wollen, weil sie sich lieben, dann tun sie das, was du hier auf dem Bild gesehen hast.«

»Aber du liebst doch nicht Audrey, sondern Josy!«, warf Nick verwirrt ein.

»Richtig, und daher habe ich das da auch nicht mit Audrey gemacht. Wenn man genauer hinsieht, dann sieht man, dass mit dem Foto etwas nicht stimmt. Es wurde mit dem Computer bearbeitet, und mein Gesicht wurde nachträglich eingefügt. Verstehst du?«

»Aber warum sollte das Foto Grandma vor Gericht helfen?«

»Weil Audrey bei mir in die Lehre geht und man nicht mit jemandem Liebe machen sollte, der abhängig von einem ist.«

»Versteh ich nicht.«

Duncan seufzte. »Nicht alle tun das, was du hier gesehen hast, freiwillig und aus Liebe. Manchmal werden vor allem Frauen dazu gezwungen, und man hätte vor Gericht auslegen können, dass ich Audrey dazu gedrängt hätte, damit sie ihre Lehrstelle nicht verliert. Das hätte mich als einen ziemlichen Mistkerl hingestellt, dem man bestimmt kein Kind anvertrauen kann.«

»Dann ist es gut, dass ich das Foto geklaut habe?«

»Sogar sehr gut.«

»Und bringt das Josy zurück?«

»Keine Ahnung, Nick. Aber jetzt, wo ich weiß, um was es geht, werde ich einigen Leuten ziemlichen Ärger bereiten, und natürlich werde ich versuchen, Josy zu finden. Danke, dass du es mir gesagt hast, das war ziemlich mutig.«

Duncan schnappte sich Nick und warf ihn sich über die Schulter. »Aber nun geht es ab ins Bett, du Held, du.« Nick kreischte vor Vergnügen und fühlte, wie sich die Angst, seinen Vater zu verlieren, langsam auflöste.

Duncan verbrachte eine unruhige Nacht, zu viele Gedanken spukten in seinem Kopf herum. Es war eine komplette Intrige gesponnen worden, um Josy und ihn zu trennen. Doch wozu das alles?

Und hatte Josy wirklich geglaubt, dass er mit Audrey was am Laufen hatte? Wenn ja, war es ihr doppelt hoch anzurechnen, dass sie versucht hatte, Nick zu schützen. Gott, er liebte diese Frau, auch wenn er die letzten Wochen damit verbracht hatte zu versuchen, sich vom Gegenteil zu überzeugen. Jetzt, wo er endlich Bescheid wusste, würde er Himmel und Hölle in Bewegung setzen, um sie zu finden. Doch zuerst musste er hier einige Dinge klären. Morgen hätten Nick und er eigentlich mit den Thorntons Weihnachten feiern sollen. Er beschloss, allein bei ihnen aufzutauchen und Nick bei Seamus zu lassen. Zuerst wollte er allerdings mit Audrey sprechen, um herauszufinden, welche Rolle sie in dem ganzen Spiel spielte.

Seamus staunte nicht schlecht, als Duncan ihm die Neuigkeiten knapp zusammenfasste, während er Nick bei ihm absetzte. »Katherine ist schon immer ein Miststück gewesen«, schimpfte Seamus, nachdem Nick bereits im Haus verschwunden war.

Mit dem Foto in der Tasche hämmerte Duncan kurz darauf an die Tür von Audreys Eltern. Sie verbrachte die Feiertage bei ihnen und würde erst im Januar in die WG zurückkehren. Ihre Mutter öffnete die Tür und erklärte ihm, dass Audrey bereits im Pub wäre.

Er sah sie am Tresen mit Phil, der besitzergreifend seine Hand um ihre Taille legte.

»Ich muss dich mal sprechen, Audrey.«

Sie erkannte an seiner Stimme, dass er sauer war. Und schaute leicht verzweifelt zu ihrem Freund.

»Du siehst doch, dass sie beschäftigt ist!«, meinte Phil aufmüpfig.

»Gut, Audrey, du kannst es dir aussuchen: Entweder du kommst mit raus, und wir klären das diskret, oder ich lege das Foto, um das es geht, hier mitten auf den Tisch.«

»Ich bin gleich wieder zurück«, sagte sie an Phil gewandt.

»Bist du sicher, dass du keine Hilfe brauchst?«

»Ja, absolut.« Damit folgte sie Duncan nach draußen. Da es in Strömen regnete, blieben sie unter dem Vordach des Pubs stehen.

»Du weißt also, um was es geht?«, fragte er ohne Umschweife.

»Ja, ich kann es mir denken. Hören Sie, Duncan, es tut mir wirklich leid, aber ich wurde dazu gezwungen, und ich wusste ehrlich nicht, dass es dabei um Sie geht.«

»Ich verstehe nicht.«

Audrey zündete sich nervös eine Zigarette an. »Wenn ich Ihnen jetzt alles sage, sorgen Sie dann dafür, dass ich meinen Job behalten kann?«

»Wenn du den Mund nicht aufmachst, sorge ich dafür, dass du ihn auf alle Fälle verlierst«, drohte er.

»Okay, okay, ich sitze eh schon tief genug in der Scheiße, verstehe. Jane Douglas kam eines Tages zu mir und verlangte, dass ich mich, während ich mit meinem Freund zusammen bin, fotografieren lasse. Natürlich wollte ich da nicht mitmachen, und ich dachte mir, dass sie wohl ziemlich pervers veranlagt sein muss. Sie drohte mir mit meiner Entlassung und damit, dass sie dafür sorgen würde, dass ich in der Umgebung keinen Ausbildungsplatz mehr fände, wenn ich nicht mitspielen würde. Sie hat es mir schriftlich gegeben, dass die Fotos nicht veröffentlicht oder gar plötzlich im Internet auftauchen würden, und so gab ich am Ende nach. Phil habe ich aber davon nichts erzählt, sonst hätte es noch mehr Ärger gegeben. Hab mich immer gefragt, was aus den Fotos geworden ist, kann ich mal sehen?«

Duncan griff in seine Jackentasche und hielt es ihr hin.

»Holy moly! Wir sehen aber ganz nett aus zusammen«, grinste sie.

»Hör zu, Audrey, ich finde das nicht sehr lustig. Dieses Foto wurde gemacht, um mich in eine schwierige Lage zu bringen, wobei ich mein Kind verlieren könnte. Meine Freundin habe ich dadurch bereits verloren.«

»Ach, du Scheiße. Das tut mir wirklich leid«, sagte Audrey nun ehrlich betroffen. »Aber ich wusste echt nicht, was Jane mit diesen Fotos vorhatte. Wenn ich irgendwie helfen kann, brauchen Sie es nur zu sagen.«

Duncan nickte und ging dann zurück zu seinem Wagen, ohne ein weiteres Wort an sie zu verlieren. Was um alles in der Welt hatte Jane mit dieser Geschichte zu tun? Aufgebracht drehte er den Zündschlüssel und brauste davon in Richtung Lochcarron Garden Estate, wo er beabsichtigte, die nächste Person zur Rede zu stellen.

Doch bevor er Jane aufsuchte, ging er in sein eigenes Büro, wo er zu Kugelschreiber und Papier griff.

Wenige Minuten später stand er vor Janes privater Wohnung und klopfte energisch an die Tür.

»Oh, Duncan, wie schön! Frohe Weihnachten wünsche ich dir!« Sie wollte sich nach vorne beugen, um ihn auf die Wange zu küssen, doch er drängte sie zur Seite und schritt in ihr Wohnzimmer. Wütend knallte er das eben in seinem Büro aufgesetzte Schreiben auf den Tisch. Sie griff danach und überflog es kurz. »Du kündigst?«

»Ja! Und zwar fristlos! Und wage es ja nicht, daran zu rütteln.«

»Was ist denn passiert?« Sie besaß tatsächlich die Frechheit, die Ahnungslose zu spielen. Duncan musste sich beherrschen, nicht auf sie loszugehen. Stattdessen griff er wieder in seine Jackentasche und hielt ihr das Foto unter die Nase. »Das hier ist passiert!«

»Oh, das hättest du mir jetzt besser nicht zeigen sollen. Sex mit Angestellten, die von einem abhängig sind, das ist widerwärtig und wird strafrechtlich verfolgt, das solltest du eigentlich wissen.«

Jetzt reichte es ihm, und er drückte sie mit einer einzigen heftigen Bewegung gegen die Wand. »Du weißt ganz genau, wie das Foto entstanden ist und dass ich mit Audrey nichts hatte. Jeder Anfänger erkennt, dass dies eine Fotomontage ist, und das wird auch die Polizei so sehen. Was mich interessiert, *meine Liebe*«, er spie das letzte Wort beinahe aus, »wie kommst du dazu, Audrey hierzu zu nötigen?«

»Du kannst nicht beweisen, dass ich das war. Audrey wird den Mund halten, da bin ich mir ziemlich sicher.«

»Täusch dich da mal nicht. Ich weiß, dass Katherine Thornton die Hauptakteurin in diesem Schmierentheater war. Daher würde ich auf weitere Schritte gegen dich verzichten, wenn du mir hier und jetzt gestehst, weshalb du da mitgemacht hast.«

Jane schluckte und überlegte einen kurzen Moment. »Okay, aber nur, wenn du mir etwas mehr Luft lässt.«

Er lockerte seinen Griff und trat einen Schritt von ihr zurück.

»Seit diese Jo Müller die Hotelküche vom Brambleberry Cottage übernommen hatte, ging es mit unseren Zahlen hier bergab. Das habe ich Katherine gegenüber erwähnt, auch dass ich befürchten würde, dass du und Jo heiraten würdet und sie für immer bliebe. Katherine hatte die Sorge, dass es für Nick nicht gut wäre, von einer Köchin und einem Gärtner erzogen zu werden, schließlich soll er ja mal das Thornton-Erbe antreten.«

»Da habt ihr kurzerhand entschieden, ein bisschen mit den Gefühlen anderer Menschen herumzuspielen. Weißt du eigentlich, wie sehr mein Junge in den letzten Wochen gelitten hat? Wie es Jo oder mir geht, ist nebensächlich, wir sind erwachsen, aber er ist noch ein Kind! Du bist so widerwärtig, und ich schäme mich, überhaupt mal hier gearbeitet zu haben!« Damit verließ er den Raum und knallte hinter sich die Tür zu.

Er war viel zu aufgebracht, um jetzt Auto fahren zu können. Er ging zum Meer hinunter und schrie seinen Ärger hinaus. Das ganze Spiel klärte sich langsam, aber sicher auf. Was aber, wenn er Jo nicht finden würde? Er beschloss, nachdem er bei Katherine gewesen wäre, noch einmal mit Heidi zu reden. Es musste doch irgendeinen Anhaltspunkt geben. Zuerst würde er allerdings bei seiner ehemaligen Schwiegermutter vorbeifahren.

Wie gewohnt öffnete der Butler ihm die Tür und führte ihn in einen der Empfangsräume, wo ein protziger Weihnachtsbaum stand.

»Duncan, wie schön. Wo steckt denn Nicholas? Ist er schon in sein Zimmer gegangen?« Katherine kam auf ihn zugeeilt, um ihm die Wangen zu küssen, immerhin war ja Weihnachten. Doch er hielt sie auf und hielt sie mit ausgestreckten Armen von sich fern.

»Wo ist William?«

In dem Moment ging die Tür auf, und der Gesuchte trat ein. »Hallo, Duncan. Ist etwas nicht in Ordnung? Du schaust ziemlich echauffiert aus.«

Erneut griff Duncan in die Jackentasche und hielt William das Foto unter die Nase. »Das hier hat mich ›echauffiert‹ und die Tatsache, dass ihr beide versucht habt, mit dieser Fotomontage mein Leben und das von Nick zu zerstören.«

»Duncan ...«, begann Katherine.

»Ich verstehe nicht! Was haben wir mit deinem Sexualleben zu tun, Duncan?«, meinte William etwas verstört und reichte ihm das Foto leicht irritiert zurück.

Duncan blickte verwirrt von William zu Katherine und wieder zurück. »Du hast nichts davon gewusst?«

»Wovon?«

»Dass deine Frau meine Arbeitgeberin dazu gebracht hat, meinen Lehrling zu erpressen und sich und ihren Freund heimlich fotografieren zu lassen, um danach mein Gesicht in das Foto hineinzumontieren, damit Katherine wiederum Jo erpressen konnte, das Land sofort zu verlassen, da ich ansonsten das Sorgerecht für meinen Jungen verlieren würde!« Jetzt musste er doch mal Luft holen. William sah seine Frau entgeistert an. »Stimmt das, was Duncan sagt, Katherine? Hast du das getan?«

»Es sollte nur zum Besten von Nicholas und Duncan sein. Sie ist doch bloß eine Köchin!« Als sie den kalten Blick ihres Mannes sah, fügte sie gereizt hinzu: »Wir können es doch nicht zulassen, dass unser Erbe an einen jungen Mann übergeht, der nichts Anständiges gelernt hat und sich ausdrückt wie ein Gossenjunge!«

Duncan kämpfte um seine Beherrschung. »Du bist das Allerletzte, Katherine! Und ich sage dir jetzt noch was: Sollte ich Jo nicht zurückbekommen, wirst du Nick nie wieder zu Gesicht bekommen. Dafür werde ich sorgen, denn Gründe dafür hast du mir zur Genüge geliefert. Jedes Gericht wäre auf meiner Seite.«

»Das wirst du nicht schaffen, Duncan. Unterschätze meine Macht nicht. Ich habe Beziehungen ...«

»Es ist genug, Katherine!«, blaffte William sie nun an, wie er es noch nie zuvor in seinem Leben getan hatte. »Duncan hat vollkommen recht. Was du und diese Jane getan habt, ist absolut widerwärtig und eines Thorntons nicht würdig. Solltest du gegen Duncan vorgehen wollen, würde ich für ihn aussagen. Wir leben im einundzwanzigsten Jahrhundert und nicht mehr in der Steinzeit, meine Liebe! Wir haben nicht das Recht, uns in das Leben von Duncan und Nick einzumischen.«

»Er hat unsere Tochter auf dem Gewissen!«, fuhr sie die beiden Männer an.

»Das hat er nicht, und das weißt du genauso gut wie ich! Alice war ein verzogenes Gör, das temperamentvoll reagierte, wenn nicht alles nach ihrem Willen lief. Es war ein Unfall, den sie durch ihren Wutausbruch selbst verschuldet hatte.«

»Wie kannst du ...«

»Halt endlich den Mund!« Dann wandte er sich an Duncan. »Hör zu, Junge, es tut mir aufrichtig leid, und hätte ich davon gewusst, hätte ich es niemals geduldet. Ich hoffe, das weißt du. Wenn ich dir irgendwie helfen kann, dann sag es mir.«

»Danke, William. Ich fürchte, im Moment muss ich erst mal herausfinden, wo Jo steckt.«

»Aber wenn sie es dir nicht gesagt hat, wer hat dir dann von dem Foto erzählt, und überhaupt, wie kommst du in den Besitz des Bildes?«, fragte Katherine herrisch.

»Nick hat euch gehört, als du Jo unter Druck gesetzt hast. Am nächsten Tag hat er sich in dein Büro geschlichen und das Foto mitgenommen. Er hatte gespürt, dass es wichtig war, und hatte fürchterliche Angst, dass er mich verlieren würde. Kannst du dir eigentlich vorstellen, was er in den letzten Wochen durchgemacht hat? Er hat sich für alles die Schuld gegeben!«

Katherine blickte verlegen zur Seite.

William legte Duncan entschuldigend die Hand auf die Schulter. »Wir werden tun, was wir können, um es wiedergutzumachen, nicht wahr, Katherine?« Fordernd schaute er seine Frau an, doch die gab keinen Mucks von sich.

»Lass gut sein, William.« Duncan kehrte den beiden den Rücken und verließ das Haus.

19. Kapitel

In der Schweiz begann Jo mit den Vorbereitungen für die Silvesterfeier. Sie hatte Flyer drucken lassen, die Vincent bei den Skiliftanlagen und im Dorf verteilt hatte. Es sollte einen Silvesterabend für Romantiker geben. Bei Kerzenlicht würden sie ein Fünfgängemenü servieren. Später würden sie draußen, wenn es nicht schneite, sanfte Musik über die Lautsprecher spielen lassen, damit unter dem Sternenhimmel getanzt werden konnte. Vincent hatte sie skeptisch angesehen, als sie das vorgeschlagen hatte, denn er meinte, vermutlich wäre es zu kalt dazu. Aber warm eingemummelt hatte das doch auch was für sich. Sie würden heißen Punsch ausschenken und auf den Liegestühlen kuschelige Decken verteilen. Jo hatte auch bereits Fackeln besorgt, die in den Schnee gesteckt und die Terrasse in ein warmes Licht hüllen würden. Ein großes Feuer sollte zudem neben dem Gasthof angefacht werden. Und um Mitternacht würden sie das bunte Feuerwerk aus dem Tal bestaunen können und dazu Sekt schlürfen. Ein eigenes Feuerwerk war nicht geplant, das wäre zu laut und passte nach Jos Meinung nicht in die Bergwelt. Gegen ein Uhr nachts sollten dann die Pistenfahrzeuge die Gäste bis zur Straße fahren, wo sie mit Pferdekutschen ins Tal hinuntergebracht würden. Jo seufzte allein schon beim Gedanken an diesen Silvesterabend, so etwas war doch einfach nur schön. Es zeigte sich, dass noch mehr Leute so dachten. Die Reservierungen für diesen Anlass liefen auf Hochtouren, und es dauerte nur vier Tage, bis der Abend komplett ausgebucht war. Bei den hohen Ausgaben, die sie dafür hatte, würde sie keinen großen Gewinn einheimsen, aber es würde sich herumsprechen, und dann würden auch die einfacheren romantischen Dinner gut laufen, davon war sie überzeugt. Und sie sollte recht behalten: Es war ein fantastischer Abend für die Gäste, und auch das Personal hatte seine Freude daran. Es lief alles wie am Schnürchen, bis ein Gast zu viel getrunken hatte und sich mit seiner Angebeteten nach oben in die Gästezimmer verziehen wollte. Jo sah die beiden gerade noch aus dem Augenwinkel und rief ihnen hinterher. »Was soll das werden?«

»Nichts, wozu wir Zuschauer gebrauchen könnten, Süße«, lallte der Betrunkene.

»Die Zimmer oben sind bereits alle belegt. Ich muss Sie bitten, wieder nach unten zu kommen.«

Der Typ begann auf der Treppe, an der Bluse seiner Freundin herumzunesteln, und verpasste ihr einen Zungenkuss, bei dem Jo sich nur angewidert abwenden konnte.

»Wenn Sie nicht sofort hier herunterkommen ...«

»... was dann, Herzchen? Willst du mich etwa von ihr runterschubsen oder doch lieber mitmachen?«

Vincent trat hinter Jo und schob sie sanft, aber bestimmt zur Seite.

»Mein Herr, die Chefin hat Sie freundlich aufgefordert, herunterzukommen und die Gäste da oben nicht zu belästigen. Wenn Sie nicht ...« Weiter kam er nicht, denn dem Typen war schlecht geworden, und er erbrach sich über die Treppe. Seine Freundin quietschte auf und rannte nach unten.

»Suuuuuper!« Vincent zögerte nicht und ging mit großen Schritten auf den Kerl zu. »Du kommst jetzt besser mit mir mit.« An Jo gewandt fuhr er fort: »Ich werde die beiden jetzt gleich ins Tal fahren und komme dann noch mal hoch. Kommst du klar?«

Jo seufzte. »Ja natürlich.« Dann ging sie zurück in die Küche und holte sich einen Eimer, Putzzeug, Gummihandschuhe und ein Raumspray. Angewidert machte sie sich an die Arbeit und nahm sich vor, beim nächsten Abend besser darauf zu achten, wie viel Alkohol ihre Gäste konsumierten. Sie war gerade mit dem Putzen fertig, als draußen »Ahhs« und »Ohms« ertönten. Anscheinend hatte das neue Jahr begonnen, und die Gäste bestaunten das Feuerwerk. Als sie hinaustrat, drückte ihr Barbara ein Glas Sekt in die Hand. »Ein gutes neues Jahr wünsche ich dir, Jo!« Sie stießen an, und Jo fragte sich, was das Jahr wohl bringen würde. Würde sie jemals über Schottland hinwegkommen? Würde sie Duncan und Nick vergessen können, und würde es irgendwann nicht mehr so wehtun, wenn sie doch an die beiden dachte? Würde sie die Schulden abbezahlen können? Sie seufzte tief.

»Das klingt nach Sorgen, Chefin.« Hinter ihr war Vincent aufgetaucht. Sie lächelte, nahm ein Glas Sekt vom provisorisch aufgebauten Tresen und reichte es ihm. »Alles halb so wild. Auch dir ein gutes neues Jahr. Hast du den Idioten sicher im Dorf abgesetzt?«

»Ja. Der war ganz grün im Gesicht, als ich ihn rausgelassen habe. Seine Freundin hat dann ein Taxi gerufen. Mir tut der Fahrer jetzt schon leid, sicher reihert der ihm den Wagen auch noch voll.«

Jo schmunzelte. »Wir werden künftig besser darauf achten müssen, wie viel wir den Gästen ausschenken. Danke für deine Hilfe, Vincent, du kamst gerade im richtigen Moment.«

Gegen ein Uhr erschienen die Kumpanen von Vincent mit

ihren Pistenfahrzeugen und fuhren die Gäste zurück ins Dorf, während die Crew und Jo sich ans Aufräumen machten. Eine letzte Fahrt der Pistenfahrzeuge brachte dann auch Jos Leute ins Tal. Am Ende war sie wieder allein mit Buster und den paar Tourenskifahrern, die Neujahr in den Bergen verbringen wollten und für den nächsten Tag noch eine Tour vor sich hatten. Für Jo bedeutete das, nach diesem Abend erneut früh aus den Federn zu hüpfen und das Frühstück vorzubereiten. Das Leben im Berggasthof war kein Zuckerschlecken, aber es lenkte sie immerhin von trüben Gedanken ab und brachte ihr gutes Geld ein. Herr Capaul hatte ihr versprochen, sie an dem Gewinn der Romantikabende zu beteiligen. Schließlich war es ihre Idee gewesen, und sie hatte auch die Mehrarbeit am Hals. Eigentlich war es ja ein Hohn, dass ausgerechnet sie mit romantischen Abenden zusätzliches Geld verdiente. Sie, die mit Romantik und Liebe immer wieder auf die Nase fiel. Hundemüde fiel sie mit Buster zu ihren Füßen ins Bett und schlief sogleich ein.

Nick umarmte seinen Dad zum Abschied. »Du bringst sie doch zurück, oder, Dad?«

Duncan, der vor seinem Jungen kniete, wuschelte ihm durchs Haar. »Ich gebe mein Bestes. Aber zuerst muss ich sie überhaupt finden. Du benimmst dich bei Seamus ordentlich, verstanden? Ich zähle auf dich.«

»Klar, ich bin doch kein Baby mehr.«

Duncan grinste und drückte ihn ein letztes Mal an sich. »Das bist du wirklich nicht mehr. Bis bald, mein Großer.«

Er klopfte Seamus zum Abschied auf die Schulter und stieg dann in das Taxi, das ihn zum Flughafen bringen sollte. Am Vorabend hatte er mit Heidi und Tom besprochen, wie er bei der

Suche am besten vorgehen würde. Im Telefonverzeichnis hatten sie allein in der Stadt Zürich über eintausendsiebenhundert Einträge zum Namen »Müller« gefunden. Er würde seine Suche im Umkreis des Restaurants, wo Heidi und Jo sich im letzten Frühjahr getroffen hatten, beginnen. Heidi hatte ihm beigebracht, wie er sich auf Deutsch nach Jo erkundigen konnte, falls jemand kein Englisch sprach. Nur, wenn man ihm dann auf Deutsch antworten würde, würde er es nicht verstehen. Tolle Aussichten! Trotzdem, er musste Jo einfach wiederfinden und wenn er an jeder einzelnen Haustür in Zürich klingeln musste. Tom hatte ihm ein feudales Zimmer in seinem Fünfsternehotel in Zürich gebucht, das in exklusiver Lage über dem Zürichsee thronte.

Er versuchte, zuerst die Liste der Müllers telefonisch abzuklappern, aber aufgrund seiner nicht vorhandenen Deutschkenntnisse war das schwieriger als gedacht. So machte er sich zu Fuß auf den Weg, um jeden einzelnen Haushalt auf seiner Liste aufzusuchen. Nach fünf Tagen war seine Suche noch immer nicht von Erfolg gekrönt. Niemand kannte Jo oder ihre Eltern. Dabei hatte er jetzt alle Müllers im Umkreis von drei Kilometern von dem Restaurant aufgesucht. Erschöpft legte er sich auf das weiche Bett im Hotelzimmer und starrte an die Decke. Er sah Jos grüne Augen vor sich. »Wo steckst du nur, Josy?« Das Handy klingelte in seiner Hosentasche. »Ja?«, meldete er sich.

»Hi, Dad.«

»Nick? Schön, dich zu hören. Alles klar bei euch?«

»Ja sicher. Und du? Hast du Josy gefunden?«

Duncan fuhr sich mit der Hand durchs Haar und seufzte tief. »Nein, leider nicht. Aber ich gebe noch nicht auf.«

»Grandpa ist hier bei Seamus und möchte dich sprechen.«

»William ist zu euch gekommen?«

»Ja, er schläft drüben im Brambleberry.«

»Und Katherine, ist sie etwa auch bei euch?«

»Nein, die ist zu Hause geblieben. Kann ich dir Grandpa nun geben? Er will dir etwas sagen.«

»Na klar. Gib auf dich acht, mein Großer.«

»Mach ich. Tschüss!« Damit reichte er das Telefon an William weiter.

»Hallo, Duncan.«

»William. Was machst du denn bei Seamus?«

»Ich habe dich gesucht. Hör mal, lass mich gleich zur Sache kommen. Ich habe dir doch gesagt, dass ich versuchen werde, es wiedergutzumachen. Daher habe ich meinen Privatdetektiv auf Jo angesetzt.«

Duncan war verblüfft, das hätte er nun wirklich nicht erwartet. »Danke, William, ich bin um jede Hilfe froh. Die Suche gestaltet sich schwieriger, als ich dachte.«

»Es ist das Mindeste, was ich tun kann. Katherines Verhalten unterstütze ich in keiner Weise, ich hoffe, das weißt du. Aber was ich dir eigentlich sagen wollte, der Detektiv hat eine Spur gefunden. Jo arbeitet zurzeit für einen Herrn Capaul. Er besitzt mehrere Restaurants und Berggasthöfe. Leider hat mein Mann ihn noch nicht selbst sprechen können, da Capaul auf Reisen ist. Morgen soll er wieder zurück sein, und dann hoffen wir herauszufinden, in welchem seiner Berggasthöfe Jo arbeitet. Der Detektiv hat aber mittlerweile auch die Adresse der Eltern von Jo ausfindig gemacht, und Tom meinte vorhin, dass du wohl schon froh wärst, die Anschrift zu erfahren.«

»William, ich weiß nicht, wie ich dir danken kann ...«

»Das waren wir dir schuldig, mein Junge«, unterbrach William ihn und klang dabei aufrichtig. »Wie gesagt, mir tut das alles sehr,

sehr leid.« Dann gab er Duncan die Adresse durch, die tatsächlich in der Nähe des Restaurants lag, wo Heidi und Jo sich mal getroffen hatten. Josys Eltern waren aber nicht im Telefonverzeichnis aufgeführt, und so hätte Duncan sie unmöglich finden können. Da die Nacht schon einbrach, beschloss er, sie erst am nächsten Tag aufzusuchen, auch wenn es ihm schwerfiel, jetzt noch zu warten.

20. Kapitel

Jo war zufrieden mit sich und dem Team, denn auch die nächsten beiden Romantikabende in den Bergen waren ein echter Erfolg. Sie waren nun ausgebucht bis Mitte Februar. Am letzten Abend hatte einer der Männer seiner Freundin sogar einen Heiratsantrag gemacht, und die Crew hatte dabei sehr gerne mitgespielt. Sie spendierte dem Pärchen eine Flasche Sekt zur Feier des Tages. Jo schmunzelte und fragte sich bereits, was wohl am nächsten Abend geschehen würde. Gian, der einzige Mann in ihrer Crew, kam gerade mit einem vollen Tablett Gläser von der Terrasse herein. »Das Wetter ist super. Wenn es hält, gibt das morgen Abend wieder eine sternenklare Nacht. Genau das, was wir brauchen.« Es freute Jo, dass das Team ebenfalls so begeistert war von diesen Veranstaltungen wie sie selbst. Seit dem letzten Abend hatten sie sich sogar abgesprochen, dem Anlass passender gekleidet zu servieren. Sie trugen nun alle schwarze Kleidung, die sie im Kerzenlicht fast unsichtbar machten.

»Im Dorf sprechen viele davon, was wir hier oben tun«, berichtete Claudia. »Sie meinen, es sei eine verrückte Idee.«

Jo lachte. »Ja, aber sie funktioniert. Das ist doch alles, was zählt. So, ich muss wieder in die Küche.«

Das Wetter hielt am Vormittag tatsächlich, was es am Vortag

versprochen hatte, allerdings sollte es bereits am frühen Abend kippen und zu schneien beginnen. Das bereitete Jo etwas Sorgen.

»Ach, komm, die paar Schneeflocken«, versuchte Vincent, der gerade ihre bestellte Ware vorbeibrachte, sie zu beruhigen. »Das wird dem Abend noch einen zusätzlichen Reiz geben.«

»Ja, aber kriegt ihr dann die Leute trotzdem sicher und gut ins Tal hinunter?«

»Mädchen, wir sind Profis, und die Dinger heißen nicht umsonst Pistenfahrzeuge. Wir machen uns unsere eigene Piste.«

Jo griff nach einem der Salate in der Kiste, um seine Frische zu prüfen. Knackig frisch, stellte sie zufrieden fest.

»Sag mal, Jo«, begann Vincent vorsichtig, »gäbe es eine Möglichkeit, heute Abend noch einen Tisch für meine Frau und mich zu bekommen?«

Jo grinste ihn schräg an. »Du hast Interesse an einem Romantik-Dinner? Was hast du ausgefressen?«

Vincent errötete leicht. »Wir haben morgen unseren ersten Hochzeitstag, und ich dachte, das wäre ein netter Einstieg dazu. Ich weiß aber, dass ihr immer gut besetzt seid.«

»Eigentlich sind wir ausgebucht.« Jo sah Vincents enttäuschtes Gesicht. »Aber für meinen Lieblingsfahrer und seine Frau haben wir immer ein Plätzchen frei. Wir stellen einfach einen zusätzlichen Tisch in den Gastraum.«

Erfreut umarmte Vincent sie und drückte ihr spontan einen Kuss auf die Wange. Sie kicherte und meinte, er sollte das lieber für seine Frau aufsparen. Dann verzog sie sich in die Küche, um die Vorräte zu verstauen und mit den Vorbereitungen für den Abend zu beginnen.

Am späteren Nachmittag schaute sie kurz zum Fenster hinaus und sah die ersten dicken Schneeflocken vom Himmel tanzen.

Es sah zauberhaft aus. Die Skifahrer hatten sich von der Terrasse nach drinnen verzogen, und der Lärmpegel schwoll erheblich an. Erst gegen fünf Uhr wurde es leiser, und sie hörte draußen nur noch das Personal herumwuseln und die Tische für den Abend decken. Bereits um sieben Uhr würden die Pistenfahrzeuge die Gäste den Berg hinauffahren. Jemand hatte eine CD in die Musikanlage eingelegt, und Jo summte leise zu den Popsongs mit. Sie schmeckte gerade die Sauce für den Fisch ab, als Barbara hereinkam. »Ein Gast möchte dich gerne sprechen, Jo.«

»Ich dachte, alle seien weg? Kannst du ihn nicht anhören oder vertrösten? Ich hab im Moment gerade gar keine Zeit für so etwas.«

»Ich versuch's, aber er hat ausdrücklich nach dir verlangt.« Damit ging Barbara wieder hinaus. Kurz darauf ertönte aus der Musikanlage ein neuer Song, einer, den Jo nur zu gut kannte. Nie hätte sie damit gerechnet, das Lied über die Sehnsucht nach Schottland jemals wieder zu hören, und schon gar nicht hier oben in den Bündner Bergen. Und mit einem Mal wusste sie ganz genau, wer da draußen nach ihr verlangte. Ihre Hände begannen zu zittern. Sollte sie hinausgehen? Und was dann? Sie würde Nicks Glück gefährden, und überhaupt, sie wollte ihn nicht sprechen. Er hatte sie hintergangen, noch dazu mit seiner Auszubildenden! Das war so widerwärtig! Die Gedanken flogen ihr nur so durch den Kopf, als die Küchentür hinter ihrem Rücken aufklappte und sie die Stimme hörte, nach der sie sich all die Zeit so gesehnt hatte, auch wenn sie das nicht mal sich selbst eingestehen wollte. »Josy!« Weiter kam Duncan nicht, denn Jo hatte den Löffel aus ihrer Hand fallen lassen und rannte aus der Hintertür hinaus in die kalte, verschneite Nacht. Einen Moment war er zu verblüfft, um sich zu bewegen, doch dann nahm er die Verfolgung auf.

»Jo! Verdammt noch mal!«, rief er und versuchte so gut es ging mit den klobigen Skischuhen an seinen Füßen hinter ihr herzurennen. Auch Jo kam in ihren Küchenclogs durch den Tiefschnee nicht wirklich gut voran. Die Tränen liefen ihr über das Gesicht, sie war völlig durcheinander. Warum tauchte er plötzlich hier auf? Was sollte das? Warum gefährdete er Nick? Gut, er wusste ja gar nicht, dass das Sorgerecht auf dem Spiel stand. Aber warum war er hier, wenn er doch mit Audrey …

Schließlich bekam Duncan sie an ihrem Arm zu fassen und zog sie so heftig zu sich herum, dass sie mit einem Schmerzenslaut in den Schnee fiel.

»Es tut mir leid, hab ich dir wehgetan? Aber warum zum Teufel rennst du auch weg vor mir?! Weißt du eigentlich, wie lange ich dich gesucht habe?!«

»Du solltest nicht hier sein, Duncan! Sie werden dir Nick wegnehmen!«, schluchzte sie mit zitternder Stimme. Ihr war eiskalt, und der Schnee klebte bereits an ihren Kleidern. Die weißen Flocken wirbelten wild um sie herum, als wollten sie ihren inneren Gemütszustand widerspiegeln.

»Brauchst du Hilfe, Jo?!«, rief Gian von der Küchentür aus.

»Es ist alles okay!«, antwortete Duncan für sie. Er brauchte keinen Übersetzer, um sich vorstellen zu können, dass sich ihr Team um sie sorgte, wenn ein Gast sie durch das Schneegestöber verfolgte.

»Das will ich von ihr selbst hören. Jo, ist alles okay?«

»Ja«, krächzte sie.

»Dann solltest du dich besser um die Sauce kümmern, wenn du nicht willst, dass sie anbrennt«, rief nun Barbara hinterher.

Jo hielt Duncan die Hand hin. »Zieh mich bitte hoch.«

Das tat er, aber er zog sie dabei näher an sich heran als erfor-

derlich. Er versuchte, sie zu küssen, doch sie drehte den Kopf weg.
»Ich bin bei der Arbeit, Duncan. Bitte geh wieder!«

Verärgert wischte sie sich die Tränen aus dem Gesicht. Dann reckte sie stolz ihr Kinn hoch und kämpfte sich mit dem letzten bisschen Würde, die sie zusammenkratzen konnte, an ihm vorbei durch den Schnee zurück zum Gasthof. Sie hatte einen ihrer Clogs im tiefen Schnee verloren, daher kam sie nur humpelnd vorwärts.

Duncan griff von hinten nach ihr. Bevor ihr klar wurde, was er vorhatte, hatte er sie hochgehoben und sich über die Schulter geworfen.

»Was fällt dir ein, du Idiot!« Sie hämmerte mit ihren Händen gegen seinen Rücken.

»Hör auf damit, oder ich lass dich zurück in den Schnee fallen«, drohte er lachend.

»Dann lass mich runter!«

»Kommt nicht infrage, du hast einen Schuh verloren.«

Als er sie vor der Küche absetzte, nahm er ihr Gesicht in seine beiden Hände. »Hör zu, ich lasse dich jetzt arbeiten, aber danach müssen wir reden, verstanden?«

Sie nickte, bezweifelte aber, dass sie diesen Abend meistern würde in dem Wissen, dass er in der Nähe war. Drinnen wies sie Barbara an, ihn in ihr Zimmer zu führen, wo er warten konnte, bis der ganze Spuk vorbei wäre. In der Zwischenzeit holte sie sich aus einem Schrank ein paar Hüttenschuhe, die sie immer den Gästen ausliehen, und ging dann zurück an den Herd, um die Sauce zu retten. Als Barbara wieder in die Küche kam, trat sie neben Jo heran.

»Ist er das?«

»Wer?«

»Na, der Typ da oben. Ist er derjenige, der dich hier auf den Berg hinaufgetrieben hat?«

»Wieso sollte dafür ein Typ verantwortlich sein?! Mach dich jetzt lieber daran, die Suppe auf die Teller zu verteilen, die Pistenfahrzeuge sind schon da. Gian, habt ihr die Kerzen angezündet? Und jemand soll endlich diese blöde Musik wechseln, Herrgott noch mal! Ich dreh hier noch durch!«

»Wird gemacht, Chefin. Keine Panik.« Gian und Barbara warfen sich vielsagende Blicke zu, so hatten sie Jo noch nicht erlebt. Doch dann ging es auch schon los, und sie hatte keine Zeit mehr, irgendeinen Gedanken an den Gast in ihrem Zimmer zu verschwenden. Zwischen Hauptgang und Dessert machte Jo eine Runde durch den Gastraum, um alle persönlich zu begrüßen. Vincent stellte ihr seine Frau vor, und sie setzte sich einen kurzen Moment zum Plaudern zu ihnen. Sie musste sich alle Mühe geben, sich auf das Gespräch zu konzentrieren, doch Vincents Frau schien sehr nett zu sein und passte gut zu ihm. Dann wurde es Zeit für sie, zurück in die Küche zu gehen, um das Dessert vorzubereiten. Sie half ihren Leuten, die Schokoladenmousse in Herzchenform nach draußen zu tragen. Bei den letzten Tellern nahm sie aus dem Augenwinkel wahr, dass jemand sie von der dunklen Treppe aus beobachtete. Beinahe hätte sie ihre süße Fracht fallen lassen. Konnte dieser Kerl denn nie das tun, was man von ihm erwartete? War es denn so schwer, im Zimmer zu warten und sie in Ruhe zu lassen, bis sie ihren Job erledigt hatte? So schnell sie konnte, ging sie zurück in die Küche und begann, klar Schiff zu machen. Erst als das Personal den Sekt ausschenkte und die Musik zum Tanzen spielen ließ, ging sie wieder in den Gastraum, um ihnen zu helfen. Sie hatte nicht damit gerechnet, dass der

Crew das schottische Lied so gefallen würde, dass sie es gleich mit ins Abendprogramm einplante.

»Tanz mit mir«, hörte sie plötzlich Duncans Stimme hinter sich.

»Wie willst du tanzen in den Ski …« Ihr Blick fiel nach unten, wo sie gleich bemerkte, dass ihm jemand ebenfalls Hüttenschuhe gegeben hatte. »Oh«, das war alles, was sie noch herausbrachte. Überrumpelt ließ sie es sich gefallen, dass er sie in die Arme nahm und sich sanft mit ihr zum Takt der Musik drehte.

»Ich weiß, du wolltest, dass ich im Zimmer oben warte«, entschuldigte er sich, »aber ich konnte da nicht länger bleiben in dem Wissen, dass du hier unten bist. Jo, ich habe dich so vermisst!« Seine Hand wanderte über ihren Rücken, und er zog sie noch näher an sich heran.

Sie wollte kein Aufsehen erregen zwischen den Leuten, obwohl ihr klar war, dass ihre Kollegen und Kolleginnen sie bereits beobachteten. Sie stieß ihn leicht von sich. »Lass das! Wir sind hier nicht allein.«

»Dann lass uns nach oben gehen.«

Der Gedanke, allein mit ihm in ihrem engen kleinen Zimmer zu sein, erschütterte sie noch mehr.

»Traust du dich etwa nicht?«, neckte er sie.

»Ich traue mich schon, aber dir traue ich nicht!«

»Ich habe dich nicht betrogen mit Audrey.« Das Thema wurde nun definitiv zu heikel, um hier in der Öffentlichkeit besprochen zu werden. Sie zog ihn zur Seite und bat Gian auf dem Weg zurück in die Küche darum, den Überblick zu behalten. »Kein Ding, Chefin, lass dir Zeit.«

»Und du, lass das dümmliche Grinsen«, zischte sie ihn an, was aber lediglich zur Folge hatte, dass Gians Mundwinkel sich noch weiter nach oben bewegten.

Sie zog Duncan hinter sich her in einen kleinen stickigen Raum, in dem die Übernachtungsgäste ihre Skischuhe und Skier lagerten. Hier drin würde ein Annäherungsversuch allein schon durch den Geruch im Keim erstickt, da war sie sich ziemlich sicher.

»Hör zu«, begann Jo, »mir ist völlig egal, was du mit Audrey oder sonst wem treibst oder getrieben hast. Mir ist einzig und allein Nicks Wohl wichtig ...« Sie wollte fortfahren, aber er unterbrach sie.

»Ich weiß, Josy, und dafür liebe ich dich nur noch mehr. Aber du machst dir umsonst Gedanken. Ich werde das Sorgerecht für Nick nicht verlieren, nur weil wir zusammen sind.«

»Aber Katherine ...« Wieder ließ er sie nicht zu Wort kommen und fuhr ihr mit dem Daumen zärtlich über die wundervollen Lippen, um sie zum Schweigen zu bringen.

»Katherine hat keine Macht über uns, auch wenn sie das dir gegenüber behauptet hat.«

»Duncan, wach auf! Sie hat es doch schon einmal geschafft, Nick von dir wegzuholen!«

»Damals war ich noch jung und dumm. Mittlerweile habe ich selbst einige einflussreiche Freunde, die mir helfen würden, wenn ich sie bräuchte. Aber so weit wird es gar nicht erst kommen. Was sie sich neulich geleistet hat mit der Fotomontage von Audrey und mir«, sagte er und sah dabei ihr erstauntes Gesicht. »Ja, es war eine Montage, und es verletzt meine Gefühle, dass du wirklich dachtest, ich hätte meine Auszubildende auf diese Weise ausgenutzt.«

Nun huschte doch auch ein kleines Lächeln über ihre Lippen.

Erneut nahm er ihr Gesicht in seine Hände und küsste sie mit all der Liebe, die sich in ihm aufgestaut hatte. Dieses Mal ließ sie es zu, und sie hätte dahinschmelzen können.

»Alle warten auf dich in Schottland! Marge, Heidi, Tom, Seamus, aber vor allem Nick und ich. Wir brauchen dich, Josy«, flüsterte er an ihrem Mund. Sie klammerte sich an ihn, um sich zu vergewissern, dass sie nicht träumte.

Jo vergaß alles um sich herum, während er ihren Mund erforschte, bis sie irgendwo im Hintergrund ein Kratzen an der Tür hörte und ihr wieder klar wurde, wo sie sich befand. Sanft löste sie sich von ihm. Er griff in seine Hemdtasche und zog ein Stück Papier hervor. »Das hier soll ich dir noch von Nick geben.«

Sie faltete das Papier auseinander und sah in dem diffusen Licht lauter Herzchen auf das Papier gemalt. In kindlicher Schrift stand darüber: »Ich habe dich lieb, Josy. Bitte komm zurück.« Es schnürte ihr schier die Kehle zu.

»Er hat einiges durchgemacht. Du musst wissen, dass er sich die Schuld dafür gegeben hat, dass du uns verlassen hast.«

»Wieso das denn?«, fragte sie entgeistert. »Du hast ihm das hoffentlich ausgeredet.«

»Klar habe ich das versucht, aber er hatte die Auseinandersetzung von dir und Katherine belauscht. Danach hatte er solche Angst gehabt, dass Katherine ihre Drohung wahr machen und ihn von mir trennen würde, dass er geschwiegen hat. Er hat ihr sogar das besagte Foto aus dem Büro geklaut.«

Jo grinste. »Echt?«

»Ja, aber er hat mir erst am Weihnachtsabend gestanden, was los war. Mir war schon aufgefallen, dass er sehr bedrückt wirkte, aber ich dachte, es hing mit der Schule zusammen, und ich war auch viel zu sehr mit mir selbst beschäftigt. Es hat mich verrückt gemacht zu denken, dass du tatsächlich zu diesem Idioten zurückgekehrt bist, und das nach allem, was wir zusammen hatten und ohne ein Wort.« Er strich ihr zärtlich über die Wange. »Ich habe gedacht, du seist echt ein abgebrühtes Miststück, das nicht nur auf meinen Gefühlen, sondern auch auf denen von Nick herumtrampelt. Ich hätte dich am liebsten erwürgt.« Sein Mund wanderte genussvoll ihren Hals entlang, um die Stelle zu verdeutlichen, die er meinte. Zufrieden registrierte er, wie sich ihr Puls unter seinen Lippen beschleunigte. Wieder kratzte es an der Tür, und dieses Mal löste sie sich von Duncan, um die Tür zu öffnen und Buster hereinzulassen, der gleich an dem für ihn fremden Mann zu schnüffeln begann.

»Das ist Buster, der Kerl an meiner Seite.«

Duncan grinste sie an. »Etwas haarig, aber durchaus sehr sympathisch.«

»Hör zu, Duncan, ich habe hier noch einen Job zu erledigen. Lass uns weiterreden, wenn die Gäste weg sind. Ich muss die Küche noch in Ordnung bringen.«

»Kann ich helfen?«

Sie überlegte einen Moment und zog ihn dann mit sich in die Küche.

»Hast du Hunger?«

»Schon, aber das verstehe ich nicht unter ›helfen‹.«

Sie lächelte ihn an und ließ sein Herz damit einen kurzen Moment stolpern. »Du darfst dich zuerst stärken, bevor ich dich hier schamlos ausnutze.« Damit lud sie ihm eine gute Portion des übrig gebliebenen Menüs auf den Teller und stellte diesen auf den Küchentisch, an dem er essen konnte, während sie draußen nach den Gästen sah. Eine halbe Stunde später trafen die Pistenfahrzeuge ein, um die Gäste abzuholen. Vincent bedankte sich noch mal bei ihr für den schönen Abend, den er mit seiner Frau hier verbracht hatte.

»Ich vermute mal, du hast heute Nacht auch noch einiges vor, Jo«, schmunzelte er in Anspielung auf Duncan.

»Das wird sich noch zeigen. Wir sehen uns dann morgen. Habt noch einen schönen Abend, ihr zwei.«

Sie schaute den Pistenfahrzeugen nach, die im Schneegestöber mit lautem Gedröhne verschwanden. Danach machte sie zusammen mit dem Team und Duncan den Gastraum und die Küche sauber, bevor ein weiteres Pistenfahrzeug die Crew ins Tal fuhr. Kaum war das Fahrzeug außer Sichtweite, zog Duncan sie an sich. »Endlich, ich dachte schon, die würden gar nie mehr gehen.«

»Wir haben noch zwei Gäste oben, Duncan, benimm dich!«

»Was?«

»Zwei Tourenskifahrer, die erst morgen ins Tal fahren wollen.«

»Und du warst immer allein mit den Fremden im Haus?«

»Ich hab ja Buster, der mich beschützt.«

Er grinste. »Ah ja, ein echt Furcht einflößender Kampfhund.«

»Sag das nicht, das verletzt seine Gefühle.« Jo krallte ihre Hand in seinen dicken Skipullover.

»Hast du mich auch ein bisschen vermisst?«, flüsterte er und legte seine Stirn an die ihre.

»Ja, auch wenn ich es nicht wollte. Ich wollte dich hassen, dafür, dass du mich mit Audrey betrogen hast.«

Langsam begann er, ihre Kochjacke aufzuknöpfen, doch sie drängte seine Hände zur Seite. »Nicht hier. Komm mit.« Dann führte sie ihn zurück in ihr Zimmer, dicht gefolgt von Buster, der aber zu seinem Erstaunen zum ersten Mal vor der Tür bleiben musste. Jo hatte ihm aber einen Knochen gereicht, der als Entschädigung ganz annehmbar war. Drinnen folgten leidenschaftliche Küsse, leise Seufzer, zärtliche Worte, die in schnellem Atem und lustvollem Stöhnen untergingen. Duncan erkundete jeden Zentimeter ihrer Haut, die noch genauso herrlich duftete, wie er es in Erinnerung hatte. Als sie es kaum noch aushielt vor Verlangen nach ihm, kam er endlich zu ihr. Die anderen Gäste im Haus waren plötzlich unwichtig. Was zählte, waren nur noch sie beide.

»Verlass mich nie wieder«, forderte er, als sie atemlos, aber unendlich glücklich auf ihm zu liegen kam.

»Wir werden wohl noch eine Weile getrennt auskommen müssen«, seufzte sie.

Seine Hand streichelte sanft ihren Rücken entlang und löste dabei ein wohliges Kribbeln in ihr aus. »Kommt gar nicht infrage.«

»Duncan, ich habe hier einen Vertrag, und ich habe ziemlichen Ärger am Hals wegen meinem Ex.«

Er drehte sie auf den Rücken und schaute ihr im schwachen Licht der Nachttischlampe besorgt in die Augen. »Was redest du da?«

»Markus hat unsere frühere gemeinsame Wohnung zerlegt, nachdem ich ausgezogen bin. Danach ist er spurlos verschwunden und hat mich nun mit einem riesigen Schuldenberg zurückgelassen.«

»Wie viel?«

»Achtzigtausend Schweizer Franken.«

Duncan rechnete das rasch in Pfund um und schaute sie dann ungläubig an. »Wie kann man eine Wohnung derart demolieren?«

»Frag nicht. Aber ich habe diesen Job hier auch deswegen angenommen, weil er sehr gut bezahlt ist. Bis Ende der Saison müsste ich ein Drittel meiner Schulden abbezahlt haben. Wie ich den Rest schaffe, weiß ich ehrlich gesagt noch nicht. Eigentlich hatte ich vor, Herrn Capaul, dem dieses Haus hier gehört, zu fragen, ob ich auch die Sommersaison übernehmen kann ...«

»Nein, das kannst du nicht machen«, unterbrach Duncan sie vehement und setzte sich auf. »Ich werde nicht ohne dich nach Schottland zurückgehen. Lass mich die Schulden übernehmen.«

»Es ist mein Problem, Duncan. Ich will nicht, dass du das tust.«

»Wenn du deshalb hierbleiben musst, dann ist das auch mein Problem. Ich will, dass du mit mir zurück nach Hause kommst, mich heiratest und wir glücklich bis an unser Lebensende leben.«

»War das etwa ein Heiratsantrag?«

»Nein, das war keine Antrag, sondern eine Benennung der Tatsachen. Du wirst mich heiraten und wieder zu Nick und mir ziehen.«

Jo kicherte. Es war alles ein bisschen viel für einen Abend. »Ah ja. Dann verrate ich dir jetzt mal was. Der Typ, den ich heiraten werde, der wird mir einen anständigen Heiratsantrag machen und mir nicht zwischen zerwühlten Laken irgendwelche Tatsachen mitteilen. Und wegen der Schulden, da wird mir schon noch etwas einfallen. Auf alle Fälle wirst nicht du dafür aufkommen, dass ich so dämlich war, mich mit diesem Vollpfosten einzulassen.«

Duncan sah etwas betroffen aus nach dieser Ansage. »Du hast recht, du verdienst einen anständigen Heiratsantrag. Ich bin nur so unglaublich froh, dich endlich gefunden zu haben.«

»Wie hast du das überhaupt geschafft?«, erkundigte sie sich neugierig und rückte noch etwas näher an ihn heran, um einerseits nicht aus dem schmalen Bett zu fallen und andererseits seine Wärme zu genießen.

Er legte den Arm um sie und begann zu erzählen, wie er die Straßen von Zürich abgeklappert hatte, um sie zu finden.

»Du hast einfach an den Haustüren geklingelt und dich nach mir erkundigt? Wie denn das? Du sprichst doch gar kein Deutsch?!«

»Heidi hat mit mir geübt, damit ich den Satz einigermaßen verständlich herausbekomme. Das Problem war eher, dass ich die Antworten oft nicht verstanden habe.« Bei der Vorstellung musste Jo lachen.

»Das war nicht lustig, Jo!«

Sie biss sich auf die Lippen, um ihr Lachen zu unterdrücken. »Irgendwie schon.«

»Manchmal kam es wirklich zu etwas absurden Situationen. Einmal hat mich eine ältere Dame ins Haus gebeten, und ich vermutete, sie sei deine Oma. Sie deutete mir an, mich an den Küchentisch zu setzen. Dann stellte sie mir eine Tasse Kaffee hin, verschwand kurz und kam mit einem Fotoalbum unterm Arm zurück. Ich dachte schon, dass ich jetzt gleich Kinderfotos von dir zu sehen bekäme. Es fielen alle möglichen Namen, aber nie Josephine und irgendwann dämmerte es mir, dass die Frau dich gar nicht kannte und sich einfach gefreut hatte, jemanden zum Reden zu haben.«

Bei der Vorstellung, wie Duncan da am Tisch saß und die Frau auf ihn einbrabbelte, konnte Jo sich das Lachen nicht länger verkneifen.

»Ich brauchte über eine Stunde, bis ich da wieder draußen war, schließlich wollte ich die Gefühle der alten Dame nicht verletzen.«

Sie hauchte ihm ein Küsschen auf die Wange. »Ich wusste gar nicht, dass ein solcher Gentleman in dir steckt. Den hast du vor mir bisher ganz gut versteckt. Und wie hast du mich dann doch noch gefunden?«

»William hatte so ein schlechtes Gewissen und befürchtete wirklich, dass er Nick durch Katherines Verhalten nie wieder zu Gesicht bekäme. Also hat er seinen Privatdetektiv mit der Suche nach dir beauftragt. Der fand heraus, dass du für diesen Capaul arbeitest. Wo genau, konnte er uns aber zu diesem Zeitpunkt noch nicht sagen, da er mit Capaul selbst nicht hatte sprechen können. Immerhin konnte er mir wenigstens die Adresse deiner Eltern geben. Schon am nächsten Morgen stand ich vor der Tür deiner Eltern.«

Jo schmunzelte. »Da wäre ich gern dabei gewesen, meine Eltern sprechen doch auch kein Englisch. Haben sie dich trotzdem ins Haus gelassen?«

»Ja. Allerdings hat mich dein Vater sehr kritisch angesehen, und ich hatte irgendwie das Gefühl, dass er mir am liebsten eine reingehauen hätte. Um nichts zu riskieren, rief ich gleich Heidi auf dem Handy an. Sobald ich sie in der Leitung hatte, reichte ich das Handy an deine Mutter weiter, damit Heidi ihr alles erklären konnte, und dann lächelte mich deine Mutter plötzlich an. Du hast ihr Lächeln, hast du das gewusst?«

Jo grinste und strich mit ihrer Hand zärtlich durch seine Brusthaare. »Ja, und das Temperament meines Vaters, pass also besser auf.«

»Deine Mum hat mich ins Haus gebeten und mir eine Tasse Tee vorgesetzt, bevor sie mir die Adresse von diesem Gasthaus aufgeschrieben hat. Dein Vater hat aber zuerst danach gegriffen und mir irgendwas auf Deutsch gesagt, das ich nicht verstanden habe. Er sah dabei ziemlich bedrohlich aus, und ich vermute mal, er meinte so was wie ›wehe, du machst sie nicht glücklich‹! Dann gab er mir die Adresse, klopfte mir auf die Schulter und verließ den Raum.«

Jo schmunzelte. »Süß.«

»Keine Ahnung, was du daran süß findest, ich fand das eher angsteinflößend«, meinte Duncan. »Wie auch immer, nun bin ich da und werde nicht wieder gehen, bis ich dich mitnehmen kann.«

»Das geht nicht, du hast einen Job und du hast Nick.«

»Was den Job angeht, ich bin arbeitslos.«

»Wie bitte?«

»Ich habe gekündigt, da dieses Miststück Jane auch in die Intrige verwickelt war. Sie hatte Audrey dazu gezwungen, sich mit ihrem Freund beim Sex heimlich fotografieren zu lassen.«

»Das ist ja krank!«

»Du warst für sie eine zu große Konkurrenz. Anscheinend sind ihre Gäste in euer Restaurant abgewandert. Das konnte sie natürlich nicht zulassen, und daher hat sie mit Katherine den Plan ausgeheckt, um dich möglichst schnell loszuwerden.«

»Aber du musst wegen Nick zurück, Duncan, er braucht dich.«

»Ja, und dich braucht er auch. Also, wann geht's zurück nach Schottland?«

»Nicht heute, da habe ich noch was anderes vor.« Mit einem verruchten Blick beugte sie sich über ihn und begann, mit ihrem Mund eine heiße Spur sanfter Küsse von seinem Hals an abwärts zu hinterlassen. Er wusste genau, was sie vorhatte, und nur zu gerne ließ er sich unter diesen Umständen vom eigentlichen Thema ablenken. Keiner von ihnen bekam in dieser Nacht viel Schlaf, sie liebten sich und redeten bis in die frühen Morgenstunden. Kaum waren sie für eine Weile eingenickt, gab der Wecker gnadenlos das Zeichen zum Aufstehen.

Duncan versuchte, sie zurück ins Bett zu ziehen, doch er bekam sie nicht zu fassen.

»Ich muss aufstehen, Duncan! Es sind noch Gäste hier, die ein Frühstück wollen. Wenn du mir helfen willst, dann zieh dich jetzt auch an, und schipp draußen auf der Terrasse Schnee.«

»Gott, du bist eine echte Sklaventreiberin.«

Sie lachte glücklich. »Das sagt gerade der Richtige, Mr Scare Man.«

Während Jo und ihr Team die wenigen Skifahrer, die an diesem trüben Tag den Weg zum Gasthof fanden, verpflegten, fuhr Duncan mit den Skiern ins Dorf. Er war laut eigener Erzählungen kein besonders guter Skifahrer, und Jo sah besorgt zu, wie er die Skischuhe anzog. Doch den Vorschlag, sich von einem der Fahrer der Pistenfahrzeuge nach unten ins Tal bringen zu lassen, tat er beleidigt ab. »Mädchen, ich bin Schotte, und Schotten sind keine Weicheier!«

»Nein, ihr tragt lieber einen Gips am Bein als Verstand im Kopf!«, warf sie ihm entgegen. »Männer!«

»Frauen!«, knurrte er und stapfte mit den klobigen Schuhen nach draußen, um seine Skier anzuschnallen.

»Ich komme dich aber nicht im Krankenhaus besuchen, wenn du dir den Hals brichst, dafür habe ich keine Zeit!« Damit drehte sie sich um und ging in die Küche zurück.

Duncan stieß sich mit den Skistöcken ab und hoffte, nicht zu stürzen – wenigstens nicht, bis er außer Sichtweite war. Ihm war klar, dass sie gleich aus einem der Fenster schauen würde, um ihm kopfschüttelnd hinterherzublicken. Schotten waren nicht nur keine Weicheier, nein, sie hatten auch ihren Stolz, und dieser sollte nicht gebrochen werden, indem er mit dem Kopf voran im nächsten Schneehaufen landete. Im Dorf, wo er wieder Handyempfang hatte, wollte er Nick und Seamus darüber informieren, dass er Josy gefunden hatte. Dann rief er auch noch im Brambleberry an, um auch da Entwarnung zu geben.

Jo lenkte sich im Gasthaus derweil mit Arbeit ab, um nicht darüber nachdenken zu müssen, was ihm auf der Piste alles zustoßen könnte. Es schien ewig zu dauern, bis er endlich wieder durch die Tür hineingestapft kam. Es war Jo völlig egal, dass die Crew grinsend beobachtete, wie sie Duncan begrüßte, als wäre er gerade von einer Expedition in die Antarktis heimgekommen. Er schmunzelte und hielt sie etwas von sich. »Ich glaube, ich sollte öfter mal Skifahren gehen.«

»Idiot!«, murmelte sie und zog ihn wieder an sich.

Aufgrund des schlechten Wetters waren an diesem Wochenende ausnahmsweise keine Tourenskifahrer da, die eine Unterkunft benötigten, daher hatten sie den Abend ganz für sich allein. Sie saßen bei Kerzenschein im Gastraum und aßen den restlichen Kartoffelsalat mit heißen geräucherten Würsten dazu. Zu ihren Füßen schnarchte Buster zufrieden vor sich hin.

Duncan erzählte ihr, dass Nick völlig aus dem Häuschen gewesen wäre, weil er sie wiedergefunden hätte.

»Tom wird übrigens deine Schulden übernehmen«, sagte er wie nebenbei und stach mit der Gabel in die Wurst auf seinem Teller, um sich gleich mit dem Messer ein Stück abzuschneiden.

Jo ließ ihr Besteck fallen. »Wie kommst du dazu ...«

Er grinste sie breit an: »Von mir willst du dir ja nicht helfen lassen. Er will, dass du zurückkommst und wieder für ihn arbeitest. Ob du nun dieser Verwaltung oder Tom Geld schuldest, spielt doch keine Rolle. Oder doch, es spielt eine Rolle, denn Tom wird dich nicht ausnehmen oder gar unter Druck setzen. Du arbeitest wie bisher für ihn und stotterst den Betrag gemütlich ab.« Ziemlich selbstzufrieden schob er sich das Stück Wurst in den Mund und kaute genüsslich.

»Du hättest mich fragen sollen, bevor du mit Tom redest.«

Duncan hob eine Augenbraue und tat so, als müsse er einen Moment überlegen. »Ja, das hätte ich tun können, aber dies schien mir die einfachere Lösung.« Er stand auf, schob seinen Stuhl zurück und schaute sie einen Moment lang an. »Warte hier kurz.« Sie wunderte sich bereits, was er da draußen trieb, als er mit Schneeflocken im Haar zurückkehrte. Er griff nach ihrer Hand und zog sie mit sich hinaus in das Schneegestöber. Fackeln, die er am Nachmittag im Dorf gekauft hatte, tauchten die Umgebung in ein märchenhaftes Licht. Duncan hatte mit ihnen ein großes Herz in den Schnee gesteckt. Ihr eigenes klopfte ihr bis zum Hals, als Duncan sich in den Schnee kniete.

»Josy, du hast mein Leben völlig über den Haufen geworfen. Gleichzeitig hast du aber auch Licht hineingebracht. Du ... du erhellst mein Leben wie diese Fackeln die Nacht. Ich will nicht mehr im Dunkeln tappen, ich will mit dir lachen, mit dir einschlafen, mit dir aufwachen, für dich sorgen, dich lieben ... Mach mich zum glücklichsten Mann auf dieser Erde, und werde meine Frau ... bitte.«

Jo schlug sich die Hand vor den Mund, und ihre Augen funkelten gefährlich feucht.

»Du wirst doch jetzt wohl nicht heulen, oder?«, fragte er besorgt.

Energisch schüttelte sie den Kopf.

»Gilt das dem Heulen oder dem Heiratsantrag?«

Sie lachte und flog ihm um den Hals. »Ja, du verrückter Schotte, ich werde dich heiraten.«

Danke

Es hat Spaß gemacht, Jos lustige Scharade in Schottland zu schreiben. Inspiriert wurde ich von einem Garten in Schottland, in dem tatsächlich Schweine gehalten wurden und wo tatsächlich ausgebildete Gärtner und Gärtnerinnen als Studenten für ein Zwischenjahr aufgenommen werden. Einmal mehr hat der Zufall mitgespielt, der dazu führte, dass mein Mann und ich diesen Garten gefunden haben. Wir sind einfach einem Schild am Wegrand gefolgt und haben ein herrliches Paradies entdeckt. Der Rest der Geschichte ist allerdings frei erfunden und beruht nicht auf lebenden Personen.

Ein dickes Dankeschön möchte ich dem Team von Forever aussprechen, allen voran Nina Wegscheider, die sich so geduldig mit mir herumschlägt, aber auch Ute Kathmann, die sich bestimmt hin und wieder die Haare rauft ob der willkürlichen Zeichensetzung und der eigenwilligen Rechtschreibung der Autorin.

Bärbel Fischer gilt ebenfalls ein besonderer Dank. Du liest mit kritischem Auge und hilfst mir, mit Deinen unverzichtbaren Tipps und Deinem Wissen über Großbritannien Fauxpas zu vermeiden.

Beinahe hätte ich doch das Gesundheitssystem in Großbritannien mit dem unseren in der Schweiz gleichgesetzt. Auweia!

Eine besondere Testleserin ist auch Carolyn Metzger. Mädel, ich danke Dir für Deine Freundschaft, und es ist einfach herrlich, wie Du meine Geschichten kommentierst. Ich freue mich schon jedes Mal drauf.

Eine dicke Umarmung geht an meinen Mann. Ohne Dich, mein Liebster, hätte meine Fantasie wohl nicht solche Flügel. Ohne Dich hätte ich all diese wundervollen Orte, über die ich nach unseren Reisen schreibe, nie entdeckt. Ich danke Dir, dass wir zusammen durchs Leben gehen.

Aber auch an Sie, liebe Leserin und lieber Leser, geht ein Dankeschön. Sie machen es erst möglich, dass meine Geschichten nicht einfach auf dem Computer bleiben, sondern in die Welt hinausgetragen werden. Ich hoffe, die kleine Scharade hat Ihnen gefallen und dass wir uns bald mal wiederlesen.

Ihre
    Alex Zöbeli

Alexandra Zöbeli

Der Pub der guten Hoffnung

Roman.
Taschenbuch.
Auch als E-Book erhältlich.
www.forever.ullstein.de

Ein Cottage, ein Pub und die zweite Chance zum Glück

Nach dem Tod ihres Sohnes haben sich Sam und Hannah völlig voneinander entfernt. Als Hannah Sam schließlich nicht mehr sehen will, kommt das Angebot seines Freundes, eine Auszeit in dessen Cottage im kleinen Ort Dinorwig in Wales zu nehmen, gerade recht. Dort findet Sam tatsächlich die viel benötigte Ruhe und Ablenkung. Im *Pub zur guten Hoffnung* zwischen grünen Hügeln und kauzigen Dorfbewohnern schöpft er wieder Mut. Nicht zuletzt wegen Hope, die bald mehr als nur eine Freundin für ihn ist. Doch dann steht Hannah wieder vor ihm und Sam muss sich entscheiden ...

Brigitte Janson

Holunderherzen

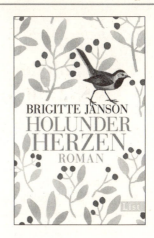

Roman.
Taschenbuch.
Auch als E-Book erhältlich.
www.ullstein-buchverlage.de

Wilder Holunder, ein Hof an der Ostsee und eine Frau auf der Flucht vor der Liebe

Eigentlich sucht Anne bei ihrer Tante Tilly in erster Linie Ruhe. Der Öko-Hof an der Lübecker Bucht scheint der perfekte Ort für eine Auszeit von der Liebe zu sein. Doch Anne landet mitten im Chaos: Ihre sonst so schlagfertige Tante ist auffallend empfindlich, Tillys Mops eindeutig verzogen und der Hof völlig verwildert. Anne muss zupacken – und mit dem Schritt ins Leben kommt plötzlich ein sehr interessanter Mann ins Spiel ...

List